애프터

4

AFTER WE COLLIDED
by Anna Todd

애프터 4

초판 1쇄 인쇄 2018년 11월 20일
초판 1쇄 발행 2018년 11월 26일

지은이 | 안나 토드
옮긴이 | 강효준

발행인 | 양근만
편집인 | 문경선
디자인 | 장선희
마케팅 | 이종웅, 김민정

발행 | (주)씨에스엠앤이
주소 | 서울시 중구 세종대로 21길 30
등록 | 2013년 11월 7일 제301-2013-205호
내용 문의 | 02-724-7855~7
구입 문의 | 02-724-7851
인스타그램 | @comma_and_style

ISBN 979-11-88253-09-8 04840
       979-11-88253-02-9 04840(세트)

* 잘못된 책은 구입하신 곳에서 바꾸어 드립니다.

AFTER 애프터

안나 토드 지음

강효준 옮김

4 상처 받은 영혼의 방

이 책을 읽는 모든 독자들에게,
무한한 사랑과 감사의 마음을 전합니다.

1 · 테사

기대감이 차올라 숨이 막혔다. 하딘은 스커트를 허리까지 걷어 올리고, 굵직한 페니스를 내게 밀어 넣었다.

"긴장 풀어, 테스. 아무 생각도 하지 마. 평소랑 다르지 않아."

하딘이 한 번 더 안심시켜 주었다.

그가 내 안으로 미끄러져 들어왔고, 나는 부끄러움에 더 달아올랐다. 평소에 하던 섹스와 크게 다른 느낌은 없었다. 한 가지 있다면, 사실 느낌이 더 좋았다. 좀 더 새롭고 두근거리는 느낌이랄까. 내 규범에 어긋나고 터부시 하던 일을, 그것도 직장에서 한다는 것. 그 사실만으로도 훨씬 더 흥분되는 것 같았다. 하딘의 손이 등뼈를 따라 내려왔다. 나는 몸을 떨었다. 그의 분위기는 완전히 달라졌다. 엘리베이터에서 내리면서 본 태도와는 사뭇 달랐다. 그땐 뭔가 엄청난 일이라도 벌일 기세였다.

"어때?"

그의 물음에 고개를 끄덕이며 신음으로 대신했다.

그는 한 손으로 내 엉덩이를 꽉 잡고, 다른 손으로는 머리카락을 움켜쥐었다. 나는 꼼짝할 수가 없었다.

"넌 느낌이 너무 좋아, 너무."

목을 조이는 듯한 목소리다. 그가 내 안에서 천천히 피스톤 운동을 하고 있었다. 하딘의 손이 머리에서 가슴으로 내려왔다. 블라우스 앞섶을 잡아당겨 가슴 부위를 풀어 헤쳤다. 손가락 사이에 젖꼭지를 끼우고 잡아당기다가 빙빙 돌리기를 반복했다. 나는 엎드린 채로 신음했다. 그는 손놀림을 멈추지 않았다.

"오, 갓."

비명이 터질 것 같아, 나는 스스로 입을 틀어막았다. 우리는 지금 사무실 안이다. 하지만 평소만큼 걱정이 되지는 않았다. 정신이 온통 하딘과 그와 함께 오를 쾌락의 절정에 가 있었기 때문이다. 지금 이 순간 우리에게 현실이나 금기 따위는 아무런 장애도 될 수 없다.

"너무 좋아, 테사. 내가 그랬잖아, 다를 게 없다고…, 적어도 나쁠 건 없어."

그가 신음하듯 끊어 말하며 내 허리를 감싸 안았다. 그리고 자세를 바꾸었다. 책상 모서리까지 미끄러지듯 내려가, 내 등을 책상의 단단한 목재에 기대게 했다.

"사랑해, 너도 알지?"

하딘이 내 귀에 대고 헐떡이며 말했다. 고개를 끄덕였지만, 그에게는 부족한 모양이었다.

"말해봐."

"네가, 사랑하는 거, 알아."

그에게 확인시켜 주었다. 내 몸은 굳어졌고, 그는 허리를 곧추세웠다. 그가 긴 손가락으로 클리토리스를 자극했다. 나는 몸을 기대며 그의 손가락이 내 몸에 일으키는 마법을 직접 확인하려 했다. 그 순간, 설명할 수 없는 큰 자극이 온몸을 휘감았다.

"계속, 하던, 좀 더."

하딘은 쉴 새 없이 움직이며, 내 한쪽 다리를 공중으로 들어올렸다.

그가 절정에 다다른 것 같았다. 단단한 그의 페니스에서 전해지는 압도적이고 강렬한 쾌감이 온몸으로 퍼졌다. 아무 것도 보이지 않았다. 두 손으로 그의 팔을 꽉 붙잡았고, 눈앞에선 섬광 같은 별들이 반짝였다. 나는 입술을 앙다물어, 그의 이름이 터져 나오지 않게 했다. 하딘은 흥분이 가라앉지 않은 듯했다. 그는 몸을 숙이며, 머리를 내 목에 기댔다. 딱 한번 내 이름을 부르더니, 내 살갗에 입을 대고 신음 소리를 막았다. 정적이 감돌았다.

하딘이 몸을 일으켜 내 귀에 입을 맞췄다. 나도 일어서서 옷 매무새를 고쳤다. 당장 화장실로 가야 할 것 같았다.

'세상에, 이건 너무 이상해.'

하지만 나 또한 이 섹스를 즐겼다는 걸 부인할 수 없었다. 게다가 오늘의 경험은 뇌리에 박힐 만큼 너무나 강렬했다.

"준비됐어?"

그가 묻는다.

"뭐가?"

가쁜 숨을 고르며 내가 말했다.

"집에 갈 준비."

"지금은 못 가. 겨우 2시인걸."

나는 벽시계를 가리켰다.

"비서실에 우리 간다고 연락해. 나랑 같이 집에 가자."

하딘이 지시하듯 말하더니 책상에 있던 내 핸드백을 집어 들었다.

"출발하기 전에 마개는 다시 막아야지."

그가 핸드백에서 탐폰을 꺼내 들고, 내 콧잔등에 톡톡 치며 말했다. 나는 그의 팔을 찰싹 때렸다.

"좀 그만 해!"

그의 손에서 탐폰을 낚아채서 백에 다시 넣었다. 그는 깔깔거리며 웃었다.

하딘이 데리러 오기를 참을성 있게 기다리고 있었다. 출근한 지 사흘째. 로비 유리창 밖을 하염없이 바라보고 있었다. 다행히도 요 며칠 간은 눈이 내리지 않았다. 보도에 눈이 녹아 내린 시커먼 물 웅덩이가 여기저기 생겼다.

트레버 때문에 다툰 날 이후로, 하딘은 굳이 매일 출퇴근을 시켜주겠다며 고집을 피웠다. 살짝 짜증스러웠다. 하지만 놀라운 사실은, 그일 이후 하딘이 한 번도 화를 내지 않았다는 거다. 혹시라도 그날, 하딘이 트레버를 때리거나 했더라면 어떻게 됐을까. 킴벌리는 경비원을 부르고 하딘은 체포됐을 거다.

하딘은 4시 30분까지 오기로 했지만, 5시 15분이 넘도록 나타나지 않았다. 직원들 대부분이 퇴근했다. 트레버를 비롯해 퇴근하는 사람들이 저마다 집에 데려다주겠다고 했지만 거절했다. 물론 트레버는 멀찌 감치 떨어져 지나가며 물어봤다. 우리 사이가 어색해지는 건 싫었다. 하딘이 뭐라든 그와는 계속 친구로 지내고 싶었다.

마침내 하딘의 차가 주차장으로 들어왔다. 매서운 바람을 맞으며 밖으로 나갔다. 며칠 전보다 따뜻해졌고, 오늘은 햇살마저 쨍하게 내리쬐었지만 여전히 날씨는 쌀쌀했다.

"늦어서 미안해. 깜빡 잠이 들었어."

차에 올라타는 내게 하딘이 말을 건넸다.

"괜찮아."

대답하며 창밖을 내다보았다.

살짝 불안한 마음이 들었다. 오늘은 새해 전야다. 오늘과 내일, 뭘 할지에 대해 아직 아무런 계획도 없었다. 나는 그것만으로도 미칠 것 같았다. 지금쯤이면 세세한 계획이 모두 세워져 있어야 하는데 말이다.

며칠 전에는 스테프에게 문자메시지가 왔다. 아직도 답장을 보낼까 말까 고민 중이다. 한편으로는 그녀가 보고 싶기도 했다. 그녀뿐 아니라 모두에게 멀쩡하게 잘 지내는 내 모습을 보여주고 싶었다. 그들이 나를 무참히 짓밟았지만, 나는 생각보다 훨씬 강하다는 걸 증명해 보이고 싶었다. 하지만 또 한편으로 하딘의 친구들을 다시 만나는 건, 정말 어색한 일이 될 수 있다는 걸 깨달았다. 그들은 하딘과 계속 사귀는 나를 생각 없는 멍청이라 여길지도 모른다.

'걔들과 어울리게 되면 어떻게 처신해야 하지?'

솔직히 모든 게 전과 다를 거라는 두려운 마음이 들었다. 하딘과 나만의 안전한 보금자리가 아닌 곳에서는. 하딘이 전처럼 내내 나를 무시하고 친구들과 어울릴 것만 같았다. 만약 그곳에 몰리가 나타난다면? 생각만 해도 피가 거꾸로 솟는 것 같다.

"어디로 갈까?"

그가 물었다. 오늘밤 입을 옷이 필요하다고 이미 얘기해놓은 터였다.

"쇼핑몰이 좋겠어. 오늘 어디 갈지를 정해야, 그에 맞는 옷을 사지."

"너, 진심으로 걔들과 어울리고 싶은 거야? 아니면 그냥 우리끼리 외식할까? 난 집에 있어도 괜찮아."

"집에만 있기는 싫어. 우리, 늘 집에만 붙어 있잖아."

나는 미소를 지었다. 하딘과 함께 집에 있는 건 정말 좋다. 하지만 그는 항상 밖으로 돌던 사람이다. 때로는 혹시나 내가 그를 집에만 붙들어놓는 게 아닌가 걱정스러웠다. 그러다가 나한테 질려버릴 수도 있으니까.

하딘은 나를 백화점 앞에 내려주었다. 나는 먼저 안으로 들어갔다. 하딘이 주차를 마치고 돌아왔을 때, 이미 원피스를 세 벌이나 골라 들고 있었다.

하딘이 맨 위에 있던 밝은 노란색의 원피스를 보며 콧잔등을 찌푸렸다.

"그 컬러는 좀 촌스러운데."

"넌 모든 색깔이 다 촌스럽잖아. 검정색만 빼고."

그는 어깨를 으쓱했다. 그리고 아래 있던 금빛 원피스를 만지며 말했다.

"이게 맘에 들어."

"정말? 너무 튀는 것 같아서 망설였는데."

"이 노랑은 튀지 않을 것 같아?"

정곡을 찔렸다. 어깨끈 없는 흰색 원피스를 집었다.

"이건 어때?"

"입어봐야 알겠지?"

그가 능글맞게 웃으며 말했다.

"이런 변태."

그는 싱글거리며 피팅룸으로 따라 들어왔다.

"넌, 들어오면 안 돼."

그에게 핀잔을 주고 문을 닫았다. 그는 구시렁거리며 피팅룸 밖 소파에 앉았다.

"하나씩 입고 보여줘."

어깨끈 없는 흰색 원피스를 먼저 입어 보았다. 낑낑거리며 등 지퍼를 올렸다. 너무 끼면서 길이도 짧다. 결국 지퍼를 끝까지 올리고, 스커트 밑단을 잡아 내렸다. 피팅룸 문을 열었다.

"하딘!"

거의 속삭이듯 그를 불렀다.

"이런 제길."

그가 거의 벗은 듯한 나를 보며 신음처럼 혼잣말을 내뱉었다.

"너무 짧은 것 같아."

나는 얼굴을 붉혔다.

"그 옷은 절대 안 사겠구나."

그의 시선은 내 몸 위에서 바쁘게 움직였다.

"네가 뭐래도 사고 싶으면, 살 거야."

내가 뭘 입을지 그가 결정하는 게 아니라는 점을 다시 한 번 상기시켰다. 그가 잠시 나를 빤히 쳐다보았다.

"네 취향을 고려했을 때 너무 몸매가 드러나는 거 같아서."

"내 생각도 그래."

중얼거리면서 전신 거울로 한 번 더 보았다. 하딘이 싱긋 웃으며 내 다리를 힐끔거렸다.

"근데, 엄청 섹시해."

"다음!"

나는 다시 피팅룸으로 들어왔다.

금색 원피스는 전체에 금빛 스팽글이 달려 있다. 그런데도 살갗에 닿는 느낌이 부드러웠다. 허벅지 중간쯤까지 오는 길이에, 소매는 짤막했다. 많이 과한 듯 했다. 평소보다 몇 배나 위험해 보였다. 소매 부분은 수수했다. 하지만 온몸에 붙어 있는 반짝이 스팽글과 스커트 길이 때문에 입으면 완전히 느낌이 달랐다.

"테스."

밖에 있던 하딘이 참지 못하고 우는 소리를 냈다. 문을 열었다. 그의 반응이 어떨지 가슴이 두근거렸다.

"이런 세상에."

그가 침을 꿀꺽 삼켰다.

"어때?"

나는 아랫입술을 살짝 깨물었다. 이 원피스를 입으니 어쩐지 자신감이 차오르는 느낌이었다. 특히 하딘의 볼이 핑크빛으로 물들고, 한쪽 발로 서 있다 휘청하는 모습을 보고 나니 더욱.

"아주 많이, 예뻐."

이건 정말 보통의 커플들이 연출하는 장면 같았다. 백화점에서 남자 친구랑 마음에 드는 옷을 고르는 장면. 너무나 편안해서 오히려 낯선 느낌이었다. 시애틀에서 트레버와 저녁 먹었던 걸 그에게 들켜서 벌벌 떨었었는데. 불과 며칠 전까지만 해도 말이다.

"그럼, 이걸로 살래."

두꺼운 굽의 검정색 펌프스까지 골라서 계산대로 향했다. 하딘이 돈을 내겠다고 나섰지만 이번에는 내가 이겼다. 단호하게 잘랐다.

"테사, 나한테도 뭔가 사줘야지. 난 크리스마스 선물도 못 받았잖아."

쇼핑몰을 나서면서 그가 짓궂게 말했다. 그의 팔을 찰싹 때리려 손을 들었지만, 그가 손목을 낚아챘다. 그러더니 내 손바닥에 가볍게 입을 맞추고 손을 잡고 차까지 데리고 갔다.

'사람들 많은 데서는 절대 손 안 잡는데….'

거기까지 생각이 미치자, 우리가 뭘 하고 있는지 그도 깨달은 것 같았다. 그가 황급히 손을 놓았다.

한 번에 한 걸음씩, 그게 좋겠다.

아파트로 돌아와서, 나는 여덟 번이나 속으로 다짐했다. 우리는 그의 친구들과 어울릴 거다. 오늘 밤이 어떤 식으로 흘러갈지 상상하니, 긴장되기 시작했다. 영원히 둘이서만 숨어 지낼 수는 없으니까. 하딘이 그의 예전 친구들에게 어떻게 처신하는지 보면 알게 될 것이다. 그가 나를, 아니 우리를 진정으로 어떻게 느끼고 있는지.

샤워를 하면서 다리 면도를 세 번이나 했다. 뜨거운 물이 따뜻하게 느껴지지 않을 때까지, 오랫동안 샤워기의 물줄기 아래 서 있었다. 밖으로 나와 하딘에게 물었다.

"네이트가 별 말 안 했어? 오늘 어떡할지?"

무슨 대답을 듣고 싶은지는 나도 잘 모르겠다.

"조금 전에 연락 왔어. 집에서 다 만나기로 했대, 내 예전 집. 9시. 분명 엄청난 파티를 벌일 거야."

힐끗 시계를 쳐다보았다. 벌써 7시다.

"오케이, 준비할게."

화장을 하고, 재빨리 머리를 말렸다. 평소처럼 머리에 촘촘하게 컬을 넣고, 앞머리에 핀을 꽂았다. 꽤 괜찮아 보인다. 오늘만큼은 그 어떤 날보다 예뻐 보여야 한다. 화려한 컴백의 날이니만큼. 이건 그들을 향한 나만의 작은 복수 같은 거다. 그들이 나의 어떤 것도 무너뜨리지 못했음을 보여주는. 몰리도 분명 엄청 차려입고 나타날 것이다. 모든 사람들의 이목을 집중시킬 만큼, 심지어 하딘까지도. 그녀는 미워하는 만큼 화려하고 눈에 띈다. 몰리의 핑크빛 머리가 선명하게 떠올랐다. 나는 아이라이너를 조금 두껍게 그렸다. 신이 도왔는지 한 번에 완벽하게 그려졌다. 볼에 핑크색 블러셔를 발랐다. 앞머리에 꽂았던 핀을 빼서 쓰레기통에 던져버렸다.

하지만 재빨리 쓰레기통에서 핀을 다시 꺼냈다. 그래, 아직 이 핀을 버릴 마음의 준비는 안 됐다. 하지만 오늘 밤엔 안 꽂을 거다. 머리카락 사이로 손가락을 넣어 촘촘한 컬을 빗어 내렸다. 거울에 비친 내 모습에 내가 깜짝 놀랐다. 거울 속의 나는 클럽에 딱 어울리는 차림이었다. 조금 과하고, 섹시했다. 이렇게 화장을 진하게 한 건, 스테프가 '변신'을 시켜줬던 그날이 마지막이었다. 하딘이 내 모습을 보면 비웃을지도 모른다. 오늘은 그때보다 훨씬 나아 보였으면 좋겠다.

"8시 반이야, 테스!"

하딘이 거실에서 소리쳤다.

마지막으로 거울을 보며 매무새를 점검하고 심호흡을 했다. 하딘이 침실로 들이닥치기 전에 옷을 입어야 한다.

'하딘이 마음에 안 들어 하면 어쩌지?'

그는 지난 번 내 변신을 좋아하지 않았다. 불안한 생각 따위는 내려 놓고 원피스를 입었다. 지퍼를 올리고 새 펌프스를 신었다.

스타킹을 신어야 할까? 아니다. 진정하자. 쓸데없이 너무 많은 생각은 금물이다.

"테사, 우리 진짜…."

하딘의 목소리가 점점 커지더니 방문을 벌컥 열었다. 그리고 하던 말을 멈추었다.

"나, 괜찮아?"

"젠장, 완전."

그는 신음하는 것처럼 말했다.

"좀 과한 거 같진 않아? 화장이랑 전부?"

"아니, 좀…, 음…, 완전 괜찮아, 정말 좋아."

그가 말을 더듬었다. 말을 잃은 그의 모습에 웃음이 나는 걸 억지로 참았다.

"나가자…, 지금 안 나가면 이 아파트를 못 나가게 될 거야."

그가 중얼거렸다.

그의 반응에 자신감이 하늘을 찌를 듯 솟았다. 어쩐지 그랬다. 그는 여느 때처럼 흠잡을 데 없는 모습이다. 깔끔한 검정색 티셔츠에 블랙 진. 내가 좋아하는 검정색 스니커즈까지, 완벽했다. 내가 아는 '하딘'의 바로 그 모습이었다.

2 · 테사

하딘이 살던 클럽하우스에 도착했다. 더 프레이의 노래가 잔잔히 흐르고 있었다. 여기까지 오는 동안 둘 다 신경이 날카로워져, 아무 말도 하지 않았다. 안 좋은 기억들이 머릿속을 둥둥 떠다녔다. 하지만 모두 접어두기로 했다. 하딘과 나는 진지하게 사귀고 있다. 그리고 그는 이제 달라질 것이다.

사람들로 북적이는 담배 연기 자욱한 거실로 들어갔다. 하딘은 내 곁에 꼭 붙어 있었다. 어느 새 손에 빨간색 컵이 쥐어져 있었다. 하딘은 자기 몫을 거절하고, 내 것까지 가져갔다. 나는 컵을 뺏으려 손을 뻗었다. 그가 인상을 찌푸렸다.

"오늘 밤, 우리 술 마시지 말아야 할 거 같아."

"오늘 밤, 너는 술 마시지 말아야 할 거 같아."

내가 받아쳤다.

"좋아, 그럼 딱 한 잔만이야."

그가 다짐을 받고 다시 컵을 건네주었다.

"스캇!"

익숙한 목소리가 들렸다. 부엌에서 네이트가 나타더니 하딘의 어깨를 툭 쳤다. 얼굴에 반가운 미소가 가득했다. 네이트가 저렇게 귀여웠

나. 깜빡 잊고 있었다. 타투와 피어싱이 없는 그의 모습을 그려보려고
애썼지만, 그건 좀 어려울 것 같다.

"와우, 테사! 너, 정말…, 달라 보여."

그가 나를 보며 말했다.

하딘은 어이없는 표정을 지으며, 내 손에서 컵을 뺏어 한 모금 마셨
다. 그에게서 술잔을 뺏고 싶었지만, 싸움의 빌미를 만들고 싶진 않았
다. 한 잔쯤은 괜찮을 거다. 휴대전화를 하딘의 뒷주머니에 집어넣었
다. 이제 손이 좀 더 자유로워졌다.

"이런… 이런… 이런…, 이게 누구신가."

여자 목소리가 들렸다. 핑크색 머리의 멍청한 여자가 덩치 큰 남자
와 함께 걸어왔다.

"잘됐군."

하딘이 나지막이 중얼거렸다. 몰리가 우리 앞에 와 섰다.

"오랜만이네, 하딘."

그녀가 불쾌한 웃음을 건네며 인사했다.

"응."

하딘은 또 한 모금을 마셨다. 그녀의 시선이 내게로 옮겨졌다.

"아, 테사! 거기 있는 줄 몰랐네."

확실히 빈정거리는 말투였다. 나는 그녀를 무시해버렸다. 네이트가
내게 새 잔을 건네주었다.

"나, 보고 싶었어?"

몰리가 하딘한테 물었다. 그녀의 차림새는 평소보다 더 심했다. 거
의 벗다시피 했다. 검정색 셔츠의 앞자락은 아래까지 쭉 찢어져 있었

고 빨간색 반바지는 짧아도 너무 짧았다. 게다가 군데군데 찢어져서 엉덩이가 다 드러나 보였다.

"별로."

하딘은 그녀를 쳐다보지도 않고 말했다. 스며 나오는 웃음을 감추려고 컵을 입으로 가져갔다.

"보고 싶었다는 거 다 알아."

그녀가 맞받아쳤다.

"꺼져."

하딘은 단호했다. 그녀는 이게 전부 게임인 양 과장된 표정을 지었다.

"맙소사, 재수 없어."

"가자, 테사."

하딘이 내 손을 잡아 끌었다. 짜증 내는 몰리를 뒤로 하고, 우리는 부엌으로 들어갔다. 뒤에서 네이트의 웃음소리가 들렸다.

"테사!"

스테프가 소파에서 펄쩍 뛰어 일어서며 소리를 질렀다.

"세상에! 너, 진짜 핫하다! 와우!"

그러더니 덧붙여 말했다.

"나도 저렇게 입을걸!"

"고마워."

내가 미소 지었다. 스테프를 만나는 건 아직 조금 어색했다. 그래도 몰리만큼 나쁘진 않았다. 솔직하게 말하자면 스테프가 보고 싶었다. 그리고 오늘 밤, 모든 일이 순조롭게 풀려서 우리가 다시 우정을 쌓을 수 있을지, 그 가능성을 타진해보고 싶었다.

그녀가 나를 끌어안았다.

"와줘서 기뻐."

"나, 로건하고 얘기 좀 하고 올게. 여기 그대로 있어."

하딘이 당부하고 자리를 떴다.

스테프가 장난기 가득한 눈으로 그를 쳐다보았다.

"매너 없는 건 여전해."

그녀는 파티광들의 목소리와 소란스러운 음악보다 더 큰 소리로 웃어댔다.

"변하지 않는 게 있는 법이니까."

나는 웃으며 한 잔 쭉 들이켰다. 익숙하고도 달콤한 맛이었다. 생각하기는 싫었지만, 체리 맛이 제드와의 키스를 떠오르게 했다. 그의 입술은 낯설었고 혀는 달콤했다. 마치 다른 세상, 또 다른 테사의 기억인 것 같았다. 스테프는 내 생각을 읽은 것처럼 어깨를 툭 쳤다.

"제드도 왔어. 걔 본 적 있어? 그니까… 그 이후에 말이야."

그녀는 얼룩말 무늬 손톱으로 검정 머리 남자를 가리켰다.

"아무도 못 봤어. 하딘 말고는."

"제드는 그 일이 있고, 기분이 완전 더러워졌나 봐. 되게 안쓰러워."

"우리 다른 얘기 하자, 제발."

그와 눈이 마주치자 시선을 돌리며 내가 애원했다.

"그래, 미안. 한 잔 더 할래?"

나는 긴장을 늦추며 미소를 지었다.

"당연하지."

제드가 서 있던 곳을 슬쩍 둘러봤지만 그는 사라지고 없었다. 씁쓸

해진 기분으로 다시 스테프를 바라보았다. 그녀는 애꿏은 컵만 바라보고 있었다. 둘 다 딱히 뭐라 할 말이 없었다.

"트리스탄이 어디 있는지 찾아보자."

그녀가 화제를 돌렸다. 여기 그대로 있으라던 하딘의 말이 떠올랐다. 하지만 그건 부탁이 아니라 명령이었다. 그의 말투를 생각하니 갑자기 짜증이 일어 컵에 남아 있는 술을 모두 마셔버렸다. 술 기운이 퍼지면서 볼이 뜨거워졌다. 긴장이 조금 풀리는 것 같았다. 새 컵을 들고 스테프를 따라 거실로 나갔다.

집 안은 그 어느 때보다 사람들로 북적였다. 하딘의 모습은 찾을 수가 없었다. 사람들이 기다란 카드 테이블 주위에 모여 있었다. 테이블에는 빨간색 컵이 줄을 서 있다. 술 취한 무리들이 탁구공을 컵 안에 던져넣으며 술을 마시고 있었다. 술 마시면서 저런 게임을 하는 건 도통 이해할 수가 없다. 그래도 이 게임엔 적어도 벌칙 키스 같은 건 없었다. 소파에 앉아 있는 트리스탄이 보였다. 옆에는 빨간 머리 남자가 있었다. 이 집에서 전에 본 적 있었다. 마지막으로 봤을 때, 그 남자는 제이스와 대마초를 피우고 있었다. 제드는 소파 팔걸이에 앉아 일행에게 무언가를 얘기하고 있었다. 트리스탄은 고개가 젖혀질 만큼 깔깔거리다가 스테프가 다가오는 걸 보고 미소 지었다. 네이트의 룸메이트인 트리스탄은 처음 봤을 때부터 마음에 들었다. 그는 다정했고, 스테프를 진심으로 좋아하는 것 같았다.

"스테프, 너희 둘 사이는 어때?"

그들 쪽으로 가면서 물었다. 그녀는 몸을 홱 돌리더니 환한 표정을 지었다.

"최고야, 진짜로. 트리스탄을 사랑하는 거 같아."

"같다고? 너희 아직도 서로 고백 안 했어?"

"안 했어. 우리 3개월 동안 데이트만 했어!"

"아….."

하딘과 나는 사귀기 전부터 그 말을 했는데.

"너랑 하딘하고는 달라."

내 생각을 읽은 것처럼 그녀가 재빨리 덧붙였다.

"너네 둘은 어때?"

"우린 아주 좋아."

이렇게 대답할 수 있어서 기분이 정말 좋다. 우리 사이는 진짜로 좋으니까.

"너네 둘은 정말 괴상한 커플이야."

"응, 그런 것 같아."

내가 키득거렸다.

"어쨌든 잘됐다. 하딘이 저랑 비슷한 여자를 만났다고 상상해봐. 난 절대 그 여자랑 안 어울렸을 거야, 확실해."

그녀가 웃었다.

"나도."

나도 따라 웃었다.

트리스탄이 스테프에게 손을 흔들었다. 그녀는 냉큼 그의 무릎 위에 올라 앉았다. 그가 그녀의 뺨에 쪽 입을 맞추고 나를 쳐다보았다.

"잘 지냈어, 테사?"

"응. 넌 어때?"

나는 정치인인양 판에 박힌 인사를 했다.

'긴장 풀어, 테사.'

"술독에 빠져 살았지만, 그럭저럭 괜찮았어."

그가 웃었다.

"하딘은? 못 본 거 같은데."

빨간 머리 남자가 물었다.

"글쎄, 잘 모르겠는데."

나는 어깨를 으쓱했다.

"아마 여기 어디 있을 거야. 걔가 너한테서 멀리 있는 건 본 적이 없거든."

스테프가 나를 안심시켰다. 사실 하딘이 한참 안 보였지만 상관없었다. 술기운이 긴장감을 풀어주었다. 그래도 그가 얼른 돌아와 내 곁에 함께 있었으면 좋겠다. 여긴 죄다 그의 친구들뿐이고, 내 친구는 없다. 스테프만 빼고. 아직 마음을 정하진 않았지만, 그래도 그녀는 여기서 나와 가장 친한 사람이다. 아무튼 혼자 서 있는 건 싫었으니까.

누군가 내게 부딪혔다. 나는 중심을 잃고 휘청거렸다. 운 좋게도 빈 잔을 들고 있었다. 컵은 얼룩덜룩한 카페트 위로 떨어졌다. 바닥에 핑크색 액체가 몇 방울 떨어졌다.

"제기랄, 미안."

술 취한 여자가 더듬거리며 말했다.

"괜찮아."

여자의 까만 머리가 반짝거렸다. 나는 말 그대로, 눈을 가늘게 뜨고 바라보았다. 그녀는 생각했던 것보다 술에 더 취한 모양이었다.

"밟히기 전에 이리 와서 앉아."

스테프가 짓궂게 말했다. 나는 웃으며 소파 모서리에 앉았다.

"너 제이스 얘긴 들었어?"

트리스탄이 물었다.

"무슨 얘기?"

그 이름을 듣자 마자 속이 뒤틀렸다.

"걔, 체포됐었잖아. 어제 감옥에서 나왔어."

그가 설명했다.

"무슨 짓을 저질렀는데?"

"사람을 죽였어."

빨간 머리의 남자가 대답했다.

"오 마이 갓!"

나는 깜짝 놀랐고, 사람들은 웃기 시작했다. 내 목소리는 아까보다 훨씬 더 컸다. 확실히 술에 취했다.

"그 자식이 너한테 엿 먹였잖아. 그리고 바로 끌려갔어. 대마초를 가지고 있었거든."

트리스탄이 웃으며 말했다.

"넌 정말 개자식이야, 에드."

스테프는 빨간 머리 남자의 팔을 때렸다. 나는 웃음이 터졌다. 어떻게 아무 의심도 없이 그 말을 믿을 수 있는지 나도 이해가 안 갔다.

"좀 전에 네 표정을 봤어야 하는데."

트리스탄이 또 다시 웃었다.

30분이 더 지났지만, 하딘은 보이지 않았다. 슬슬 짜증이 났다. 하지만 술을 더 마실수록, 점점 신경이 덜 쓰였다. 몰리가 내 시야에 들어와 있는 까닭도 있었다. 그녀는 오늘 밤 놀아날 남자를 찾는 것 같았다. 금발 남자의 손이 그녀의 허벅지를 더듬고 있었다. 둘 다 흠씬 취해서 난 잡하고 흉물스럽게 보였다.

"누가 할래? 카일이 완전 뻗었어."

안경 낀 남자가 술 취한 남자를 가리켰다. 남자는 카펫 위에 웅크리고 누워 있었다. 나는 테이블 위에 두 줄로 줄 맞춰 서 있는 컵들을 쳐다보았다.

"내가 할래!"

트리스탄이 소리치며 스테프를 무릎에서 부드럽게 밀쳤다.

"나도!"

그녀도 나섰다.

"넌 잘 못하잖아."

트리스탄이 놀리듯 말했다.

"나도 잘해. 내가 너보다 잘한다고 심통 부리는구나. 오늘은 같은 편이잖아. 그렇게 쫄 필요는 없어."

그녀가 장난스럽게 속눈썹을 깜빡거렸다. 그는 고개를 절레절레 저었다.

"테스, 너도 같이 하자!"

그녀가 소리쳤다.

"음, 난 안 할래."

무슨 게임인지도 모르겠지만, 어쨌든 겁이 났다.

"그러지 말고! 재미있을 거야."

그녀는 애원하듯 두 손을 모았다.

"그게 뭔데?"

"비어 퐁이야."

그녀가 과장된 몸짓으로 어깨를 으쓱했다. 그러더니 깔깔거리며 웃었다.

"너, 한 번도 안 해봤구나?"

"응, 맥주는 별로 안 좋아해서."

"우린 맥주 대신에 체리 보드카 믹스를 써. 애들이 몇 십 통은 만들어 놨을 걸. 내가 냉장고에서 한 통 가져올게."

그녀는 트리스탄을 돌아보았다.

"컵들 줄 세워, 애송이."

별로 하고 싶지 않았지만, 한편으론 오늘 밤을 즐기고 싶었다. 나는 맘껏 느슨해지고 망가져보고 싶었다. 비어 퐁은 소파에 혼자 우두커니 앉아 있는 것보다 나을 것 같았다. 어디에 있는지도 모를 하딘을 기다리면서 시간을 보내기엔 말이다.

트리스탄은 컵들을 삼각형 모양으로 늘어놓았다. 꼭 볼링 핀 같았다.

"너도 할 거야?"

그가 물었다.

"근데 어떻게 하는지 몰라."

"누가 얘 파트너 할래?"

아무도 나서지 않았다. 바보가 된 느낌이었다.

'멋지군. 이럴 줄 알았어.'

"제드, 너 할래?"

트리스탄이 말했다.

"어… 잘 모르겠어…."

제드가 나를 쳐다보지도 않고 말했다. 그는 내가 여기 나타난 이후 내내 나를 피하고만 있었다.

"딱 한 판만, 맨."

제드는 나를 향해 갈색 눈을 깜빡였다. 그리고 트리스탄의 뒤로 갔다.

"좋아, 딱 한 판."

그가 걸어와 내 옆에 섰다. 스테프는 컵에 술을 채웠고, 제드와 나는 잠자코 있었다.

"이 컵들, 밤새 쓰는 거지?"

그녀에게 물었다. 대체 몇 사람의 입에 닿았을까 생각하니 역겨웠다.

"괜찮아. 알코올이 소독해줄 거야!"

그녀가 웃었다. 제드가 웃는 걸 힐끗 쳐다보았다. 눈이 마주치자 그는 시선을 딴 데로 돌렸다.

'길고 긴 게임이 되겠구나.'

3 · 테사

"탁구공을 테이블로 던져서 저 컵들 중 하나에 넣는 거야. 들어가면 상대팀은 공이 들어간 컵을 마셔야 해. 상대편 컵에 공을 다 넣은 편이 이기는 거야."

트리스탄이 설명했다.

"이기면 뭘 주는데?"

"아무 것도 없어. 그냥 이기면 술을 많이 안 마셔도 된다는 거지."

술 마시기 게임에서 이긴 사람이 술을 덜 마셔도 된다니. 그건 파티 이념에 위배되는 거 아닌가? 그 사실을 막 지적하려는 찰라, 스테프가 소리쳤다.

"내가 먼저 할게!"

스테프는 하얀 공을 장난스럽게 트리스탄의 셔츠에 문질렀다. 그리고 공에 입을 대고 바람을 불더니, 테이블에 던졌다. 공이 튀어 컵 가장자리를 맴돌더니 컵 안으로 쏙 들어갔다.

"네가 먼저 마실래?"

제드가 나에게 물었다.

"당연하지."

나는 어깨를 으쓱한 다음, 그 컵을 들었다.

트리스탄이 다음 공을 던졌지만 실패했다. 바닥에 떨어진 공을 제드가 집어 들었다. 그걸 우리 쪽 잔에 던져 넣었다. 이러니 위생이 엉망일 수밖에. 하지만 대학생들 파티인데, 뭘 더 기대하겠는가.

"네가 먼저 해."

제드가 내게 말했다.

생애 첫 비어 퐁, 아니 체리 보드카 퐁은 제법 잘 되는 것처럼 보였다. 처음 던진 네 번의 샷이 모두 일렬로 들어갔다. 상대 팀을 향해 웃어주느라 턱이 빠질 지경이었다. 뭐든 게임에 이기는 건 피를 끓어오르게 만든다. 그게 설령 술 마시기 게임이라도.

"너, 이거 해본 적 있지! 분명!"

스테프가 한 손을 허리에 대고 나를 몰아붙였다.

"아냐, 내가 좀 노련할 뿐이지."

나는 깔깔 웃었다.

"노련하다고?"

"내 비어 퐁 스킬을 질투하지 마."

순간 주위에 몰려 있던 사람들이 죄다 웃음을 터뜨렸다.

"맙소사! 그 '스킬' 소리는 다신 하지 말아 줄래?"

스테프가 말했고, 나는 웃음을 멈추려고 배를 움켜쥐었다. 게임은 생각했던 것보다 훨씬 더 재미있었다. 술을 잔뜩 마셔서 그런지 느긋한 기분이 들었다.

"이번만 잘하면 우리가 이길 거야."

나는 제드를 응원했다. 술을 마실수록 내 옆에 있는 그의 모습이 더 편안해 보였다.

"해내고 말겠어."

그가 나를 보며 웃었다. 작은 공이 공중으로 날아올랐고, 스테프와 트리스탄의 마지막 컵에 정확히 내리꽂혔다.

나는 미친 사람처럼 고함을 지르며 깡총깡총 뛰었다. 제드는 손뼉을 쳐댔다. 생각할 새도 없이, 나는 기쁨에 넘쳐 그의 목을 끌어안았다. 그가 순간 휘청했지만, 그가 이내 내 허리에 팔을 둘렀다. 그러다 우리 둘모두 흠칫 놀라 떨어졌다. 이건 아무 의미 없는 포옹이었다. 우리는 게임에서 이겼고, 그저 기뻤을 뿐이다. 다른 뜻은 없었다. 스테프가 눈을 동그랗게 뜨고 나를 쳐다보았다. 혹시나 하딘이 있나 주위를 둘러보았다.

그는 보이지 않았다. 하지만 그가 있었대도, 뭐. 이 파티에 나를 혼자 떨궈놓고 사라진 건 그다. 나는 전화도 문자메시지를 보낼 수가 없었다. 내 휴대전화가 그의 주머니에 들어 있기 때문이다.

"한 판 더 해!"

스테프가 소리를 질렀다. 나는 눈을 크게 뜨고 제드를 쳐다보았다.

"할까?"

그는 머뭇거리며 집 안을 둘러보더니 대답했다.

"그래, 좋아…, 한 판 더 하자."

그가 비로소 미소를 지었다.

두 번째 판도 제드와 내가 이겼다. 스테프와 트리스탄은 우리가 속임수를 썼다며 장난스럽게 떼를 썼다.

"테사, 괜찮아?"

테이블에 우리 넷만 남자, 제드가 물었다. 비어 퐁 게임은 두 판까지가 한계였다. 나는 좀 취한 것 같았다. 아니, 제대로 취했다. 하지만 기분은 진짜 좋았다. 트리스탄은 스테프와 함께 부엌으로 사라졌다.

"응, 좋아. 진짜 좋아. 완전 재미있었어."

그에게 말하자, 그는 나를 보고 웃었다. 가지런한 치아 뒤로 혀가 슬쩍 보였다. 그의 미소는 참 매력적이다.

"좋아! 그럼 실례 좀 할게. 나가서 바람 좀 쐬어야겠어."

'바람이라.'

나도 시원한 공기를 마시고 싶었다. 담배 냄새와 땀 냄새가 뒤섞인 여기 말고 밖에서. 집 안은 너무 더웠다.

"나도 가도 돼?"

"음…, 그건 좋은 생각인지 잘 모르겠는데."

그가 시선을 피하며 대답했다.

"아, 알겠어."

민망함에 두 뺨이 화끈거렸다. 몸을 돌려 가려는데, 그가 부드럽게 내 팔을 붙잡았다.

"같이 나가자. 그냥 너하고 하딘 사이에 문제 일으키고 싶지 않아서 그랬어."

"하딘은 여기 없는걸, 뭐. 그리고 내가 원하면 누구든 친구가 될 수 있어."

말꼬리를 흐렸다. 내 목소리는 너무 웃겼다. 내가 들어도 너무 이상해서 키득키득 웃음이 나왔다.

"너, 꽤 취한 것 같아."

그가 현관문을 열었다.

"쬐끔, 쬐끔…, 아, 조금."

웃음이 터져 나왔다.

매서운 겨울 바람이 놀랄 만큼 상쾌했다. 제드와 나는 마당으로 나왔다. 무너진 돌담 위에 나란히 앉았다. 예전에 내가 자주 앉던 곳이다. 추운 날씨 때문인지 밖에 나와 있는 사람은 몇 명 없었다. 한 사람은 나무덤불에 토하고 있었고, 몇 걸음 떨어진 곳에 다른 사람들이 있었다.

"멋진데."

내가 투덜거렸다.

제드는 키득거렸지만 아무 말도 하지 않았다. 허벅지에 닿은 돌담이 얼음처럼 차가웠다. 재킷이 필요했지만 그것조차 하딘의 차에 있었다. 하딘은 대체 어디 있는 걸까. 차는 아직 여기 있었지만, 그는 보이지 않았다. 비어 퐁을 두 게임이나 하는 동안에도.

나는 제드를 쳐다보았다. 그는 어둠 속을 응시하고 있었다. 왜 이렇게 어색하지? 그의 손이 배 쪽으로 움직이더니 긁적거리는 것처럼 보였다. 셔츠를 조금 끌어올리자, 흰 붕대 같은 게 눈에 들어왔다.

"그건 뭐야?"

"타투. 여기 오기 바로 전에 했어."

"보여줄 수 있어?"

그는 어깨를 으쓱 하더니 재킷을 벗었다. 옷을 옆에 내려놓고, 붕대의 테이프를 떼어냈다.

"여기 너무 어둡다."

그는 휴대전화를 꺼내서 화면 불빛을 비추었다.

"시계 태엽이야?"

내가 물었다. 생각할 틈도 없이, 나는 검지로 타투를 따라 훑어 내렸다. 그는 주춤하긴 했지만, 물러서진 않았다. 타투는 복부를 거의 다 채울 만큼 컸다. 언뜻 보기에, 나머지 부분은 자잘한 타투로 채워져 있었다. 새 타투는 기계 태엽들이었는데, 꼭 움직이고 있는 것처럼 보였다. 아마도 보드카 때문이겠지.

손가락은 여전히 그의 따뜻한 살갗을 따라 움직이고 있었다. 무슨 짓을 하고 있는 거야. 순간 화들짝 놀랐다.

"미안…."

나는 손을 떼었다.

"괜찮아, 이게 시계 태엽 같은 거야. 여기 꼭 피부가 찢어진 것처럼 보이지?"

그가 타투 끝을 가리켰고, 나는 고개를 끄덕였다.

"피부가 이렇게 당겨지면 뱃속에 기계가 있는 것 같아. 내가 꼭 로봇이 된 것처럼."

"로봇?"

이런 걸 왜 묻고 있는지도 모르겠다.

"이 사회의 로봇…"

"아…."

예상했던 것보다 훨씬 복잡한 대답이었다.

"암튼 진짜 멋져. 이해할 수 있어."

나는 씨익 웃었다. 술 기운에 머리가 빙빙 도는 것 같았다.

"사람들이 이 콘셉트의 타투를 이해할지 모르겠어. 지금까지 그렇게 말한 사람은 너뿐이야."

"넌 타투를 얼마나 더 하고 싶은데?"

"잘 모르겠어. 이제 팔에는 더 할 데가 없어. 배도 그렇고. 아마 할 데가 없으면 그만 하겠지."

그가 웃음 지었다.

"나도 타투 해야겠다."

불쑥 말이 튀어나왔다.

"네가?"

그의 웃음 소리가 커졌다.

"왜, 안될 게 뭔데?"

나는 장난으로 화내는 척 했다. 타투를 해보는 것도 나쁘지 않을 것 같았다. 뭘 새길지는 모르겠지만, 모험적이면서도 재미있는 놀이처럼 느껴졌다.

"너, 술 너무 마신 것 같아."

그가 붕대 반창고를 다시 문질러 붙이며 짓궂게 말했다.

"내가 못할 거 같아?"

"그런 건 아니야. 상상이 안 돼서. 어떤 모양을 하고 싶은데?"

그는 웃음을 참는 것 같았다.

"모르겠어…, 태양 같은 거? 아니면 스마일은 어떨까?"

"스마일? 진짜 취해서 하는 소리 같다."

"그럴지도."

내가 키득키득 웃었다. 잠깐 조용히 있다가 나는 다시 입을 열었다.

"사실 네가 나한테 화난 줄 알았어."

그의 얼굴에서 순간적으로 웃음기가 사라졌다.

"왜 그렇게 생각했는데?"

그가 차분히 물었다.

"네가 날 피했잖아. 트리스탄이 비어 퐁 게임하자고 하기 전까지 말야."

그는 한숨을 토해냈다.

"널 피했던 게 아냐, 테사. 난 그냥 문제를 만들고 싶지 않았을 뿐이야."

"하딘이랑?"

답을 알고 있었지만, 다시 물었다.

"응. 걔가 나한테 신신당부했거든. 너한테서 떨어지라고. 나도 걔랑 또 싸우고 싶진 않아. 더 이상 문제를 일으키고 싶지도 않아. 너하고도 마찬가지고. 난 그냥…, 아니다."

"하딘도 점점 나아지고 있어. 뭐랄까, 현명하게 화를 낸달까."

내가 들어도 이상한 소리였다. 그게 사실인지는 잘 모르겠다. 하지만 그렇게 생각하고 싶었다. 트레버를 가만 둔 것만 봐도 시사하는 바가 분명 있으니까. 그는 의심스러운 눈초리로 나를 쳐다보았다.

"하딘이?"

"응, 내 생각엔."

"근데, 걘 어디 갔어? 널 두고 사라졌다니 정말 놀라워."

"나도 몰라."

혹시나 도움이 될까 싶어 주위를 둘러보았다.

"로건이랑 얘기한다고 갔어. 그때부턴 쭉 못 봤고."

그가 고개를 끄덕이며 배를 긁적거렸다.

"이상하네."

"응, 이상해."

나는 웃어버렸다. 보드카 덕분에 모든 게 훨씬 더 재밌게 느껴졌다.

"스테프가 오늘 너 만나서 진짜 행복한 것 같더라."

그가 담배를 피워 물었다. 니코틴 냄새가 콧속으로 밀려 들어왔다.

"그런 것 같아. 근데, 나도 스테프 보고 싶었어. 아직 화가 다 풀리진 않았지만."

이런 화제도 전만큼 부담스럽게 느껴지지 않았다. 하딘이 없는데도 나는 즐거운 시간을 보내고 있었다. 스테프와 웃고 떠들었다. 그리고 처음으로 이 모든 것을 딛고 그녀와 한 걸음 앞으로 나아간 것 같았다.

"여기까지 오다니, 넌 정말 용감해."

그가 미소를 띠며 말했다.

"멍청한 거 하고 용감한 건 같은 뜻이 아닌데 말이야."

내가 농담을 던졌다.

"진심이야. 그 일을 겪고도…, 넌 숨거나 도망가지 않았잖아. 나 같으면 아마 그랬을 거야."

"나도 잠깐은 숨었어. 근데 하딘이 날 찾아낸 거지."

"앞으로도 항상 그럴 거야."

하딘의 목소리에 소스라치게 놀랐다. 나는 담벼락에서 떨어지지 않으려고 제드의 재킷을 꽉 움켜쥐었다.

4 · 하딘

그래, 난 언제든 그녀를 찾아낼 수 있다. 특히나 그녀가 나를 돌게 만드는 짓을 할 때는 언제나. 빌어먹을 트레버나 제드랑 시시덕거리는 장면 같은 걸 연출할 때 말이다.

어처구니가 없었다. 테사가 제드랑 담벼락에 앉아 나한테서 도망쳤던 얘기를 하는 걸 찾아내다니. 그녀는 제드 자식에게 딱 달라붙어 있었다. 나는 얼어붙은 잔디밭 사이를 헤매고 있었는데.

"하딘이다!"

테사가 어린애처럼 말했다. 갑자기 나타난 나를 보고 놀란 것 같았다.

"그래, 하딘이야."

내가 말했다.

제드는 화들짝 그녀에게서 떨어졌다. 나는 최대한 침착하려고 애를 썼다. 도대체 왜, 그녀는 제드 자식과 단둘이 밖에 나와 있는 거야? 부엌에 있으라고 신신당부 했는데. 스테프에게 테사의 행방을 물으니 내뱉은 말이라곤 오직 '제드' 뿐이었다. 5분 동안 미친 듯이 집 안을 뒤졌다. 방이란 방은 다 뒤진 것 같았다. 그러다 결국 밖에 나와봤더니 여기에, 둘이, 같이, 있다.

"넌 부엌에 있어야 하는 거 아냐?"

시비조 말투를 부드럽게 하려고 애썼다.

"넌 금세 돌아왔어야 하는 거 아냐?"

한숨이 나왔다. 다시 말을 꺼내기 전 심호흡을 했다. 늘 충동적으로 반응했지만, 이제 그러지 않으려 애쓰는 중이다. 하지만 빌어먹을, 그녀도 나를 도와줘야 한다.

"안으로 들어가자."

그녀의 손을 잡았다.

그녀를 제드에게서 떼어놔야 한다. 솔직히 말하면, 나도 그 자식에게서 떨어져야 한다. 벌써 한 차례 그와 주먹다짐을 했다. 또 그러지 않으리란 법은 없다.

"나, 타투 할 거야."

담벼락에서 내려오며 테사가 말했다.

"뭐라고?"

"너도 제드가 새로 한 타투를 봤어야 했는데, 완전 멋있어."

그녀가 배실배실 웃었다.

"얘한테도 보여줘, 제드."

아니, 어쩌다가 테사가 이 자식의 타투까지 본 거야? 대체 내가 뭘 얼마나 놓친 거지? 얘들은 또 무슨 짓을 한 걸까? 제드 자식은 테사를 처음 만났을 때부터 그녀를 원했다. 내가 그랬던 것처럼. 다른 점이라면, 나는 그녀와 자고 싶었던 거고, 이 자식은 진짜로 그녀를 좋아했다.

하지만 내가 이겼다. 그녀는 날 선택했다.

"아냐, 괜찮아…."

제드는 눈에 띄게 거북해 보였다.

"괜찮긴 뭐가 괜찮아. 나한테 보여줘, 제발."

나는 빈정거렸다. 제드는 담배 연기를 내뿜고는 티셔츠를 들어올렸다. 붕대를 한쪽으로 떼어 보니, 타투가 눈에 들어왔다. 제법 멋져 보였다. 근데 왜 이걸 테사한테 보여준 거야?

"멋지지? 나도 하고 싶어. 쟤랑 나랑 스마일을 하기로 했어!"

이건 진심이 아니다. 입술 피어싱을 잘근잘근 씹었다. 그녀를 보면 웃음이 터질 것 같아서다. 나는 제드를 쳐다보았다. 제드는 어깨를 으쓱하며 고개를 가로저었다. 말도 안 되는 타투 얘기에 짜증이 조금 누그러졌다.

"테사, 너 취했어?"

"아마도."

그녀가 낄낄거렸다.

"얼마나 마셨는데?"

내가 두 잔 마셨으니까, 그녀는 분명 그 이상 마셨을 거다.

"모르겠어…, 넌?"

그녀가 놀리듯 말하며, 내 셔츠 자락을 잡고 들어올렸다. 그녀의 차가운 두 손이 뜨거운 살갗에 닿았다. 나는 움찔했고, 그녀는 내 가슴에 머리를 파묻었다.

'잘 봐, 제드. 이 여자는 내 거야. 그 누구의 것도 아니고, 내 거라고.'

그를 쳐다보며 내가 물었다.

"얘, 대체 얼마나 마신 거야?"

"전에 얼마나 마셨는지는 모르겠어. 우리가 비어 퐁을 두 게임 했거든…, 체리 보드카로."

"잠깐만…, 우리? 너네 둘이 비어 퐁을 했다고?"

"아냐. 체리 보드카 퐁이야!"

그녀가 고개를 들더니 웃으며 내 말을 정정했다.

"우리가 이겼어, 두 번 다! 내가 거의 다 넣었어. 스테프하고 트리스탄도 제법 잘했는데, 그래도 우리가 코를 납작하게 해줬어, 두 번이나!"

그녀는 제드에게 하이파이브라도 하려는 듯 손을 번쩍 들어올렸다. 제드는 떨떠름한 표정으로 그대로 서서 공중으로 손을 들었다.

이게 테사다. 모든 걸 최고로 해내는 데 익숙한 여자 말이다. 비어 퐁 게임에 이겼다고 뻐기는 것까지도. 나는 그녀의 이런 세세한 것까지도 사랑한다.

"스트레이트 보드카?"

"아냐, 체리 주스에 보드카 조금 넣은 거야. 그래도 많이 마셨어."

"그런데도 넌 얘를 이 깜깜한 데로 데리고 온 거야? 이렇게 맛이 간 걸 뻔히 알면서?"

언성이 높아졌다. 테사는 얼굴을 바짝 갖다 댔다. 그녀의 숨결에서 보드카 냄새가 훅 풍겼다.

"하딘, 제발 진정해. 따라 나가겠다고 한 건 나야. 앤, 첨에 안 된다고 그랬어. 네가 이런 행패 부릴 걸 알았으니까."

그녀는 인상을 쓰며, 내 배 위에 올려놓은 손을 치우려 했다. 하지만 나는 그녀의 손을 부드럽게 다시 당겼다. 나는 그녀의 허리에 팔을 둘러, 더 바짝 끌어당겼다.

"그리고 날 두고 가버린 건 너란 걸 이, 이띠마. 우, 우딘 비어 퐁 파트너 할 뚜 이따구."

그녀의 혀가 마구 꼬였다. 그녀 말이 다 맞다. 그래도 그녀가 날 화나게 하고 있다. 어떻게 하고 많은 사람들 중에 제드랑 게임을 할 수가 있어? 아직도 제드는 그녀에게 감정이 남아 있다. 그녀를 바라보는 눈빛만 봐도 분명히 알 수 있다. 제드는 그녀를 좋아한다.

"내 말이 맞지? 내 말이 맞지?"

그녀가 자꾸 묻는다.

"맞아, 테사."

나는 그녀를 조용히 시키려고 애를 썼다.

"난 들어갈게."

제드가 담배 꽁초를 휙 던지더니 가버렸다. 테사가 그를 쳐다보다가, 나에게 말했다.

"넌 정말 못됐어. 사라졌던 데로 다시 가버려."

그녀가 나에게서 벗어나려고 애를 썼다.

"아무 데도 안 갈 거야."

그녀를 다독이며 대답했다.

"그러니까 못되게 좀 굴지 마. 오늘 밤 진짜 재미있었단 말이야."

나를 올려다보는 그녀의 눈이 평소보다 훨씬 더 반짝였다.

"테사, 네가 저 자식이랑 단둘이 있는 걸 보고도 내가 행복할 거라 생각해?"

"그럼 다른 사람이랑 있는 편이 낫겠어?"

그녀는 술에 취하면 화를 너무 잘 낸다.

"아니, 내 말의 포인트는 그게 아니잖아."

"포인트가 뭔데. 난 잘못한 게 없어. 그만 좀 해. 계속 그러면 너랑 안 놀 거야."

그녀가 협박조로 말했다.

"좋아, 이제 투덜대지 않을게."

"어이없는 표정도 짓지 마."

그녀가 야단치는 말투로 말했다. 나는 그녀의 허리에서 팔을 풀었다.

"알았어, 어이없는 표정 금지."

내가 미소를 지었다.

"그렇지, 바로 그거야."

그녀가 웃으려 애를 썼다.

"오늘 제법 이래라 저래라 한다."

"보드카 덕분에 완전 용감해졌어."

그녀의 손이 내 아랫배로 내려오는 걸 느꼈다.

"너, 타투 하고 싶어?"

그녀의 손을 치우며 물었다. 하지만 그녀는 나를 막으며 손을 더 아래로 내렸다.

"응, 한 다섯 개쯤?"

그녀는 어깨를 으쓱했다.

"잘 모르겠어."

"넌 타투 안 할걸."

그녀는 손가락으로 내 박서 팬티 단을 따라 훑고 있었다.

"내일 술 깨고 난 다음에 얘기하자."

그녀가 취하지 않았다면 타투 따위엔 관심도 없을 게 뻔하다.

"테사, 안으로 들어가자."

그때 그녀의 손이 팬티 안으로 미끄러져 들어왔다. 그녀가 까치발을 세우고 내 뺨에 입을 맞추려는 줄 알았다. 하지만 귀에 입술을 가져다 댔다. 그리고 내 것을 부드럽게 움켜쥐자 저절로 헉 소리가 나왔다.

"우리 여기 있어야 할 것 같아."

그녀가 속삭였다.

'이런 제기랄.'

"보드카가 확실히 널 용감하게 만들었구나."

목소리가 갈라졌다.

"그리고 날 달아오르게…"

그녀가 너무 큰 소리로 말해서 나는 황급히 그녀의 입을 막았다. 술 취한 여자들 몇 명이 옆으로 지나갔다.

"테사, 안으로 들어가자. 너무 춥잖아. 그리고 쟤들이 우리가 섹스 하는 걸 감상하게 만들 순 없어."

나는 싱긋 웃었고, 그녀의 눈동자는 동그래졌다.

"난 완전 많이 감상하고 싶어."

입에서 손을 뗀 사이 그녀가 말했다.

"맙소사, 테스. 술 몇 잔이면 섹스 중독자가 되는구나."

나는 웃었다. 불현듯 시애틀에서의 그녀가 생각났다. 얼른 들어가야 겠다. 이러다 결국 덤불 속으로 그녀를 끌고 들어갈지도 모른다.

그녀가 윙크를 했다.

"너만을 위해."

웃음을 참을 수가 없었다.

"가자."

그녀의 팔을 붙잡고, 정원을 가로질러 집 안으로 들어갔다. 그녀는 내내 입을 삐죽 내밀고 있었다. 그 모습을 보니 사타구니가 뻐근해졌다. 특히나 그녀가 아랫입술을 내밀면 확 깨물어버리고 싶다. 이런 제길, 나도 그녀만큼 달아올랐다. 약간 몽롱하긴 했지만 취하진 않았다. 위층에서 내가 뭘 했는지 안다면 불같이 화를 낼 거다. 사실 난 대마초를 피우지 않았다. 하지만 방에 있던 놈들이 내 얼굴에 연기를 뿜어댔다.

북적이는 사람들 틈을 지나 그나마 가장 한적한 곳을 찾았다. 부엌이었다. 테사는 아일랜드 식탁에 팔꿈치를 댄 채 턱을 괴고 나를 쳐다보았다. 어떻게 저렇게 아름답지? 다른 여자들은 모두 흉측해 보였다. 술에 취해 화장은 얼룩덜룩해지고 머리는 산발이다. 추잡하기 그지없다. 그들과 비교하면 테사는 여신이다. 비교가 안 된다.

"한 잔 더하고 싶어, 하딘."

고개를 가로젓자, 그녀는 아이처럼 혀를 쭉 내밀었다.

"아, 제발! 너무 재미있단 말이야. 파티 망치지 마."

"알았어, 한 잔만 더. 그리고 열 살짜리처럼 말하는 것 좀 그만 해."

"네, 선생님. 유치한 말투, 진심으로 사과할게요."

"나를 선생님이라고 부르는 건 괜찮아."

"젠장, 그래, 알겠어, 그럼, 젠장, 앞으로, 제기랄, 그런 거지 같은 말은, 젠장, 그만 할게…."

그녀의 말은 엉망 진창이었다. 우리는 배를 잡고 깔깔 웃었다.

"테사, 오늘 완전 제정신이 아니야."

"알아, 재밌잖아."

그녀가 즐겁다니 나도 기쁘다. 하지만 한편으로는 짜증이 난다. 그 재미있는 시간을 내가 아닌 제드와 보냈다니. 어쨌든 오늘 밤은 입을 다물고 있어야겠다. 즐거운 기분을 망치긴 싫으니까.

"우리, 스테프 찾아보자."

"걔랑 괜찮았어?"

그녀를 뒤쫓아 가며 물었다. 어떤 기분인지 잘 모르겠다. 좋은 건가?

"그런 것 같아. 저기 있다!"

거실 소파에 트리스탄과 스테프가 앉아 있었다. 바닥에 앉아 있던 남자들 한 무리가 뒤를 돌아 테사를 쳐다보았다. 테사는 저들의 음흉한 눈길을 눈치채지 못했지만, 나는 아니다. 나는 으름장을 놓듯 그들을 노려보았다. 대부분 눈길을 돌렸지만, 한 녀석은 예외였다. 금발에 약간 노아를 닮은 놈. 그는 우리가 지나가는 내내 그녀에게서 눈을 떼지 않았다. 면상을 한 대 걷어찰까 잠시 고민했지만 대신에 테사의 손을 잡는 걸 선택했다. 지금으로선 이게 최선이다.

그녀가 고개를 돌려, 잡은 손을 내려다보았다. 그러더니 눈이 동그래졌다. 사람들 앞에서 손 잡는 게 편하지는 않다. 그래도 때에 따라서는 나도 한다.

"둘이 같이 오네!"

스테프가 소리쳤다. 몰리는 바닥에 앉아 있었다. 낯익은 녀석 옆이었다. 저 녀석은 분명 나이가 어렸다. 녀석의 아버지가 밴쿠버에 부동산이 있다고 했다. 저 녀석한테도 신탁자금을 만들어줬다던가. 둘이 같이 있으니 그렇게 멍청해 보일 수가 없다. 다행인 건, 그래서 몰리가 나한테 집적대지 않는다는 거다.

"우린 밖에 있었어."

내가 스테프에게 말했다.

"나, 지루해."

네이트가 맥주잔을 빙빙 돌리며 말했다. 나는 소파 끝에 앉으면서 테사를 끌어당겨 무릎에 앉혔다. 시선이 우리에게 꽂혔다. 나는 잠자코 있었다. 감히 이 상황에서 입을 떼는 사람은 아무도 없었다. 잠시 후 사람들은 모두 다른 데로 시선을 돌렸다. 스테프만은 예외였다. 그녀는 빙긋 웃으며 우리를 꽤 오래 쳐다보았다. 나는 그쪽으로 고개를 돌리지도, 그녀에게 거친 말을 하지도 않았다. 이게 진일보다, 아마도.

"우리, 진실 게임 하자."

누군가 불쑥 제안했다. 잠시 후 이 제안이 누구 입에서 나왔는지 알게 됐다. 나는 고개를 들어 테사를 쳐다보았다. 그녀는 여전히 내 무릎 위에 앉아 있었다.

"네가 그런 게 왜 하고 싶을까."

몰리가 비아냥거렸다.

"테사, 왜 그래? 그 게임 싫어했잖아."

그녀가 뽐내듯 웃었다.

"나도 몰라. 그냥 오늘은 재미있을 거 같아."

나는 그녀의 시선을 따라 몰리를 쳐다보았다. 도대체 테사의 머릿속에 뭐가 들어 있는지 알 길이 없었다.

5 · 하딘

테사의 귀에 대고 속삭였다.

"별로 좋은 생각 같지 않아."

그녀는 나를 돌아보더니, 검지를 내 입에 올렸다. 입 다물라는 소리다. 몰리가 교활하게 웃어댔다.

"왜 그래, 하딘. 용기가 안 나는 거야? 진실이 두려운 거야?"

'저런 쌍놈의 계집애 같으니라고.'

막 받아치려는 순간, 테사가 먼저 입을 열었다.

"너야 말로 용기가 안 날 텐데."

몰리의 눈에 힘이 들어갔다.

"뭐야?"

"진정해, 둘 다."

네이트가 끼어들었다. 테사가 몰리를 한 방 먹이는 걸 보는 재미는 꽤 쏠쏠했다. 그래도 테사는 몰리보다 예민하고 무너지기 쉽다. 몰리는 누구한테나 상처 주는 말을 서슴지 않으니까.

"누가 먼저 할래?"

트리스탄의 질문에 테사의 손이 번쩍 올라갔다.

"나."

맙소사, 점점 산으로 가는구나.

"내가 먼저 하는 게 좋을 거 같아."

스테프가 말을 끊었다. 테사는 한숨을 쉬었지만 토를 달진 않았다. 대신 술이 든 컵을 입으로 가져갔다. 그녀의 입술은 체리 보드카로 붉게 물들어 있었다. 순간적으로 그 입술이 나를 감싸고 있는 것 같은 생각에 빠졌다.

"하딘! 진실 혹은 도전?"

스테프의 질문에 퍼뜩 제정신이 들었다.

"난 안 해."

나는 다시 상상의 날개를 펼치려 애를 썼다.

"왜?"

마법이 풀려버렸다. 순간 화가 나서 스테프에게 싸늘하게 말했다.

"첫째, 하기 싫으니까. 둘째, 이런 병신 같은 게임은 이미 충분히 했으니까."

"그건 아니지."

몰리가 구시렁거렸다.

"진심은 아닐 거야, 그만 해."

트리스탄이 내 편을 들었다.

'내가 왜 몰리와 잤을까?'

그녀는 섹시한데다 오럴 섹스를 잘했다. 하지만 너무 짜증난다. 그녀가 내 몸에 손을 댔던 걸 떠올리기만 해도 구역질이 난다. 나는 생각을 떨쳐버리려 애를 썼다.

"알겠어. 네이트, 진실 혹은 도전?"

스테프가 물었다.

"도전."

"흠…."

스테프는 빨간색 립스틱을 바른 키 큰 여자를 가리켰다.

"저기, 금발에 파란색 셔츠를 입은 애랑 키스해."

그가 힐끗 쳐다보며 신음 소리를 냈다.

"대신 쟤 친구한테 키스하면 안 될까?"

일제히 금발 옆에 있는 여자를 쳐다보았다. 긴 곱슬머리에 진한 갈색 피부로, 그 애가 훨씬 더 예뻤다. 네이트를 위해서라도 스테프가 바꿔주길 바랐지만, 그녀는 웃으며 근엄하게 말했다.

"안 돼. 금발 미녀랑 해."

"넌 악마야."

그가 투덜거리며 여자를 향해 다가갔다. 모두들 웃음을 터뜨렸다. 네이트는 입술에 빨간색 립스틱 자국을 묻힌 채 뒤로 물러나 앉았다. 이제야 알겠다. 테사가 왜 이 게임을 혐오스러워 했는지. 벌칙으로 서로에게 이런 멍청한 짓거리를 하는 건 정말 무의미하다. 전에는 한 번도 그렇게 생각해본 적 없었다. 오직 한 사람하고만 키스하고 싶었던 적이 없으니까. 하지만 지금은 테사 말고는 그 누구와도 키스하고 싶지 않다.

네이트는 트리스탄에게 맥주를 마시게 했다. 재떨이로 쓰던 컵에 담긴 맥주였다. 나는 더 이상 신경 쓰지 않았다. 테사의 부드러운 머리카락을 천천히 꼬았다. 트리스탄이 구역질을 했다. 테사는 두 손으로 얼굴을 가렸고, 스테프는 비명을 질렀다.

몇 차례 무분별한 벌칙이 오갔고, 마침내 테사의 차례가 되었다.

"도전."

그녀는 에드를 향해 용감하게 말했다. 나는 에드를 쳐다보았다. 이상한 벌칙을 주면 가만 안 있겠다는 무언의 경고를 보냈다. 주저 없이 테이블을 가로질러 그의 목을 졸라버릴 거니까. 제법 쿨한 녀석이니까 그렇게까지 하진 않을 거다. 어쨌든 나는 경고의 눈빛을 번뜩이고 있었다.

"테사, 술 한 잔 마셔."

그가 말했다.

"병신."

몰리가 불쑥 말했다. 테사는 못 들은 척하며 잔을 비웠다. 그녀는 이미 엄청 마셨다. 더 마셨다간 토할지도 모른다.

"몰리, 진실 혹은 도전?"

테사가 물었다. 잘난 척하는 말투였다. 모두가 긴장했다. 스테프는 의심의 눈초리로 나를 쳐다보았다. 몰리의 눈이 테사와 마주쳤다. 테사의 대담한 행동에 놀란 게 분명했다.

"진실 혹은 도전?"

테사가 재차 물었다.

"진실."

몰리가 대답했다.

"그게 사실이야…?"

테사가 몸을 앞으로 숙이며 속삭였다.

"네가 창녀라는 게?"

헉 소리와 키득거리는 소리가 순식간에 퍼졌다. 나는 웃음을 숨기려 테사의 등에 얼굴을 묻었다. 오 갓! 술 취하니까, 이 여자, 완전 또라이다.

"뭐?"

몰리가 아연실색하며 되물었다.

"들었잖아…, 네가 창녀라는 게 사실이냐고?"

"아니지."

몰리가 눈을 가늘게 뜨고 째려봤다. 네이트는 아직도 웃고 있었다. 스테프는 재밌지만 걱정스러운 듯 보였다. 테사는 당장이라도 몰리에게 달려들 기세였다.

"아니라면 증거를 대 봐."

테스는 몰리를 부추겼다. 나는 그녀의 허벅지를 가볍게 쥐며, 그만하라고 속삭였다. 몰리가 테사를 해치는 건 싫다. 그럼 내가 몰리를 해치게 될 테니까.

"내 차례야."

몰리가 말했다.

"테사, 진실 혹은 도전?"

또 시작이군.

"도전."

테사가 사디스트처럼 웃었다. 몰리는 놀라는 척하더니, 코웃음 치며 말했다.

"제드한테 키스해."

나는 재빨리 몰리의 역겨운 얼굴을 쳐다보았다.

"젠장, 안 돼."

내가 큰 소리로 말했다. 순간 모두가 움찔 하는 것 같았다. 몰리만 빼고.

"왜 안 되는데?"

몰리가 역겨운 얼굴로 말했다.

"익숙하잖아. 전에도 했고."

나는 몸을 일으켜 세우며 테사를 끌어당겼다.

"빌어먹을, 절대, 안 돼."

나는 그 조그만 창녀를 향해 말했다. 이 병신 같은 게임에서 나는 한 발짝도 물러서지 않을 거다. 테사는 내가 아닌 그 누구와도 키스하지 못한다. 제드는 벽을 뚫어지게 보고 있었다. 몰리가 그를 쳐다보았지만, 아무 도움도 얻지 못했다.

"좋아, 그럼 '진실'로 해."

그녀가 말했다.

"그게 사실이야? 하딘이 내기에 이기려고 너랑 잤는데도, 넌 그에게 다시 돌아간 똥멍청이라는 게?"

그녀는 목소리는 발랄했다. 무릎 위에 앉아 있던 테사의 몸이 뻣뻣하게 굳었다.

"아니, 사실이 아니야."

기어들어가는 목소리였다. 몰리가 벌떡 일어섰다.

"아니지, 아니지. 이건 진실 게임이야. 연약한 소녀의 심경 고백 시간이 아니라고. 그리고 사실이잖아. 네가 그런 똥멍청이란 거. 넌 하딘의 입에서 나온 말이라면 뭐든 다 믿잖아. 널 비난하는 건 아니야. 나도 저 입이 놀랍다는 걸 알거든. 아, 저 혀도…"

말릴 틈도 없이 테사는 몰리를 향해 달려들었다. 둘의 몸이 거세게 부딪쳤다. 테사는 어깨로 몰리의 등을 밀어붙였다. 그리고 에드를 넘어 넘어지면서, 몰리를 붙잡았다. 다행히도 몰리는 사람들이 있는 쪽으로 넘어졌다. 하지만 불행히도 몰리는 테사의 어깨를 붙들었고, 테사는 그녀의 머리채를 움켜쥐었다.

"나쁜 년!"

테사가 몰리의 머리카락을 두 손으로 움켜쥐고 소리를 질렀다. 그녀는 몰리의 머리를 들어 카펫 바닥에 내리쳤다. 몰리는 테사한테 깔려 발버둥쳤다. 몰리는 완전히 제압당했고, 테사가 유리한 위치를 차지하고 있었다. 몰리가 테사의 팔을 할퀴었지만, 테사가 그녀의 손목을 잡아 바닥에 내리쳤다. 테사가 손을 들어 몰리의 얼굴을 후려쳤다.

'이런 젠장.'

나는 소파에서 벌떡 일어나 테사의 허리를 붙잡아 휙 낚아챘다. 테사가 누군가와 치고받고 싸울 거란 생각은 꿈에도 하지 못했다. 이 모든 일의 원흉은 몰리다.

테사는 나에게 붙잡혀서도 한참 몸부림을 쳤다. 그러다가 조금 진정되었다. 나는 그녀를 거실에서 끌고 나왔다. 어찌됐든 이 싸움은 말려야 했다. 부엌에 있던 사람들이 우리를 바라보며 수군댔다.

"죽여버릴 거야! 두고 봐!"

테사는 잡고 있던 내 손을 뿌리치며 소리를 질러댔다.

"그래, 그래."

그녀가 이러는 걸 진지하게 받아들이지는 않았다. 그녀의 야수성을 눈앞에서 목도했지만 말이다.

"빈정거리지 마."

그녀가 거친 숨을 몰아쉬며 발끈했다. 두 눈은 더욱 커졌고, 분노로 뺨이 붉게 물들어 있었다.

"진짜 놀라워서 그래."

나는 아랫입술을 꽉 깨물었다.

"쟤, 정말 싫어! 대체 자기가 뭔데?"

그녀는 거실 쪽을 향해 고개를 내밀고 소리 질렀다. 분명히 몰리 귀에 들어가라고 하는 소리다.

"알았어, 물 좀 마시자."

나는 웃으며 물 한 잔을 따랐다. 거실을 내다보니 몰리는 이미 없었다.

"몸 속에서 아드레날린이 미친 듯이 날뛰고 있나 봐."

테사가 말했다. 한바탕 싸우고 나면 아드레날린이 마구 솟구쳐 속이 후련해지고 기분이 좋아진다. 그게 또 은근 중독성이 있다.

"전에도 이렇게 싸워본 적 있어?"

"당연히 없지."

"그럼 왜 싸운 거야? 우리가 사귀는 걸 몰리 따위가 뭐라 생각하든 무슨 상관이라고."

"그것 때문에 화난 게 아니야."

"그럼?"

그녀가 빈 물컵을 내게 건넸다. 나는 다시 물을 채웠다.

"걔가 얘기한 거…, 그니까 너하고 자기 얘기."

마침내 그녀가 실토했다. 그녀의 얼굴이 분노로 일그러졌다.

"아…."

"제대로 한 방 먹였어야 했는데."

그녀가 또 울컥했다.

"바닥에 넘어뜨리고, 머리를 바닥에 내리친 것도 꽤 괜찮았어."

내 말에 그녀가 키득거렸다.

"나도 내가 그랬다는 게 믿어지지가 않아."

"너, 완전 취했어."

"맞아, 나 완전 취했어!"

그녀가 큰 소리로 말했다.

"다들 이 쇼를 감상했겠지?"

나는 그녀의 허리를 한 팔로 휘감았다.

"볼썽사나운 꼴로 사람들 기분을 망친 건 아닐까 모르겠네."

이게 나의 테사다. 취했지만 다른 사람들의 기분을 살필 줄 아는 여자.

"기분 잡친 사람은 없어, 테사. 너한테 고마워할지도 몰라. 여기 애들은 이런 거 보려고 여기 사는 거거든."

"세상에, 제발 아니었음 좋겠다."

순간적으로 그녀는 충격을 받은 것처럼 보였다.

"걱정 마. 스테프 찾아볼까?"

그녀의 주의를 딴 곳으로 돌려야 한다.

"나 없을 땐 절대 보드카 마시지 마."

농담조였지만 사실은 진심이었다.

"당연하지, 그럼 이제 위층으로 올라가자."

그녀가 몸을 기대면서 내 턱에 쪽, 입을 맞추었다.

"오늘 제법 보스처럼 구는데?"

"너만 만날 보스처럼 이래라 저래라 해야 하는 건 아니잖아."

그녀는 웃으며 내 셔츠 칼라를 붙잡았다. 그리고 그녀의 눈 높이로 나를 끌어당겼다.

"적어도 널 위해서는 뭔가 해줄 수 있지."

그녀가 내 귓불을 꼬집으며 가르릉거렸다.

"방금 전 생애 처음으로 난투극을 벌인 다음, 이런 생각을 하고 있었던 거야?"

그녀가 고개를 끄덕이며 낮고 느린 음성으로 말했다. 팬티 속이 벌써 팽팽해져 온다.

"너도 그러고 싶잖아, 하던."

"오케이…, 제기랄…, 알았다고."

두 손 두 발 다 들었다. 그녀의 손목을 잡고 위층으로 올라갔다.

"예전에 네가 쓰던 방엔 다른 주인이 있겠지?"

2층에 올라가자 그녀가 말했다.

"거기 말고도 빈 방이 있을 거야."

그녀에게 말하며 방 문을 열었다. 작은 침대 두 개에 검정색 이불이 덮여 있었다. 벽장에 신발 몇 켤레가 있는 것도 눈에 띄었다. 누구 방인지는 모르겠지만, 지금은 우리 거다. 방문을 잠그고, 테사 앞으로 다가갔다.

"내 옷 벗겨줘."

테사가 명령조로 말했다.

"시간 낭비하면 안 돼."

"입 닥치고 내 옷이나 벗겨줘."

그녀가 거친 말로 내 말을 막았다. 놀라움에 고개를 절레절레 흔들었다. 그녀가 돌아서더니 머리카락을 들어올렸다. 원피스 지퍼를 내리며, 그녀의 목덜미를 입술로 쓰다듬었다. 매끄러운 살갗에 소름이 돋았다. 등뼈를 따라 검지로 쓸어내렸다. 그녀가 몸을 떨며 돌아섰고, 미끄러지듯 소매에서 팔을 빼냈다. 원피스가 아래로 떨어지자, 핫핑크 브래지어와 팬티가 드러났다. 내가 좋아하는 속옷이다. 그녀의 얼굴에 미소가 번졌다. 분명 알고 있었던 거다.

"구두는 벗지 마."

내 목소리는 애원조였다. 그녀가 알겠다는 듯 미소를 지으며 구두를 내려다보았다.

"내가 먼저 해주고 싶어."

그녀가 내 블랙진을 잡아당겼다. 그녀는 재빨리 손을 움직여 버튼을 풀고, 바지를 끌어내렸다. 나는 침대 쪽으로 뒷걸음질 쳤다. 하지만 그녀가 나를 제지했다.

"안 돼. 거기서 누가 무슨 짓을 했는지 어떻게 알겠어."

그녀는 역겨운 듯한 표정을 지었다.

"바닥에서."

또 명령조다.

"내가 장담하는데, 바닥이 침대보다 몇 배 더 더러워."

내가 말했다.

"여기서 하자, 내가 셔츠를 깔아 놓을게."

셔츠를 벗어 바닥에 펼쳤다. 그 위에 내가 앉았고, 테사가 다리를 벌리고 내 위에 걸터앉았다. 그녀는 입술을 내 목에 밀착시켰다. 그리고 엉덩이를 빙빙 돌리며 밀어붙였다.

"젠장, 테스…."

나는 숨을 몰아쉬었다.

"계속 그렇게 밀어붙이면, 시작도 하기 전에 끝나버릴 거야."

그녀는 내 목에서 입술을 떼었다.

"그럼 어떻게 해줄까? 오럴…."

나는 키스를 퍼부으며 그녀의 말을 막았다. 전희로 시간 낭비할 틈이 없었다. 그녀를 원한다. 지금 당장. 그녀의 팬티는 벌써 벗겨져 바닥에 놓였고, 나는 바지에서 콘돔을 꺼냈다. 그녀에게 피임을 하라고 해야겠다. 그녀와 섹스할 때 콘돔을 쓰는 게 너무 싫다. 그녀를 온전히 느끼고 싶다, 모든 걸 그대로.

"하딘…, 빨리."

그녀는 애원하며 바닥에 누웠다. 팔꿈치로 바닥을 받쳐 상체를 일으키자 풍성한 긴 머리카락이 바닥으로 흘러내렸다. 나는 그녀의 몸 위로 기어올라가 무릎으로 그녀의 허벅지를 벌렸다. 그리고 그녀 안으로 미끄러지듯 들어갔다. 그녀는 중심을 잃고 바닥에 풀썩 누웠다. 내 팔을 지렛대처럼 잡은 채로.

"싫어…, 내가 할래."

그녀가 나를 바닥에 눕게 하더니 내 위로 올라왔다. 그녀는 나를 깊게 받아들이며 신음을 토해냈다. 너무나 맛있는 소리다. 그녀는 엉덩이를 천천히 돌리고, 아래위로 움직이면서 나를 고문했다. 손으로 자신의 입을 막고, 눈동자를 치켜떴다. 그녀가 손톱으로 내 아랫배를 할퀴자, 나는 거의 자제력을 잃었다. 그녀의 등에 팔을 감고 몸을 뒤집어 그녀를 눕혔다. 그녀가 주도하는 건 이걸로 충분하다. 더 이상은 견딜 수가 없다.

"뭐야…."

"내가 할 거야. 내가 지배자라고. 잊지 마, 테사."

나는 거칠게 밀어붙였다. 그녀가 나를 고문했던 것보다 훨씬 빠르게 앞뒤로 움직였다. 그녀는 고개를 끄덕이며, 또 한 번 입을 막았다.

"집에 가면…, 또 할 거야, 그땐 입을 안 막아도 되지…."

그녀의 다리를 내 어깨 위로 올리며, 위협하듯 내가 말했다.

"모두 다 네 소리를 들을 거야. 내가 너한테 뭘 하는지…, 나만 할 수 있는 일이야."

그녀는 또 신음했다. 그녀의 몸이 뻣뻣해졌고, 나는 그녀의 종아리에 입을 맞추었다. 나도 할 것 같다…, 너무 좋다. 콘돔을 가득 채우며 나는 그녀의 목에 머리를 파묻었다. 숨을 고르면서 그녀의 풍만한 가슴에 머리를 기댔다.

"정말…."

그녀가 헐떡였다.

"몰리를 때리는 것보다 훨씬 좋지?"

내가 웃었다.

"음, 거의 근접했어."

그녀가 일어나서 옷을 입으며 짓궂게 말했다.

6 · 테사

하딘이 원피스 지퍼 올리는 걸 도와주었다. 나는 손으로 머리를 빗었고, 그는 블랙진의 버튼을 채웠다.

"몇 시야?"

"자정까지 2분 남았어."

그가 작은 책상 위에 놓인 알람 시계를 보며 대답했다.

"그럼 어서 아래층으로 내려가야겠네."

여전히 술기운이 남아 있었다. 그래도 하딘 덕분에 진정되고 긴장이 풀린 듯했다. 하지만 몰리와 그런 일을 벌인 건 지금도 믿을 수가 없었다.

"가자."

하딘이 내 손을 잡았다. 우리는 가까스로 카운트다운 하기 전에 계단까지 갔다.

"십…, 구…, 팔…."

하딘이 피식 웃었다.

"칠…, 육…."

"이건 정말 바보 같아."

하딘이 투덜거렸다.

"오…, 사…, 삼…."

나도 같이 카운트 다운을 시작했다.

"같이 해."

내가 말했다. 그는 가까스로 미소가 번지는 걸 참고 있었다. 하지만 이내 환하게 웃었다.

"이…, 일!"

그의 뺨을 손가락으로 쿡 찔렀다.

"해피 뉴 이어!"

모두가 일제히 소리를 질렀다. 나도 따라 했다.

"야호, 새해다."

그가 영혼 없이 말했다. 그의 입술이 곧 덮쳐 왔다. 한때, 그가 이곳에서, 사람들 앞에서 내게 키스하지 않는 게 불만이었다. 하지만 지금 그가 내게 키스하고 있다. 나는 그의 허리를 잡으며 쓰다듬었고, 그가 내 손을 잡아 저지했다. 몸을 떼자, 에메랄드 빛 눈동자가 눈앞에서 빛나고 있었다. 그는 너무나 아름답다.

"지치지도 않아?"

그가 농담처럼 얘기했고, 나는 고개를 저었다.

"너무 자만하지 마. 너한테 들이대는 거 아니야."

나는 미소를 지어 보였다.

"나, 화장실 가야겠어."

"같이 가줄까?"

"아니. 금방 올게."

그에게 살짝 입을 맞췄다. 같이 갈 걸 그랬다. 똑바로 걷기가 어려웠다. 오늘 밤은 너무 즐겁다. 몰리와 막장 드라마를 찍긴 했지만. 하딘이 차분해져서 깜짝 놀랐다. 심지어 내가 제드하고 있었는데도 말이다. 내내 기분이 좋았다. 손을 씻고, 복도로 나왔다.

"하딘!"

웬 여자 목소리다. 고개를 들어 여자를 보았다. 낯이 익다. 까만 머리의 여자는 전에 맞닥뜨린 적이 있었다. 여자가 하딘을 향해 걸어왔다. 시시콜콜 참견하는 게 싫어서, 나는 몇 발짝 떨어져 있었다.

"네 휴대전화. 로건 방에 두고 갔더라."

여자는 핸드백에서 하딘의 휴대전화를 꺼내며 미소 지었다.

'아냐, 아무 것도 아닐 거야.'

그들이 로건 방에 있었다고 한들, 단둘이 있었던 건 아닐 거다. 나는 그를 믿는다.

"고마워."

하딘이 휴대전화를 건네 받았고, 여자는 지나갔다.

'하느님, 감사합니다.'

"이봐!"

하딘이 여자를 불러 세웠다.

"부탁 하나만 들어줄래? 우리가 로건 방에서 있었다는 거, 아무한테
도 얘기하지 말아줘."

"절대로 키스하지도, 말하지도 않을 거야."

여자는 싱긋 웃고 가버렸다.

복도가 빙빙 돌기 시작했다. 가슴이 아파 왔다. 나는 재빨리 계단을
향했다. 내가 돌진해 오는 걸 하딘이 알아차렸다. 그의 얼굴에서 핏기
가 사라졌다. 내게 들켰다는 걸 알았을 테니까.

7 · 하딘

저만치 금빛이 반짝거리는 게 눈에 들어왔다. 제이미의 모습 뒤로
테사가 보였다. 눈은 커다래졌고, 아랫입술을 파르르 떨었다. 그녀는
헤드라이트에 겁먹은 사슴에서 성난 여자친구의 모습으로 바뀌었다.
그녀가 단숨에 계단을 뛰어 내려갔다.

"테사! 기다려!"

그녀의 뒤통수에 대고 소리쳤다. 누가 그녀를 술 취한 사람이라 생
각할까. 그녀는 날아갈 듯이 계단을 내려갔다. 왜 항상 나한테서 도망
가는 거야?

"테스!"

또 한 번 소리쳐 부르며 사람들 틈을 헤집고 따라갔다. 현관 앞에서 야 겨우 그녀를 따라잡을 수 있었다. 하지만 그녀가 하는 짓을 보고 다리가 풀려 주저앉았다. 아까 그녀를 빤히 보고 있던 금발 녀석에게 달려든 것이다. 녀석은 휘파람을 불었다. 그녀는 녀석 앞에 우뚝 멈춰 섰고, 나도 따라 그 자리에 얼어붙었다. 그녀가 실실 웃으며, 녀석의 셔츠를 양손으로 움켜쥐었다.

'뭐… 하려는 거지? 설마….'

그녀가 내 생각에 대답하려는 듯 나를 한 번 돌아보았다. 그러더니 녀석에게 입을 맞추었다. 믿어지지가 않았다. 눈을 몇 번이나 깜빡거렸다. 이건 말도 안 된다. 그럴 리 없다. 테사가 아니다, 아무리 화가 났더라도 그녀가 이럴 순 없다.

갑작스런 키스 세례에 녀석은 깜짝 놀란 듯했다. 하지만 얼른 자세를 고쳐 잡고 그녀의 허리를 감싸 안았다. 그녀의 입이 벌어졌고, 그녀의 한 손이 녀석의 머리카락을 움켜쥐고 있었다. 내 눈앞에서 일어난 일이었지만, 도대체 이해를 할 수가 없었다.

"하딘! 그만 해!"

그녀가 소리를 질렀다.

'뭘 그만 하라는 거야?'

정신을 차려보니, 나는 금발 녀석 위에 올라타고 있었다. 녀석의 입술이 찢어져 피가 흐르고 있었다. 내가 벌써 녀석을 패버린 건가?

"제발, 하딘!"

그녀가 또 한 번 소리를 질렀다. 서둘러 녀석에게서 내려왔다. 사람들이 주위를 빙 둘러싸고 있었다. 죄다 모여 있는 것 같았다.

"빌어먹을, 이게 무슨?"

녀석이 으르렁거렸다.

녀석의 대가리를 걷어차고 싶었지만 억지로 감정을 눌렀다. 내가 무슨 짓을 하든, 그녀는 그냥 내버려뒀어야 했다. 뒤도 돌아보지 않고, 문을 박차고 나왔다.

"저 사람을 왜 때려?"

차가 세워진 곳까지 왔을 때, 등 뒤에서 그녀의 목소리가 들렸다.

"왜냐고? 네가 그 자식이랑 놀아나는 꼴을 내 눈으로 봤기 때문이겠지!"

나는 소리소리 질렀다. 내 감정조차 거의 잊고 있었다. 아드레날린이 솟구쳤고, 주먹에 익숙한 통증이 밀려왔다. 딱 한 대 쳤던 것 같은데, 최소한 한 대는 쳤겠지…, 그럼 그걸로 됐다. 더 패 줬어야 했나.

그녀는 훌쩍거리기 시작했다.

"네가 무슨 상관이야? 너도 그 여자랑 키스했잖아! 키스보다 더 한 짓도 했겠지! 어떻게 그럴 수 있어?"

"울 것 없어, 테사. 넌 내 앞에서 딴 놈이랑 키스했잖아!"

나는 손으로 차 보닛을 두들겼다.

"네가 더 나빠! 그 여자한테 로건 방에서 단둘이 있었던 걸 입 다물라고 하는 소리 다 들었어!"

"대체 무슨 소리야! 젠장, 아무하고도 키스 안 했어!"

"아냐, 했어! 그 여자가 그랬잖아. 키스하지도 말하지도 않을 거라고!"

그녀가 두 팔을 휘저으며 소리를 질러댔다.

'제기랄, 완전히 돌았군.'

"그건, 빌어먹을, 말이 그렇다는 거지. 아무한테도 얘기하지 않겠다는 뜻이야. 우리가 얘기한 것도, 대마초를 피웠다는 것도!"

내가 소리치자, 그녀는 순간 숨을 들이마셨다.

"대마초 피웠어?"

"난 안 피웠어. 그리고 그게 무슨 상관이야! 네가 내 앞에서 바람을 피웠는데!"

나는 머리를 쥐어뜯었다.

"그럼 넌 왜 나를 두고 그 여자랑 어울렸어? 그리고 아무한테도 말하지 말라고 했잖아? 그게 아무 것도….”

"걘, 댄의 여동생이야! 개한테 내가 했던 짓을 따로 사과한 거라고. 그걸 아무한테도 말하지 말라고 했던 거야. 빌어먹을, 네가 이 난리만 안 피웠으면 내일쯤 너한테도 얘기하려 했다고! 나랑, 개, 로건이랑 네이트, 다 같이 있었어. 개들은 대마초를 피웠고. 애들이 일어설 때, 내가 개한테만 남아 달라고 부탁했어. 내가 저지른 잘못을 바로잡고 싶었단 말이야, 너 때문에."

말하는 동안에도 분노가 폭발하는 것 같았다.

"난, 빌어먹을, 바람피운 게 아니야! 뭘 좀 똑바로 알기나 하라고!"

테사는 한껏 주눅이 들어 아무 말도 하지 못했다. 그녀는 빌어먹게 잘못했고, 나는 빌어먹게 미쳤다.

"그럼….”

"그럼 뭐? 네가 잘못했어, 난 아냐. 넌 나한테 설명할 기회조차 주지 않았잖아. 대신에 애처럼 유치하게 굴었지."

소리를 지르며 자동차 보닛을 또 한 번 내리쳤다. 그녀는 흠칫 놀랐지만, 나는 신경 쓰지 않았다.

분노가 부글부글 솟아올랐다. 다시 안으로 들어가서 금발 녀석을 찾아야 한다. 그래서 하다 만 걸 끝내야 한다. 내 차를 몇 번 내리치는 걸로는 성에 차지 않았다.

"난 네가 그 여자랑 무슨 짓을 한 줄 알았다고!"

그녀는 눈물을 줄줄 흘렸다.

"아무 짓도 안 했잖아! 너를 잃지 않으려고 온갖 일을 겪고 있는데, 그런데도 넌…, 내가 파티에서 아무 여자하고나 바람을 피울 거라고 생각한 거야?"

"무슨 생각이었는지 나도 모르겠어."

그녀는 고개를 떨궜다. 나는 마음을 가라앉히려 머리를 쓸어 넘겼다.

"너한테 달렸어. 이제 나도 모르겠다. 대체 어떻게 해야 내가 널 사랑한다는 걸 믿겠니?"

그녀는 다른 사람과 키스했다. 다른 놈과, 그것도 바로 내 코앞에서. 그녀가 날 떠났을 때보다 기분이 더 더럽다. 적어도 그땐, 나 자신을 원망할 수 있었다.

그녀의 입에서 입김이 뿜어져 나왔다.

"네가 그런 비밀을 만들지 않았더라면, 나도 오해하지 않았을 거야!"

그녀가 소리쳤다. 나는 그녀를 똑바로 쳐다보았다.

"정말 어처구니가 없다. 솔직히 지금은 네 얼굴도 못 쳐다보겠어."

그녀가 딴 놈이랑 키스하던 장면이 끊임없이 떠올랐다.

"딴 사람이랑 키스해서 미안해."

그녀가 한숨을 쉬며 잇달아 말했다.

"뭐 별로 대수롭지 않은 일이잖아."

"농담해? 제발 농담이라고 해줘. 내가 다른 사람이랑 키스했어 봐. 아마 나랑 다시는 말도 안 할걸? 하지만 난 네가 그랬던 건 다 잊어버렸어. 왜냐하면 넌 '테사 공주님'이니까. 이제 됐어! 얘기 끝!"

나는 그녀를 싹 무시해버렸다. 그녀는 씩씩거리며 팔짱을 끼었다.

"테사 공주님? 진심이야, 하딘?"

"넌 바람을 피웠어, 그것도 내 눈앞에서! 나는 널 여기 데리고 왔어. 그럼 너도 내가 그만큼 널 아낀다는 걸 알아야지. 난 네가 알아주길 바랐다고. 다른 사람들이 우리한테 뭐라고 하든 난 아무 상관 안 해. 오늘은 네게 최고로 멋진 밤이 되길 바랐는데, 그런 짓을 해? 그런 엿 같은 짓을?"

"하딘…, 난…."

"말하지 마! 내 말 아직 안 끝났어."

나는 차 키를 꺼내 들었다.

"게다가 대수롭지 않은 일인 것처럼 굴고 있잖아! 네 입술에 딴 놈의 입술이 포개진 걸 보다니…, 말로 표현을 못하겠다. 내가 얼마나 구역질 나는지."

"내가 말했잖아…."

나는 완전히 자제력을 잃었다. 거칠고 무섭게 내뱉었다.

"네 엿 같은 인생에 날 끼워 맞추는 짓 좀 그만 해!"

목소리가 더 커졌다.

"아냐, 됐다. 가서 네 새 남자친구한테나 부탁해. 집까지 태워 달라고."

몸을 돌려 차 문을 열었다.

"그 자식은 노아랑 닮았더라. 노아가 보고 싶었나 보지?"

"뭐? 이 상황에서 노아 얘기가 왜 나와? 그리고 나, 그런 사람 아니야."

그녀가 나를 힐끔 보며 말했다.

"어쩌면 정말 그래야 할지도 모르겠네."

"엿이나 먹으라 그래."

나는 차에 올라탔다. 시동을 걸고, 이 추위에 그녀를 그대로 세워둔 채로 출발해버렸다. 신호 때문에 정차하자, 나는 핸들을 부술 듯이 후려쳤다.

'한 시간 안에 전화 안 하기만 해봐.'

딴 놈하고 집에 갔다고 간주할 테다.

8 · 테사

10분이 넘도록 길바닥에 그대로 서 있었다. 팔다리가 마비된 것 같았고, 온몸이 덜덜 떨렸다. 하딘은 금세 다시 돌아올 거다. 나를 여기 두고 갔을 리가 없다. 술 취하고 혼자인 나를.

전화를 해봐야겠다. 아, 하딘이 내 휴대전화를 가지고 있다.

'난 대체 무슨 생각이었던 거지?'

아무 생각도 없었다. 그게 문제다. 우린 정말 잘 지내고 있었다. 그런데도 나는 그에게 설명할 기회조차 주지 않았다. 대신 다른 사람이랑 키스를 해버렸다. 거기에 생각이 미치자 속이 메슥거렸다.

'왜 돌아오지 않는 거야?'

안으로 들어가야 한다. 너무 추웠다. 그리고 한 잔 더 마시고 싶었다.

윙윙거리던 소리가 약해지기 시작했다. 하지만 아직도 이 상황을 받아들일 준비가 안 되었다. 안으로 들어가 곧장 부엌을 향했다. 술 한 잔을 따랐다. 이래서 난 술 마시면 안 된다. 취하면 상식을 넘어서고 만다. 앞도 뒤도 없이 최악의 상황이라 여기고, 엄청나게 큰 실수를 저지르고 말았다.

"테사?"

등 뒤에서 제드의 목소리가 들렸다.

"어…."

서늘한 부엌 탁자에 머리를 기대고 있다가 고개를 들었다. 그의 얼굴이 마주 보였다.

"여기서 뭐해?"

그가 반쯤 웃고 있었다.

"괜찮아?"

"응…, 괜찮아."

거짓말이었다.

"하딘은 어디 갔어?"

"갔어."

"갔다고? 너만 놔두고?"

"응."

컵에 담긴 술을 한 모금 마셨다.

"왜?"

"내가 멍청이니까."

솔직한 마음이었다.

"그건 아닌 거 같은데."

그가 미소 지었다.

"원래 아닌데, 이번엔 명청했어."

"무슨 일인데?"

"얘기 안 할래."

한숨이 나왔다.

"그럼, 방해하지 않을게."

그는 돌아가다가 문득 뒤를 돌아보았다.

"그렇게 골치 아프면 안 되는 건데 말이야, 그치?"

"뭐라고?"

나는 그의 뒤를 따라가 카드 테이블 앞에 앉았다.

"사랑이니, 연애니 하는 거 전부 다. 그렇게 힘들지 않아도 되잖아."

"그렇겠지? 항상 이렇게 힘든 건 아니겠지?"

연애 경험이라곤 노아밖에 없었다. 하지만 우리는 이런 식으로 싸워 본 적이 없었다. 그렇다고 그를 사랑했던 건 아닌 거 같다. 하딘에게 느끼는 감정과는 확실히 달랐으니까. 나는 남은 술을 싱크대에 쏟아버리고, 컵에 물을 받았다.

"지금껏 너희 둘처럼 싸우는 커플은 나도 본 적이 없거든."

"너무 달라서 그런가 봐. 그게 다야."

"그래, 그런 것 같아."

그가 미소 지었다. 또 다시 시간을 확인했다. 하딘이 나를 여기 두고 가버린 지 한 시간이나 지났다. 역시 그는 안 돌아올 모양이다.

"너 같으면, 다른 사람이랑 키스한 애인을 용서할 수 있겠어?"

결국엔 제드에게 털어놓고 말았다.

"자세한 정황이 어떠냐에 따라 달라질 것 같은데."

"바로 네 눈앞에서 벌어진 일이라면?"

"말도 안 돼. 그건 용서 못하겠다."

그는 역겨운 듯한 표정을 지었다.

"아."

제드가 안쓰럽다는 듯, 나에게 몸을 수그렸다.

"하딘이 그랬구나?"

"아니."

나는 눈을 동그랗게 뜨고 그를 올려다보았다.

"내가 그랬어."

"네가?"

"그래서 말했잖아, 내가 멍청이라고…."

"이런 말하긴 싫지만, 좀 그렇다. 집엔 어떻게 갈 거야?"

그가 물었다.

"글쎄, 하딘이 데리러 올 거라고 생각했는데, 안 올 것 같아."

나는 입술을 깨물었다.

"내가 데려다줄게."

어떻게 해야 할지 몰라 두리번거렸다. 그가 이어 말했다.

"아니면 스테프나 트리스탄이 위층에 있을 거야…."

"아냐, 그럼 지금 데려다줄 수 있어?"

사태를 더 악화시키긴 싫었다. 다행히, 아까보다는 술도 많이 깼고. 얼른 집에 가서 하딘과 얘기해야겠다는 생각밖에 없었다.

"그래, 가자."

나는 남은 물을 마저 마시고, 그를 따라 차로 갔다.

이제 10분만 더 가면 집에 도착할 거다. 덜컥 겁이 나기 시작했다. 제드가 집까지 태워다준 걸 하딘이 알게 된다면? 정신을 차려 보려고 애를 썼다. 그러나 잘 되지 않았다. 한 시간 전보다 훨씬 나아지긴 했지만, 여전히 술에 취해 있었다.

"하딘한테 전화해야겠어. 네 휴대전화 좀 써도 될까?"

제드에게 부탁했다. 그가 바지 주머니를 뒤져 휴대전화를 꺼냈다.

"여기. 젠장, 꺼졌네."

그가 위쪽 버튼을 눌러댔다. 배터리가 없다는 표시가 나타났다.

어깨가 움츠러들었다. 제드의 전화기로 하딘에게 전화를 하는 건, 썩 좋은 생각은 아닌 것 같았다. 하딘의 코앞에서 모르는 남자와 키스를 하는 것만큼 나쁘진 않겠지만.

"하딘이 집에 없으면 어떡하지?"

제드가 의아한 눈으로 나를 쳐다보았다.

"키 없어?"

"내 건 안 가지고 왔어…. 내 것까지 필요하게 될 줄은 몰랐지."

"아…, 집에 있을 거야."

제드는 어쩐지 자신 없는 목소리였다.

혹시라도 하딘이 없어서 제드네 집에 가게 된다면, 제드의 집에 있는 나를 하딘이 찾아낸다면, 하딘은 제드를 죽일지도 모른다.

아파트에 도착했다. 제드가 주차하는 사이, 주차장에 하딘 차가 있는지 찾아보았다. 늘 세우던 자리에 그의 차가 있다. 하느님, 감사합니다. 그가 집에 없으면 어째야 할지 아무 생각도 들지 않았다.

제드가 올라가보라고 나를 재촉했다. 어쩐지 잘 풀릴 것 같지 않았다. 제대로 서 있을 수나 있을지 모르겠다. 이렇게 취한 상태에서 말이다.

빌어먹을 하딘이 나를 파티에 버려두고 가버렸다. 빌어먹을 나는 충동적으로 바보짓을 했다. 빌어먹을 제드는 너무나 다정하고 담대하다. 무엇보다, 빌어먹을 워싱턴은 너무 춥다.

엘리베이터 앞에까지 왔다. 가슴이 쿵쾅거리고, 머리가 지끈대기 시작했다.

'엄청 화를 내겠지? 용서를 구할 좋은 방법을 생각해내야 할 텐데.'

섹스는 무기가 아니다. 하지만 나는 사과하는 일에 익숙치 않다. 상황을 엉망으로 만드는 건 늘 그의 몫이었으니까. 전세가 뒤바뀌니 기분이 꽤나 좋지 않았다. 아니, 솔직히 끔찍한 기분이었다.

우리는 복도를 따라 걸었다. 도살장에 끌려가는 심정이었다. 제드와 나, 누가 희생양이 될지 아직 잘 모르겠다.

문을 두드렸다. 제드는 몇 발짝 뒤에 서 있었다. 문이 열리기를 기다렸다. 또 한 번 두드렸다. 이번엔 더 크게.

'문을 안 열어주면 어떡하지? 혹시 내 차를 가지고 나갔나? 집에 없는 거면 어떡하지?'

눈물이 나오려는 걸 억지로 참았다.

"문 안 열어주면, 나, 너희 집 가도 돼?"

"그럼, 물론."

제드 집에 가고 싶진 않았다. 그러면 하딘이 더 화낼 테니까. 하지만 지금 다른 선택지는 없는 것 같았다. 그가 날 용서하지 않으면 어떡하지? 나는 하딘 없이는 살 수 없다. 제드가 등을 쓸어주며 나를 진정시켰다. 울면 안 된다. 마음을 가라앉히고 그를 대면해야 한다.

"하딘! 제발 문 열어줘."

나는 이마를 문에 대고 조용히 애원했다. 소리치면서 꼴 사나운 장면을 연출할 순 없었다. 새벽 2시가 다 된 시간에. 이웃집에서는 이미 우리가 소리치며 싸우는 걸로 수군거렸을지도 모른다.

"안 열어주려나 봐."

한숨을 내쉬며 문에 기대 있었다. 잠시 후 발길을 돌리는데 딸깍, 문이 열렸다.

"아이고…, 누가 나타나셨는지 좀 보라고."

하딘이 우리를 노려보며 말했다. 싸늘한 말투에 등골이 오싹해졌다. 그의 얼굴을 쳐다보았다. 눈에 핏발이 서 있었고, 두 뺨도 붉었다.

"제드! 어이, 친구! 이렇게 만나다니, 정말 반가운데."

그의 발음이 마구 꼬였다. 술에 취한 거다. 순간 정신이 또렷해졌다.

"하딘…, 너, 술 마셨어?"

그는 오만하게 나를 쳐다보았다. 몸도 제대로 가누지 못했다.

"여긴 웬일이야? 넌 새 남자친구 생겼잖아."

무슨 말을 해야 할지 모르겠다. 그는 완전히 취해 있었다. 이만큼 취한 걸 마지막으로 본 건 켄 씨네 집에서였다. 랜던이 와달라고 전화했던 그 날. 남편의 음주 전력 때문에 트리시는 하딘이 술 마셨다는 소리를 듣고 기겁을 했었다. 가슴이 쿵 내려앉았다.

"데려다줘서 고마워. 넌 이제 가는 게 나을 것 같아."

제드에게 조심스럽게 말했다. 하딘은 너무 취했다. 괜히 제드에게까지 불똥이 튈 수도 있었다.

"아니지, 아니지…."

하딘이 내뱉듯 말했다.

"들어와! 같이 한 잔 해!"

그는 제드의 팔을 잡고 집 안으로 끌어당겼다.

나는 그들을 말리며 따라 들어갔다.

"그건 좋은 생각이 아닌 것 같아. 하딘, 너 취했잖아."

"괜찮아."

제드는 마치 스스로 불구덩이로 뛰어드는 것 처럼 따라 들어왔다. 하딘이 비틀거리며 거실 탁자로 가더니 테이블에서 술병을 집어 들어 잔에 따랐다.

"그래, 테사. 엿 같은 긴장 좀 풀라고."

나에게 그런 식으로 말하다니. 소리라도 질러주고 싶었다. 하지만 목이 콱 막혀 소리가 나오지 않았다.

"마셔. 잔을 더 가져와야겠네. 한 잔은 네 거야, 테스."

하딘은 웅얼거리면서 부엌으로 향했다.

제드는 의자에 앉았고, 나는 소파에 자리잡았다.

"너희 단둘이 있도록 두고 가진 않을 거야. 하딘 취한 것 좀 봐."

제드가 속삭였다.

"저 녀석, 술 안 마시는 거 아니었어?"

"원래 안 마셔…, 다 내 잘못이야."

나는 두 손으로 머리를 감싸 쥐었다. 나 때문에 하딘이 술을 마시다니, 견딜 수가 없었다. 우리가 제대로 된 대화를 나누길 바랐다. 그래야 내 잘못을 사과할 수 있으니까.

"이 잔은…, 네 거."

하딘은 쏜살같이 거실로 돌아왔다. 술을 잔에 반쯤 채워 나에게 건넸다.

"난 더 마시기 싫어. 오늘 많이 마셨어."

그의 손에서 잔을 빼어 테이블 위에 놓았다.

"좋을 대로 해. 난 더 마신다."

그는 나를 보며 징그럽게 웃었다. 내가 좋아하는 웃음과 다른 웃음이었다. 솔직히 조금 겁이 났다. 하지만 하딘이 나에게 폭력을 행사하진 않을 거다. 그래도 그의 이런 모습은 싫다. 차라리 소리를 지르고, 벽에 주먹을 날리는 게 낫다. 하딘은 이상하리 만치 차분했다. 제드가 살짝 '건배'를 하고, 술잔을 입에 댔다.

"진짜 오랜만인 거 같다. 그때로 돌아간 거 같아. 네가 내 여자랑 섹스하고 싶어 하던 때."

. 하딘의 말에 제드는 마시던 술을 다시 잔에 뱉어 냈다.

"그런 거 아냐. 네가 얘를 두고 가버렸잖아. 난 그냥 집에 데려다준 것뿐이고."

제드의 말투는 위협적이었다. 하딘은 술잔을 이리저리 흔들었다.

"오늘 밤을 말하는 게 아냐. 암튼 좀 짜증난다. 네가 왜 테사를 집까지 데려다주냐. 얘도 성인이야. 자기 일 정도는 자기가 알아서 할 수 있어."

"하지만 모든 걸 혼자 해낼 필요는 없어."

제드가 반박했다. 하딘은 들고 있던 술잔으로 테이블을 내리쳤다.

나는 깜짝 놀라 자리에서 움찔했다.

"그건 네가 상관할 바 아니지! 그리고 테사가 아니라 네가 그러고 싶었던 거지, 안 그래?"

고래 싸움에 긴 새우 같은 기분이었다. 자리를 뜨고 싶었지만, 몸이 말을 듣지 않았다. 나의 다아시가 톰 뷰캐넌(『위대한 개츠비』에서 여주인공 데이지 뷰캐넌의 남편으로, 개츠비와 데이지의 관계를 알고 분노한다 – 옮긴이)으로 변하는 장면을 공포에 떨며 지켜보고 있었다….

"아니."

제드가 대답했다. 하딘은 내 옆에 앉아서 제드를 노려보고 있었다. 나는 빈 술병들을 내려다보았다. 최소한 네 병은 해치운 것 같았다. 그 많은 술을 어떻게 한 시간 반 만에 다 마신 걸까.

"내가 바보인 줄 알아? 넌 얘를 원했어. 네가 전에 했던 말, 몰리가 다 얘기해줬다고!"

"그 얘기라면 꺼내지 마, 하딘."

제드가 으르렁거렸지만, 하딘을 부추길 뿐이었다.

"네 녀석의 첫 번째 문제가 뭔 줄 알아? 몰리한테 그 얘길 지껄인 거야."

그의 말투에는 조롱이 담겨 있었다.

"오, 테사는 너무 예뻐, 테사는 너무 다정해! 테사는 하딘 자식한테는 너무 아까워! 테사는 나랑 사귀어야 하는데!"

'뭐라고?'

제드는 내 시선을 피했다.

"입 닥쳐, 하딘."

"들었어, 테사? 제드는 널 가질 수 있을 거라 생각했어."

하딘이 깔깔댔다.

"그만해, 하딘."

나는 소파에서 일어섰다. 제드는 수치스러운 표정이었다. 그에게 집에 데려다 달라고 부탁하는 게 아니었다. 나에 대해서 그렇게 얘기했다고? 나에게 친절한 이유가 내기 사건 때문에 미안해서인 줄 알았다. 하지만 지금은, 잘 모르겠다.

"네가 지금도 그렇게 생각하고 있다는 데, 내 손목을 건다…, 제드?"

하딘이 비웃으며 도발했다. 제드는 하딘을 노려보다, 술잔을 테이블 위에 놓았다.

"넌 절대 테사를 가질 수 없어. 그러니까 순순히 포기해. 나 말고는 누구도 안 돼. 얘랑 잘 수 있는 놈은 세상에 나밖에 없어. 얘랑 할 때 느낌이 얼마나 좋은지 아는 놈은 나밖에…."

"그만!"

내가 소리 질렀다.

"하딘, 대체 왜 이래!"

"아무 짓도 안 했는데? 난 그냥 어떤 느낌인지 이 자식한테 말해주는 거야."

"넌 정말 잔인해."

내가 말했다.

"그리고 내가 물건이야? 너무하잖아!"

나는 제드를 향해 몸을 돌렸다.

"넌 정말 가는 게 좋겠어."

제드는 하딘을 한 번 보고, 다시 나를 쳐다보았다.

"나, 괜찮아."

그에게 다짐하듯 얘기했다. 무슨 일이 일어날지는 나도 모르겠다. 그래도 그가 여기 있기 때문에 벌어질 일만큼 나쁘지는 않을 거다.

"제발, 부탁이야."

내가 사정하자 결국 제드는 고개를 끄덕였다.

"그래, 갈게. 이 자식도 마음 좀 추스르고 생각을 정리해야지. 너도 마찬가지고."

"그래, 어서 꺼져. 근데 너무 슬퍼하진 마라. 얘는 나도 안 원하니까."

하딘은 또 한 모금을 마셨다.

"얘는 단정하고 말쑥한 남자를 좋아하거든."

가슴이 철렁했다. 오늘 밤은 길어도 너무 길다. 근데 별로 걱정이 되지 않았다. 어쨌든 난 안 떠날 거다.

제드가 아파트를 떠나자, 하딘은 현관문을 잠갔다. 그리고 나를 향해 돌아섰다.

"널 데리고 여길 오다니. 저 자식을 후려 패지 않은 것만 해도 다행이라고 생각해."

"응, 알아."

내가 순순히 맞장구쳤다. 그와 지금 언쟁하는 건 좋은 생각이 아닌 것 같았다.

"넌 왜 왔어?"

"나, 여기 살아."

"오래는 아니겠지."

하딘은 술을 더 따랐다. 섬뜩한 느낌이 들었다.

"날 내쫓으려는 거야?"

잔에 술이 가득 차자, 그가 한쪽 눈을 찡긋 올리며 나를 쳐다보았다.

"아니, 결국 네 발로 나갈 거니까."

"아냐, 안 그럴 거야."

"새 애인 집에 방이 있겠지. 둘이 진짜 잘 어울리던데."

또 이런 식이다. 꼭 처음 만났던 때로 돌아간 것 같았다. 정말 싫다.

"하딘, 그 얘긴 제발 그만해줄래? 나, 그 사람 알지도 못해. 그리고 내가 한 짓은 정말 정말 미안해."

"난 말하고 싶은 대로 할 거야. 빌어먹을, 너도 너 하고 싶은 대로 다 했잖아."

"내가 잘못했어. 정말 미안해. 그렇다고 엉망으로 취해서 나한테 이렇게 잔인하게 굴면 안 되잖아. 난 너무 취했었고, 네가 그 여자랑 무슨 일이 있었는 줄 알았어. 어떻게 받아들여야 할지 몰랐어. 정말 미안해. 절대 일부러 상처주려고 했던 건 아니야."

속사포처럼 단숨에 말했다. 최대한 미안하다는 걸 강조하면서. 하지만 그는 듣고 있지 않았다.

"아직도 할 말이 있는 거야?"

한숨이 나왔지만, 이를 악물었다.

'울지 말자, 울지 말자.'

"난 자러 갈게. 우리 술 깨고 나서 다시 얘기하자."

그는 아무 말도 하지 않았다. 나를 쳐다보지도 않았다. 나는 침실을 향해 걸어갔다. 방문 앞에 거의 다다를 즈음, 유리 깨지는 소리가 들렸다. 황급히 거실로 뛰어갔다. 벽은 젖어 있었고, 산산조각 난 컵이 바닥에 흩어져 있었다. 그가 또 다른 컵 두 개를 연거푸 벽에 던졌다. 나는 그 모습을 무기력하게 바라보았다. 그는 남은 술을 병째 마셨다. 그러더니 그 병까지 있는 힘껏 던져버렸다.

9 · 테사

하딘이 테이블 위에 있던 스탠드를 움켜쥐었다. 벽지에 가려져 있던 전선까지 찢어 빼서는 바닥에 후려쳤다. 다음은 꽃병이었다. 꽃병은 벽돌에 내리쳤다. 눈에 보이는 족족 닥치는 대로 부수고 있었다.

"그만!"

내가 소리쳤다.

"하딘, 살림을 전부 다 깨부수려는 거야? 제발 그만 좀 해!"

"이건 다 네 잘못이야, 테사! 빌어먹을, 네가 이렇게 만들었어!"

그는 소리를 지르더니 또 다른 꽃병을 잡았다. 나는 거실로 뛰어갔다. 그가 또 부수기 전에 그의 손에서 꽃병을 낚아챘다.

"알아! 제발 말로 하자."

나는 애원했다. 울음을 더 이상 참을 수가 없었다.

"제발, 하딘."

"네가 다 망쳤어, 테사! 그것도 너무나 심각하게!"

그가 주먹을 벽에 내리꽂았다.

이럴 줄 알았다. 하지만 솔직히, 이렇게 오래 갈 줄은 몰랐다. 그나마 석고보드 벽을 친 게 다행이었다. 벽돌 벽을 쳤으면 손을 더 많이 다쳤을 거다.

"그냥 좀 놔 둬, 꺼져버려!"

그는 서성거리다가, 두 손바닥으로 벽을 세게 쳤다.

"사랑해."

불쑥 이 말이 튀어나왔다. 어떻게든 그를 진정시켜야 했다. 그는 너무 취했고, 위협적이었다.

"넌 이래라 저래라 할 자격 없어! 넌 엿같이 내가 보는 앞에서 딴 놈한테 키스를 했어! 그러고 나서, 빌어먹을, 제드를 집까지 끌어들였잖아!"

그의 입에서 제드의 이름이 나오자 마음이 동요했다. 제드를 들어오게 하고 제드의 자존심을 짓뭉갠 건 하딘이다.

"알아…, 정말 미안해."

그에게 위선자라고 소리치고 싶은 충동을 꾹 눌렀다. 그래, 나도 잘못한 건 안다. 정말 큰 잘못을 했다. 하지만 지금껏 나에게 상처 준 그를 용서하고 또 용서해주지 않았나.

"네가 딴 놈이랑 키스하는 걸 내 눈으로 봤단 말이야. 그게 얼마나 날 미쳐버리게 만드는지 알아? 그래 놓고 뭘 어쩌라고?"

그의 목에는 보랏빛 핏줄이 선명했다. 마치 괴물처럼.

"미안해, 하딘."

나는 최대한 부드럽고 느릿느릿하게 말했다.

"내가 또 무슨 말을 할 수 있겠어? 뭐라 해야 할지 모르겠어."

그는 머리카락을 쥐어뜯었다.

"머릿속에서 그 장면이 지워지지 않아. 온통 그 장면밖에 안 보인다고."

나는 그에게로 걸어가 그를 정면으로 마주 보고 섰다. 위스키 냄새가 훅 풍겼다.

"나를 봐. 내 얼굴을 좀 보라고."

그의 얼굴을 손으로 잡고, 나를 보게 했다.

"넌 그 자식한테 키스했어. 넌 다른 놈한테 키스했다고."

그의 목소리는 훨씬 작아졌다.

"그래, 그랬어. 정말 미안해, 하딘. 내 생각이 너무 짧았어. 내가 정말 어리석었어."

"그건 변명이 안 돼."

"알아, 나도 알아."

이렇게 해서라도 그의 화가 누그러지길 바랐다.

"심장이 찢어질 것 같아."

핏발 선 그의 눈에 들어갔던 힘이 조금 풀렸다.

"여자친구가 있다는 게 어떤 건지 나도 알아. 그래서 원하지 않았던 거야. 사귀거나 결혼한 사람들한테는 늘 이런 일이 생긴다고. 이런 엿 같은 상황 때문에 혼자 지내야 하는 거야. 나는 이런 일을 겪고 싶지 않단 말이야."

그는 내게서 몸을 돌렸다. 가슴 어딘가에서 통증이 밀려왔다. 그의 말은 너무나 어린애 같았다. 외롭고 슬픔에 빠진 어린아이. 하딘의 얼굴에는 어린 시절 그의 모습이 투영되어 있었다. 술 취한 아빠와 싸우는 엄마 사이에서 웅크리고 숨어 있는 어린아이의 모습.

"하딘, 제발 용서해줘. 다시는 이런 일 없을 거야. 절대로 안 그럴게."

"그건 중요하지 않아, 테스. 우리 중 하나는 그럴 거거든. 그게 사랑에 빠진 커플들이 하는 짓이니까. 서로에게 상처 주고, 헤어지고, 이혼하고. 난 우리가 그렇게 되는 거 싫어, 너한테 그러고 싶지 않아."

나는 그에게로 다가갔다.

"우리한테는 그런 일이 일어나지 않을 거야. 우린 다른 사람들하고 달라."

"누구한테나 일어나는 일이야. 우리 부모님들도 그렇잖아."

"잘못된 사람을 만나서 그래. 카렌과 너희 아빠를 봐."

그는 훨씬 진정된 것처럼 보였다.

"그들도 결국 이혼할 거야."

"아냐, 그렇지 않아."

"그럴 거야. 결혼이라는 게 원래 거지 같은 발상이야. '내가 널 좀 좋아하는 거 같아. 그러니까 우리 같이 살자. 그리고 여기 서류에 사인 좀 해줘. 서로 떠나지 않겠다고. 죽도록 싫어서 같이 있기 싫어도 말이지.' 왜 모두가 이런 짓거리를 해야 해? 왜 넌 영원히 한 사람한테 매이는 걸 원하는데?"

지금 무슨 소리를 하는 거지? 나는 아직 이런 말을 들을 마음의 준비가 안 되었다. 그가 미래에 나와 함께 할지 어떨지 어떻게 장담할 수 있지? 이런 얘기를 왜 하는 걸까? 그저 술에 취해서?

"하딘, 진심으로 내가 갔으면 좋겠어? 네가 원하는 게 그거라면, 그냥 지금 끝내."

나는 그의 눈을 똑바로 쳐다보았다. 그는 대답이 없었다.

"하딘?"

"싫어…, 빌어먹을…. 난 널 사랑해. 미치도록 사랑한다고. 하지만 넌…, 네가 한 짓은 정말 나빠. 네 행동 하나로, 내 마음 깊은 곳에 있던 공포가 모두 깨어난 거야."

그의 눈에 눈물이 고였다. 가슴 한 구석이 무너져 내렸다.

"그래, 내가 그랬구나. 너한테 상처를 주다니…, 정말 끔찍한 기분이야."

그는 집 안을 둘러보았다. 그의 눈 속에 담겨 있는 의미를 어렴풋이 알 것 같았다. 우리가 만들어놓은 이 모든 것은, 그가 나에게 자신을 증명하려 노력한 결과라는걸.

"넌 노아 같은 사람 곁에 있어야 할 거야."

"난 너 말고 누구의 곁에도 있고 싶지 않아."

나는 떨어지는 눈물을 닦았다.

"네가 그렇게 될까 봐 두려워."

"내가 널 떠나서 노아에게 갈까 봐?"

"꼭 그가 아니라도, 비슷한 누군가에게 가버릴까 봐."

"아냐, 하딘. 난 널 사랑해. 너의 모든 걸. 그러니까 제발 약한 소리 하지 마."

그런 생각을 하고 있었다니, 마음이 너무 아팠다.

"솔직히, 너네 엄마를 화나게 하려고 날 만나기 시작한 거 아니야?"

"뭐라고?"

그는 나를 빤히 보며 대답을 기다리고 있었다.

"절대 아냐. 엄마는 우리랑 아무 상관없어. 내가 너와 사랑에 빠진 거지. 그냥, 다른 선택을 할 수가 없었어. 그러지 않으려고 애도 써봤어. 엄마가 어떻게 생각할지 뻔히 아니까. 하지만 그렇게 안 됐어. 널 사랑했거든. 내가 원했든, 그렇지 않든. 내가 어떻게 해야 네가 믿을 수 있을까?"

그와 많은 일을 함께 겪었다. 그런데도 어떻게 그런 생각을 할까? 내가 엄마에게 반항하려고 그와 사귀었다니.

"다른 남자들과 키스 안 하면. 아마도?"

"네가 자신 없어 하는 건 알겠어. 그래도 이것만은 알아줘. 내가 널 사랑한다는 거. 널 얻기 위해 엄마랑 노아랑 또 다른 모두와 싸워 왔다는 거."

내 말이 그의 심기에 거슬렸던 모양이다.

"자신 없다고? 자신 없진 않아. 난 앞으로 빈둥거리지도, 바보 짓을 하지도 않을 거야."

난데없이 그가 다시 화를 내자, 나도 따라 화가 나기 시작했다.

"너, 지금, 내가 '바보짓' 할까 봐 걱정하는 거야?"

내가 잘못했다는 건 안다. 하지만 그는 나에게 훨씬 더 나쁜 짓을 많이 했다. 나를 바보처럼 여겼던 건 바로 그다. 그런데도 나는 그를 용서했다.

"나한테 허튼 소리 하지 마."

그가 소리쳤다.

"우린 지금껏 먼 길을 돌아왔어. 정말 많은 일들을 겪으면서. 그런 우리가 딱 한 번의 실수로 모든 걸 망쳐 버리게 하지는 말자."

내가 용서를 구걸하는 입장이 될 거란 생각은 꿈에도 못했다.

"네가 그랬지, 난 아니야."

"나한테 쌀쌀 맞게 구는 것 좀 그만둬. 너는 나한테 더한 짓도 했잖아."

내가 매몰차게 말했다.

그의 얼굴에 다시 분노가 일었다. 그러더니 폭풍처럼 소리를 질러댔다.

"내가 별 짓을 다 하긴 했지. 그래도 넌 내 눈앞에서 다른 놈이랑 키스했어!"

"아, 그날 밤처럼 말이지? 몰리가 네 무릎 위에 앉아서, 내 앞에서 너랑 키스하던 그날처럼?"

"그땐 우리가 사귀지 않았잖아!"

"넌 아니었겠지만 난 사귄다고 생각했거든."

"빌어먹을, 그게 무슨 상관이야!"

"네 말은, 이 문제를 못 넘어가겠다는 거야?"

"모르겠어. 어쨌든 네가 내 신경을 긁고 있잖아."

"너, 일단 가서 자야 할 것 같아."

조금 전까지는 서로 이해하는 것처럼 보였다. 하지만 그는 이내 잔인해지기로 마음 먹은 게 분명했다.

"나한테 이래라 저래라 하지 마."

"네가 화나고 상처 받았다는 거 알아. 그래도 나한테 그런 식으로 얘기하지 말아줘. 그건 옳지 않고, 나도 더는 못 견딜 것 같아. 네가 술에 취했든 아니든."

"나, 상처 받지 않았어."

그가 나를 노려보았다. 하딘과 하딘의 자존심이.

"네가 상처 받았다고 했잖아."

"아니, 안 했어. 내가 뭐라 했든 네 맘대로 말하지 마."

"알겠어, 알겠어."

항복의 표시로 두 손을 들었다. 너무 지친다. 그리고 지금은 하딘이라는 수류탄의 핀을 뽑고 싶지 않다. 그는 비틀거리며 걸어가 열쇠를 쥐었다. 그러더니 부츠를 주섬주섬 신었다.

"뭐 하는 거야?"

나는 그에게 달려갔다.

"나가는 거지."

"안 돼. 술을 너무 많이 마셨어."

열쇠를 뺏으려 손을 뻗었지만, 그는 얼른 주머니에 집어넣었다.

"상관없어. 더 마셔야 해."

"안 돼! 더는 못 마셔. 이미 많이 마셨어. 병까지 깨뜨렸잖아."

나는 그의 주머니를 뒤지려고 했다. 그는 내 손목을 잽싸게 낚아챘다. 이런 일이 수도 없었던 모양이다.

그래도 지금은 다르다. 그가 너무 화가 나 있다. 슬슬 걱정이 되기 시작했다.

"이거 놔."

"나가는 거 막지 마, 그럼 놔줄게."

그는 조금도 물러서지 않았다. 나도 동요하지 않는 척 하려고 애썼다.

"하딘…, 넌 결국 나에게 상처를 주고 말 거야."

그가 내 눈을 바라보더니, 이내 시선을 돌렸다. 그리고 한 손을 들었다. 나는 움찔 뒤로 물러섰다. 그가 머리를 쓸어 올렸다. 그의 눈빛에 공포가 스쳐 지나갔다.

"내가 널 때리려는 줄 알았던 거야?"

그는 거의 속삭이다시피 했다. 나는 한 발짝 더 뒤로 물러섰다.

"잘 모르겠어. 너는 너무 화가 나 있잖아. 그리고 네가 무서워."

그가 나를 때리려는 게 아니란 건 알았지만, 이 방법이 가장 쉬웠다. 그를 얼른 정신 차리게 만들려면.

"분명히 알아둬. 난 절대 널 때리지 않아. 얼마나 술을 먹었든, 난, 빌어먹을, 손끝 하나 안 건드려."

그가 나를 노려보았다.

"넌, 아빠를 죽도록 증오하잖아. 그러니까 아빠같이 끔찍한 행실 문제는 없겠지."

경멸하듯 내가 말했다.

"빌어먹을, 엿이나 먹어. 난 그런 놈 아니야!"

"넌 그런 사람이야! 넌 술에 취했고, 날 파티에 버리고 갔어. 살림도 절반이나 부숴버렸고. 내가 제일 아끼는 스탠드까지! 넌, 너네 아빠처럼 행동하고 있어…, 예전의 너네 아빠."

"넌 네 엄마처럼 굴고 있어. 이 속물덩어리!"

그는 빈정거렸다. 나는 말문이 턱 막혔다.

"대체…."

나는 고개를 절레절레 흔들며 그에게서 떨어졌다. 더 듣고 싶지 않았다. 술 취한 그와 소모적인 논쟁을 계속하다간 분명 끝이 안 좋을 거다. 그의 언동이 수위를 넘었다.

"테사…, 난…."

"말 하지 마!"

나는 몸을 돌려 침실로 향했다. 그의 무례한 발언은 얼마든지 받아줄 수 있다. 소리 지르는 것도. 하지만 지금은 거리를 두는 게 좋겠다. 누구든 되돌릴 수 없는 실수를 하기 전에.

"진심은 아니었어."

그가 내 뒤를 따라왔다. 그의 앞에서 방문을 닫고 문을 잠갔다. 문에 등을 기대고 미끄러지듯 주저앉았다. 나는 무릎을 끌어안았다. 어쩌면 우린 더 이상은 안 될지도 모르겠다. 그는 분노에 차 있고, 나도 이성을 잃었다. 그는 나를 밀쳐 내기만 하고, 나도 화를 참지 못해 똑같이 굴고 있다.

아니다, 그건 사실이 아니다. 우리는 서로 잘 어울린다. 서로를 밀어 내는 것까지도. 이 모든 싸움과 팽팽한 긴장감은 열정의 다른 표현이 다. 나를 잠식시키는 너무 큰 열정. 그만이 나의 빛이고, 나를 구해줄 유일한 사람이다. 그가 내게 딱 맞는 사람인지 아닌지는 상관없다.

하딘이 방문을 조용히 두드렸다.

"테스, 문 열어."

"그냥 가서 자, 제발."

내가 울부짖었다.

"제길, 테사! 당장 문 열어. 내가 잘못했어, 미안해, 됐어?"

그가 소리를 지르며 문을 두들기기 시작했다. 문을 부숴버리지 않기 만을 바랐다. 나는 겨우 몸을 일으켜 서랍장 앞으로 갔다. 맨 아래칸 서 랍을 열었다. 흰 편지지가 눈에 들어오자 안도감이 온몸을 감쌌다. 나 는 벽장 안으로 들어가 문을 닫았다. 하딘의 손편지를 다시 읽기 시작 했다. 부술 듯이 두드리던 소리가 잦아들었다. 가슴의 통증이 사라졌 다, 두통도 점차 진정되었다. 불완전한 하딘이 쓴 완벽한 문장들 말고 는 기댈 곳이 아무 것도 없었다.

편지를 읽고 또 읽었다. 눈물이 마르고 바깥에서 나던 시끄러운 소 리가 멎을 때까지. 그가 나가지 않았기를 간절히 바랐다. 하지만 확인 하러 방을 나서진 않았다. 마음과 눈꺼풀이 너무 무거웠다. 편지를 가지고 겨우 침대로 갔다. 여전히 옷을 입은 채였다. 결국 잠이 들었다. 그가 작은 호텔 방에 앉아 편지 쓰고 있는 꿈을 꾸었다.

한밤중에 잠이 깼다. 편지를 접어 다시 서랍장 맨 아래칸에 넣었다. 방문을 열고 나가 보았다. 하딘은 복도 맨바닥에 웅크리고 잠들어 있었다. 술 취해 곯아떨어진 그를 깨우지 않기로 했다. 나는 조용히 돌아와 잠자리에 들었다.

10 · 테사

날이 밝았다. 복도는 텅 비었고, 어질러진 거실은 말끔히 치워져 있었다. 바닥에 유리 조각 하나 남아 있지 않았다. 집 안에서는 레몬 향기가 풍겼고, 위스키 병이 튀었던 벽도 깨끗했다. 나는 깜짝 놀랐다. 세제를 어디 두었는지 하딘이 알고 있었다니.

"하딘?"

목소리가 잔뜩 쉬어 있었다. 어젯밤에 소리를 너무 많이 질렀나 보다. 아무 대답이 없었다. 부엌 식탁으로 가보았다. 그가 쓴 메모가 남겨져 있었다.

떠나지 말아줘, 제발. 금방 올게.

가슴이 쿵쾅거리며 심하게 요동쳤다. 전자책 리더기를 집어 들고, 커피를 내려 잔에 담고, 그가 돌아오기를 기다렸다. 하딘이 오기까지 한 시간은 지난 것 같았다. 그 사이 샤워를 하고, 부엌을 정리하고, 『모비딕』을 50페이지나 읽었다. 『모비딕』은 그다지 좋아하는 작품은 아니었는데도 잘 읽혔다. 하딘이 어떤 행동을 할지, 무슨 말을 할지에 대한 생각이 온통 머릿속에서 떠나지 않았다. 그는 내가 떠나는 걸 바라지는 않는다.

'그건 좋은 일이겠지.'

어젯밤 일은 오점으로 얼룩졌지만, 중요한 포인트만은 분명히 기억한다.

현관문이 딸깍 열리는 소리가 들렸다. 마음을 가라앉혔다. 하지만 준비했던 말들이 하얗게 사라졌다. 전자책 리더기를 테이블에 내려놓고, 소파에 일어나 앉았다.

하딘은 회색 맨투맨 티셔츠와 블랙진을 입고 있었다. 그는 늘 검정색이나, 아주 가끔 흰색 옷을 입었다. 다른 색 옷을 입은 모습은 처음이라 어쩐지 낯설었다. 하지만 그래서인지 조금 어려 보였다. 머리카락은 온통 헝클어져 이마에 늘어져 있었다. 눈가에는 다크서클이 선명했다. 손에 스탠드가 들려 있었다. 어젯밤에 깨부순 것과 아주 비슷했다.

"안녕."

그가 아랫입술에 달린 피어싱을 깨물었다.

"안녕."

그를 향해 중얼거렸다.

"잘 잤어?"

"응…."

나는 소파에서 일어섰고, 그는 부엌을 향했다. 서로 말을 잘못 꺼낼까 봐 두려운 상태였다. 그는 테이블 옆에 섰고, 나는 냉장고 옆에 있었다.

"새 스탠드 사 왔어."

그가 테이블 위에 새 스탠드를 설치했다.

"좋네."

불쑥 걱정스러워졌다.

"우리가 쓰던 건 이제 안 팔더라."

"정말 미안해, 하딘."

그의 말을 끊으며 내가 말했다.

"나도, 테사."

"어젯밤에 그래선 안 되는 거였는데."

나는 시선을 아래로 떨궜다.

"끔찍한 밤이었어. 다른 사람한테 키스하기 전에 네게 설명할 기회를 줬어야 했어. 내가 너무 어리석고 유치했어."

"난 미리 너한테 말했어야 했어. 넌 날 믿고, 성급한 결론을 내리지 말았어야 했고."

그는 테이블에 팔꿈치를 대고 기댔다. 나는 애꿎은 손톱만 만지작거렸다.

"알아, 미안해."

"그 말은 열 번도 넘게 들었어, 테스."

"그럼 용서해줄 거야? 네가 날 내쫓을 거라고 했잖아."

"내가 언제 내쫓는다고 했어?"

그가 어깨를 으쓱했다.

"우리 관계가 안 되겠다고 말했지."

마음 한구석에서 그가 어젯밤 했던 말을 기억 못하길 바랐다. 그는 분명히 말했었다. 결혼은 바보들이나 하는 짓이라고. 그리고 자신은 혼자 살아야 한다고.

무슨 말을 해야 할지 모르겠다. 새 스탠드를 사 온 건 그 나름의 사과의 방식이다. 어젯밤 했던 말이나 행동도 오늘 아침엔 달리 느껴졌을 것이다.

"하딘, 난 네가 내가 떠나는 걸 원치 않는 줄 알았어."

목구멍에 큰 덩어리가 걸린 것 같았다.

"그런데, 뭐야. 더 이상 나랑 같이 있고 싶지 않은 거야?"

"난 그런 말 한 적 없어. 이리 와 봐."

그가 두 팔을 벌렸다. 나는 잠자코 부엌을 가로질러 그에게 다가갔다. 그는 기다리지 못하겠다는 듯, 나를 잡아끌며 허리를 감싸 안았다. 그의 가슴에 머리를 기댔다. 티셔츠가 아직 차가웠다.

"네가 너무 그리웠어."

그가 내 머리에 대고 말했다.

"아무 데도 안 갔는걸."

내가 대답하자 그가 나를 더 세게 끌어 안았다.

"아냐, 네가 딴 놈한테 키스했을 때, 잠깐 널 잃었어. 고작 몇 초였지만 못 견디겠더라."

"넌 날 잃어버리지 않았어, 하딘. 내가 실수한 거지."

"제발… 다시는 그러지 마. 진심이야."

"절대 안 그럴게."

그에게 다짐했다.

"네가 제드를 여기 데려왔잖아."

"그건 네가 파티장에 날 버려두고 가서, 집까지 데려다줄 사람이 필요해서였어."

그에게 상기시켜주었다. 이 얘기를 하는 동안 우리는 서로를 쳐다보지 않았다. 근데 계속 이러고 싶었다. 두려움이 사라지는 것 같았다. 조금은. 뚫어질 듯 쳐다보는 그의 초록색 눈을 피하니 말이다.

"나한테 전화했어야지."

그가 말했다. 나는 그에게서 눈을 뗀 채 먼산을 바라보았다.

"내 휴대전화가 너한테 있었잖아. 난 밖에서 기다렸어. 네가 돌아올 줄 알고."

그가 가슴팍에서 나를 떼어내고, 팔의 힘을 풀었다. 이제 그가 나를 바라보고 있다. 그는 너무 피곤해 보였다. 나도 그렇게 보이겠지.

"너무 엉망으로 화를 분출한 것 같아. 근데 달리 어떻게 해야 할지 모르겠더라고."

그의 눈빛은 강렬했다. 나는 그의 눈길을 피해 바닥으로 시선을 떨어뜨렸다.

"너, 제드 좋아해?"

그의 목소리가 떨렸다. 그는 내 턱을 들어 자기 얼굴을 바라보게 했다.

'뭐라는 거야? 진심으로 묻는 거야?'

"하딘…."

"대답해줘."

"네가 생각하는 그런 건 아냐."

하딘의 걱정이 커지는 것 같았다. 아니, 분노인가? 잘 모르겠다. 아마 둘 다일 거다.

"걔를 좋아하긴 해, 친구로서."

"그뿐이지?"

하딘의 말투는 차라리 애원조였다. 나에게 오직 그 때문이라는 걸 강요하는 것처럼.

나는 그의 얼굴을 두 손으로 감쌌다.

"그뿐이야. 난 널 사랑해. 오로지 너만. 내가 어리석은 짓을 한 거 알아. 근데 그건 화도 났고, 술기운 때문이었어. 다른 사람한테는 손톱만큼의 감정도 없어."

"근데 왜 하필, 하고 많은 사람들 중에 그 자식한테 데려다 달라 했어?"

"물어봐준 사람이 걔밖에 없었거든. 근데 넌 왜 제드한테 심하게 굴어?"

이 질문을 하고는 금세 후회했다.

"심하게 군다고?"

그가 되물었다.

"잔인하게 굴었잖아. 내 앞에서 완전히 망신을 줬어."

하딘은 옆으로 한 발짝 움직였다. 더 이상 마주 보고 서 있지 않게 됐다. 나는 그의 앞으로 가서 섰다. 그는 헝클어진 머리를 손으로 빗어 올렸다.

"너랑 여기에 오지 않는 게 나았을 거라는 걸 녀석도 알았어야지."

"앞으론 성질 좀 죽이겠다고 약속해줘."

그를 몰아세우지 않으려고 애쓰며 말했다. 화해를 하고 싶지, 논쟁을 키우고 싶진 않았다.

"그러는 중이었어. 네가 바람피우고, 제드랑 우리 집에 오기 전까지는. 어젯밤에 제드 녀석을 흠씬 두들겨 패줄 수도 있었어. 사실 지금이라도 당장 가서 그럴 수도 있고."

그의 언성이 다시 높아졌다.

"안 그래서 기뻐."

"안 그럴 거야. 그리고 네가 기쁘다니 나도 기뻐."

"다시는 술 안 마셨으면 좋겠어. 술 마시면 완전히 다른 사람이 돼."

눈물이 나올 것 같았다. 목으로 넘어오는 눈물을 삼켰다.

"알아…."

그가 내게서 몸을 돌렸다.

"그러려던 건 아니었어. 그냥 너무 열 받고… 상처 받아서…. 나 상처 받았어. 할 수 있는 건 술 마시는 거밖에 없었어. 누군가 죽여버리는 것 말고는. 그래서 모퉁이 술집에 가서 위스키를 샀어. 그렇게 많이 마시려던 건 아니었어. 근데 자꾸만 눈앞에 네가 다른 놈이랑 키스하던 장면이 떠오르잖아. 그래서 계속 마셨어."

당장이라도 모퉁이 술집으로 쫓아 내려가, 하딘에게 술을 판 가게 주인에게 고함을 치고 싶었다. 하지만 그의 21번째 생일이 딱 한 달 전에 지났다. 그리고 어젯밤의 소동도 이제는 끝났으니까 참는다. (미국에서는 21세 미만이 주류를 구입하거나 소유하는 것은 불법이다 - 옮긴이)

"테사, 넌 나를 두려워했어."

그가 말했다.

"아니야…, 네가 두렵진 않아. 날 해치지 않을 걸 알았거든."

"다 기억 나. 대부분이 흐릿한데, 그 장면만 뚜렷이 기억 나."

"너무 갑작스럽게 벌어진 일이라 그랬어."

그가 나를 때리지는 않을 거라 믿었다. 하지만 너무나 공격적으로 행동했다. 그리고 사람들은 술기운에 말도 안 되는 일들을 저지르곤 하니까. 맨정신에는 도저히 할 수 없는 일들을.

그가 가까이 다가왔다.

"다시는 네가 그렇게 느끼지 않도록 할게. 술도 많이 마시지 않을 거고. 맹세해."

그는 검지로 내 관자놀이부터 쭉 뺨까지 훑어내렸다.

나는 아무 대답도 하지 않았다. 이 대화는 너무 헷갈리고, 너무 오락가락한다. 나를 용서한 것 같았다가, 아닌 것 같고. 용서를 구하는 것 같았지만, 한 편으로는 아닌 것 같았다. 그는 차분한 말투였다. 하지만 그의 분노 또한 바로 아래 고스란히 남아 있었다.

"나는 절대 아빠 같은 사람은 되기 싫어. 그렇게 술을 퍼 마시는 게 아니었어. 하지만 너도 잘못했어."

"나는…."

그가 내 말을 막았다. 그의 눈은 매끄럽게 윤이 났다.

"그런데 내가 너한테 엄청 많은 잘못을 했지, 한 트럭은 했잖아. 그래도 넌 항상 나를 용서했고. 그러니까 난 너한테 큰 빚을 진 거잖아. 내가 할 수 있는 최선은, 이유가 뭐든 널 용서하는 거야. 그래, 너한텐 불공평하지. 나는 할 수 없는 걸 늘 너한테는 기대하지. 정말 미안해, 테스. 어젯밤 있었던 일 전부. 내가 멍청한 놈이었어."

"나도 미안해. 내가 다른 남자랑 있는 걸 네가 얼마나 싫어하는지 알면서, 널 화나게 하는 데 이용하지 말았어야 했어. 다음엔 경솔하게 행동하기 전에 잘 생각할게. 정말 미안해."

"다음엔?"

하딘의 입술에 슬며시 미소가 번졌다. 기분이 참 빠르게도 바뀐다.

"그럼 이제 우리, 괜찮은 거지?"

내가 물었다.

"하딘, 나 혼자 결정할 문제는 아니잖아."

나는 그의 초록색 눈을 들여다보았다.

"그래, 테사."

그의 말을 들으니 안도감이 느껴졌다. 그의 가슴에 다시 몸을 기댔다. 일부러 꺼내지 않은 얘기들이 많이 남아 있는 걸 안다. 지금은 이거면 충분하다. 그는 내 정수리에 입을 맞췄다. 가슴이 두방망이질 쳤다.

"고마워."

그는 장난스럽게 말했다.

"스탠드가 우릴 화해시켜줄 줄 알았어."

나도 미소를 지었다.

"내가 거실도 싹 치웠어."

"엉망으로 어지른 사람이 너잖아."

"그래도 내가 청소하는 거 얼마나 싫어하는지 알잖아."

나를 안은 그의 팔에 힘이 들어갔다.

"안 치우고 그대로 놔두려고 했거든."

"천하의 테사가? 말도 안 돼."

"진짜야."

"어제 혼자 집에 오면서, 네가 안 돌아올까 봐 정말 두려웠어."

하딘이 말했다. 나는 그를 올려다보았다.

"난 아무 데도 안 가, 하딘."

그에게 말하며 그 말이 사실이길 기도했다. 그는 대답 대신 입술을 포개었다.

11 · 테사

"새해 첫날을 끝내주게 시작한다."

하딘이 포갠 입술을 떼고 이마를 맞대며 말했다.

테이블 위에서 휴대전화가 진동했다. 갑자기 마법의 주문이 깨지는 것 같았다. 내가 잡기도 전에 이미 휴대전화는 하딘의 손에 들어갔다. 나는 일어서서 휴대전화를 뺏으려 했지만 그는 고개를 가로저으며 뒷걸음질쳤다.

"랜던, 테스가 나중에 전화할 거야."

그가 말했다. 한 손으로는 내 손목을 잡고 있었다. 나를 바짝 끌어당겨 내 등을 그의 가슴에 닿게 뒤에서 안았다. 잠시 후 또 말했다.

"바쁘다니까."

그는 나를 끌고 침실로 들어갔다. 입술로 목을 간질이는 바람에 온몸에 소름이 돋아 닭살이 되어버렸다.

"그만 좀 해. 너희 둘은 약이라도 먹여야 할 것 같아."

하딘이 말하며 전화를 끊었다. 그는 휴대전화를 책상 위에 놓았다.

"수업 시간표 때문에 랜던하고 얘기해야 해."

그가 내 목을 핥으며 부드럽게 빨았다.

"넌 좀 쉬어야 해, 테사."

"할 일이 너무 많아."

"내가 도와줄게."

그의 목소리는 보통 때보다 느리고 더 낮았다. 그는 한 손으로 내 엉덩이를 단단히 잡고 다른 손으로는 내 가슴을 가로질러 붙잡고 있었다.

"기억 나? 저번에 거울 앞에 섰던 거. 네가 느끼는 모습을 봤던 거 말이야."

"응."

나는 침을 꿀꺽 삼켰다.

"그거 진짜 좋았어, 그치?"

그가 만족스러워하며 말했다. 그 말만으로도 몸에 열이 오르는 것 같았다. 아니, 열이 아니라 불이다.

"어떻게 네 몸을 만져야 하는지 알려줄게. 내가 널 만지듯이."

그가 살을 거칠게 빨았다. 짜릿한 전기가 오르는 것 같았다.

"어때?"

외설스러운 것 같았지만 한편으로는 호기심이 느껴졌다. 하지만 수긍하기가 너무나 창피했다.

"침묵은 긍정 사인으로."

그가 허리를 놓아주고 대신 손을 잡았다. 나는 잠자코 있었다. 긴장이 되어 그의 말이 귓전에서 맴돌기만 했다. 뭘 어떻게 느껴야 한다는 건지 잘 모르겠다.

그는 나를 침대로 이끌었다. 푹신한 매트리스에 등을 대고 눕게 했다. 그리고 내 위로 올라와서 다리를 벌렸다. 그는 내 허벅지 안쪽에 입을 맞추고, 팬티를 끌어내렸다.

"가만히 있어, 테스."

명령하듯 말했다. 그리고 허벅지 안쪽을 부드럽게 깨물었다. 어찌할
방법이 없었다. 하딘이 키득거렸다.

"여기서 할까? 아니면 하는 걸 보고 싶어?"

그의 말에 아랫배가 요동쳤다. 나는 두 다리를 오므리려고 애를 썼다.

"안 돼, 테사. 아직이야."

그가 나를 괴롭혔다. 그는 내 허벅지를 억지로 벌렸다. 자신의 무게
를 실어 두 다리를 벌어지게 유지했다.

"여기."

나는 겨우 대답했다. 그가 뭘 물어봤는지조차 잊어버릴 뻔했다.

"그럴 줄 알았어."

그가 능글맞게 웃는다. 건방진 미소다. 그는 늘 내가 생각해본 적도
없는 말들을 한다. 심지어 내 다리를 벌린 채 침대에 꼼짝 못하게 눕혀
놓은 지금 이 순간에도.

"전에도 이렇게 하는 걸 생각했었어. 근데 내가 너무 이기적이라 너
한테 유일한 사람이고 싶었거든. 너를 최고의 순간에 오르게 만드는
유일한 사람."

그는 몸을 기울여 혀를 움직였다. 골반 뼈와 허벅지 사이로 드러나
예민한 살갗을 따라…. 두 다리가 본능에 반응하며 뻣뻣해지려 했다.
하지만 그가 가만두지 않았다.

"네가 애무 받는 걸 얼마나 좋아하는지 잘 알지. 오래 걸리진 않을
거야."

그가 내 맨살을 또 깨물었다. 그리고 민감한 살갗을 핥아주었다.

"왜…."

내 목소리는 갈라지고 떨리고 있었다.

"유일한 사람이 되고 싶다면서, 왜 나한테 가르쳐주려는 거야?"

"그럼에도 불구하고, 네가 내 앞에서 자위하는 모습은 생각만 해도…, 젠장."

그가 숨을 내뱉었다.

'아.'

나를 너무 오래 괴롭힐 계획이 아니기만을 바랐다.

"게다가 넌 좀 고지식하잖아. 그러니까 이게 필요할 거야."

그가 미소를 지었다. 나는 부끄러운 표정을 숨기고 싶었다. 내가 이걸…, 안 한다면…, 그가 고지식하다고 놀리는 말을 또 들어야 할 거다. 근데 그의 말이 맞는지도 모른다. 좀 전에 말했던 것처럼, 나는 늘 다른 일로 바쁘니까.

"여기…, 넌 여기서부터 시작하면 돼."

그의 차가운 손가락이 내 몸에 닿았다. 순간 몸이 움츠러들었다. 입술 사이로 헛, 소리가 터져 나왔다.

"차가워?"

나는 고개를 끄덕였다.

"미안."

그가 키득거렸다. 예고도 없이 내 안으로 그의 손가락 몇 개가 미끄러지듯 들어왔다. 나도 모르게 엉덩이를 들썩거렸다. 나는 소리가 새어 나오지 않게 손으로 입을 틀어막았다. 그가 싱긋 웃었다.

"내 손가락들을 부드럽고 따뜻하게 해줘야겠어."

그는 손가락을 천천히 몇 번 넣었다 뺐다 했다. 내 안에서 불길이 일었다. 손가락을 빼자, 허전한 느낌에 더욱 애가 달았다. 갑자기 그가 다시 손가락을 집어넣었고, 나는 입술을 깨물었다.

"그러지 마. 아님 이 레슨을 못 끝낼 거야."

그를 쳐다보지 않았다. 대신 입술을 혀로 문지르고 다시 깨물었다.

"오늘 너무 성질이 급한데. 좋은 학생의 태도가 아니야."

그가 짓궂게 말했다. 그 말만으로도 나는 미칠 것 같았다. 삽입도 없이 어떻게 이다지도 나를 미치게 만들 수 있는 걸까? 이런 건 오직 하딘만이 할 수 있는 기술일 거다.

"네 손 좀 줘봐, 테스."

나는 움직이지 않았다. 볼이 화끈거리며 부끄러움에 눈 둘 곳을 모르겠다. 그는 내 손을 잡았다. 그리고 잡은 손을 내 버자이너로 가져갔다.

"하기 싫으면, 안 해도 괜찮아. 근데 너도 좋아할 것 같아."

하딘이 부드럽게 말했다.

"해볼래."

내가 단호하게 말했다. 그는 미소를 지었다.

"그냥 좀…, 긴장 돼."

솔직히 인정했다. 하딘과 함께 있으면 그 어느 때보다도 편안해진다. 그는 적어도 나를 불편하게 만드는 악의적인 짓은 하지 않을 것이다. 내가 자위에 대해 너무 오버하는 걸지도 모른다. 세상 사람들은 이미 다들 하는 건데. 그렇겠지?

"괜찮아. 좋아하게 될 거야."

그는 입꼬리를 깨물었다. 나는 억지로 미소 지었다.

"걱정 마. 네가 혼자서 못하면, 내가 해줄게."

나는 당황스러워 신음 소리를 냈다. 그가 기분 좋게 웃는 소리가 들렸다.

"이렇게."

그는 내 손가락을 쫙 폈다. 두근거리던 가슴이 더 세게 방망이질 쳤다. 그가 내 손을 이끌었다, 그곳으로. 기분이 너무 이상했다. 낯설었다. 하딘의 손에 너무 익숙해져 있던 탓일까? 그의 손가락은 거칠었고, 굳은 살이 많았지만 가늘고 길어서 어떻게 터치해야 하는지 너무도 정확히 알고 있었다.

"이렇게 해봐."

욕정 가득한 하딘의 목소리가 들렸다. 그가 내 손가락을 가장 민감한 지점으로 이끌었다. 나는 우리가 뭘 하고 있는 건지, 깊게 생각하지 않으려 애를 썼다.

"느낌이 어때?"

하딘이 물었다.

"잘 모르겠어…."

내가 더듬거리며 대답했다.

"아냐, 넌 알아. 말해봐, 테스."

그가 물으며, 내 몸에서 손을 뗐다. 그의 손길이 사라지자, 나는 흐느끼며 손을 떼버렸다.

"아니, 계속 해."

그의 목소리에 나는 다시 손을 그곳으로 옮겼다.

"계속 해봐."

그는 명령하듯 말했다.

침을 꿀꺽 삼키고, 눈을 감았다. 하딘이 주던 느낌을 따라 해보려고 애를 썼다. 그가 해줄 때만큼은 아니었지만, 나쁘지도 않았다. 아랫배를 누르는 것 같은 느낌이 다시 밀려왔다. 눈을 질끈 감으며, 그 감각에 집중했다. 마치 하딘이 내 몸의 감각을 깨우고 있다고 상상하며.

"내 앞에서 네 몸을 만지고 있다니, 너무 섹시해."

하딘의 말과 동시에 내 입에서 신음이 터져 나왔다. 알려준 손놀림대로 움직이기를 멈추지 않았다.

살짝 눈을 떠보았다. 하딘이 블랙진 위로 손을 올려 자신의 페니스를 문지르고 있었다. 오 마이 갓. 왜 이렇게 섹시한 걸까? 이런 건 음란영화에 나오는 장면인 줄만 알았다. 진짜로 이런 걸 내가 하게 될 줄이야. 하딘은 모든 걸 섹시하게 만드는 재주가 있다. 그게 아무리 이상한 짓이라도. 그의 시선은 내 다리 사이에 고정되어 있었다. 아랫입술은 꽉 깨문 채로. 그의 입술 피어싱이 팽팽하게 서 있었다.

그를 쳐다보고 있다는 걸 그가 눈치 챈 것 같았다. 나는 얼른 눈을 감았다. 잠재의식 속에 최면을 걸었다. 이건 정상적이고 자연스러운 일이다. 모두 다 하는 거다…. 누구나 자위 하는 모습을 누군가가 보게 하는 건 아니겠지만….

"말도 잘 듣고."

그가 내 귀에 대고 말했다. 귓불을 살짝 깨물면서. 그의 숨결은 뜨거웠고 민트 향이 났다. 나는 소리를 지르며 흔적도 없이 사라지고도 싶었다.

"너도 해봐."

숨을 토해냈다. 내 목소리는 들릴 듯 말듯했다.

"뭘?"

"내가 하는 거…."

"그걸 원해?"

그는 놀란 것 같았다.

"응…, 제발, 하딘."

나는 절정에 가까워지고 있었다. 그의 시선을 내가 아닌 무언가로 돌려야만 한다. 솔직히 내게는 이 모든 행위가 부도덕한 느낌이었다. 내가 자위 하는 모습을 그에게 보이는 것, 게다가 그가 자신의 몸을 만지는 모습을 몰래 보는 것까지 모두. 하지만 나는 다시 한 번 그의 모습을 보고 싶었다. 아니, 그를 보며 느끼고 싶었다.

"오케이."

그가 짧게 대답했다. 섹스에 관한 한 하딘은 자신만만했다. 나도 그랬으면 좋겠다.

그가 바지 지퍼를 내리는 소리가 들렸다. 나는 움직임을 늦추려고 애를 썼다. 그러지 않았다간, 금세라도 끝날 것 같았으니까.

"눈 떠봐, 테스."

그가 명령했고, 나는 순순히 따랐다. 그는 손으로 발기한 자신의 페니스를 감싸 쥐고 있었다. 절대로 볼 수 없을 거라 생각한 장면이었다. 하지만 하딘의 모습은 완벽했다. 나는 눈이 휘둥그레졌다. 그는 몸을 기울여 고개를 아래로 떨구었다. 그가 내 목에 입을 맞추었다. 그리고 내 귀에 입술을 대며 말했다.

"너, 내가 자위 하는 거 보고 싶었지? 넌 정말 난잡한 여자야."

나는 그의 손에서 눈을 떼지 않았다. 그의 손놀림이 더 빨라졌다. 그는 말을 이어나갔다.

"오래는 못 버틸 것 같아. 넌 이게 얼마나 흥분되는지 상상도 못할 거야."

그와 나는 동시에 신음을 내뱉었다.

더 이상 낯선 느낌이 아니었다. 절정에 가까워지고 있었다. 하딘도 나와 같이 절정을 맞았으면 좋겠다.

"너무 좋아, 하딘⋯."

신음이 나왔다. 내 목소리가 얼마나 절박하게 들리는지 신경 쓰이지 않았다. 이건 진심이다. 그는 내가 이런 식으로 오르가즘을 느껴도 괜찮다는 걸 일깨워주었다.

"테사, 뭐라고 말 좀 해봐."

그가 이를 악물었다.

"사정해, 하딘. 내 입에 네 걸⋯."

음란한 말이 내 입에서 술술 나오고 있었다. 갑자기 아랫배에 뜨뜻한 느낌이 들었다. 하딘이 타는 듯 내 맨살 위에 사정을 한 것이다. 나를 위한 것이었다. 나도 그걸 보며 절정을 향해 치달았다. 눈을 감고 하딘의 이름을 부르고 또 불렀다.

눈을 떠보니, 하딘이 내 옆에 팔을 괴고 엎드려 있었다.

"어땠어?"

그가 내 허리를 감싸며 바짝 끌어당겼다.

"몰라⋯."

"부끄러워하지 마. 좋았잖아. 나도 좋았거든."

그가 정수리에 입을 맞췄다. 나는 그를 올려다보았다.

"좋았어. 그래도 네가 해주는 게 더 좋아."

내가 실토했고, 그는 슬며시 미소를 지었다.

"나도."

나는 머리를 들어 움푹 파인 그의 보조개에 입을 맞추었다.

"너한테 가르쳐줄 게 아직도 무궁무진해."

그가 덧붙였다. 나는 얼굴을 붉혔다.

"하지만 한 번에 하나씩."

하딘이 나에게 가르쳐줄 것들. 상상의 나래를 끝없이 펼치게 된다. 분명 내가 듣도 보도 못한 것들일 것이다. 그 모든 걸 배우고 싶다.

"샤워합시다, 애제자님."

나는 그의 눈을 바라보았다.

"내가 네 유일한 제자란 거지?"

"당연하지. 다음엔 랜던을 가르쳐야겠어. 그 녀석도 너만큼 쑥맥일 거야."

그가 짓궂게 말하며 침대에서 내려갔다.

"하딘!"

내가 날카롭게 소리를 질렀다. 하딘이 웃는다, 소리를 내며 진짜 웃는다. 너무나 아름다운 소리다.

월요일 아침, 알람이 울렸다. 나는 날 듯이 침대에서 내려와 욕실로 향했다. 따뜻한 물을 맞으니 에너지가 솟았다. WCU에서의 첫 학기가 주마등처럼 스쳐 지나갔다. 무슨 일이 생길지 예상조차 못했던 그때, 한편으로는 모든 게 자신만만했었다. 시시콜콜한 것들까지 완벽하게 준비를 마친 상태였으니까. 마음이 맞는 친구 몇몇과 학교 생활을 열심히 하려고 했다. 문학 클럽이나 그 비슷한 클럽 활동도 몇 개 했겠지. 대부분의 시간을 기숙사나 도서관에서 보냈을 것이다. 공부를 하거나 미래를 위한 준비를 하면서.

불과 몇 달 후에 이렇게 될 거라고는 상상조차 할 수 없었다. 남자친구와 아파트에서 동거를 하게 되다니. 그것도 노아가 아닌 다른 남자와. 엄마가 WCU 주차장에 차를 댈 때까지만도 몰랐던 일이다. 곱슬머리의 건방진 남자를 처음 만났을 때도. 누군가 나에게 이런 미래를 예고했더라도 절대 믿지 못했을 것이다. 하지만 지금은 이 성마른 남자가 없는 내 삶을 상상할 수조차 없게 되었다. 생각만으로도 아랫배에서 나비가 춤추기 시작한다. 캠퍼스에서 그를 힐끗 보았을 때의 느낌이 아직도 생생하다. 영문학 수업에서 그를 찾으려 두리번거렸던 기억, 교수님의 강의를 듣던 그의 모습이며, 랜던과 내가 얘기하는 걸 엿듣던 모습까지. 모두 아주 오래 전인 것만 같았다.

한참 향수에 젖어 있는데, 샤워 커튼이 홱 열렸다. 깜짝 놀라 소리를 꺅 질렀다. 셔츠도 안 걸친 하딘이 나타났다. 헝클어진 머리를 이마에 늘어뜨린 채 눈을 비비며 씩 웃었다.

"이렇게 오랫동안 뭘 하는 거야? 혹시 어젯밤에 배운 거 연습이라도 하고 있었어?"

"아니야!"

나는 볼멘소리를 했다. 하딘이 사정하던 순간이 불쑥 떠올라 얼굴이 화끈거렸다.

"그랬잖아, 테사."

"안 그랬어! 그냥 생각하고 있었어."

"무슨 생각?"

그는 변기에 앉았다. 나는 다시 샤워 커튼을 닫았다.

"예전 생각…."

"예전 언제?"

목소리에 걱정이 묻어났다.

"대학에 처음 왔던 날, 그리고 그때 네가 얼마나 건방지게 굴었는지."

내가 짓궂게 말했다.

"건방져? 난 그날 너한테 말도 안 했어!"

"그건 그래."

"너 완전 짜증나는 캐릭터였어. 말도 안 되는 스커트 입고, 로퍼 신은 남자친구랑 나타났잖아."

그가 기분 좋은 듯 손뼉을 쳤다.

"너네 엄마가 우리를 봤을 때의 표정은, 정말 돈 주고도 못 산다."

엄마 얘기가 나오자 가슴이 철렁했다. 엄마가 보고 싶었다. 하지만 엄마의 비난은 받아들일 수가 없다. 엄마가 하딘과 나를 비난하는 걸 그만둔다면, 나도 엄마를 받아들일 거다. 하지만 엄마가 그러지 않는다면, 엄마도 나와 함께할 수 없다.

"너도 그때 좀 짜증 났지…, 네 태도도."

처음 만났을 때, 그는 내게 한마디도 안 했으니까.

"두 번째 만났던 거 기억 나? 너, 타월 두르고 젖은 옷 들고 있었잖아."

"그리고 넌 날 절대 안 쳐다볼 거라고 했고."

그날이 떠올랐다.

"거짓말이야. 너 뚫어지게 쳐다봤거든."

"너무 오래 전인 것 같아, 그치?"

"그 일들이 일어나지도 않았던 것 같아. 우린 항상 이렇게 사이 좋게 같이 있던 것 같거든."

나는 커튼 밖으로 머리만 쏙 내밀며 싱긋 웃었다.

"나도."

진심이었다. 하딘이 아닌 노아가 남자친구였다고 생각하니 이상한 기분이었다. 맞지 않는 옷이었다. 나는 노아를 진심으로 좋아했다. 그렇지만 우리는 사귀면서 몇 년이나 세월을 허비했다. 나는 샤워기를 잠그고 머릿속에서 노아 생각을 억지로 밀어냈다. 하딘이 커튼 위로 타월을 건넸다.

"고마워."

하딘은 나를 따라 침실로 들어왔다. 나는 서둘러 옷을 입었다. 그는 침대에 배를 깔고 엎드려서, 시선을 나에게서 떼지 않았다. 머리를 타월로 대충 말리고 옷을 입었다. 하딘은 정신을 산란하게 만드는 데 일가견이 있다. 섬세한 애무 없이 눈빛만으로도.

"내가 데려다줄게."

그는 침대에서 내려와 옷을 입었다.

"우리, 이 얘긴 다 끝냈잖아, 기억 안 나?"

하딘에게 상기시켰다.

"안 나."

그가 장난스럽게 머리를 가로저었다. 나는 순진한 척 웃으며 거실로 향했다.

오늘은 머리에 컬을 안 넣고 가볍게 화장만 했다. 빠뜨린 건 없는지 가방 안을 확인해보았다. 하딘은 내 요가 수업 가방을 들었다.

"가자."

"뭐라고?"

나는 몸을 돌려 그를 쳐다보았다.

"가자고, 이 바보야."

그가 한숨을 쉬며 말했다. 그에게 미소를 지어 보였다. 그리고 뒤엉키고 복잡한 오늘의 계획을 얘기해주었다. 24시간 동안 열 번은 말한 것 같다. 그는 열심히 듣는 척 했다. 내일은 훨씬 긴장이 풀어질 거다. 그와 나 자신에게 다짐했다.

12 · 테사

하딘이 최대한 카페 가까이 차를 대려 했지만 캠퍼스는 사람들로 넘쳐 났다. 크리스마스 방학을 마치고 모두 돌아온 모양이었다. 그는 주차장을 몇 바퀴나 돌면서 내내 욕을 중얼거렸다. 그 모습을 보고 웃지 않으려고 애를 썼다. 너무나 사랑스러웠다.

"네 가방 이리 줘."

차에서 내리자, 하딘이 말했다. 나는 웃으며 가방을 건넸다. 남자친구 같은 이런 행동, 정말 좋다. 가방은 제법 무거웠다. 나도 들 수는 있었지만, 그의 배려에 감사할 따름이다.

캠퍼스에 돌아오니 기분이 묘했다. 정말 많은 일들이 일어났고, 많은 변화가 있었다. 차가운 바람이 두 볼에 스쳤다. 하딘은 비니를 푹 눌러쓰고 재킷 지퍼를 끝까지 올렸다. 우리는 주차장을 빠져나와 도로로 내달렸다. 좀 더 두꺼운 재킷을 가지고 왔어야 했는데, 장갑도, 모자도…. 하딘 말이 옳았다. 그는 원피스를 입지 말라고 했었다. 그 말이 옳았다. 하딘은 사랑스러워 보였다. 머리카락이 안 보이게 비니를 눌러썼고, 코 끝과 두 뺨은 추위로 발그레했다. 이런 엄동설한에 더 매력적으로 보일 수 있는 사람은 하딘 밖에 없을 거다.

"저기 있네."

카페에 들어가며 하딘이 랜던을 가리켰다. 작은 공간이 주는 익숙함이 나를 진정시켰다. 그를 보자 마자 미소가 나왔다. 베스트 프렌드가 나를 기다리며 작은 테이블 앞에 앉아 있었다. 그는 우리를 발견하고 미소를 지었다.

"굿 모닝."

우리는 떠들썩하게 인사했다.

"가서 줄 서 있을게."

하딘이 중얼거리며 카운터를 향했다.

그가 개강 첫날 우리와 함께 있거나, 커피를 사올 줄은 몰랐다. 여하튼 그의 행동에 내내 기분이 좋다. 이번 학기에는 하딘과 같이 듣는 수업이 하나도 없었다. 아무래도 그가 보고 싶을 것 같다. 하루 종일 붙어 있는 데 익숙하니까.

"새 학기 준비는 다 됐어?"

랜던이 물었다. 그의 헤어스타일이 달라졌다. 앞머리를 이마 위로 쓸어 올려 넘겼다. 제법 잘 어울렸다. 카페를 둘러보았다. 그제서야 내 차림새에 대한 후회가 밀려왔다. 이 안에서 생뚱맞게 원피스를 차려입은 사람은 나밖에 없었다. 하늘색의 버튼다운 셔츠와 카키색 면바지를 입은 랜던을 빼고는.

"그렇기도 하고, 그렇지 않기도 해."

"나도. 너희는 어떻게 되어 가고 있어?"

그가 내게 바짝 다가와 속삭였다. 나는 멀찍이 등을 돌리고 서 있는 하딘을 쳐다보았다. 주문 받는 점원이 얼굴을 잔뜩 찡그리고 있었다. 점원은 어이없는 표정을 지었고, 하딘은 그녀에게 체크카드를 건넸다. 문득 궁금해졌다. 대체 그가 뭐라고 했길래, 점원이 저렇게 짜증스러워 하는 걸까? 그것도 이른 아침에.

"실은 우리 좋아졌어. 넌 다코타랑 어때? 우리 만난 지 일주일도 훨씬 넘은 것 같아."

"다코타는 뉴욕에 갈 준비를 하고 있어."

"와, 멋지다. 나도 뉴욕에 가고 싶어."

"나도야."

랜던이 미소를 지었다. 랜던이 뉴욕으로 가버리는 건 싫지만, 어쩔 수는 없는 노릇이다.

"아직 어떻게 할지 마음을 못 정했어."

내 생각을 읽기라도 한 듯이 그가 말했다.

"가서 그녀와 가까이 있고 싶긴 해. 우린 너무 오래 떨어져 지냈거든. 근데 또 한편으론 여기, WCU가 너무 좋아. 엄마랑 새아버지와 떨어져 지내고 싶은지도 잘 모르겠고. 아는 사람이라곤 하나도 없는 대도시로 가는 것도 좀 떨리고. 아, 물론 그녀가 있긴 하지만."

나는 고개를 끄덕였다. 속마음과는 달리 그를 응원해주려 했다.

"넌 거기서도 멋지게 해낼 거야. NYU에 갈 수도 있고, 둘이 아파트를 얻을 수도 있잖아."

"그렇지, 근데 아직은 잘 모르겠어."

"뭘 모르겠는데?"

하딘이 끼어들었다. 커피를 내 앞에 놓아주고는 앉지 않았다.

"신경 쓰지 마. 난 5분 후에 첫 수업이 있어. 캠퍼스 반대편 끝 강의동에서."

하딘이 이어 말했다.

"알았어. 요가 수업 끝나고 보자. 그게 마지막 수업이야."

그에게 말했다. 그는 몸을 굽히더니 내 입술과 이마에 입을 맞췄다. 나는 깜짝 놀랐다.

"사랑해. 미끄러지지 않게 조심하고."

그의 뺨이 추위로 빨개지지 않았더라면, 아마 이 순간 달아올랐을 거다. 그제야 랜던이 맞은편에 앉아 있다는 게 생각난 모양이다. 공공장소에서의 애정 표현은 확실히 하딘 스타일은 아닌 것 같다.

"나도 사랑해."

그는 어색해 하며 랜던에게 고개를 까딱하고는 문으로 걸어나갔다.

"좀… 이상한데."

랜던이 눈썹을 위로 치켜세우며 커피 한 모금을 마셨다.

"확실히 그렇지?"

나는 웃으며 턱을 괴었다. 기분 좋은 한숨이 새어 나왔다.

"자, 그럼 종교학 수업에 가볼까?"

나는 바닥에 놓아둔 가방을 들고 따라 나섰다.

운 좋게 첫 수업 강의실은 멀지 않았다. 세계 종교를 배우다니, 가슴이 떨렸다. 굉장히 재미있고, 사고력을 자극시키는 수업이 될 것 같다. 랜던과 같이 듣게 된 즐거움은 덤이다. 강의실에 들어갔다. 첫 번째로 도착한 건 아니었지만, 강의실 앞줄은 텅 비어 있었다. 랜던과 나는 맨 앞줄에 자리를 잡았다. 본연의 내 모습으로 돌아오니 기분이 좋았다. 역시 나는 공부 체질이다. 랜던도 나와 같은 생각이라는 게 정말 좋다.

학생들이 하나 둘씩 들어오면서, 강의실은 엄청나게 시끄러워졌다. 강의실이 비좁은 탓도 있을 것이다.

마침내 키 큰 남자가 들어왔다. 교수라고 하기엔 너무 젊어 보였다. 그는 바로 수업을 시작했다.

"안녕하세요. 소토 교수입니다. 세계 종교 수업을 맡았고요. 아마 가끔은 엄청 지루할 겁니다. 하지만 여러분에게 이거 하나는 약속하지요. 여러분은 이제 실제 세상에서는 절대 사용하지 않을 팩트 더미를 배우게 될 겁니다. 근데, 알잖아요, 그게 대학이 존재하는 이유라는 걸."

그는 미소를 지었고, 모두 웃음을 터뜨렸다. 오호라, 이거 좀 색다르다.

"그럼, 시작해봅시다. 강의 계획서 같은 건 없습니다. 틀에 박힌 대로 따라가진 않을 겁니다. 그건 내 스타일이 아니라서. 그래도 종강 때까지 알아야 할 건 다 배울 겁니다. 성적의 75%는 여러분이 꾸준히 작성해야 할 일지로 반영될 겁니다. 무슨 생각을 할지 다 압니다. 종교 일지엔 뭘 써야 하는 거지? 그것만으론 안 될 텐데…. 하지만 해보면 됩니다. 영적인 영역의 학문을 제대로 이해하고 공부하려면, 여러분은 어떤 것이든 열린 사고로 받아들여야 합니다. 일지를 쓰는 게 도움이 될 겁니다. 그리고 여러분에게 몇 가지 주제에 관한 글을 쓰게 할 겁니다. 민감하거나 논란의 여지가 있는 주제일 수도 있습니다. 그리고 여러분에게 간곡히 바랍니다. 이 수업을 마칠 때 여러분이 열린 사고를 가지고 떠날 수 있기를 말입니다. 아마 지식도 조금은 쌓이겠지요."

그는 환하게 웃으며 재킷 단추를 풀었다.

랜던과 나는 동시에 서로 마주보았다.

"강의 계획서가 없다고?"

랜던이 입 모양으로 말했다.

"일지라고?"

나도 따라 조용히 말했다.

소토 교수님은 강의실 정면에 있는 커다란 책상 앞에 앉았다. 그리고 가방에서 물병을 꺼냈다.

"수업이 끝날 때까지 서로 얘기해도 됩니다. 아니면 오늘은 먼저 가도 됩니다. 진짜 수업은 내일부터 할 거예요. 출석부에 사인만 하고 가세요. 그래야 첫날부터 안 나타난 인간이 몇 명이나 되는지 알 수 있으니까요."

그는 장난스럽게 웃었다.

순식간에 강의실 안이 술렁거렸고, 여기저기서 환호성이 터졌다. 하나 둘, 재빨리 강의실을 빠져나가기 시작했다. 랜던은 나를 보고 어깨를 으쓱했다. 우리는 강의실이 텅 빈 후에야 자리에서 일어섰다. 출석부에 마지막으로 사인을 했다.

"어쩐지 이 수업, 멋진 것 같아. 다음 수업 전에 다코타하고 잠깐 통화할 수 있겠어."

랜던이 가방을 챙기며 말했다.

하루의 나머지는 쏜살같이 흘러갔다. 하딘이 보고 싶어 미칠 지경이다. 그에게 문자를 몇 번 보냈지만, 아직 아무 답장이 없다. 체육관 건물까지 걸어가느라 다리 아파 죽을 뻔했다. 이렇게까지 먼 곳인 줄 몰랐다. 문을 열자, 땀 냄새가 훅 끼쳤다. 로커룸이라고 명패가 붙어 있는 방으로 얼른 들어갔다. 벽 쪽으로 슬림한 빨간색 로커가 쭉 늘어서 있었다. 군데군데 페인트 칠이 벗겨져 있다.

"어떤 로커를 써야 하죠?"

수영복을 입고 있는 까무잡잡한 여자에게 물었다.

"그냥 아무거나 하나 골라서, 개인 자물쇠 채우고 쓰면 돼요."

"아…."

물론, 나는 자물쇠를 가져오지 않았다. 내 표정을 보고, 그녀는 자기 가방을 뒤적거렸다. 그러더니 조그만 자물쇠 하나를 건넸다.

"마침 하나 더 가져온 게 있어요. 번호 조합은 뒷면에 있을 거예요. 아직 스티커를 떼지 않았거든요."

나는 감사 인사를 했고, 그녀는 로커룸을 나갔다. 새로 산 검정색 요가 팬츠와 흰색 티셔츠로 갈아입었다. 요가 룸을 향해 가는데, 한 무리의 라크로스 선수들이 곁을 지나갔다. 그들 중 몇몇이 나에게 추파를 던졌지만, 나는 무시해버렸다. 모두 그대로 지나쳤다. 한 사람만 빼고.

"너, 치어리더 테스트 가는 거야?"

남자가 물었다. 검정에 가까운 짙은 갈색 눈으로 나를 아래위로 훑고 있었다.

"요가 수업 가는 길이야."

나는 말을 더듬거렸다. 복도에는 우리 둘뿐이었다.

"아, 거참 안됐군. 치어걸 스커트 입으면 끝내주겠는데 말이지."

"나, 남자친구 있어."

단호하게 말하고, 남자를 비껴 지나가려 했다. 남자가 내 앞을 막아섰다.

"나도 여자친구 있어…, 그게 무슨 상관이야?"

남자가 실실 웃으며 한 걸음 다가왔다. 나는 구석으로 몰렸다. 남자는 전혀 위협적으로 보이진 않았다. 하지만 건방진 미소를 띠고 있었다.

"수업 가야 해."

"내가 바래다줄 수 있는데, 만약 네가 수업을 빠지면 여기저기 구경시켜줄 수도 있고."

그가 팔을 뻗어 내 머리 옆 벽에 붙였다. 나는 어디 물러설 곳이 없었다.

"빌어먹을! 그 여자한테서 떨어져."

등 뒤에서 하딘의 목소리가 울려 퍼졌다. 움찔한 남자는 고개를 돌려 그를 쳐다보았다.

그는 어느 때보다 위협적으로 보였다. 농구 반바지에 소매를 뜯어낸 검정색 티셔츠, 그 밖으로 드러난 타투로 가득한 팔뚝까지.

"미, 미안…. 남자친구가 있는 줄 몰랐어."

남자가 거짓말을 했다.

"내 말 못 들었어? 그 여자한테서 떨어지라고!"

하딘은 우리를 향해 성큼성큼 다가왔다. 라크로스 선수는 재빨리 뒤로 내뺐다. 하지만 하딘은 남자의 셔츠를 낚아채듯 잡아 벽에 패대기쳤다. 나는 그를 말리지 않았다.

"다시 한 번 이 여자 근처에 얼쩡거리기만 해봐. 그땐 네 대가리를 벽에 집어던져 박살을 내줄 테니까. 알아들었어?"

하딘이 으르렁댔다.

"아, 알았어…."

남자는 중얼거리더니 복도 저편으로 내달렸다.

"고마워, 하딘."

나는 두 팔을 그의 목에 둘렀다.

"근데, 너 왜 여기 있어? 체육 수업은 없는 줄 알았는데?"

"하나 듣기로 했어."

그는 한숨을 쉬더니 내 손을 잡았다.

"어떤 과목인데?"

하딘이 운동을 한다고?

"너랑 같은 수업."

숨이 턱 막혔다.

"말도 안 돼."

"말은 되지."

어느새 그의 분노는 가라앉은 것 같았다. 내 뜨악한 표정을 보고 그는 해맑게 웃었다.

하딘이 내 뒤를 졸졸 따라왔다. 갑자기 고등학교 1학년 때로 돌아가고 싶어졌다. 그땐 내 몸을 감추려고 스웨터를 허리에 묶고 다녔다. 그의 목소리가 조그맣게 들렸다.

"이 요가 팬츠, 몇 벌 더 사야겠다."

하딘 앞에서 요가 팬츠를 입었던 날이 기억났다. 얼마나 노골적으로 좋아하던지. 근데 그 요가 팬츠는 지금 것만큼 타이트하지도 않았다. 나는 싱긋 웃으며 그의 손을 잡았다.

"하딘, 정말로 요가 수업 들으려는 건 아니지?"

아무리 상상해보려 해도 도저히 떠오르지 않았다. 하딘이 요가 자세를 하고 있는 모습이라니.

"아냐, 들을 거야."

"너, 요가가 뭔지는 알아?"

교실로 들어가며 그에게 물었다.

"그럼, 알지. 난 너랑 같이 이 수업 들을 거야."

"왜?"

"왜라니? 너하고 시간을 더 보내고 싶으니까 그렇지."

"아."

그의 설명이 납득이 되지는 않는다. 하지만 그가 요가 하는 장면을 보는 건 어쩐지 기대가 되었다. 자투리 시간을 그와 함께 보내는 것도 나쁘진 않을 것 같았다.

교실 한가운데에 밝은 노란색 매트를 깔고 강사가 앉아 있었다. 그녀는 굽슬굽슬한 갈색 머리를 위로 모아 묶었다. 꽃무늬 셔츠가 우리는 환하게 맞아주는 것 같았다.

"다들 어디 있어?"

하딘이 물었다. 나는 선반에서 보라색 매트를 꺼내는 중이었다.

"우리가 좀 일찍 왔어."

나는 그에게 파란색 매트를 건넸다. 그는 매트를 샅샅이 살펴보더니 팔 사이에 끼었다.

"물론 그렇겠지."

하딘이 나를 따라 교실 앞으로 왔다. 나는 강사 바로 앞 자리에 매트를 펴기 시작했다. 하딘이 내 팔을 잡았다.

"이건 아니지. 뒤에 가서 앉자고."

강사의 얼굴에 희미하게 웃음기가 스쳤다. 하딘의 말을 들은 게 틀림없었다.

"뭐라고? 요가 수업에서 뒷자리에 앉겠다고? 안 돼, 난 항상 앞자리에만 앉아."

"시끄럽고, 우린 뒤에 앉을 거야."

그는 같은 말을 되풀이했다. 그러더니 내 손에서 요가 매트를 빼앗아 교실 뒤쪽으로 갔다.

"너, 계속 이렇게 심술부릴 거면, 이 수업 듣지 마."

그에게 속삭였다.

"심술부리는 거 아니야."

우리는 매트를 깔고 자리에 앉았다. 강사는 손을 흔들며, 자신의 이름이 '말라'라고 소개했다. 하딘은 그녀가 취한 것 같다며 자신 있게 말하는 바람에 나는 웃음이 터졌다. 재미있는 수업이 될 것 같았다. 하지만 여학생들로 교실이 채워지기 시작하니 생각이 달라졌다. 타이트한 요가 팬츠와 손바닥만 한 탱크탑을 입은 여자들이 하딘을 힐끔거렸다. 나는 도를 닦는 기분이 되었다. 물론 이곳에 그가 유일한 남자이긴 했다. 다행인 건, 그가 뭇 여성들의 시선을 한 몸에 받고 있다는 걸 눈치채지 못한 것 같다는 거다. 그게 아니라면, 이런 상황에 너무나 익숙한 거겠지. 아마 후자일 것이다. 그는 이런 관심쯤은 늘 받는다. 그녀들을 비난하는 건 아니지만, 그는 내 남자친구다. 그러니까 자꾸 쳐다보는 건 예의가 아니다. 몇몇이 그의 타투와 피어싱을 기분 나쁘게 쳐다본다는 것도 안다. 왜 저런 녀석이 요가 수업을 듣는지, 아마 그게 궁금하겠지.

"오케이, 여러분! 수업 시작합시다!"

강사는 교실이 떠나갈 듯 소리쳤다. 그녀는 자신을 소개하고, 어떻게 요가를 가르치게 되었는지 간단하게 설명했다.

"저 여자는 절대 입을 안 다물 거야, 그치?"

하딘이 투덜거렸다.

"자세 만드는 데 집중해."

나는 한쪽 눈썹을 들어올렸다.

"무슨 자세?"

그가 되물었다.

"자, 우선, 스트레칭으로 시작합시다."

바로 그때, 말라가 말했다. 모두 말라의 동작을 따라 했다. 하딘만 바닥에 우두커니 앉아 있었다. 내내 나를 뚫어져라 쳐다보는 그의 시선을 느꼈다.

"너도 해야지."

그에게 꾸짖듯 말했다. 그는 어깨만 으쓱거릴 뿐 움직이지 않았다. 그때, 단조로운 목소리로 말라가 하딘을 불렀다.

"거기 뒤에 계신 분, 같이 하시죠."

"음, 그래야죠."

그는 중얼거리며 꼬고 있던 다리를 풀었다. 긴 다리를 앞으로 쭉 뻗고는 발끝에 손을 대려고 안간힘을 썼다.

나는 하딘에게서 눈을 떼고 앞을 쳐다보았다. 바닥과 사투를 벌이는 그의 모습에 웃음이 터질 것만 같았다.

"발끝에 손이 닿아야 해."

하딘 옆의 금발 여자가 그에게 말했다.

"노력 중이야."

그가 지나치게 달콤한 미소를 지으며 말했다. 왜 저 여자한테 대답한 거지? 난 또 왜 이렇게 질투가 나는 걸까? 여자는 그를 보고 킬킬거리며 웃었다. 머릿속에 여자의 머리채를 잡아서 벽에다 패대기치는 장면이 반복해 떠올랐다. 성질을 죽이라고 하딘에게 늘 잔소리하던 나였다. 그런데 그런 내가 지금 이 여자를 확 죽여버릴까 생각하고 있다···. 심지어 잘 알지도 못하는 여자를.

"잘 안 보이는 것 같아. 앞자리로 갈래."

하딘에게 말했다. 그는 깜짝 놀란 것 같았다.

"왜? 내가···."

"아무 것도 아냐. 그냥 잘 보고 잘 들으려고."

나는 매트를 질질 끌고, 하딘 바로 앞자리로 갔다. 자리를 옮겨 앉아

스트레칭을 마쳤다. 하딘의 표정을 보려고 두리번거릴 필요도 없었다.

"테스."

하딘이 조그만 소리로 나를 불렀다. 어떻게든 내 주의를 끌려는 듯했다. 하지만 나는 돌아보지 않았다.

"테사."

"자, 그럼 '완전한 개 자세'부터 시작합시다. 이게 가장 간단하고 기본적인 요가 자세예요."

말라가 말했다. 몸을 구부려 양 손바닥을 매트에 댔다. 몸과 바닥 사이 틈으로 하딘을 보았다. 그는 입을 떡 벌린 채 가만히 서 있었다.

미동도 없는 하딘이 또 한 번 말라의 눈에 띤 모양이다.

"거기, 남학생, 요가 수업 받을 생각이 있긴 해요?"

그녀가 농담조로 물었다. 한 번 더 지적했다간 하딘이 학생들 보는 데서 그녀에게 욕설을 퍼부을지도 모른다. 그런데도 놀랍지 않을 거다. 나는 눈을 감고 엉덩이를 높게 들어서 몸을 더 크게 구부렸다.

"테사."

그는 계속 나를 불러 댔다.

"테-레에에에-사."

"왜 그래, 하딘? 집중하려고 애쓰는 중이란 말이야."

그를 쳐다보며 말했다. 그는 몸을 구부려 자세를 취하려던 참이었다. 긴 몸이 어정쩡하게 구부러져 있었다. 나는 터져나오는 웃음을 참을 수가 없었다.

"웃지 마, 너!"

그가 일갈했고, 나는 더 크게 웃었다.

"진짜 못 한다, 하딘."

"너 때문에 정신이 산만해져서 그래."

내가 놀려대자 그가 이를 악물고 말했다. 하딘을 쩔쩔매게 만드는 이 수업이 진짜 좋았다. 이런 일은 거의 없으니까.

그의 옆에 있던 여자가 우리 얘기를 들은 것 같았다. 하지만 상관없다. 아니, 오히려 그 여자가 들었으면 좋겠다.

"그럼 네 매트를 옮겨."

나는 일부러 몸을 일으켜 스트레칭을 했다. 그리고 다시 자세를 잡으며 몸을 구부렸다.

"네가 옮겨…, 네가 날 못살게 굴고 있잖아."

"못살게 구는 게 아니라 놀리는 거지."

그의 말을 바로잡았다. 불과 몇 분 전에 그가 나한테 써먹었던 방법이다.

"좋아요, 그럼 하프웨이 리프트 자세로 바꿔 봅시다."

말라가 말했다. 나는 다시 일어섰다가 허리를 구부렸다. 양 손을 무릎에 붙이고, 허리를 90도가 되게 만들었다.

"너, 지금 장난하는 거지."

내 엉덩이가 바로 그의 눈 앞에 놓이자, 하딘이 중얼거렸다. 뒤를 돌아보았다. 그의 자세는 전혀 맞지 않았다. 두 손은 무릎을 잡았지만, 허리가 거의 일자였다.

"오케이! 다음은 앞으로 구부리기 자세예요."

강사가 말했고, 나는 몸을 완전히 접었다.

"이건 뭐, 사람들 앞에서 섹스하길 바라기라도 하는 것 같군."

나는 얼른 고개를 들어, 그가 한 말은 들은 사람이 없는지 확인했다.

"쉬잇…."

그에게 사정했고, 그는 킬킬거렸다.

"매트 들고 이리로 와. 아니면 생각나는 대로 죄다 지껄일 거야."

그가 협박했다. 나는 잽싸게 일어나 매트를 들고 다시 그의 옆자리로 갔다. 그가 능글맞게 웃었다.

"나중에 다시 얘기해."

내가 속삭이자, 그는 고개를 옆으로 갸우뚱거렸다.

하딘은 수업의 대부분에 참여하지 않았다. 옆에 있던 금발 여자는 결국에 멀찍이 자리를 옮겼다. 아마 하딘이 내내 떠들 거라는 걸 눈치챈 모양이다.

"우리, 명상해야 해."

그에게 속삭이고, 나는 눈을 감았다. 교실 안은 조용했다. 오직 하딘이 소근거리는 소리만 들릴 뿐.

"이 수업, 정말 엿 같아."

그가 투덜거렸다.

"신청한 건 너거든."

"이럴 줄 몰랐지. 여기서 잠들어버릴 것 같아."

"그만 좀 투덜거려."

"안 되겠는데. 네가 날 완전 흥분시켰잖아. 그래 놓고는 앉아서 다리 꼬고, 명상하라고? 사람들 많은 교실에서 완전 단단해진 상태로 말이야."

"하딘!"

조용히 말한다고 했지만, 생각보다 목소리가 커졌다.

"쉬잇…."

몇몇 사람들이 언짢은 듯 나를 보았다.

하딘은 웃었고, 나는 그에게 혀를 내밀었다. 오른쪽에 있던 여자가 못 마땅하게 나를 쳐다보았다. 하딘과 같이 요가 수업을 듣는 건 아무래도 어려울 것 같다. 쫓겨나거나 낙제를 할 거다.

"우리, 이 수업 취소하자."

명상을 마치자 그가 말했다.

"너나 취소해, 난 계속 할 거야. 체육 학점 따야 해."

그에게 주지시켰다.

"첫날인데, 모두 잘했어요! 다음 시간에 다시 만나요. 나마스떼."

말라가 수업을 마치며 말했다. 나는 썼던 매트를 말아 접었다. 하딘은 매트를 그대로 선반에 쑤셔 넣었다.

14 · 테사

로커룸으로 돌아왔다. 아까 자물쇠를 빌려주었던 여자는 보이지 않았다. 하는 수 없이 자물쇠를 다시 걸었다. 내일 만나면 돈을 주든지 하고 계속 써야겠다. 짐을 챙겨 나오니, 하딘이 벽에 기대 서 있었다. 비스듬하게 서서 한쪽 발을 벽에 기댄 채였다.

"조금만 더 늦었으면, 거기로 쳐들어가려고 했어."

"그러지 그랬어. 너 말고도 남자가 있었거든."

거짓말이었는데 그의 표정이 순식간에 변했다. 나는 홱 몸을 돌려 몇 걸음 앞서 걸었다. 그가 내 팔을 잡고 돌려 세웠다.

"진짜야?"

"장난이야."

내가 멋쩍게 웃자 그가 발끈하며 팔을 놓았다.

"나 괴롭히는 데 재미 들렸구나."

"요가가 완전히 긴장을 풀어줬거든. 영혼까지 맑아진 느낌이야."

"난 아냐."

우리는 함께 밖으로 걸어 나왔다.

새 학기 첫날은 제법 괜찮았다. 요가 수업이 약간 말썽이었지만. 그래도 결국 재미있었다. 공부할 때 재미를 선호하진 않는다. 그래도 하딘과 함께 하는 건 좋았다. 종교학 수업이 문제라면 문제랄까. 강의 구성이 너무 엉성한 것 같다. 그래도 흐름을 잘 따라가려고 노력할 예정이다. 그래야 내 페이스를 유지할 수 있으니까.

"몇 시간 정도 일을 해야 해. 저녁 먹기 전까지는 마칠게."

그는 요즘 들어 일을 많이 하는 것 같다.

"하키 경기, 내일 맞지?"

"응, 너 같이 가는 거지?"

"모르겠어…."

"어떻게 할지 확실히 알려줘. 그래야 너 대신 나라도 가지."

랜던은 아마 내가 같이 간다면 훨씬 더 좋아할 거다. 하지만 둘 사이에도 유대감을 조성할 시간이 필요하다. 둘은 사실 절대 친구는 될 수는 없다. 그래도 같이 어울리면 훨씬 도움이 될 것이다.

"알았어, 젠장. 내가 갈게…."

하딘이 한숨을 내쉬며 차에 올라탔다. 30분쯤 걸려 아파트에 도착했다. 늘 주차하는 자리에 차를 댔다.

"다른 수업은 어땠어?"

"요가 빼고는 다 별로였어."

나는 발랄하게 대답했다.

"그래, 요가는, 확실히, 재미있었지."

그가 몸을 홱 돌려 나를 쳐다보았다.

"금발 여자랑 무슨 일이 생길 것 같아."

그는 뽐내며 웃었고, 순간 나는 긴장했다.

"뭐?"

"내 옆에 있던 섹시한 금발 못 봤어? 아, 아깝다. 못 봤구나. 그 여자가 요가 팬츠를 입고 엉덩이를 움직이던 걸 봤어야 해."

나는 얼굴을 잔뜩 찡그리며 차 문을 열었다.

"어디 가?"

"집에. 차 안이 너무 추워."

"에이, 혹시 그 여자 질투하는 거야?"

하딘이 짓궂게 물었다.

"아니거든."

"맞거든."

그가 다시 도발했다. 나는 어이없는 표정을 지으며 차에서 내렸다. 등 뒤에서 쿵쾅거리는 하딘의 발소리가 들렸다. 나는 얼른 아파트 현관문을 열고, 안으로 들어가 엘리베이터 앞에 섰다. 그제야 차 안에 가방을 두고 왔다는 게 기억났다.

"바보."

하딘이 키득거렸다.

"뭐?"

"내가 다른 금발 여자를 쳐다본 줄 아는 거지? 널 옆에 두고 딴 사람이 보이겠어?"

그가 성큼 다가왔다. 나는 뒤로 물러서며 차가운 로비 벽에 몸을 기댔다.

"글쎄, 그 여자랑 시시덕거리길래."

이런 식으로 질투하는 건 딱 질색이다. 세상에서 제일 역겨운 감정이다.

"이 바보야."

그는 내 앞으로 한 걸음 더 다가왔다. 그러더니 문이 열린 엘리베이터로 나를 이끌었다. 그가 내 뺨을 감싸 쥐고 눈을 바라보게 했다.

"어떻게 네가 나한테 한 짓을 모를 수 있지?"

그의 입술이 코앞에 와 있었다.

"무슨 소리야?"

나는 어리둥절해서 말했다. 그는 내 손을 잡더니 바지 앞섶으로 가져갔다.

"이게 네가 나한테 한 짓이야."

손에 발기한 그의 페니스가 가득 잡혔다.

"아…."

"뭔가 더 할 말이 있는 것 같은데?"

그때 엘리베이터가 다음 층에서 멈췄다.

"젠장."

여자가 아이들 셋을 데리고 올라탔다. 나는 그에게서 떨어져 서 있으려 했지만 그는 내 허리를 꽉 감싸 안고 꼼짝도 못하게 했다. 아이들 중 하나가 울기 시작했다. 하딘이 왈칵 짜증을 냈다. 이대로 엘리베이터가 멈춰서 갇혀버린다면 얼마나 난처할까? 다행히 잠시 후 문이 열리고 우리는 내렸다.

"애들은 진짜 너무 싫어."

그가 투덜거렸다. 아파트 문을 열자 찬 공기가 훅 밀려 나왔다.

"히터 꺼놨어?"

"아니, 아침에 켜놨는데."

그는 온도조절기를 향해 가더니, 욕설을 내뱉었다.

"설정은 26도라고 되어 있는데, 관리실에 연락해봐야겠어."

나는 고개를 끄덕이며 소파에 있던 담요를 뒤집어쓴 채 소파에 쭈그려 앉았다.

"작동이 안 된다고요. 집이 엿같이 추워 죽겠단 말이에요!"

하딘이 수화기에 대고 말했다.

"30분이요? 말도 안 돼…. 나는 돈이 얼만데. 여자친구를 얼어 죽게 놔둘 순 없잖아요."

하딘은 나를 보더니 얼른 말을 고쳤다.

"몸이 꽁꽁 얼겠다고요. 좋아요, 15분. 더 늦으면 안 돼요."

그는 휴대전화에 대고 소리를 지르고는 소파에 휙 던졌다.

"사람 보내준대."

"고마워."

그에게 웃어 보이자 그가 내 옆에 앉았다. 나는 뒤집어쓰고 있던 담요를 벌려, 그를 품에 안았다. 그리고 얼른 무릎에 올라 앉았다.

"테사, 뭐 하는 거야?"

그가 두 손으로 내 엉덩이를 감쌌다.

"15분 벌었잖아."

입술로 그의 턱을 쓰다듬었고, 그는 몸을 떨었다. 그의 턱이 움직이는 느낌이 들었다. 미소 짓는 거다.

"준비됐어?"

"하딘….."

나는 우는 소리를 냈다. 그의 손은 벌써 내 셔츠를 들어올리고 있었다.

15 · 하딘

그녀의 팔을 손가락으로 쓸어내리자 소름이 돋았다. 추워서겠지만, 한편으론 내 손길 때문이라 생각됐다. 그녀의 팔을 잡은 손에 힘을 주었다. 그녀가 내 무릎 위에 앉아 엉덩이를 천천히 움직였다. 이거다, 이런 느낌을 원했다. 지금껏 누구도 이렇게 깊게, 이렇게 자주 나를 원했던 적은 없었다.

그래, 나는 지금껏 수많은 여자와 잤다. 하지만 그건 스릴을 맛보고 으스대기 위해서였다. 단 한 번도 그 여자들과 가까워지기 위해서 특별한 감정을 갖고 섹스를 한 적은 없었다. 오직 테사만이 예외다. 그녀와 함께라면 모든 순간이 감동이다. 내 터치 하나에 반응하는 그녀의 살갗, 더 자주 면도해야겠다고 투덜거리는 그녀의 말이 농담이라는 걸 알면서도 미세한 부분에까지 반응하는 그녀가 사랑스럽다. 입술을 살짝 물었을 때 토해내는 신음 소리, 무엇보다 가장 중요한 건 이게 오직 그녀와 나만이 나눌 수 있는 교감이라는 점이다. 누구도 지금껏, 아니 앞으로도 그녀만큼 가까워질 사람은 없다.

내가 젖가슴을 가볍게 빨자, 그녀는 브래지어를 벗으려고 했다.

"그럴 여유 없어."

그녀는 입을 삐죽 내밀었다. 그 모습을 보니 더 달아올랐다.

"서두르면 되잖아, 얼른 옷 벗어."

그녀가 부드럽게 명령했다. 날이 갈수록 점점 더 섹스에 편안해지는 그녀가 좋다. 나는 그녀의 엉덩이를 잡아 들어올려 소파에 앉혔다. 그리고 반바지와 팬티를 한꺼번에 벗었다. 그녀에게 누우라는 신호를 보냈다. 탁자 위 지갑에서 콘돔을 꺼냈다. 그녀는 요가 팬츠를 끌어내렸다. 빌어먹을 요가 팬츠. 도대체 그 모습이 왜 그렇게 섹시하게 보이는지 모르겠다. 그녀의 아름다운 몸의 곡선을 그대로 보여주는 데다, 완벽한 엉덩이 라인과 은밀한 부위까지를 상상하게 만들어서인지 너무 섹시하다. 이 집에서는 항상 요가 팬츠를 입으라고 해야지.

"우리 진짜 피임을 해야 하나. 나 콘돔 쓰기 싫어."

내가 진심으로 투덜거렸다. 아침마다 그녀에게 상기시켜 줘야겠다.

테사가 내 팔을 잡아 그녀 옆 쿠션 위에 앉혔다. 그녀의 행동에 조금 놀랐다.

"왜?"

뭘 하려는지 뻔히 알았지만 그녀 입으로 말하는 걸 듣고 싶었다. 나는 그녀의 순수함을 사랑한다. 하지만 그녀가 스스로를 억제하는 규범과 이성을 내려놓는다면 훨씬 더 자유로울 수 있다는 걸 잘 안다. 그건 나만이 알고 있는 그녀의 내면의 모습 중 하나다.

그녀가 나를 빤히 쳐다보았다. 시간이 별로 없다. 그녀를 놀리지 않기로 했다. 앉자 마자 그녀를 내 위로 끌어당겼다. 손으로 그녀의 머리카락을 움켜잡고 입을 맞췄다. 그녀의 입에서 새어 나오는 교성을 삼켰다. 그녀의 엉덩이를 잡고 아래로 내리꽂았다. 우리는 크게 신음했고, 그녀는 머리를 뒤로 젖혔다. 그 모습을 보니 벌써 절정에 오를 것만 같았다.

"다음 번엔 천천히 하자, 테사. 지금은 몇 분밖에 없어. 오케이?"

그녀의 귀에 대고 속삭였다. 그녀는 정신 없이 엉덩이를 빙빙 돌리고 있었다.

"음, 음…."

페이스를 조절해야 한다. 두 팔로 그녀의 등을 감싸 더 가까이 당겼다. 우리의 가슴이 맞닿았다. 나는 엉덩이를 더욱 밀어붙였고, 그녀는 허리를 끊임없이 돌렸다. 너무 좋다. 숨을 쉴 수가 없다. 우리는 더 빨리 움직였다. 필사적으로 빨리 끝내려고 노력 중이다.

"말해줘, 테스."

그녀에게 애원했다. 그녀가 수줍어하는 걸 알지만 직접 듣고 싶었다. 더 세게 밀어붙일지, 마지막 순간에 머리를 잡을지, 가슴을 깨물지를 그녀 입으로 듣고 싶었다. 그녀에게 스스럼없이 그런 말을 할 용기가 생겼으면 좋겠다.

"알겠어…."

그녀는 헐떡였고, 나는 더 빨리 움직였다. 그녀의 목소리가 떨렸다. 그녀는 진정하려는 듯 입술을 깨물었다. 그 모습에 내 몸은 더 달아올랐다. 아랫배에 묵직한 압력이 차오른다.

"하딘, 너무 좋아…."

그녀는 자신감을 얻었다. 나는 숨을 내뱉으며 신음했다.

"아무 말도 안 했는데, 벌써 낑낑거리면 어떡해."

그녀가 으스댔다. 뻐기는 듯한 목소리를 들으며 나는 절정으로 치닫고 있었다. 그녀의 몸이 부들부들 떨리며 뻣뻣해졌다. 그녀가 절정에 오르는 모습을 보았다. 그녀가 오르가즘에 오르는 모습은 너무나 매혹적이다. 이게 그녀를 아무리 가져도 부족한 이유다. 아마 영원히 그럴 거다.

문 두드리는 소리가 들렸다. 우리는 후희를 즐기는 중이었다. 흥분은 거의 가라앉았다. 그녀가 얼른 내 위에서 내려왔다. 그녀는 바닥에 떨어진 셔츠를 집었고, 나는 다 쓴 콘돔을 치웠다. 그리고 바닥에서 내 옷들을 집었다.

"잠시만요!"

문을 향해 소리쳤다. 테사는 향초를 켰고, 소파 쿠션을 정리했다.

"향초는 뭐야?"

옷을 입고 문을 향해 가면서 물었다.

"집 안에서 섹스한 냄새가 나."

그녀가 속삭였다. 밖에 있는 수리공은 듣지도 못할 텐데 말이다.

그녀는 미친 듯이 손으로 머리를 빗어 내렸다. 그 모습을 보며 고개를 절레절레 저었지만 나도 모르게 미소를 지었다.

현관문을 열었다. 나보다 키가 큰 남자가 서 있었다. 턱수염이 텁수룩하고 갈색 머리는 어깨에 닿았다. 쉰 살은 되어 보였다.

"히터가 고장 났다고요?"

남자는 짜증나는 말투로 물었다. 담배를 엄청 많이 피웠나 보다.

"아파트 실내가 영하 5도밖에 안 되는 것 같아요."

내가 대답했다. 남자의 시선이 테사에게 머무는 게 눈에 들어왔다.

그녀는 테이블 아래 바구니에 있는 휴대전화 충전기를 꺼내려고 몸을 구부리고 있었다. 물론 그 빌어먹을 요가 팬츠를 입고서. 이 엿 같은 수염투성이가 그녀의 엉덩이를 보고야 말았다. 물론 그녀는 이 모든 상황을 눈치채지 못하고 있었다.

"테스, 다 고칠 때까지 방에 들어가 있을래?"

내가 말했다.

"아냐, 괜찮아. 너랑 같이 있을래."

그녀는 어깨를 으쓱하더니 의자에 앉았다. 인내심이 바닥나려고 한다. 그녀가 머리를 묶으려 두 팔을 들어올렸다. 이 거지 같은 자식에게 머리를 묶는 섹시한 장면까지 보여주려고 한다. 나는 그녀를 방으로 질질 끌고 들어가지 않으려고 필사의 노력을 했다. 하지만 내가 성난 표정으로 그녀를 쳐다보았나 보다. 그녀가 나를 보더니 다시 말했다.

"알겠어…."

확실히 헷갈리는 말투였다. 그녀는 주섬주섬 책을 챙겨서 슬그머니 방으로 들어갔다.

"빌어먹을 히터나 빨리 고치세요."

나는 늙은 변태에게 쏘아붙였다. 남자는 조용히 일을 시작했다. 아무 말도 하지 않았다. 생각했던 것보다는 똑똑한 남자다.

잠시 후, 테사의 휴대전화가 테이블 위에서 진동했다. 화면에 뜬 이름을 보았다. 킴벌리였다.

"여보세요?"

"하딘?"

킴벌리의 목소리는 하이톤으로 격앙되어 있었다. 크리스찬이 대체 이 목소리를 어떻게 참는지 모르겠다. 외모로 그를 유혹한 게 분명하다. 시끄러운 클럽에서였겠지. 거기서는 이 목소리를 들을 수 없었을 테니까.

"테스 바꿔줄게요."

침실 문을 열었다. 테사는 침대 위에 엎드려 있었다. 입에 펜을 문 채 두 다리를 구부려 까딱거리고 있었다.

"킴벌리한테 전화 왔어."

그녀는 휴대전화를 낚아채며 말했다.

"헤이, 킴! 별 일 없어요?"

잠시 후, 그녀가 말했다.

"오, 노! 정말 안됐네요."

나는 그녀를 향해 한쪽 눈썹을 찡긋 치켜세웠다. 그녀는 알아채지 못하는 것 같았다.

"아…, 그래요…. 하딘한테 말해볼게요. 잠시만요, 아마 괜찮을 거예요."

그녀는 휴대전화를 손으로 가리고 말했다.

"크리스찬이 급성 위염 같은 게 걸려서 킴이 병원에 데리고 가야 한

대. 심각한 건 아닌데, 베이비시터가 못 온다고 했나 봐."

그녀가 소근거렸다.

"그래서?"

나는 어깨를 으쓱했다.

"스미스를 돌봐줄 사람이 없대."

"근데, 그걸 왜 나한테 말하지?"

"혹시 우리가 돌봐줄 수 있냐고 물어봐서."

그녀는 멋쩍은 표정을 지었다. 우리한테 애를 봐 달라고 하다니, 말도 안 된다.

"뭐?"

테사가 한숨을 쉬었다.

"애를 봐 달라고, 하딘."

"안 되지, 절대 안 돼."

"왜 안 되는데? 정말 착한 아이야."

그녀가 우는 소리를 했다.

"안 돼, 테사. 여긴 어린이집이 아니야. 킴더러 크리스찬한테 타이레놀이나 먹이고 치킨 수프나 끓여주라고 해. 이 얘긴 끝났어."

"하딘…, 킴은 내 친구야. 그리고 크리스찬은 내 상사고. 아프다잖아. 너도 그를 좋아하는 줄 알았는데?"

나는 속이 뒤틀렸다. 물론 그를 좋아한다. 아빠가 엉망으로 만들어놓고 떠났을 때, 그는 엄마와 내 곁에 있어 주었다. 그렇다고 그의 아이를 봐 주는 것으로 갚고 싶지는 않다. 게다가 나는 내일 랜던과 하키 게임까지 보러 가야 한다.

"안 된다고 했다."

자리에 우뚝 서서 다시 말했다. 수염 난 미치광이가 수리하는 아파트에 짜증나는 꼬맹이까지 들인다니, 상상도 하기 싫다.

"제발 부탁이야, 하딘. 응?"

그녀가 애원했다.

"부탁할 다른 사람이 없대, 제에에발."

내 결정과 상관없이 그녀는 부탁을 수락할 것이다. 지금은 그저 나 스스로를 달래는 중이다. 나는 한숨을 쉬었다. 어쩔 수가 없었다. 그녀의 얼굴에 환한 미소가 번지는 게 보였다.

16 · 하딘

"고집 좀 그만 부려. 넌 걔보다 더 못되게 굴고 있잖아. 걔는 겨우 다섯 살이야."

테사가 나를 꾸짖었다. 어이가 없었다.

"이건 전부 네가 벌인 일이잖아. 내 물건에 손끝 하나도 대지 마. 네가 봐 주기로 한 거니까 네가 알아서 해, 난 몰라."

현관문을 노크하는 소리가 들렸다. 그들이 왔다. 나는 다시 한 번 다짐을 받았다.

테사가 서둘러 현관문을 열었다. 그리고 환하게 웃으며 우리 공간의 문을 활짝 열어젖혔다. 킴벌리가 새된 소리를 내며 들이닥쳤다.

"정말 고마워요, 테사! 당신이 우리를 구했어요. 얼마나 다행인지. 스미스를 못 봐 준다고 하면 다른 방법이 전혀 없었거든요. 크리스찬이 많이 아파요. 여기저기 계속 토하고, 그래서….”

“괜찮아요, 킴.”

테스가 말을 막았다. 안 그랬다간 크리스찬이 뭘 토했는지 일일이 나열할 기세였다.

“암튼, 그는 차에 있어요. 얼른 가봐야겠어요. 스미스는 꽤 독립심이 강해요. 자기 일은 대부분 스스로 해요. 아마 필요한 게 있으면 얘기할 거예요.”

그녀가 왼쪽으로 비켜서자 진한 금발의 조그만 사내아이가 보였다.

“안녕, 스미스!”

테사가 이상한 말투로 얘기했다. 처음 들어보는 어조다. 애들 말투에 맞추려 안간힘을 쓰는 모양이다. 저 꼬마는 다섯 살이라는데, 꼭 저래야 하나? 꼬마는 아무 말도 하지 않았다. 대신 슬며시 웃더니, 킴벌리를 지나쳐 거실로 들어왔다.

“스미스는 말을 많이 안 해요.”

킴벌리가 테사에게 말했다. 테사의 속상한 표정을 눈치챈 듯했다. 아이가 테사한테 대답하지 않은 건 웃겼지만, 테사가 속상해 하는 건 싫었다. 그러니까 이 꼬맹이 녀석은 착하게 구는 게 좋을 거다.

“그럼, 난 진짜 갈게요!”

킴은 미소를 지으며, 문 닫히기 전에 마지막으로 스미스에게 손을 흔들었다. 테사는 몸을 낮춰 스미스에게 물었다.

“너, 배고프니?”

아이가 고개를 저었다.

“목 말라?”

같은 답변이 돌아왔다. 이번에는 아이가 내 맞은편 소파에 앉았다.

"게임하고 놀래?"

"테스, 얜 그냥 여기 앉고 싶은가 봐."

보다 못해 내가 말했다. 그녀의 볼이 빨갛게 달아올랐다. 나는 텔레비전 채널을 이리저리 돌렸다. 볼 만한 재미있는 프로그램을 찾는 중이었다. 테사가 아이를 돌보는 동안 시간을 떼워야 하니까.

"미안, 스미스."

그녀가 말했다.

"난 그냥, 네가 괜찮은지 확인하고 싶었어."

아이는 로봇처럼 고개를 끄덕였다. 그제야 깨달았다. 아이는 그의 아빠를 끔찍하게도 많이 닮았다. 머리 색깔은 말 그대로 완전히 똑같았다. 눈동자도 녹색빛이 도는 푸른 색이다. 아이가 웃는다면 분명 크리스찬하고 똑같은 보조개가 있을 것만 같았다.

잠시 어색한 침묵이 흘렀다. 테사는 소파 옆에 서 있었다. 그녀의 계획이 뜻대로 되지 않는 모양이다. 그녀는 아마 기운이 넘쳐서 그녀와 신나게 놀고 싶어 하는 소년을 예상한 듯 했다. 하지만 아이는 한마디도 하지 않았고, 앉은 자리에서 조금도 움직이지 않았다. 아이는 얼룩 하나 없는 깨끗한 옷을 입고 있었다. 신고 있는 작은 흰색 테니스화는 한 번도 안 신은 새신 같았다. 아이가 입고 있는 파란색 폴로 셔츠에 눈길이 미쳤다. 그 순간 아이와 눈이 마주쳤다.

"뭐야?"

내가 말하자 아이는 재빨리 시선을 돌렸다.

"하딘!"

테사가 화난 목소리로 말했다.

"왜? 난 그냥, 왜 처다보는지 궁금했을 뿐이라고."

어깨를 으쓱하고 쓰레기 같은 채널들을 다시 돌렸다.

"착하게 굴어."

그녀가 나를 째려보았다.

"그러고 있잖아."

나는 '이게 뭐 대수야?' 하는 뜻으로 어깨를 으쓱거렸다. 테사가 눈을 흘겼다.

"그럼, 난 저녁을 만들게. 스미스, 넌 나랑 같이 갈래 아니면 하딘 형이랑 여기 앉아 있을래?"

아이가 나를 빤히 보는 게 느껴졌다. 하지만 나는 쳐다보지 않았다. 아이는 그녀를 따라가야 한다. 이 집의 베이비시터는 그녀다, 내가 아니라.

"저 누나랑 같이 가."

아이에게 말했다.

"여기 있어도 돼, 스미스. 하딘 형이 널 못살게 굴진 않을 거니까."

그녀가 힘주어 말했다.

아이는 잠자코 있었다. 놀라웠다. 테사는 부엌으로 사라졌다. 나는 텔레비전 볼륨을 더 크게 키웠다. 요 조그만 생쥐 녀석과 쓸데없는 대화를 피하기 위해서다. 그녀를 따라 부엌으로 갈까 말까 생각 중이었다. 아이만 거실에 달랑 남겨두고.

몇 분이 지났다. 아이와 함께 있는 게 점점 불편해지기 시작했다. 이 녀석은 왜 말도 안 하고, 놀지도 않고, 다섯 살짜리들이 하는 짓은 하나도 안 하는 걸까?

"넌 왜 말은 안 해?"

결국엔 내가 묻고 말았다. 아이는 어깨를 으쓱했다.

"사람들이 너한테 말을 걸 때 그걸 무시하는 건 버르장머리 없는 짓이야."

내가 타일렀다.

"왜 나더러 말 안 하냐고 꼬치꼬치 묻는 게 더 무례해요."

오호라, 아이가 도발한다. 아주 약간 영국식 액센트가 있었다. 아빠처럼 강하진 않았지만 완전히 부드럽지도 않았다.

"좋아, 이제 적어도 네가 말할 줄 안다는 건 알았다."

녀석의 건방진 반응에 허를 찔렸다. 게다가 딱히 아이에게 할 말도 없었다.

"형은 나한테 왜 못되게 말해요?"

다섯 살보다는 훨씬 조숙한 말투였다.

"나도 몰라. 내 말투가 어때서?"

"나도 몰라요."

아이가 어깨를 으쓱했다.

"여러분, 괜찮은 거죠?"

테사가 부엌에서 큰 소리로 말했다. 아주 잠깐 농담으로 대답할까 생각했다. 아이가 죽었다거나, 다쳤다고. 하지만 더 나은 우스갯소리가 떠오르지 않았다.

"응, 괜찮아!"

내가 대답했다. 그녀가 빨리 끝내기만을 바랐다. 우리 대화는 이제 끝났으니까.

"왜 얼굴에 그런 걸 했어요?"

아이가 피어싱을 가리켰다.

"하고 싶으니까. 너도 해볼래?"

전세를 역전시켰다. 그가 아이라는 걸 전혀 고려하지 않았다.

"아파요?"

내 질문을 교묘히 피해간다.

"전혀 안 아파."

"아플 것 같아요."

아이는 희미하게 미소 지었다. 녀석이 그렇게 나쁜 것 같진 않았다. 그래도 이 녀석을 돌보는 데는 여전히 반대다.

"다 끝나 가."

테사가 소리쳤다.

"알겠어. 애한테 음료수 병으로 수제 폭탄 만드는 법이나 가르치고 있을게."

내가 짓궂게 말했다. 그녀는 머리를 빼꼼 내밀어 우리를 보았다.

"저 누나가 자꾸 소리를 지르네."

내가 말하자 아이가 웃었다. 보조개가 보였다.

"저 누나 예뻐요."

아이가 두 손을 동그랗게 말아 입에 대고 속삭였다.

"그치? 예쁘지?"

나는 고개를 끄덕이며, 머리를 동그랗게 말아 올린 테스를 쳐다보았다. 그녀는 여전히 요가 팬츠와 티셔츠를 입은 채였다. 나는 또 한 번 고개를 끄덕였다. 그녀는 아름답다. 그렇게 보이려고 노력할 필요도 없다.

그녀에게 우리가 하는 얘기가 다 들렸나 보다. 그녀가 싱긋 웃는 걸 힐끗 보았다. 그녀는 다시 음식을 만들었다. 왜 저렇게 자꾸 웃는지 모르겠다. 내가 이 꼬맹이하고 얘기하고 있어서? 아이는 여전히 짜증스럽다. 세상 모든 절반 크기의 인간들처럼.

"네, 정말로 예뻐요."

"진정하라고, 친구. 저 누나는 내 거야."

내가 놀리듯 말했다. 아이는 입을 동그랗게 벌리고 나를 쳐다보았다.

"형의 뭔데요? 형 와이프예요?"

"젠장, 아니지."

내가 성마르게 대답했다.

"젠장, 아니라고요?"

아이가 따라 했다.

"제길, 그런 말 하지 마!"

나는 아이의 입을 막았다.

"'제길'이란 말, 하지 말라고요?"

아이가 내 손을 치우며 말했다.

"하지 마. '제길'이든 '젠장'이든."

이게 내가 애들을 싫어하는 이유 중 하나다.

"그거 나쁜 말이라는 거 나도 알아요."

아이가 말했고, 나는 고개를 끄덕였다.

"그러니까 하지 말라고."

"형 와이프가 아니면, 저 누나는 누구예요?"

맙소사, 오지랖 넓은 꼬맹이군.

"저 누나는 내 여자친구야."

애초에 이 꼬맹이랑 말을 섞는 게 아니었다.

아이는 양손을 깍지 껴 잡고, 나를 쳐다보았다. 자기가 무슨 꼬맹이 신부님이라도 되는 줄 아나 보다.

"저 누나가 형 와이프가 되면 좋겠어요?"

"아니, 난 쟤가 와이프가 되는 건 싫어."

나는 천천히 그러나 분명히 말했다. 아이는 제대로 들었고, 이번에는 무슨 뜻인지 이해할 수 있을 것이다.

"절대로요?"

"절대로."

"그럼 아가는 있어요?"

"맙소사, 없어! 대체 넌 어디서 그딴 얘기를 들은 거야?"

그런 말은 듣는 것만으로도 스트레스 쌓인다.

"근데 왜⋯."

아이가 다시 질문을 시작했지만, 내가 말을 끊었다.

"질문 좀 그만해."

아이는 고개를 끄덕이더니 내 손에서 리모컨을 뺏어, 채널을 돌렸다. 테사는 한동안 잠잠했다. 다 되어 가는지 부엌으로 가보기로 했다.

"테스, 다 돼 가? 저 녀석 말이 너무 많아."

내가 투덜거렸다. 접시에 담아 놓은 브로콜리 하나를 집어 들었다. 그녀는 식사 준비 중에 음식을 주워 먹는 걸 무척 싫어한다. 하지만 지금은 이깟 브로콜리 쯤은 먹어도 된다. 다섯 살짜리 꼬맹이가 내 집 거실에 있으니까.

"1, 2분이면 끝나."

그녀는 나를 쳐다보지도 않고 말했다. 목소리가 이상했다. 뭔가 잘
못된 것 같았다.

"테사, 괜찮아?"

그녀가 돌아서자 눈가가 물기로 반짝거렸다.

"괜찮아, 양파 때문에 그래."

그녀는 어깨를 으쓱하더니, 수도꼭지를 틀고 손을 닦았다.

"이제 쟤가 너한테도 말을 시킬 거야. 발동이 걸렸거든."

나는 그녀를 안심시키듯 말했다.

"알아. 그래서 그런 거 아니야. 양파 때문이야."

그녀는 한 번 더 말했다.

17 · 하딘

"닭고기 좋아해, 스미스?"

테사가 발랄한 목소리로 물었다. 꼬맹이는 여전히 입을 꾹 다물고
고개만 끄덕였다.

"와, 이거 정말 맛있겠다!"

나는 일부러 오버하며 말했다. 꼬맹이가 그녀에게 한마디도 하지 않
는 이 분위기를 어떻게든 해야만 했다. 그녀는 내게 감사의 미소를 건
넸지만, 눈을 마주치지는 않았다. 밥을 먹는 내내 쥐 죽은 듯 조용했다.

테사는 부엌을 정리했고, 나는 거실로 돌아왔다. 나를 따라오는 작

은 발소리가 들렸다.

"뭐 필요한 거 있어?"

소파에 털썩 앉으며 내가 물었다.

"아니요."

아이는 어깨를 으쓱했다. 시선은 텔레비전을 향했다.

"알았어, 그럼…."

오늘 밤엔 아무 계획도 없다.

"우리 아빠는 죽어요?"

불쑥 아이가 조그만 목소리로 물었다. 나는 그를 쳐다보았다.

"뭐라고?"

"우리 아빠, 죽어요?"

스미스가 물었다. 아무 동요도 일지 않는 무표정이었다.

"아니, 너네 아빠는 그냥 식중독 같은 가벼운 병에 걸린 거야."

"엄마도 아팠어요. 근데 엄마는 죽었어요."

아이의 목소리가 가늘게 떨렸다. 그제야 아이가 걱정하고 있다는 걸 깨달았다. 갑자기 숨이 막혔다.

"음, 하지만 그건 다른 거야."

'불쌍한 꼬맹이 같으니라고.'

"왜요?"

맙소사, 얘는 질문이 너무 많다. 테스를 부르고 싶었다. 하지만 아이의 얼굴에 번지는 걱정스러운 표정을 보았다. 아이는 테사에게 말 한마디 안 한다. 그러니 그녀를 부르는 걸 원치 않을 것이다.

"너네 아빠는 조금 아픈 거야. 너네 엄마는 진짜 많이 아팠던 거고.

아빠는 곧 괜찮아질 거야."

"거짓말하는 거죠?"

나이에 비해 아이는 말을 너무 잘했다. 내가 그랬던 것처럼. 어린 나
이에 너무 많은 일들을 겪게 되면 애어른이 되는 것 같다.

"아니야, 너네 아빠가 정말 죽게 되면, 형이 얘기해줄게."

이건 진심이었다.

"정말?"

아이의 눈동자가 반짝였다. 혹시라도 아이가 울까 봐 두려워졌다.
당장 울음을 터뜨리면 난 어떻게 해야 할지 막막했다. 도망갈 테다. 다
른 방으로 도망가서 테사 뒤에 숨어버릴 테다.

"그럼. 이제 우리 다른 얘기하자. 덜 음울한 걸로."

"음울한 게 뭔데요?"

"기분 더럽고 엿 같은 거."

"그건 나쁜 말이에요."

꼬맹이가 나를 나무랐다.

"내가 하는 건 괜찮아. 형은 어른이니까."

"그래도 나쁜 말이에요."

"너도 전에 했잖아. 너네 아빠한테 이를 수도 있다."

협박조로 말했다.

"나는 예쁜 누나한테 이를 거예요."

아이가 반격했다. 웃음이 터져 나왔다.

"알았다, 알았어. 네가 이겼어."

나는 아이를 앉히는 시늉을 했다. 테사가 모퉁이에서 빼꼼 얼굴을

내밀었다.

"스미스, 누나한테 올래?"

스미스는 그녀를 쳐다보고, 다시 나를 보더니 말했다.

"나, 형아랑 있어도 돼요?"

"그건 좀⋯."

테사가 말리려고 했지만, 내가 막았다.

"괜찮아."

나는 한숨을 쉬며 아이에게 리모컨을 건네주었다.

18 · 테사

스미스가 소파에 앉아 야금야금 하딘에게 다가가는 모습을 보고 있었다. 하딘은 경계심이 가득한 눈빛으로 스미스를 쳐다보았다. 그러나 다가오는 걸 막거나 피하지는 않았다. 하딘은 아이들을 무시하지만, 스미스는 꼭 하딘 같았다. 참 아이러니하다. 스미스는 꼭 오스틴의 소설에 나오는 시골 신사 같았다. 그러니 스미스를 아이의 범주 안에 넣을 수도, 넣지 못할 수도 있을 거다.

'절대로.'

스미스가 나와 결혼할 거냐고 물었을 때 하딘은 단호하게 말했다.

'절대로.'

하딘은 나와 함께하는 미래를 고려하지 않는다. 가슴 깊은 곳 어딘가에 이미 알고 있는 사실이었다. 그렇대도 하딘이 말하는 걸 들으니 상처가 됐다. 특히나 차갑고 확신에 찬 말투로, 마치 장난이나 농담을 하듯이 말이다. 조금 완곡하게 말할 수도 있었을 텐데, 아주 조금이라도.

나도 지금 당장은 결혼하고 싶지 않다. 적어도 몇 년 안에는. 그러나 그럴 가능성조차 없다고 생각하니 상처가 된다, 아주 많이. 영원히 함께하고 싶다면서, 결혼은 원치 않는다고? 그럼 우리는 영원히 '남자친구와 여자친구'로 남는 건가? 아이도 없이 사는 걸 내가 받아들일 수 있을까? 그리고 하딘은 이 모든 게 가능할 만큼 나를 충분히 사랑할까? 이미 내가 꿈꾸고 있는 미래의 모습이 있는데도 말이다.

솔직히 잘 모르겠다. 생각하는 것만으로도 머리가 지끈지끈하다. 당장은 미래에 대해 고민하고 싶지 않다. 이제 겨우 스무 살인데. 우린 지금까지 꽤 잘 헤쳐나왔고, 지금은 그걸 망치고 싶지 않다.

주방을 치우고 식기세척기를 돌렸다. 그런 다음 하딘과 스미스가 잘 있는지 한 번 더 확인했다. 그리고 출근 준비를 하러 침실로 들어갔다. 내일 입을 롱 블랙 스커트를 펼쳐놓던 참에 전화가 울렸다. 킴벌리였다.

"킴, 좀 어때요?"

전화를 받고 내가 먼저 물었다.

"크리스찬은 항생제를 맞고 있어요. 곧 집에 가게 될 거예요. 근데 좀 늦을 것 같아요. 그 사이 잘 지내고 있어요."

"물론이죠. 걱정 말고 볼 일 보세요."

"스미스는 어때요?"

"잘 있어요. 하딘하고 제법 잘 어울려요."

잘 믿기지는 않겠지만, 어쨌든 킴벌리에게 사실대로 얘기했다. 킴벌리는 깔깔대며 웃음을 터뜨렸다.

"정말요? 하딘이랑?"

나는 어이없는 표정을 지으며 거실로 나갔다.

"뜻밖이네요. 그래도 좋은 예행 연습이 될 거예요. 언젠가 꼬맹이 하딘이 그 집에서 뛰어놀 날이 올 테니."

킴벌리가 짓궂게 말했다. 그녀의 말이 가슴에 와 박혔다. 나는 아랫입술을 깨물었다.

"네, 그렇겠죠…."

목구멍에 가시가 걸린 느낌이 더 커지기 전에 얼른 화제를 바꾸고 싶었다.

"스미스는 10시에 잠자리에 들어요. 근데 벌써 10시네요. 잘 때까지만 데리고 있어줘요. 고마워요, 정말."

킴벌리가 전화를 끊었다. 내일 먹을 점심 도시락을 싸러 주방으로 나갔다. 오늘밤 먹다 남은 걸 싸가지고 갈 참이었다.

"왜요?"

스미스가 하딘에게 묻는 소리가 들렸다.

"그 사람들이 섬에 갇혔기 때문이지."

"왜요?"

"그 사람들 비행기가 추락했거든."

"근데 어떻게 안 죽었어요?"

"그건 다 쇼니까."

"바보 같은 쇼네요."

스미스가 대답하자 하딘이 웃었다.

"그래, 네 말이 맞는 거 같다."

하딘은 놀랍다는 듯 고개를 절레절레 흔들었다. 그 옆에서 스미스는 키득거렸다. 어떻게 보면 둘이 정말 비슷하다. 보조개도 그렇고 눈 모양도, 그리고 미소까지. 금발과 눈가의 그늘을 뺀다면 하딘은 스미스와 훨씬 많이 닮았을 거다. 어릴 적 모습을 상상하니 그럴 것 같았다.

"나, 자러 가도 괜찮아? 아니면 내가 스미스를 돌볼까?"

하딘에게 물었다. 하딘이 나를 쳐다보더니 다시 스미스를 쳐다보았다.

"음, 그래. 우리 지금 병맛 같은 티비 쇼를 보고 있거든."

"알았어. 잘 자, 스미스. 킴벌리 아줌마가 너 데리러 왔을 때 다시 보자."

내 말에 스미스는 하딘을 올려다보았다. 그러더니 나를 보고 옅게 미소를 지었다.

"잘 자요."

스미스가 속삭이듯 말했다. 나는 다시 방으로 돌아왔다. 하지만 내 팔을 잡는 하딘의 손길에 걸음을 멈추었다.

"나한테는 굿나잇 인사도 안 하는 거야?"

하딘이 입을 삐죽였다.

"아, 미안."

하딘을 안고 그의 볼에 입을 맞추었다.

"잘 자."

내가 인사하자 하딘이 나를 안았다.

"테사, 괜찮은 거지?"

하딘이 내 어깨를 잡더니 나를 똑바로 쳐다보았다.

"그럼, 그냥 좀 피곤해서. 스미스도 너랑 놀고 싶은 것 같고."

흐릿하게 미소를 지었다.

"사랑해."

하딘은 내 이마에 입을 맞추었다.

"사랑해."

얼른 대답하고는 침실로 들어와 문을 닫았다.

19 · 테사

날씨가 무지 좋다. 눈도 오지 않았고, 길도 젖지 않았다. 반스 출판사에 도착하니 킴벌리는 벌써 자리에 앉아 있었다. 그녀가 미소를 건넸고, 나는 평소처럼 커피와 도넛을 집어 들었다.

"어젯밤엔 잠들어버려서 온 줄도 몰랐어요."

"괜찮아요, 스미스도 자더라고요. 다시 한 번 고마워요."

사무실에 들어서니 평소와 달리 낯선 느낌이 들었다. 어제 학교에 다녀와서 그런가. 가끔 내가 하는 이중 생활이 버거울 때가 있다. 절반은 대학생으로, 나머지 절반은 직장인으로서의 삶. 게다가 나는 남자친구와 함께 아파트에서 산다. 보수를 받기 때문인지 인턴십은 차라리 직업 같은 느낌이다. 나는 이 두 삶을 모두 사랑한다. 하지만 둘 중에 하나만 선택해야 한다면 성인으로서의 삶은 택할 것이다. 하딘과 함께하는 성인으로서의 삶.

일에 푹 빠져 있다 보니 금세 점심시간이 되었다. 몇 개의 쓰레기 같은 작품을 거쳐, 매력 넘치는 원고를 만났다. 나는 잽싸게 점심을 해치우고 사무실로 돌아와 단숨에 남은 원고를 읽어 내려갔다. 주인공의

병을 고칠 수 있는 치료법을 찾아내길 간절히 바랐다. 남자 주인공이 죽어버리면 너무 슬플 것 같았다. 오후 시간은 쏜살같이 지나갔다. 나는 세상과 완전히 고립되어 원고에 푹 빠져 있었다. 작품은 너무나도 슬프게 끝나고 말았다.

두 뺨이 눈물로 얼룩졌다. 하루를 마치고 집으로 향했다. 하루 종일 하딘에게서는 연락이 없었다. 아침에 침대에 널브러져 잠든 그를 남겨두고 출근했었다. 어젯밤 그가 했던 말이 머릿속에서 떠나지 않았다. 끝없이 이어지는 생각의 고리를 끊어야 한다. 때로는 다른 사람들처럼 생각을 차단하고 살 수 있었으면 좋겠다. 나는 일어나지 않은 일까지 너무 깊게 생각한다. 그건 정말 마음에 들지 않는다. 그렇지만 어쩔 수가 없다. 그게 나란 사람이니까.

지금 머릿속을 가득 채운 건, 하딘과 나는 미래가 없다는 거다. 이 집착에 가까운 생각에서 벗어나기 위해 뭔가를 해야 한다. 그는 절대로 결혼을 하거나 아이 갖는 걸 원하지 않는다. 그는 그런 사람이다.

스테프에게 전화를 걸어야겠다. 우선 마트에서 식료품을 사고, 빨래를 돌린 다음에 말이다. 하딘과 랜던은 밤에 하키 경기를 보러 갈 거니까…. 세상에, 둘이 시간을 잘 보낼 수 있겠지?

아파트에 도착했다. 하딘은 침실에서 책을 읽고 있었다.

"헤이, 섹시걸. 오늘은 어땠어?"

"괜찮았던 것 같아."

"무슨 일 있어?"

하딘은 나를 올려다보았다.

"오늘 읽었던 원고가 너무 슬펐어. 정말 재미있었는데, 너무 가슴이 아팠어."

감정이 다시 북받쳐 오르지 않도록 애를 썼다.

"작품이 좋았나 보구나. 네가 아직까지도 속이 상하다면."

그가 미소를 지었다.

나는 침대 위 그의 옆에 풀썩 앉았다.

"이건 『무기여 잘 있거라』보다 더 나빴어. 훨씬."

그는 내 셔츠를 잡고, 내 머리를 어깨에 기대게 했다.

"예민한 내 여자."

그는 손으로 내 등뼈를 따라 내려가며 부드럽게 등을 쓰다듬었다. 그의 입에서 이 말이 튀어나오면 가슴이 두근거린다. '내 여자', 이 말을 들으면 너무나 행복해진다.

"하딘, 오늘 수업에는 갔어?"

"아니. 꼬맹이를 보느라 녹초가 됐잖아."

"'보느라'라는 말은 걔와 텔레비전을 봤다는 뜻이지?"

"그거나 그거나. 암튼 내가 너보다 더 많이 봤잖아."

"그래서 이제 걔가 좋아?"

왜 이런 걸 묻고 있는지 모르겠다.

"글쎄, 애들이 짜증나긴 하는데 걔는 꼭 그렇진 않더라고. 그렇다고 걔랑 또 놀아줄 계획은 없어."

그가 미소 지었다.

"오늘 밤, 경기 보러 갈 준비는 됐지?"

"아니, 안 갈 거라고 랜던한테 벌써 얘기했어."

"하딘! 너 같이 가기로 했잖아!"

내가 꽥 소리를 질렀다.

"장난이야…. 랜던이 곧 올 거야. 이거 나한테 빚진 거다, 테스."

"너도 하키 좋아하잖아. 그리고 랜던은 정말 좋은 친구야."

"너만큼 좋은 친구는 없어."

그가 내 볼에 입을 맞추었다.

"도살장에 끌려가는 사람치곤 기분이 괜찮아 보이네."

"재미 없기만 해 봐, 순순히 끌려가진 않을 테니까."

"오늘 랜던한테 나이스하게 굴어야 해."

그에게 으름장을 놓았다. 그는 순진한 척, 두 손을 들어올렸다. 그때 현관문을 두드리는 소리가 들렸다. 하딘은 꼼짝도 안 하고 서 있었다.

"네 친구잖아. 네가 문 열어줘."

하딘의 말에 그를 한 번 노려보고, 문을 열어주었다.

랜던은 하키팀 저지 셔츠에 청바지를 입고, 테니스화를 신고 있었다.

"안녕, 테사!"

그가 다정한 미소를 지으며 반갑게 나를 안았다.

"우리가 잘 해낼 수 있겠냐?"

내가 인사도 하기 전에 하딘이 나서서 말했다.

"글쎄, 꽤 재미있는 저녁이 될 것 같은데."

랜던은 농담을 건네며, 짧은 머리를 손으로 빗어 넘겼다.

"아마 네 인생 최고의 밤이 될 거다."

하딘이 장난스럽게 말했다.

"허세 부리는 거지? 나랑 노는 게 엄청 좋으면서 아닌 척하고."

랜던이 웃으며 말하자, 하딘은 고개를 돌리고 어이없는 표정을 지었다.

"자, 여긴 남성호르몬이 너무 넘치는 것 같네. 난 이제 일을 좀 해야겠어. 둘이 좋은 시간 보내."

두 남자는 그들만의 게임을 위해 집을 나섰다.

20 · 하딘

북적이는 인파를 뚫고 앞으로 나아갔다. 점점 부아가 났다.

"대체 왜 벌써부터 이렇게 사람들이 많은 거야?"

랜던은 약간 못마땅한 표정으로 나를 바라보았다.

"네가 늦게 오게 만들어서 그래."

"경기 시작하려면 15분도 더 남았잖아."

"보통 때는 한 시간 전에 오거든."

그가 중얼거렸다.

"물론 그러시겠지. 이건 뭐, 테사가 옆에 없는데도 테사랑 있는 것 같네."

내가 투덜거렸다. 랜던과 테사는 이런 면에서 똑같다. 뭐든 미리 준비하고 자신이 하는 게 최고가 아니면 못 견디는 사람들.

"넌 테사랑 같이 있는 걸 영광으로 알아."

그가 말했다.

"헛소리 그만하고 경기나 보라고."

나는 버럭 하는 척했지만 입가에 스미는 미소를 숨길 수가 없었다.

"미안. 테사랑 같이 있어서 정말 영광이야. 이제 됐냐?"

웃음이 나왔다.

"그럼 가서 자리에 앉자."

그가 조용히 말하며 앞장섰다.

"이런 제기랄. 봤어? 어떻게 저렇게 엿 같은 골을 먹을 수가 있어?"

랜던은 내 옆에 앉아 소리를 질렀다. 지금까지 봐온 중에 가장 에너지 넘치는 모습이었다. 테사가 옳았는지도 모르겠다. 그는 최악의 친구는 아닌 것 같다. 최고라고 할 순 없겠지만 나쁘지도 않았다.

"네가 소리 지를수록, 너네 팀이 질 것 같다."

그는 내 말은 아랑곳하지 않고 소리 지르고, 야유 퍼붓기를 반복했다. 나는 딴짓을 하기로 했다. 테사에게 야한 문자를 보내기 시작했다.

"예스!"

랜던이 소리를 지르는 바람에 퍼뜩 정신이 들었다. 경기는 끝났고, 그의 팀이 이겼다. 관중들이 한꺼번에 경기장을 빠져나왔다. 나는 사람들을 밀치며 앞으로 나아갔다.

"눈 똑바로 뜨고 다녀."

등 뒤에서 소리가 들렸다.

"죄송합니다."

랜던이 대신 사과를 했다.

"그럴 줄 알았어."

같은 목소리였다. 뒤를 돌아보았다. 긴장한 랜던의 모습이 눈에 들어왔다. 옆에는 상대편 저지 셔츠를 입은 남자가 있었다. 랜던은 침을 꿀꺽 삼켰지만, 아무 말도 없었다. 남자와 그의 일행은 계속 랜던을 조롱했다.

"쫄아 있는 꼴 좀 봐."

또 다른 목소리였다. 아마도 녀석의 일행이겠지.

"나…, 나는…."

랜던은 더듬거리며 말했다.

"꺼져, 이 새끼들아."

나는 고함을 쳤고, 녀석들은 나를 향해 몸을 돌렸다.

"뭐? 싫음 어쩔 건데?"

"그럼 사람들 앞에서 네 주둥이를 닥치게 해주지. 스포츠 하이라이트에 나오게 될걸?"

녀석에게 으름장을 놓았다. 나는 한 마디 한 마디에 힘을 주었다.

"그만 해, 데니스. 가자."

키 작은 녀석이 친구를 잡아 끌었다. 일행은 인파 속으로 사라졌다. 나는 랜던의 팔을 잡고 가던 길로 이끌었다. 랜던이 두들겨 맞게 놔뒀으면 테사가 날 가만두지 않을 것이다.

"도와줘서 고마워. 그럴 필요까진 없었는데."

주차한 곳까지 오자 랜던이 말을 꺼냈다.

"분위기 이상하게 만들지 말자, 오케이?"

나는 씨익 웃었다. 그는 머리를 저으며 조용히 웃었다. 잠시 어색한 침묵이 흘렀다.

"아파트에 데려다주면 되나?"

침묵을 깬 건 랜던이었다. 우리는 북적이는 주차장을 빠져나가려 기다리는 중이었다.

"응."

휴대전화를 보았다. 테사에게서는 아무 답이 없었다.

"너, 이사 갈 거야?"

랜던에게 물었다.

"아직 잘 모르겠어. 근데 다코타랑 가까이 있었으면 좋겠어."

"그럼 걔가 이리로 오면 되잖아."

"발레 경력을 쌓으려면 여기선 안 되거든. 뉴욕에 가야 해."

랜던은 우리 앞으로 차를 또 한 대 보냈다. 차를 빼고도 한참을 꼼짝도 못 하고 있는데 말이다.

"그럼 네 인생을 포기하고, 걔를 위해서 이사를 갈 거라고?"

나는 비아냥거렸다.

"다코타랑 계속 떨어져 있느니, 그러는 게 나을 것 같아. 어쨌든 내가 이사하는 건 큰 문제는 아니거든. 뉴욕에서 사는 것도 멋질 거야. 서로 사귄다는 게 한 사람 좋을 대로만 되는 건 아니잖아. 너도 알지?"

그가 내 옆모습을 쳐다보며 말했다.

"지금 나 들으라고 하는 소리야?"

"꼭 그런 건 아니야. 근데 네가 그렇게 생각했다면, 그럴지도 모르지."

술 취한 한 무리가 비틀거리며 차 앞으로 걸어왔다. 그들이 우리 차를 막아섰다. 랜던은 그래도 별 상관이 없는 것처럼 보였다.

"입 닥치시지."

랜던은 다시 재수 없는 놈이 되었다.

"넌 테사와 함께 있으려면 뉴욕에서 살아야 한대도 절대 이사 안 가겠다는 거야?"

"당연하지. 내가 하려던 게 그 말이었어. 난 뉴욕에서 살고 싶지 않거든. 그러니까 무슨 일이 있어도 뉴욕에서는 살지 않을 거야."

"뉴욕 말고, 시애틀은? 테사는 시애틀에서 살고 싶어 하잖아."

"걔는 나랑 같이 영국으로 갈 거야."

내가 다짐하듯 말했다. 카오디오 볼륨을 올렸다. 이 대화를 끝내고 싶었다.

"테사가 싫다고 하면? 영국에 가고 싶지 않다고 해도 억지로 끌고 갈 거야?"

"난 어떤 것도 억지로 하게 하지 않아, 랜던. 하지만 걔는 갈 거야. 우리는 함께해야 하니까. 그리고 나와 떨어지기 싫으니까. 간단하지?"

나는 한 번 더 휴대전화를 확인했다. 이 사랑스러운 의붓동생이 슬슬 나를 짜증나게 하고 있다.

"하딘, 넌 정말 구제 불능이야."

"아니라고 한 적은 없어."

테사에게 전화를 걸었다. 그녀는 받지 않았다.

'잘됐군, 아주 엿같아.'

집에 갔을 때 그녀가 집에 있기만을 바랐다. 랜던이 거북이같이 느려 터지게 운전하지만 않았어도 벌써 도착했을 것이다. 나는 잠자코 앉아서 손 거스러미만 뜯어내고 있었다. 마침내 랜던이 아파트 앞에 차를 세웠다. 3시간쯤 걸린 것 같았다.

"오늘 나쁘진 않았지?"

차에서 내리는데, 랜던이 물었다. 나는 싱긋 웃었다.

"그랬던 것 같아."

맞장구를 치다가 장난기가 발동했다.

"내가 그런 말 했다는 거, 다른 사람들한테 얘기하지 마. 그랬다간 내 손에 죽는다."

랜던이 키득거리면서 차를 돌렸다. 나는 안도의 한숨을 쉬었다. 아까 그 자식들한테 랜던이 얻어맞지 않아서 정말 다행이었다.

테사는 소파에서 잠들어 있었다. 나는 곁에 앉아 그녀의 잠든 모습을 바라보았다.

21 · 하딘

테사가 자는 걸 잠시 지켜보다가, 그녀를 안아 침실로 데려갔다. 그녀는 내 팔에 매달려 머리를 가슴에 기댔다. 그녀를 침대에 얌전히 눕히고 이불을 덮어주었다. 이마에 입을 맞추고 돌아서려는 순간이었다. 그녀가 무언가 중얼거렸다.

"제드…."

'지금 뭐라 그런 거야…?'

그녀를 빤히 쳐다보았다. 3초 전 상황을 머릿속으로 되새겨 봤다. 설마 그녀가….

"제드."

그녀는 미소까지 지으며, 몸을 뒤척였다.

'이게 무슨 빌어먹을 상황이야?'

그녀를 깨워야 할까? 깨워서, 왜 자면서 제드의 이름을 부른 거냐고 따져 물어야 하나? 그것도 두 번이나! 한편으로는 그녀가 무슨 말을 할지 이미 알고 있었다. 편집증적이고 진절머리 나는 그 소리. 걱정할 건 하나도 없다, 그저 친구들이고, 그녀가 사랑하는 건 나뿐이라고. 그래, 어쩌면 맞는 말이겠지. 하지만 그녀는 무의식 중에 그 자식의 이름을 불렀다.

그녀의 입에서 그 옛 같은 이름을 듣다니. 그것도 빌어먹을 랜던의 미래에 대한 확신에 찬 말을 듣고 난 이 마당에. 이건 너무하다. 나는 어느 것 하나도 확실치 않은데. 랜던은 차치하고, 테사도 분명히 나에 대한 확신이 없다. 그렇지 않으면 제드 꿈을 꾸거나 하는 일은 없었을 거다.

펜과 종이를 쥐고, 그녀에게 메모를 써 서랍장 위에 두었다. 그리고 어둠을 향해 나섰다.

차를 끌고 캐널 스트리트 선술집으로 향했다. 그곳엔 별로 가고 싶지 않았다. 네이트 패거리들이 있을 테니까. 늘 거기서 술을 마시곤 했었다. 대학생이라고 하면 신분증 검사 한 번을 안 하는 얼간이들, 그리고 사랑하는 워싱턴 주 만세!

테사의 목소리가 귓가를 맴돌았다. 테사가 지난 번에 다시는 술을 마시지 말라고 경고했었다. 하지만 상관없다. 나는 지금 술이 필요하다. 제드와 랜던의 목소리가 잇달아 들렸다. 왜 내 주위 인간들은 죄다 자기 생각만 중요하다고 하는 걸까?

나는 시애틀로 이사 가지 않을 것이다. 랜던이나 그 자식의 개똥 같은 충고 따위는 개나 줘 버리라지. 그 자식처럼 여자친구를 졸졸 따라

다니는 건 내가 원하는 게 아니다. 이제 확실히 그려진다. 여기 생활을 청산하고 그녀와 함께 시애틀로 간다. 두 달쯤 지나면 그녀는 나한테 질려버린다. 그리고 나를 떠난다. 시애틀은 그녀의 세상이다, 내 세상이 아니라. 너무나 쉽게 내 발등 내가 찍게 돼버릴 거다.

술집에 도착했다. 음악이 낮게 깔렸고, 사람은 많지 않았다. 낯익은 금발이 바 뒤에 있다가 나를 알아보았다. 놀라움과 호기심이 잔뜩 담긴 눈빛이었다.

"오랜만이야, 하딘. 나 보고 싶었어?"

그녀가 입술을 핥으며 웃었다. 우리가 함께했던 밤이 기억나는 모양이다.

"술 한 잔 줘."

22 · 테사

눈을 떴다. 하딘은 침대에 없었다. 커피를 내리거나 샤워하는 중일 거라 생각했다. 시간을 확인하고 침대에서 내려왔다. 어젯밤 완전히 곯아떨어졌는데도 왠지 피곤했다. 오늘은 대충 챙겨 입기로 했다. WCU 로고가 새겨진 티셔츠에 청바지를 입었다. 요가 팬츠를 입고 하딘을 놀려주고 싶었지만, 아무리 찾아도 팬츠가 보이지 않았다. 뻔하다. 그가 숨겨놨거나, 다른 데 갖다놓았을 것이다. 그걸 입은 모습을 다른 남자들이 못 보게 말이다.

첫 번째 서랍장을 다시 뒤져 보았다. 막 서랍을 닫는데, 종이가 한 장 떨어졌다.

아빠랑 아침 먹으러 나가.

하딘의 글씨였다. 아쉬우면서도 한편으론 기뻤다. 나는 하딘과 켄 씨의 관계가 잘 회복되기를 진심으로 바란다. 식사가 끝났겠지 싶어, 하딘에게 전화를 했지만 받지 않았다. 얼른 메시지를 보냈다. 그리고 랜던을 만나러 카페로 향했다.

랜던은 테이블을 잡고 앉아 있었다. 앞에는 커피 두 잔이 놓여 있었다.

"네 것까지 미리 사놨어."

그가 미소를 지으며 잔 하나를 건넸다.

"고마워."

쌉싸래한 커피가 내 몸을 깨웠다. 정신이 들고 나니, 하딘에게 답이 없는 게 슬슬 걱정되기 시작했다.

"우리 좀 봐, 진짜 대학생처럼 보여."

랜던이 농담을 건넸다. 우리는 똑같은 셔츠를 입고 있었다. 웃으며 커피 한 모금을 마셨다.

"하딘은?"

랜던이 활짝 웃었다.

"모르겠어. 메모만 남기고 아침 일찍 나갔나 봐. 아빠랑 아침을 먹 는대."

랜던은 의아한 눈초리로 나를 쳐다보았다.

"정말?"

잠깐 말을 끊었다가, 그는 고개를 끄덕이며 말했다.

"이상한 일이 벌어진 것 같네."

그의 대답은 의심을 키웠다. 하딘은 정말 켄 씨와 아침을 먹으러 간 걸까?

시간이 되어 랜던과 나는 수업에 들어갔다. 그때까지도 하딘에게서 는 아무런 답이 오지 않았다. 가슴이 뭉근하게 아파 왔다. 자리를 잡고 앉자, 랜던이 내 눈치를 살폈다.

"테사, 괜찮아?"

막 대답을 하려던 찰라, 소토 교수님이 강의실로 들어왔다.

"굿 모닝, 여러분! 늦어서 미안합니다."

교수님은 웃으며 어깨에 걸쳤던 가죽 재킷을 휘휘 흔들었다. 그러더 니 건너편에 있는 자신의 의자에 휙 던졌다.

"여러분 모두 저널 노트를 구입했겠지요? 아님 훔쳤거나?"

랜던과 나는 서로 쳐다보면서 저널 노트를 꺼냈다. 주위를 둘러보니 노트를 준비한 건 달랑 우리 둘뿐이었다. 학생들이 얼마나 준비성이 없는지, 다시금 놀랐다. 하지만 교수님은 아랑곳하지 않고 넥타이를 고쳐 맸다.

"준비 안 됐으면 그냥 빈 종이 한 장을 준비하세요. 오늘 수업의 절반 은 첫 번째 저널 쓰기 과제를 할 겁니다. 얼마나 많이 내줄지는 아직 정 하지 않았어요. 하지만 말했던 대로, 저널이 여러분 성적에서 가장 큰 비중을 차지할 겁니다. 그러니까 적어도 약간의 노력은 해야겠지요."

교수님은 웃으며 자리에 앉아, 책상 위에 두 발을 올렸다.

"믿음에 관한 여러분의 생각을 알고 싶어요. 여러분에게 믿음은 어 떤 의미인가요? 어떤 대답도 틀린 게 아닙니다. 여러분의 종교도 다 르지 않습니다. 여러 가지 다양한 방향을 취할 수 있어요. 더 강한 힘에 믿음을 갖고 있나요? 믿음이 인간의 삶에 더 좋은 무언가를 가져다 준다고 느끼나요? 아마 여러분이 생각하는 믿음은 저마다 완전히 다를 겁니다. 무언가 혹은 누군가에 대한 믿음이 상황과 그 결과를 바꾸나요? 여러분에게 이런 믿음이 있다고 가정해보세요. 신뢰성 없는 여러분의 애인이 불신의 늪에서 빠져나온다는 믿음. 그렇다면 결국 다른 결과를 얻을 수 있을까요? 하느님에 대한 믿음, 또는 다른 여러 신들에 대한 믿음이 여러분을 더 나은 사람으로 만드나요? 믿음이라는 주제로, 여러분이 쓰고 싶은 걸 쓰세요, 뭐든 괜찮아요."

교수님의 말이 끝났다.

이런 저런 생각이 들어 마음이 어수선해졌다. 자랄 때는 교회에 다녔다. 하지만 이건 인정해야겠다. 신과 나는 그닥 유대가 깊지 못했다. 저널을 써보려 잡은 펜에 힘을 주었다. 그때마다 하딘이 떠올랐다.

'왜 아무 연락도 없는 걸까? 항상 전화를 하는데. 오늘은 달랑 메모 한 장이야. 그러니까 무사하다는 건 알겠는데, 지금 어디 있는 거지? 얼마나 더 기다려야 하는 거야?'

보낸 메시지들에는 모두 답이 없었다. 마음 속 패닉이 점점 더 커졌다. 하딘은 엄청 많이 변했다. 말투도 행동도 정말 많이 달라졌다.

믿음. 나는 하딘에게 너무 큰 믿음을 가졌던 걸까? 내가 계속 그를 믿으면, 그는 바뀔까?

시간이 얼마나 지났는지 깨닫기도 전에, 나는 세 번째 페이지를 넘기고 있었다. 내 마음 속에 있는 의문들을 종이에 그대로 옮겨 적었다. 마음과 생각을 다 털어놓은 것 같다. 어쨌든 하딘에 대한 나의 믿음에 대해 쓰고 나니, 마음이 조금은 가벼워진 것 같았다.

수업이 끝났다. 랜던이 자신이 쓴 저널 도입 부분을 얘기해주었다. 그는 자기 자신과 자신의 미래에 대한 믿음을 주제로 잡았다. 내 미래가 어떻게 될지는 정말 잘 모르겠다.

나머지 하루는 처참했다. 여전히 하딘에게 연락이 되지 않았으니까. 오후 1시가 될 때까지 세 번도 넘게 전화를 하고, 여덟 통도 넘는 메시지를 보냈다. 아무 답이 없었다. 기분이 안 좋아졌다. 특히나 믿음과 그에 대한 내 감정을 글로 쓰고 나니 더욱 선명해진 것들이 있다. 하지만 그가 우리 관계에 해가 될 짓을 하지는 않을 거라 생각했다. 그게 가장 처음에 든 생각이었다.

두 번째로 떠오른 건 몰리였다. 우습게도 상황이 안 좋을 때면 항상 그 여자가 떠오른다. 글쎄, 웃기지 않다, 지겹다. 그 여자는 내 머릿속에서 혼란스러울 때마다 나타나는 망령 같다. 하딘이 나를 속이고 바람을 피우지는 않을 거라고 생각하면서도 말이다.

23 · 하딘

"커피 한 잔 더 마실래?"

그녀가 물었다.

"술 깨는 데 도움이 될 거야."

"아니, 어떡해야 술이 깨는지는 내가 더 잘 알아."

내가 심드렁하게 말했다. 칼리는 어이없다는 표정을 지었다.

"재수 없게 굴지 마. 그냥 물어본 거잖아."

"입 다물어."

나는 관자놀이를 문질렀다. 그녀의 목소리는 엿같이 짜증났다.

"어련하시겠어."

그녀는 웃으며 작은 부엌에 나를 남겨두고 나갔다.

아직까지 이곳에 있다니, 나는 정말 개새끼다. 어쩔 수 없었다. 다른 선택은 없었으니까. 그래, 내가 저지른 일이다. 내 과민반응을 탓하지 않으려 애썼다. 테사에게 말도 안 되는 메모를 남겨놓고, 지금 칼리의 부엌에 있다. 빌어먹을 맛없는 커피를 마시면서, 이 오후 늦은 시간까지.

"차 있는 데까지 태워다 줄까?"

그녀가 다른 방에서 소리쳤다.

"당연하지."

그녀는 브라만 입을 채 부엌으로 들어왔다.

"운 좋은 줄 알아. 술이 떡이 된 너를 우리 집에 데리고 왔잖아. 내 남자친구가 곧 올 거야. 얼른 나가야 해."

그녀는 셔츠를 머리 위에서부터 뒤집어썼다.

"너, 남자친구 있어? 멋지군."

상황이 점점 훌륭해진다. 그녀는 눈을 흘겼다.

"있어! 너한텐 놀라운 일이겠지만. 끊임 없이 섹스 파트너를 바꾸며 사는 걸 원하는 사람은 없어."

테사 얘기를 꺼낼 뻔했다. 그러다 관두기로 했다. 그녀가 상관할 바 아니니까.

"나, 소변 좀 보고."

욕실로 들어갔다. 머리가 지끈거렸다. 여기에 있는 나 자신에게 화가 나 견딜 수가 없었다. 집에 갔어야 했다, 아니면 학교에라도. 식탁에 있던 내 휴대전화 진동 소리가 들렸다. 나는 후다닥 뛰어나갔다.

"내 전화 받지 마."

칼리에게 냅다 소리를 질렀다. 그녀는 깜짝 놀라 뒤로 물러섰다.

"안 받아! 어젯밤엔 이렇게까지 개자식은 아니었는데."

그녀의 투덜거림은 무시해버렸다.

칼리를 따라 차로 갔다. 콘크리트 바닥에 걸음을 내딛을 때마다 머리가 쿵쾅쿵쾅 울렸다. 이렇게 많이 마시는 게 아니었다. 아니, 술을 마시는 게 아니었다. 칼리가 창문을 내리고 담배에 불을 붙였다.

어떻게 전에는 이런 여자랑 어울렸을까? 그녀는 안전벨트도 매지 않았다. 신호 위반은 다반사였다. 테사는 이 여자와는 완전히 다르다. 내가 만났던 그 어떤 여자들과 비교해도 테사는 전혀 다르다.

우리는 술집으로 향했다. 어젯밤 꼭지가 돌게 마셨던 그 술집. 테사에게서 온 문자를 읽고 또 읽었다. 최악이다. 그녀는 분명히 걱정하고 있을 거다. 마땅한 변명이 떠오르지 않았다. 머릿속이 너무 흐리멍덩하다. 대충 메시지를 보냈다.

어젯밤 랜던이랑 술을 너무 많이 마셔서, 그냥 차에서 잤어.

얼른 집에 갈게.

좀 꺼림칙했지만 어쩔 수 없었다. 뭐라도 답을 해야만 했는데 머릿속이 뒤죽박죽 엉망이었다. 휴대전화만 뚫어지게 들여다보았다. 그녀의 답이 오기를 기다렸지만, 아무 답이 없었다.

테사에게 사실대로 말할 순 없었다. 칼리의 집에서 밤을 보냈다는 걸 알면 절대 용서하지 않을 거다. 아마 내 얘기를 들으려고도 하지 않을 거다. 요즘 내가 저지른 짓들에 질려 있을 테니. 나는 그녀를 안다. 어떻게 수습해야 할지 도무지 실마리가 잡히지 않았다.

칼리가 나의 상념을 방해했다. 급브레이크를 밟으면서 욕설을 내뱉었다.

"젠장! 돌아서 가야 할 것 같아. 저 앞에 길 막혔어."

그녀가 가리키는 곳을 보니 차들이 뒤엉켜 길을 막고 있었다. 힐끗 내다보았다. 중년의 남자가 주머니에 손을 넣고 서서, 경찰관과 이야기를 하고 있었다. 그 남자는 하얀색 차를 가리켰다. 꼭…, 딱 닮은…, 차…였다.

완전 패닉이다.

"차 세워."

"뭐? 맙소사, 하딘."

"빌어먹을 차 세우라고!"

생각할 겨를도 없이, 차 문을 열고 뛰어내렸다.

"다른 운전자는 어디 있어요?"

나는 경찰관에게 물어보며, 주위를 둘러보았다.

흰색 차는 앞부분이 심각하게 훼손됐다. 차 앞 유리에 WCU 주차증이 붙어 있었다.

'제기랄.'

앰뷸런스가 경찰차 옆에 세워져 있었다.

'제기랄.'

그녀에게 무슨 일이 생긴 거라면…, 그녀가 무사하지 않다면….

"이 차 운전자 어디 갔어? 누가 빌어먹을, 대답 좀 해줘요!"

내가 소리쳤다. 경찰관은 잔뜩 짜증스러운 표정이었다. 다른 운전자가 흥분한 나에게 조용히 말했다.

"저쪽에요."

그는 앰뷸런스를 가리켰다. 심장이 멈추는 것 같았다.

정신 없이 뛰어가다가, 앰뷸런스의 문이 열린 게 보였다. 테사가 뒤쪽 범퍼에 앉아 있었다. 뺨에 아이스팩을 대고.

'감사합니다, 하느님! 정말 감사합니다.'

나는 그녀에게 달려들었다. 하지만 말문이 막혀 말을 더듬거렸다.

"무슨 일이야? 테사, 괜찮은 거야?"

나를 보자 그녀의 얼굴에 안도하는 표정이 스쳤다.

"교통 사고가 났어."

눈 위에는 작은 반창고가 붙어 있었다. 입술은 부었고, 한쪽에 피가 흐르고 있었다.

"걸을 수 있겠어?"

나는 다급하게 물었다.

"이 여자 분 가도 돼요?"

나는 가까이 있던 젊은 응급구조사에게 물었다. 여자는 고개를 끄덕였다. 테사가 이마에 대고 있던 아이스팩을 치웠다. 골프공 만한 혹이 나 있었다. 뺨은 온통 눈물로 얼룩져 있었다. 눈은 퉁퉁 붓고, 새빨갰다. 눈 아래 연약한 피부에 멍이 든 건 벌써 알아봤다.

"젠장, 정말 괜찮아? 저 사람 잘못이야?"

나는 상대편 운전자를 눈으로 찾으며 물었다.

"아냐, 내가 돌진했어."

그녀가 우물거리며 말했다. 그리고 다시 아이스팩을 얼굴에 대었다. 그녀의 눈빛에 안도감이 드러났다. 그러더니 나에게 물었다.

"하루 종일 어디 있었어?"

"뭐라고?"

솔직히 혼란스러웠다. 술도 덜 깬 데다 이런 테사의 모습까지 보았으니. 총천연색의 눈으로 그녀가 다시 물었다.

"하딘, 하루 종일 어디 있었냐고."

나는 다시 현실로 돌아왔다.

'제기랄.'

막 변명을 하려던 찰라였다. 칼리가 다가오더니, 내 엉덩이를 찰싹 때렸다.

"이런, 음흉한 변덕쟁이, 난 이제 가도 돼? 여기서 차 있는 데까지는 걸어서 갈 수 있지? 난 진짜 집에 돌아가야 해."

테사의 눈이 동그래졌다

"누구세요?"

'젠장, 젠장, 젠장.'

이건 아니다. 지금은 아니다. 칼리가 미소를 지으며 테사에게 고개를 까딱했다.

"하딘 친구 칼리. 사고 난 건 정말 안됐다."

그러더니 다시 나를 쳐다보았다.

"정말 가도 되지?"

"잘 가."

내가 얼른 말했다.

"잠깐만."

테사가 그녀를 붙잡았다.

"어젯밤에 하딘이 그쪽 집에 있었어요?"

나는 테사와 눈을 마주치려고 애를 썼다. 하지만 그녀는 칼리를 노려보았다.

"응. 난 그냥 차 있는 데까지 데려다주려고 한 거야."

"차? 차가 어디 있는데?"

테사의 목소리는 떨리고 있었다.

"잘 가, 칼리."

나는 그녀를 노려보며 다시 한 번 말했다. 테사가 벌떡 일어섰다. 무릎이 꺾이며 조금 휘청거렸다.

"하딘 차가 어디 있는지 얘기해줘."

나는 그녀의 팔꿈치를 잡고 그녀를 제지하려고 했다. 하지만 그녀는 나를 밀어젖혔다. 그러더니 움직이는 게 아팠는지 신음 소리를 냈다. 그리고 나를 향해 말했다.

"내 몸에 손 대지 마."

그녀가 이를 악물고 말했다.

"얘 차가 어디 있냐고?"

칼리가 두 손을 들고 테사와 나를 번갈아 쳐다보았다.

"내가 일하는 술집 앞에. 됐지? 그럼 난 간다."

그녀는 총총거리며 사라졌다.

"테스…."

내가 애원조로 말했다.

'맙소사, 난 대체 어쩌자고 일을 이렇게 만든 거지?'

"나한테서 떨어져."

그녀가 말했다. 그녀의 뺨이 약간 붉어졌다. 눈물이 나오는 걸 가까스로 참고 있는 게 분명하다. 그녀는 서 있었다. 먼 산을 바라보는 눈에는 아무런 감정도 담겨 있지 않았다. 지금은 차라리 그녀가 끊임없이 울던 때가 그립다.

"테사⋯, 우리⋯."

내 목소리는 갈라져 나왔다. 이제는 내가 감정적인 사람이 되었다. 처음으로 그게 아무 상관도 없었다. 눈앞에서 박살 난 그녀의 차를 본 충격이 아직도 생생했다. 그리고 당장은 그녀를 붙잡아야겠다는 것밖에 아무 생각도 나지 않았다. 테사는 여전히 나를 쳐다보지 않았다.

"가버려, 당장. 아니면 경찰관한테 끌고 가라고 할 거야."

"아무래도 상관없어⋯."

그녀는 이글거리는 눈빛으로 나를 홱 돌아보았다.

"아니, 네 얘기 들을 이유가 없어! 어젯밤에 무슨 일이 있었는지는 잘 모르겠어. 근데 오늘 오전 일은 알았어. 어쨌든 넌 다른 사람이랑 있었어. 난 그걸 믿지 않으려고 무진장 애를 쓰고 있었는데."

"내가 다 설명할게."

내가 애원했다.

"하딘, 넌 이거 안 보여? 사고 난 거?"

그녀는 소리 치더니, 울음을 터뜨렸다. 응급구조사가 바로 뛰어왔다.

"너랑 더 이상 얘기할 필요도 없어. 네가 말하는 건 앞뒤가 하나도 안 맞아. 오늘 아빠랑 아침 먹는다고 메모 남겼잖아. 그러더니 랜던이랑 술을 먹고 차에서 잠들었다고? 나랑 수업 들은 그 랜던이랑? 넌, 정말 나를 바보 멍청이로 아는구나. 그딴 걸 믿을 줄 알았어? 그딴 거짓말을?"

그녀가 나를 노려보았다.

내가 얼마나 멍청한 놈인지 여실히 깨닫는 중이다. 한참을 말을 잇지 못했다. 나는 너무 멍청하다. 너무 너무 멍청한 놈이다. 단순히 앞뒤가 안 맞는 거짓말을 해서가 아니다.

응급구조사가 테사의 어깨에 손을 올렸다.

"별 일 없으신 거죠? 병원으로 가서 검사를 받아보는 게 좋을 것 같아요."

테사는 두 뺨에 흐른 눈물을 닦았다. 두 눈은 나를 무표정하게 쳐다보고 있었다.

"준비됐어요. 지금 가요."

24 · 하딘

네 병째 맥주를 땄다. 뚜껑이 매끄러운 커피 테이블 위로 떼구르르 굴렀다.

'테사는 언제 돌아오는 거지? 돌아오긴 할까?'

그녀에게 메시지를 보내야 할 것 같았다. 그리고 칼리와 섹스를 했다고 말하면, 우리의 이 비참한 관계도 끝나겠지.

문 두드리는 소리가 들렸다. 나는 퍼뜩 정신을 차렸다.

'이제 시작이구나.'

맥주병을 쥐고 벌컥벌컥 들이켰다. 그리고 문으로 향했다. 노크는 점점 쾅쾅 두들기는 소리로 바뀌었다. 문을 열어보니 랜던이 서 있었다. 뭐라 말할 새도 없이, 그는 내 멱살을 움켜쥐고 나를 벽에 거칠게 밀어붙였다.

'이건 또 무슨…?'

그는 생각보다 훨씬 힘이 셌다. 랜던의 거친 행동에 깜짝 놀랐다.

"넌, 대체 뭐 하는 자식이야!"

랜던이 이렇게 큰 소리를 지를 수 있다는 걸 미처 몰랐다.

"빌어먹을, 당장 떨어져!"

그를 밀쳐내려 했지만, 꿈쩍도 하지 않았다. 젠장, 너무 강하다.

잠시 후 그는 나를 놔주었다. 한 대 칠 거라 생각했지만, 그러지 않았다.

"네가 딴 여자랑 자는 바람에 테사가 사고 당했잖아!"

그가 다시 내게 얼굴에 들이밀었다.

"빌어먹을 목소리 좀 낮추지."

내가 쏘아붙였다. 부끄러워야 마땅하겠지만, 술기운 때문인지 화가 치밀었다.

"나한테 얻어맞았던 거, 기억할 텐데."

나는 뒤로 물러나 소파에 앉으며 말했다. 랜던이 나를 따라왔다.

"그땐 너한테 화날 때가 아니었지만, 지금은 달라."

그는 턱을 치켜들었다.

"네 녀석은 테사 주위에서 어슬렁거리면서 상처만 주고 있어!"

"그 여자랑 안 잤어. 그냥 술 취해서 걔네 집에서 잠만 잤다고. 빌어먹을!"

"와우! 또 술 마시고 있었군!"

그는 테이블 위에 늘어선 빈 맥주병을 바라보았다. 그러더니 병 하나를 집어들었다.

"테사는 너 때문에 사고 나서 뇌진탕까지 왔어. 근데 너는 여기서 술타령이야? 이 쓰레기 같은 자식!"

그가 소리 질렀다.

"그건 내 잘못이 아니야. 내가 다 설명하려고 했어!"

"네 잘못이야! 네놈의 그 빌어먹을 거짓 문자메시지 때문에, 그거 읽으려다 사고를 낸 거라고. 거짓말인 게 뻔한 그 메시지 말이야."

숨이 턱 막혔다.

"무슨 소리를 지껄이는 거야?"

"테사는 하루 종일 네 연락을 기다리느라 안절부절이었어. 그런데 운전 중에 문자가 온 거지. 네 이름이 뜨자마자 휴대전화를 확인했던 거라고."

나 때문이다. 생각도 못 했다. 나 때문에 다치게 된 거다. 내가 그녀를 다치게 했다.

랜던은 나를 뚫어지게 쳐다보았다.

"이제 너랑은 끝이야. 알지?"

나는 그를 올려다보았다. 갑자기 이 모든 게 진절머리가 났다.

"그래, 알아."

다시 맥주병에 손을 뻗었다.

"그럼 이제 떠나."

그는 내 손에서 맥주병을 낚아채더니 부엌으로 걸어갔다.

"네가 뭔데 이러는 거야?"

"넌 정말 멍청한 자식이야. 테사가 저렇게 다쳤는데, 여기서 술이나 처먹고 있고, 신경도 안 쓰잖아!"

그가 소리를 질렀다.

"나한테 소리 지르지 마! 제기랄!"

나는 머리카락을 쥐어뜯었다.

"나도 신경 쓰인다고. 근데 내가 말하는 건 아무 것도 믿으려 하지 않잖아!"

"지금 테사를 탓하는 거냐? 넌 그날 그냥 집으로 돌아왔어야 했어. 아니면 아예 집에서 나가지 말았어야지."

그는 내 맥주를 하수구에 부었다.

"어떻게 네놈은 그렇게 무신경할 수가 있는 거냐? 테사가 너를 얼마나 사랑하는데."

그는 냉장고로 가더니 물 한 병을 꺼내 내게 건넸다.

"무신경하지 않아. 개똥 같은 일이 벌어지길 조마조마하며 기다리는 것도 질린다. 네가 끊임없이 지껄여댔잖아. 네 빌어먹을 완벽한 연애와 거룩한 희생 얘기를 듣다가 집에 왔더니 테사는 엿같이 그 자식 이름을 부르잖아."

나는 눈을 치켜뜨고 천장을 한참 바라보았다.

"누구? 이름?"

"제드. 자면서 그 자식 이름을 불렀어. 아주 분명하게, 여러 번. 꼭 내가 아닌 그 자식과 함께 있기를 원하는 것처럼."

"자면서?"

그가 반문했다. 분명 비꼬는 말투였다.

"자면서든 아니든, 내가 아니라 그 자식 이름을 불렀다고."

그가 어이없는 표정을 지었다.

"얼마나 말도 안 되는지 알지? 테사가 제드의 이름을 불렀어, 그것도 자면서. 그래서 밖으로 뛰쳐나가 술을 마셨다고? 넌 아무 이유도 없이 엄청난 일을 저지른 거야."

나는 물병을 손으로 쥐어 찌그러뜨렸다.

"네가 뭘 안다고…."

그때 현관문 여는 소리가 들렸다. 자물쇠가 돌아가더니 문이 열렸다. 테사다. 나는 몸을 돌려 그녀가 들어오는 걸 보았다. 그리고 제드…, 제드가 그녀 곁에 있었다.

벌떡 일어나 그들 앞으로 갔다.

"이게 뭐하는 짓거리야?"

내가 소리 질렀다. 테사는 휘청거리며 뒷걸음질을 쳤다. 그녀는 뒤에 있던 벽을 붙잡고 섰다.

"그만 해!"

그녀가 말했다.

"네가 매번 이 거지 같은 녀석이랑 집에 오는 것도 이제 질린다!"

나는 제드의 가슴팍을 두 손으로 밀었다. 테사가 소리 질렀다.

"하지 마! 제발, 부탁이야."

그녀가 랜던을 쳐다보았다.

"넌 여기서 뭐해?"

"하딘이랑 얘기하러 왔어."

내가 빈정거리며 고개를 까딱거렸다.

"솔직히, 나한테 싸움 걸려고 왔지."

테사는 눈알이 튀어나올 듯 쳐다보았다.

"내가 나중에 얘기해줄게."

랜던이 말했다

제드는 그녀를 쳐다보고 있었다. 어떻게 이런 상황에 이 자식을 데리고 올 수 있지? 물론 그녀는 이 자식에게 달려가고 싶었겠지. 꿈 속의 님이니까.

테사는 제드를 향해 몸을 돌리더니 그의 어깨에 한 손을 부드럽게 올렸다.

"데려다줘서 고마워, 제드. 정말로. 근데 넌 가는 게 좋겠다."

녀석이 나를 노려보았다.

"진짜 괜찮겠어?"

"괜찮아. 랜던이 있잖아. 오늘 밤에 랜던 집으로 갈 거거든."

제드는 알았다는 듯 고개를 끄덕이고 돌아서 가버렸다. 테사는 그의 등 뒤로 문을 닫았다.

나는 화를 주체할 수가 없었다. 돌아서는 테사를 향해 얼굴을 잔뜩 찡그리고 있었다.

"나, 옷 좀 챙겨 올게."

그녀는 침실로 걸어갔다. 나는 그녀를 따라갔다.

"왜 제드한테 전화했어?"

그녀의 등 뒤에 대고 소리쳤다.

"왜 넌 칼리라는 애랑 술을 마셨는데? 엄청 투덜거렸겠구나. 네 여자 친구가 얼마나 기대에 못 미치는지에 대해."

그녀가 쏘아붙였다.

"그래? 넌 제드한테 내가 얼마나 쓰레기 같은 놈인지에 대해 다 말했구나?"

나도 지지 않고 소리 질렀다.

"난 아무 말도 안 했어. 그래도 이미 다 알았을 거야."

그녀는 옷장 제일 윗칸에서 여행 가방을 꺼내면서 대답했다. 그녀를 도와주러 다가갔다.

"저리 비켜."

드디어 내 쓰레기 같은 짓거리에 그녀의 참을성이 바닥난 것 같았다.

나는 뒤로 물러섰고, 그녀는 혼자 여행 가방을 내렸다.

"어젯밤에 나가는 게 아니었어."

그녀에게 말했다.

"진심이야?"

비꼬는 말투였다.

"집을 나가지도, 술을 마시지도 말았어야 했어. 근데, 나, 바람피운 거 아니야. 그런 건 안 해. 그냥 걔네 집에서 잠만 잔 거야. 술을 너무 많이 마셔서 운전할 수가 없었어. 그게 다야."

내가 설명했다. 그녀는 팔짱을 끼고 섰다. 고전적인, 열 받은 여자친구의 자세다.

"근데 왜 거짓말 했어?"

"나도 모르겠어…. 사실대로 말해도 네가 믿지 않을 것 같아서."

"글쎄, 바람둥이들은 늘 바람 안 피웠다고 말하지."

"진짜야."

그녀가 한숨을 쉬었다. 설득이 먹히지 않은 게 분명했다.

"넌 뻔뻔스럽게 항상 거짓말을 해대니까. 이번에도 별반 다르지 않아."

"거짓말했던 건 정말 미안해, 아니, 전부 다 미안해. 근데 정말로 바람은 안 피웠어."

나는 두 팔을 공중에 들어올렸다 놓았다. 그녀는 잘 개어놓은 옷을 얌전히 가방에 넣었다.

"숨길 게 없었다면, 거짓말하지도 않았겠지."

"정말 별 일 아니라고. 아무 일도 없었단 말이야."

나는 필사적으로 변명했다. 그녀는 다른 옷가지들을 싸고 있었다.

"그럼 내가 술에 취해서 제드 집에서 밤을 보냈다면? 넌 어쩔 건데?"

그녀가 물었다. 생각만 해도 피가 거꾸로 솟는 것 같았다.

"당연히 그 자식을 죽여버리지."

"네가 그러는 건 별 일이 아니고, 내가 그럴 때만 별 일인 거지?"

그녀는 내 이중잣대를 문제 삼았다.

"우리도 그렇겠지. 네 인생에서 나는 그저 잠깐 스쳐 가는 여자잖아. 네가 분명히 그랬잖아."

테사가 말했다. 그녀는 침실을 나가 복도를 가로질러 욕실로 갔다. 세면도구를 챙기려는 거다. 그녀는 정말로 랜던을 따라 갈 모양이다. 이건 말도 안 된다. 그녀는 잠깐 스쳐 가는 여자가 아니다. 어떻게 그런 생각을 할 수 있지? 이건 어젯밤 내가 한 헛소리 때문이다. 그리고 오늘 연락을 제대로 안 했기 때문일 것이다.

"그냥 가게 두지 않을 거야."

그녀가 가방을 닫자, 내가 말했다.

"어쨌든, 난 갈 거야."

"너도 네가 다시 돌아올 거라는 거 알잖아."

화가 머리 끝까지 나서 내뱉었다.

"그래서 나가려는 거야."

목소리가 떨리고 있었다. 그녀는 가방을 들고 방을 나갔다. 뒤도 한 번 돌아보지 않은 채.

현관문이 요란하게 닫히는 소리가 들렸다. 나는 벽에 등을 기댔다. 그리고 바닥에 미끄러지듯 주저앉았다.

25 · 테사

9일이 지났다. 하딘에게서는 아무 연락도 없었다. 하루도 못 견딜 줄 알았는데 9일이나 지났다. 100일은 지난 것만 같았다. 하지만 솔직히 처음보다는 조금 덜 아픈 것도 같다. 쉽지는 않았다. 아마 앞으로도 쉽지 않겠지. 반스 출판사에는 켄 씨가 연락해주어서 한 주 휴가를 얻었다.

떠난 건 나였다. 내 발로 걸어 나왔다. 하지만 그는 연락조차 하지 않았다. 그게 더 죽을 것처럼 아팠다. 우리 관계에서 나는 늘 더 많이 양보했다고 생각한다. 지금이야말로 하딘이 자신의 진심을 보여줄 때다. 나는 그가 그럴 거라 생각했다. 하지만 아니었나 보다. 내가 절박하게 원했던 것과 그가 느낀 건 완전 반대였다. 지금 이 상황이 말해주고 있다.

하딘이 나를 사랑한다는 건 잘 안다. 그렇지만 이 또한 자명하다. 지금 당장 그걸 확인시켜줘야 한다는 것. 내가 생각하는 만큼 그가 날 많이 사랑한다면 말이다. 그냥 가게 두지 않을 거라 말했었다. 하지만 그는 그냥 두었다. 그는 나를 가게 두었고, 지금까지 내버려뒀다.

가장 힘들었던 건 헤매고 돌아다니던 첫째 주였다. 하딘을 잃고 나는 휘청거렸다. 그의 재기발랄한 농담을 잃었다. 그의 꾸밈 없는 독설을 잃었고, 뻔뻔함과 자신감도 잃었다. 가끔씩 내 손바닥에 원을 그려주던 그의 손을 잃었다. 아무 이유 없이 입을 맞춰주고, 내가 보고 있지 않을 때도 나를 향해 짓던 그의 미소를 잃었다.

하지만 계속 헤매고 싶지는 않았다. 나는 강해지고 싶었다. 혼자든 아니든 흔들림 없이 살고 싶었다. 불현듯 내가 늘 혼자일 것 같다는 불안감이 들었다. 나는 노아와 행복하지 않았다. 하딘과도 역시 잘 되지 않았다. 나는 엄마 같은 인생을 살지도 모른다. 혼자 사는 게 더 나을지도 모른다.

이런 식으로 끝내고 싶지는 않았다. 단칼에, 이렇게 무미건조하게. 나는 모든 걸 말하고 싶었다. 그가 내 연락에 답하길 원했다. 그러면 우리가 어떤 식으로든 합의점에 도달할 거라 생각했다. 나는 그저 공간이 필요했다. 그로부터 떨어져 잠깐의 휴식이 필요했을 뿐이다. 내가 마음대로 밟고 다니는 그의 현관 매트가 아니라는 걸 보여줄 수 있다면 그것으로 족했다. 하지만 오히려 그는 내가 생각한 만큼 나를 신경 쓰지 않는다는 것만 분명해졌다. 이건 어쩌면 그가 짜놓은 계획일지도 모른다. 나와 헤어지기 위한 계획. 남자친구와 헤어지려고 이런 수순을 밟는 여자들을 몇 명이나 알고 있다.

첫날은 내내 그에게서 전화가 올 거라 생각했다. 아니면 메시지라도. 하딘이 소리치며 문을 박차고 뛰어들어오는 장면을 상상했었다. 그의 가족들과 내가 식당에서 조용히 식사 중일 때 말이다. 하지만 그런 일은 일어나지 않았다. 나는 제정신이 아니었다. 구석에 처박혀 울면서 끊임없이 자책했다. 매 순간, 하딘이 용서를 구하러 올 거란 기대로 살았다. 그리고 거의 포기해버릴 뻔했다. 아파트로 돌아갈 뻔했다. 그와 얘기할 준비가 되어 있었다. 왜 그렇게 결혼을 끔찍하게 생각하는지 모르지만 나를 떠나지만 않는다면 결혼 같은 건 아무래도 상관없었다. 매일 내게 거짓말하고, 나를 존중하지 않는대도 말이다. 고맙게도 마지막 순간에 그런 바보 같은 생각을 떨쳐버릴 수 있었다. 남아 있던 마지막 자존심이 나를 살렸다.

사흘째가 가장 형편없었다. 모든 게 현실로 다가오기 시작했다. 삼일 동안 한마디도 안 하고 있던 내가 결국 입을 열었다. 겨우 '네, 아니오'라는 간단한 대답을 중얼거릴 뿐이었지만. 랜던과 카렌은 어떻게든 나를 대화에 참여시키려 애를 썼다. 쥐어짠 듯한 흐느낌과 앞뒤가 맞지 않은 설명, 내 입에서 나온 소리는 고작 이게 다였다. 눈물이 멈추질 않았다. 내 인생은 왜 좀 더 쉽게 풀리지 않는 걸까? 그가 없어서일까? 심지어 나는 그를 믿지도 않는데, 왜? 사흘째가 되어서야 비로소 거울을 쳐다보았다. 얼굴은 멍이 들어 얼룩덜룩했고, 퉁퉁 부은 눈을 초점 없이 겨우 뜨고 있었다. 나는 바닥에 쓰러져 신께 기도를 드렸다. 이 모든 고통이 사라지게 해달라고. 누구도 이 고통을 달래줄 수 없다고. 심지어 나조차도. 그리고 그에게 전화를 했다. 어쩔 수 없었다. 그가 전화를 받으면 우리는 차근차근 풀어나갈 거였다. 서로 타협하고, 아낌 없이 사과하며, 절대 떠나지 않기로 약속도 할 생각이었다. 그렇게 하자고 스스로에게 수도 없이 말했다. 하지만 전화벨이 두 번 울리고는 음성사서함으로 넘어갔다. 내 전화를 거부하는 게 분명했다.

4일째가 되었다. 그에게 다시 전화를 했다. 이번에는 바로 음성사서함으로 넘어갔다. 나는 깨달았다. 내가 그를 얼마나 좋아하는지. 하루 종일 침대에서 보냈다. 그가 나를 어떻게 느끼는지 말해주던 걸 추억하면서. 그제야 깨달았다. 내가 생각하던 나에 대한 그의 감정은, 그저 내 추측일 뿐이었다는 걸 말이다. 나는 늘 우리 관계가 영원할 거라고 생각했다. 그가 나와의 미래를 손톱만큼도 그리고 있지 않았다는 걸 모른 채. 그날, 나는 결심했다. 평범한 대학생 대열에 합류하기로. 그리고 음악에 빠져들었다. 다른 사람들의 사랑과 고통이 담긴 노랫말을 들으니, 세상에서 고통을 겪는 게 나 혼자가 아니라는 데에 위안이 되었다.

5일째 되던 날, 나는 수업에 들어갔다. 요가 수업도 받았다. 되살아나는 추억들을 감당할 수 있기를 바라며. 활기 넘치는 학생들 사이에서 휘청거리는 내 모습이 낯설었다. 캠퍼스에서 하딘과 맞닥뜨리지 않기만을 간절히 바랐다. 그에게 전화 걸고 싶은 단계는 지났다. 아침엔 억지로 커피를 절반쯤 마셨다. 랜던이 내 뺨 색깔이 돌아오고 있다고 얘기해주었다. 누구도 나를 알아보는 것 같지 않았다. 그게 바로 내가 원하던 거였다. 소토 교수님이 작문 과제를 내주었다. 인생에 있어서의 가장 큰 공포가 주제였다. 그 공포가 믿음과 신과 어떻게 관련 있는지에 대해서도 써야 했다.

"여러분, 죽음이 두려운가요?"

교수님이 질문을 던졌다.

'난 이미 죽은 거 아닌가?'

나는 조용히 대답했다.

6일째는 화요일이었다. 나는 이제 제대로 된 문장을 말하기 시작했다. 주제에서 벗어난 말을 횡설수설 늘어놨다. 하지만 아무도 그걸 지적하지 않았다. 그리고 반스 출판사로 돌아갔다. 처음에는 킴벌리와 눈을 마주치지도 못했다. 그녀가 대화를 시도했는데, 나는 한마디도 제대로 대답할 수가 없었다. 나는 똑바로 생각할 수 있을 때 다시 물어봐 달라고 부탁했다. 하루 종일 원고 첫 장만 들여다보고 있었다. 몇 번이고 다시 읽었지만, 좀처럼 몰입이 되지 않았다. 하지만 그날에서야 뭘 좀 먹을 수 있었다. 며칠 동안 먹던 수프와 바나나 말고 제대로 된 음식을 먹었다. 카렌이 식사를 준비해주었다. 하딘과 처음 이곳에 왔을 때의 저녁식사가 생각났다. 옆에 앉아 있던 하딘의 모습, 테이블 아래로 그와 손을 잡던 기억이 떠올랐다. 가슴이 무너져 내렸다. 겨우 먹었던 음식까지 모두 토하고 말았다.

7일째가 되자 상상하기 시작했다. 고통을 더 이상 느끼지 않으려면 어떻게 해야 할까. 그냥 사라져버려야 하나? 생각만으로도 두려웠다. 죽음에 대한 두려움 때문은 아니다. 내 마음이 끝없이 나락으로 떨어지고 있어서였다. 거기까지 생각이 미치자 문득 정신이 들었다. 그리고 저 밑바닥에서 조금씩 올라올 수 있었다. 이제 내가 감당할 수 있는 현실로 돌아갈 준비가 된 것 같았다. 나는 셔츠를 갈아입었다. 그리고 무슨 일이 일어나더라도 절대 하딘의 침실에 발을 들여놓지 않겠다고 맹세했다. 반스 출판사에서 가까운 곳으로 아파트를 알아보기 시작했다. 그리고 WCU의 온라인 강의도 들었다. 아무래도 공부를 포기할 수는 없었다. 온라인 강의로는 성에 차지 않는다. 결국 온라인 강의는 포기하고, 둘러볼 만한 아파트 몇 군데를 찾아냈다.

8일째 되던 날, 나는 조금 웃을 수 있었다. 사람들이 전부 그걸 알아차렸다. 8일째 아침은 회사에 출근해서 평소처럼 도넛과 커피를 집은 첫날이다. 심지어 더 먹기까지 했다. 트레버도 만났다. 그는 내게 예뻐 보인다고 했다. 옷엔 주름이 주글주글했고, 눈은 움푹 꺼졌는데도 말이다. 하딘과의 관계가 달라지길 바라며 보내던 시간이 반으로 줄었다. 켄 씨와 카렌이 며칠 후인 하딘의 생일에 대해 얘기 나누는 걸 들었다. 그의 이름을 들었는데도 가슴이 약간 뜨끔할 뿐이었다. 이런 내가 나도 놀라웠다.

9일째, 오늘이다.

"아래층에 있을게!"

랜던이 방문 밖에서 소리쳤다.

아무도 내가 이 집을 나간다거나, 간다면 어디로 갈 건지에 대해 입에 올리지 않았다. 그건 감사한 일이었다. 하지만 동시에, 계속 눌러 있는 건 결국 모두에게 부담스러울 거란 생각이 들었다. 랜던은 있고 싶은 만큼 있으라고 계속 말했다. 카렌도 하루에도 몇 번씩이나 내가 있어서 얼마나 좋은지 모른다는 얘기했다. 하지만 그들은 하딘의 가족이다. 나는 한 걸음 앞으로 나아가야 한다. 그리고 내가 가야 할, 살아야 할 곳을 스스로 결정해야 한다. 더 이상 두렵지 않았다. 이제 나를 사랑하지 않는 타투투성이의 부정직한 남자 때문에 울면서 시간을 보내는 건 사양하겠다.

랜던은 베이글을 크게 한 입 베어 물고 있었다. 입 꼬리에 묻은 크림치즈를 혀로 닦아냈다.

"좋은 아침."

"굿 모닝."

그가 미소 지었다. 내가 대답하며 물을 따라 홀짝거리는 동안 랜던은 나에게서 눈을 떼지 않았다.

"왜?"

"너, 오늘 좋아 보인다."

"고마워. 다 씻어내고 죽음의 강에서 되돌아왔어."

그는 천천히 미소를 지었다. 마치 내 정신 상태를 의심하는 것처럼.

"정말이야, 나 괜찮아."

힘주어 말했다. 내 몫의 베이글을 토스터에 넣었다. 랜던이 계속 나를 주시하는 걸 못 본 척하려고 애썼다.

"랜던, 준비되는 대로 얘기해."

아침식사를 끝내며 내가 말했다.

"테사, 오늘 정말 멋지구나!"

카렌이 부엌에 들어서며 나를 보고 비명에 가까운 소리를 냈다.

"감사합니다."

나는 미소 지었다. 오늘은 단장하는 데 시간과 공을 좀 들였다. 지난 8일은 평소 나의 단정한 모습과는 거리가 멀었다. 오늘은 다시 내가 된 듯한 기분이 든다. 새로운 나. '하딘을 극복한' 나 말이다. 9일째는 나의 날이다.

"정말 예쁘구나."

카렌이 한 번 더 나를 칭찬했다.

노란색 원피스는 트리시가 준 크리스마스 선물이었다. 내 얼굴에 잘 어울리면서도 캐주얼해 보였다. 지난 번 같은 실수는 하지 않을 거다. 수업에 가면서 힐을 신는 것 말이다. 스니커즈를 꺼내 신었다. 머리는 반 묶음으로 핀을 꽂고, 몇 가닥은 얼굴에 늘어뜨렸다. 화장은 옅게 했다. 눈이 조금 충혈되어 있어서 아래 쪽에 갈색 아이라인을 그렸다. 나락에 떨어져 있을 때는 화장은 꿈도 못 꿨다.

"정말 감사합니다."

나는 다시 한 번 미소 지었다.

"좋은 하루 보내렴."

카렌은 확실히 놀란 눈치였지만, 진심으로 기뻐했다. 내가 다시 세상으로 돌아온 걸 말이다. 이래서 자애로운 엄마가 있었으면 좋겠다는 생각이 든다. 다정하고, 힘들 때 격려해주고, 학교 가는 길을 배웅해주는 엄마. 우리 엄마와는 완전히 다른 그런 엄마.

엄마와의 통화를 피하고만 있었다. 그건 다행이었다. 엄마에게만은 이런 상황을 얘기하고 싶지 않았다. 이제는 심장이 찢어지는 느낌 없이도 숨 쉴 수가 있다. 그러고 나니 엄마에게 전화하고 싶어졌다.

"테사, 일요일에 크리스찬 집에 갈 때 태워줄까?"

문을 막 나서는데 카렌이 물었다.

"일요일에요?"

"저녁식사 하기로 했잖니. 시애틀 입성을 축하하는."

그녀는 이미 내가 알고 있기라도 하듯 말했다.

"킴벌리가 너한테 얘기했다던데? 하지만 가지 않는대도, 그들도 이해할 거다."

그녀가 나를 안심시켰다.

"아니에요, 저도 같이 갈게요."

나는 미소를 지었다. 이제 준비가 되었다. 사람들 앞에 나설 때가 되었다. 다시 세상으로 돌아가는 거다, 결점 없이. 9일째가 되자 드디어 처음으로 내 잠재의식이 잠잠해졌다. 그녀에게 인사를 하고, 랜던을 따라 밖으로 나왔다.

내 기분처럼 날씨는 화창했다. 1월 말인데도 제법 따뜻했다.

"일요일에 너도 갈 거야?"

차에 오르며 랜던에게 물었다.

"아니. 난 오늘 밤 떠나잖아, 기억하지?"

그가 반문했다.

"뭘?"

그는 한쪽 눈썹을 찌푸리며 나를 쳐다보았다.

"나 주말에 뉴욕 가기로 했잖아. 다코타가 아파트를 얻어서 이사 간대서. 며칠 전에 얘기했는데."

"미안. 내 생각에만 빠져서 네 얘기에 집중을 못 했나 봐."

다코타가 뉴욕으로 이사한다는 얘기도 기억 못하다니, 난 정말 너무 이기적이다.

"괜찮아. 요새 네 상태가 정말…."

"좀비 같았다고?"

얼버무린 말을 내가 마무리했다.

"완전 정신 나간 좀비."

그의 농담에 오늘에만 다섯 번째로 미소를 지었다. 기분이 좋았다.

"언제 돌아올 거야?"

"월요일 오전에. 종교학 수업은 못 들어. 그래도 그 다음 수업부터는 들어갈 거야."

"와우, 좋겠다. 뉴욕은 정말 멋질 것 같아."

나도 탈출하고 싶었다. 잠시라도 이곳을 떠나고 싶었다.

"널 여기 두고 가는 게 걱정스러웠는데."

그의 말끝에는 죄책감이 담겨 있었다.

"그러지 마! 벌써 많은 걸 해줬잖아. 이제 스스로 추스를 때야. 그런 기분이 들게 만들었다니, 미안해."

"네 잘못이 아니잖아."

그의 말에 나는 고개를 끄덕였다. 그리고 다시 헤드폰을 썼다. 랜던은 미소를 지었다.

종교학 시간에 소토 교수님은 '고통'이라는 주제를 꺼내 들었다. 아주 잠깐, 교수님이 나를 고문하려는 건가 하는 생각을 했다. 하지만 글을 써 내려가면서 생각은 달라졌다. 어떻게 고통이 사람들을 믿음과 신에게서 멀어지게 만드는가 생각해보았다. 그러자 이 고민거리가 감사했다. 노트는 곧 내 생각들로 채워졌다. 고통이 어떻게 사람을 바꾸는지, 어떻게 더 강하게 만드는지, 써 내려갔다. 마무리는 이렇게 했다. 우리에게 믿음이 많이 필요하지는 않다. 우리에겐 스스로가 필요하다. 우리는 강해져야 하고, 그래서 고통이 우리를 밀고 당기지 못하게 만들어야 한다.

수업을 마치고, 카페로 갔다. 요가 수업 전에 에너지를 보충하기 위해서였다. 요가 수업 가는 길, 환경연구동 앞을 지나갔다. 제드가 떠올랐다. 그가 안에 있을지 궁금했다. 있을 것 같았지만, 그의 수업 시간표는 전혀 모른다.

깊이 생각하지 않고 안으로 들어갔다. 체육관은 바로 5분 거리라 요가 수업 전에 조금 시간이 있었다.

나는 널찍한 연구동 로비를 둘러보았다. 예상했던 것처럼 큰 나무들이 거대한 공간을 채우고 있었다. 천장은 유리로 되어 있어서, 세상에 존재하지 않는 곳 같은 착각을 불러일으켰다.

"테사?"

뒤를 돌아보았다. 제드였다. 실험실 가운을 입고, 두툼한 안전 고글을 머리 위에 얹은 채였다.

"안녕….."

어색한 인사에 그가 미소를 지었다.

"여기서 뭐해? 전공을 바꾼 거야?"

그는 환하게 웃으면 혀가 이 뒤로 숨는다. 그 모습이 정말 사랑스럽다.

"너 찾고 있었어."

"나를?"

그는 깜짝 놀란 것 같았다.

26 · 하딘

9일이 지났다. 9일 동안 테사에게서는 아무 연락도 없었다. 하루도 견딜 수 없을 줄 알았다. 그런데 빌어먹을 9일이 지났다. 100일은 지난 것 같았다. 하지만 매 순간이 마지막보다 더 고통스럽다.

그녀가 아파트를 떠나던 날, 나는 기다리고 또 기다렸다. 그녀의 발소리가 들리고 문이 열리기를. 그리고 또 기다렸다. 나에게 소리 지르는 그녀의 목소리를. 그러나 그런 일은 없었다. 바닥에 앉아 기다리고 또 기다렸지만, 그녀는 오지 않았다.

냉장고에 있는 맥주를 다 마셔버렸다. 맥주병을 벽에 집어 던졌다. 다음날 아침 눈을 떴을 때, 그녀는 역시 없었다. 주섬주섬 짐을 꾸렸다. 빌어먹을 워싱턴을 떠나려고 비행기를 예약했다. 그녀는 그날 밤에 왔어야 했다. 나는 우리 둘이 함께 하던 곳을 떠나야 했고, 나만의 공간이 필요했다. 얼룩진 티셔츠를 입고 술 냄새를 풍기며, 공항으로 향했다. 도착 전까지 엄마한테 전화도 하지 않았다. 어차피 엄마는 무슨 일이 벌어지고 있는지도 모를 테니까.

이륙하기 전에라도 테사가 전화한다면, 나는 무조건 돌아갈 생각이었다. 하지만 그렇지 않으면, 그러면 최악이겠지. 생각을 멈출 수가 없었다. 그녀는 나에게 돌아올 기회가 있었다. 내가 무슨 짓을 했든, 그녀는 매번 돌아왔다. 그런데 왜 이번에는 다른 걸까? 내가 저지른 짓은 사실 별반 다를 것도 없었다. 거짓말을 했지만 대수롭지 않은 거였다. 그런데도 그녀는 과민반응을 보였다.

누군가 열 받는 사람이 있다면, 그건 나다. 그녀가 제드를, 그 빌어먹을 놈을 집에 또 데리고 왔다. 게다가 랜던까지 주제넘게 끼어들었다. 헐크처럼 들이닥쳐서 나를 벽에 밀어붙이고 비난했다. 이 모든 게 상황을 완전히 망쳐버렸다. 내 잘못이 아니다. 글쎄, 내 잘못일 수도 있겠지. 그래도 테사는 나한테 다시 돌아올 수 있었다. 하지만 그러지 않았다. 나는 그녀를 사랑한다. 그렇대도 내가 먼저 행동하지는 않을 거다.

첫째 날은 거의 비행기 안에서 지나갔다. 나는 술에 취해서 곯아떨어졌다. 재수 없는 승무원들과 양복을 빼입은 멍청이들이 나를 경멸의 눈초리로 쳐다보았다. 그러든가 말든가, 나는 상관 안 했다. 그들은 내게 아무 짓도 안 했으니까. 엄마 집까지 택시를 탔다가 운전기사 목을 조를 뻔했다. 16킬로미터 거리에 엿 같은 택시비를 그렇게 많이 받다니.

엄마는 나를 보고 충격을 받은 듯했지만, 기뻐했다. 몇 분을 울다가, 고맙게도 마이크가 나타나는 바람에 울음을 그쳤다. 두 사람은 엄마의 살림들을 그의 집으로 옮기기 시작한 모양이었다. 엄마는 곧 집을 팔 계획이라고 했다. 엄마 집이 어떻게 되든 상관없다. 사실 내가 알 바 아니다. 이 집은 술주정뱅이 아빠와의 거지 같은 기억만 가득 차 있을 뿐이니까.

테사의 간섭 없이 이런 것들을 생각할 수 있다니 좋았다. 테사가 같이 있었다면 조금 죄책감을 느꼈을지도 모른다. 엄마와 엄마 남자친구에게 무례하게 대한 것에 대해. 감사합니다, 하느님, 그녀가 없어서.

둘째 날은 완전히 피곤한 하루였다. 오후 내내 엄마의 얘기를 들어야 했다. 엄마는 올 여름 계획에 대해 끊임없이 얘기하더니 나한테 질문 공세를 퍼부었다. 나는 왜 집에 왔냐는 엄마의 질문에 답하지 않고 교묘히 빠져나왔다. 그 얘기를 하고 싶었다면 벌써 했을 거다. 나는 이곳에 일말의 평화를 찾으러 왔다. 그런데 지금까지는 더 짜증스럽기만 하다. 결국 나는 동네 어귀에 있는 술집에서 8시까지 있었다. 갈색 머리에 갈색 눈동자의 예쁜 여자가 테사처럼 나를 보며 웃었다. 그리고 나에게 술을 주었다. 나는 어느 정도까지는 예의 바르게 거절했다. 나의 친절은 순전히 그녀의 눈동자 색깔 때문이었다. 그 눈동자를 들여다볼수록 테사와 같지 않다는 걸 깨달았다. 그 눈동자는 흐리멍덩했고, 생기라곤 하나도 없었다. 푸른 빛이 도는 회색의 그림자가 매혹적인 테사의 눈동자가 떠올랐다. 그녀의 눈동자는 단연 최고였다.

'나는 왜 이 빌어먹을 술집에 앉아, 눈동자 따월 생각하고 있는 거야? 제기랄.'

새벽 2시가 넘어 비틀거리며 집에 들어갔다. 엄마의 눈빛에는 실망이 가득 담겨 있었다. 나는 엄마를 지나칠 때 중얼거리며 사과하고 겨우 계단을 올라갔다.

사흘째 되던 날, 불쑥불쑥 테사에 대한 기억들이 떠올랐다. 엄마가 설거지하는 걸 보며, 테사가 끊임없이 식기 세척기를 돌리던 모습이 생각났다. 싱크대에 그릇 하나 있는 꼴을 못 보던 그녀였다.

"하딘, 우리 오늘 가구 전시장 갈 건데. 같이 갈래?"

"아니요."

"오랜만에 온 거잖니. 그런데 말도 거의 안 하고, 나하고 시간도 안 보내잖아."

"안 갈래요, 엄마."

나는 끝까지 거절했다.

"네가 왜 왔는지 알아."

엄마가 부드럽게 말했다. 나는 탁자 위에 컵을 탕 소리 나게 내려놓고 부엌을 뛰쳐나왔다. 엄마는 이미 눈치챈 거다. 내가 현실에서 도망쳐 숨어 있다는 걸. 내가 처한 현실이란 게 뭔지도 잘 모르겠다. 테사가 없는 일상. 나는 이 거지 같은 현실을 받아들일 준비가 되지 않았다. 그녀는 왜 이렇게 나를 애먹이는 걸까? 테사가 나와 함께하는 게 싫다면, 그러라지, 뭐. 나도 그런 사람은 필요 없다. 혼자 있는 게 더 낫다. 그게 내가 늘 계획해왔던 삶이다.

휴대전화가 울렸다. 화면에 그녀의 이름이 보이자마자 바로 거절 버튼을 눌렀다. 왜 나한테 전화한 거지? 내가 싫어졌다고 말하려고? 임대 계약을 무르려고? 분명하다.

'이런 제기랄! 하딘, 너 대체 왜 그러는 거야?'

나 자신에게 수도 없이 물었다. 하지만 어느 것도 충분한 대답이 되지 못했다.

이날은 최악이었다.

"하딘, 위층으로 올라가!"

애원하는 소리가 들렸다. 이번이 처음은 아니었다. 사내 중 하나가 여자의 뺨을 후려쳤다. 여자가 계단을 올려다보았다. 그녀와 눈이 마주치는 순간, 나는 소리를 질렀다. 테사다.

"하딘! 일어나, 하딘! 제발 눈 좀 떠봐!"

엄마가 소리 지르며 나를 흔들어 깨웠다.

"어디 있어요? 테사는, 어디 있어요?"

목이 졸리는 것 같았다. 온몸이 땀으로 흠뻑 젖었다.

"그 아인 여기 없어, 하딘."

"하지만…"

잠깐 정신을 수습했다. 그게 악몽이었다는 걸 깨달았다. 평생 꾸어 왔던 그 악몽. 이번에는 훨씬 더 나빴다. 엄마의 얼굴이 테사로 바뀌어 있었다.

"괜찮아…, 다 꿈이야."

엄마는 울면서 나를 안아주려 했다. 나는 부드럽게 엄마의 팔을 밀었다.

"괜찮아요."

엄마를 안심시키며, 혼자 있게 해달라고 말했다. 밤새 잠을 잘 수 없었다. 자리에 누워 머릿속에 떠오르는 그 영상을 지우려 애를 썼다. 하지만 잘 되지 않았다.

4일째 날은 처음 시작처럼 흘러갔다. 엄마는 하루 종일 나를 못 본 척했다. 내가 원했던 거지만, 어쩐지, 좀 외로웠다. 테사가 그리워지기 시작했다. 옆에 앉아 있는 그녀에게 얘기하는 나를 그려보았다. 그녀가 대답하기를 기다리고 있다. 분명 나를 웃게 만들 만한 대답일 거다. 그녀에게 전화하고 싶었다. 수백 번도 더 전화하려고 했다. 하지만 결국 하지 못했다. 나는 그녀가 원하는 걸 줄 수 없다. 그건 그녀에게는 좋은 일이 아니다. 이게 더 낫다. 내 물건들을 이곳, 영국까지 옮기려면 비용이 얼마나 들까? 오후 내내 그걸 알아보면서 보냈다. 어쨌든 나는 여기로 돌아올 거다. 그러니 지금 끝내는 게 차라리 나을 수도 있다.

우리는 절대 잘 되지 않을 거다. 나는 그녀와 영원히 함께할 수 없다는 걸 알고 있었다. 우리는 안될 거다. 함께하는 건 애초부터 불가능한 일이었다. 그녀는 나한테 너무 과분했다. 나도 그걸 알고, 모두들 알고 있었다. 우리가 함께 다니는 어디에서든 사람들은 우리를 돌아보았다.

모두들 왜 저 예쁜 여자가 저런 망나니 같은 놈이랑 다니는지 의아한 표정이었다.

휴대전화만 뚫어지게 쳐다보았다. 위스키 반 병을 비우는 몇 동안 계속. 불을 끄고 잠에 빠졌다. 침대 옆 탁자에서 휴대전화가 울리는 걸 들었던 것도 같다. 하지만 술에 너무 취해 받을 수가 없었다. 또 다시 악몽을 꿨다. 이번엔 테사가 피로 흥건한 잠옷을 입고 울고 있었다. 그녀는 그 소파에 앉아 나에게 가라고 울부짖었다.

5일째 되는 날이다. 휴대전화에서 빨간 불빛이 반짝거려 잠에서 깨었다. 전화를 못 받았다는 표시였다. 이번에는 일부러 끊은 게 아니었다. 화면에 뜬 부재중 알림에 찍힌 그녀의 이름을 바라보며 하루를 시작했다. 그녀의 사진을 보고 또 보았다. 언제 이렇게 많이 찍었지? 테사 모르게 이렇게 많은 사진을 찍었다는 걸 나조차도 잊고 있었다.

사진을 보는 동안, 그녀의 목소리가 들리는 듯 했다. 나는 미국식 억양을 별로 좋아하지 않는다. 지루하고 짜증스러웠다. 하지만 테사의 목소리는 완벽했다. 그녀가 떠드는 소리라면 하루 종일이라도 들을 수 있었다. 그 목소리를 또 다시 들을 수 있을까?

'이게 가장 좋네.'

마침내 사진 하나에 시선이 머물렀다. 그녀가 침대에 배를 깔고 엎드려 있다. 두 다리는 꼬아 들고, 귀 뒤로 넘긴 머리카락이 자연스럽게 아래로 늘어져 있었다. 한 손으로 턱을 괴고 입술은 살짝 벌어졌다. 전자책 리더기 화면을 바라보다가 나를 쳐다보던 그 순간, 사진을 찍었다. 나를 보고 미소를 짓던 바로 그 순간. 세상에서 가장 아름다운 미소. 이 사진 속에서 나를 바라보는 그녀는 무척 행복해보였다. 그녀가 항상 나를 저렇게 바라봤던가?

　5일째 되는 날, 가슴이 묵직해졌다. 내가 했던 일들이 떠올랐다. 거의 잊고 있었던 기억들. 그녀의 사진을 보면서 그녀에게 전화했어야 했다. 그녀도 내 사진을 보고 있을까? 그녀는 내 사진을 딱 한 장 찍었다. 아이러니하게도 그날 이후, 그녀가 사진을 더 많이 찍길 바라고 있는 나 자신을 발견했다. 나는 결국 휴대전화를 벽에 집어던졌다. 완전히 부서져버렸으면 했지만 화면만 깨지고 말았다. 그녀가 내게 전화하기를, 나는 절박한 심정으로 빌었다. 한 번만 더 전화해준다면, 모든 게 다 괜찮아질 텐데. 우리는 서로 사과하고, 나는 당장 집으로 돌아갈 거다. 그녀가 내게 전화한다면, 나는 그녀의 삶 속으로 돌아가는 데 일말의 망설임도 느끼지 않을 거다. 그녀도 나와 같은 생각일까. 그녀에게도 매일이 점점 더 힘이 들까? 내가 없는 매 순간, 점점 더 숨쉬기 힘들어지고 있을까?

　그날부터 입맛이 없어졌다. 배가 고프지 않았다. 그녀가 요리하는 모습이 그리웠다. 간단한 식사라도 그녀가 해주는 거라면 뭐든 상관없었다. 젠장, 그녀가 밥 먹는 걸 보고 있던 순간이 그리웠다. 빌어먹을, 모든 순간이 그리웠다. 다정한 눈빛으로 때론 귀엽게 짜증부리던 그 모든 순간. 나는 무너지고 말았다. 어린애처럼 엉엉 울었다. 창피한 줄도 몰랐다. 울고 또 울었다. 멈출 수가 없었다. 필사적으로 노력했지만, 그녀가 내 머릿속에서 떠나질 않았다. 나를 혼자 내버려두지 않았다. 끊임없이 눈앞에 나타났다. 끊임없이 내 귀에 사랑을 속삭였다. 끊임없이 나를 안아주었다. 이 모든 게 나의 환상이라는 걸 깨닫는 순간, 나는 다시 울음을 터뜨렸다.

6일째 되던 날, 통통 붓고 핏발이 선 눈으로 잠에서 깼다. 어젯밤 그렇게 무너져 내렸다는 게 믿을 수가 없었다. 가슴을 내리누르던 묵직함이 더 커졌다. 제대로 눈을 뜰 수도 없었다. 나는 왜 이렇게 실수투성이에 멍청이일까? 왜 그렇게 그녀를 함부로 대했던 걸까? 그녀는 첫 번째 사람이었다. 나의 내면, 진짜 내 모습을 제대로 보아준 첫 번째 사람. 그런데 나는 그런 그녀를 밀어냈다. 모든 걸 그녀 탓으로만 돌렸었다. 사실 모든 건 다 내 탓이었다. 항상 내 잘못이었다. 내가 아무 잘못 안 한 것처럼 보였을 때조차 내 잘못이었다. 그녀가 내 잘못을 지적할 때마다 나는 소리만 질렀다. 그리고 거짓말을 하고, 또 했다. 그녀는 항상 모든 걸 용서해줬다. 나는 늘 거기에 기댔다. 그래서 그녀를 그런 식으로 대했던 것 같다. 그래도 될 것 같았으니까. 나는 휴대전화를 부츠 발로 짓뭉개버렸다. 하루 종일 아무 것도 먹지 않았다. 엄마가 오트밀을 만들어주었다. 억지로라도 한 입 넘기려는데, 다시 넘어왔다. 사흘 동안 샤워조차 하지 않았다. 나는 완전히 폐인이 되었다. 엄마가 부탁한 몇 가지를 들어주려 애를 써봤다. 엄마는 나에게 상점에 다녀오라고 했다. 그건 들어줄 수가 없었다. 머릿속에 떠오르는 건 단 하나. 일주일에 닷새를 마트에 다녀오던 테사의 모습뿐이었다.

테사는 내가 그녀를 망쳤다고 했다. 지금 나는 이곳에 앉아 정신을 가다듬으려 애쓰고 있다. 숨을 고르려고 애쓰고 있다. 이제야 분명히 알겠다. 그녀가 틀렸다. 그녀가 나를 망쳤다. 그녀는 내 안에 들어와 나를 망쳐버렸다. 나는 오랜 시간 견고한 담을 쌓았다. 그런데 그녀가 내 안으로 들어와 그 담을 전부 무너뜨려버렸다. 그리고 처참한 파편만 남겨둔 채 나를 떠났다.

"하딘, 들었지? 잊어버릴까 봐 메모해뒀어."

엄마는 내게 접은 종이를 건네주었다.

"알았어요."

들릴락 말락 한 목소리였다.

"정말 다녀올 수 있지?"

"네, 괜찮아요."

나는 일어나 엄마가 건넨 쪽지를 더러운 진 주머니에 쑤셔 넣었다.

"어젯밤에 네 소리 들었어, 하딘. 혹시 가고 싶지 않으면…."

"그만요. 제발 그만 물어보세요."

말소리가 목에 걸린 것 같았다. 입은 말랐고, 목구멍은 찢어질 듯 아팠다.

"그래."

엄마의 눈은 슬픔으로 가득 차 있었다. 나는 집을 나서 동네 어귀 상점으로 향했다.

엄마가 적어준 건 간단했다. 주머니에 쑤셔 넣은 쪽지를 꺼낼 필요도 없었다. 사올 물건들을 되뇌었다. 빵, 잼, 원두, 그리고 과일 몇 가지. 상점에 진열된 음식들을 보자 텅 빈 배가 뒤틀렸다. 사과 한 개를 집어 들고 한 입 베어 물었다. 뻣뻣한 종이를 씹는 것 같았다. 억지로 삼킨 작은 조각들이 뱃속에서 튀어오를 것 같은 느낌이 들었다.

밖으로 나오자 눈이 내리기 시작했다. 눈을 보니 테사가 생각났다. 모든 게 그녀를 생각나게 했다. 두통으로 머리가 지끈거렸다. 한쪽 손으로 관자놀이를 문지르며 길을 건넜다.

"하딘? 하딘 스캇?"

건너편 길에서 내 이름을 부르는 소리가 들렸다. 아니야. 그럴 리가 없다.

"하딘 맞지?"

여자가 또 나를 불렀다.

'나탈리?'

있을 수 없는 일이었다. 그녀는 양손에 쇼핑백을 잔뜩 들고 나를 향해 걸어왔다.

"어…, 안녕."

할 수 있는 말이란 고작 이것뿐이었다. 손바닥에 땀이 흥건했고, 머릿속은 뒤죽박죽이었다.

"너, 유학 간 줄 알았는데?"

나탈리가 물었다. 그녀의 눈은 반짝거리며 빛나고 있었다. 내가 기억하고 있는 그녀의 마지막 모습이 아니었다. 우리 집에 머물게 해달라고 애원하던 생기 없는 모습은 온데 간데 없었다.

"응, 잠깐 돌아온 거야."

겨우 대답했다. 그녀는 들고 있던 쇼핑백들을 길가에 내려놓았다.

"그랬구나."

그녀가 웃는다. 어떻게 나를 보고 웃을 수가 있지? 내가 저지른 짓들이 있는데?

"잘 지냈어?"

억지로 입을 뗐다. 그녀의 삶을 송두리째 망쳐버린 내가 주제넘게 안부를 묻다니.

"잘 지내, 정말로."

재잘거리듯 대답하며, 그녀는 부푼 배에 손을 올렸다.

오 마이 갓! 아니야, 잠깐…. 앞뒤가 맞지 않는다. 젠장, 잠깐이지만 간이 콩알만 해졌다.

"임신했어?"

무례한 질문이 아니길 바라며 물었다.

"6개월 됐어. 그리고 나, 약혼했어!"

한 번 더 환하게 웃었다. 그녀는 손을 들어 손가락에 낀 반지를 보여주었다.

"아."

"정말 우습지? 일이 이렇게 풀리다니."

그녀는 갈색 머리를 귀 뒤로 넘기며 내 눈을 바라보았다. 수면 부족으로 다크서클이 잔뜩 생긴 흐리멍텅한 내 눈을.

그녀의 말투와 목소리는 다정했고 사랑스러웠다. 덕분에 내 기분은 몇십 배나 더 나빠졌다. 자꾸만 그 모습이 떠올랐다. 그녀가 찍힌 동영상을 우리 모두 봤다는 걸 알았을 때 그녀의 모습이. 그녀는 죽을 듯이 소리를 지르며 방에서 뛰쳐나갔다. 당연히 나는 따라 나가지 않았다. 그저 그녀를 향해 비웃음을 날렸을 뿐이다. 그녀의 굴욕과 그녀의 고통을 맘껏 조롱했다.

"정말 미안해."

불쑥 이 말이 내 입에서 튀어나왔다. 엉뚱했지만 진작 했어야 할 말이었다. 만약 이런 상황이 온다면 그녀가 내 인간성을 들먹이며 퍼부어댈 줄 알았다. 어쩌면 따귀라도 한 대 맞을지 모른다고 생각했었다.

하지만 예상치도 못한 일이었다. 그녀는 나를 안아주면서, 모두 용서했다고 말했다.

"어떻게 나 같은 인간을 용서할 수 있어? 나는 정말 개쓰레기였는데. 네 삶을 망쳐버렸잖아."

내 목소리는 떨렸고, 눈은 이글거렸다.

"아냐, 망치지 않았어. 글쎄, 처음엔 좀 그랬지. 근데 결국엔 다 잘 풀렸잖아."

그녀가 말하는 순간, 속이 부글거리며 메스꺼워져 그녀의 스웨터에 토할 뻔했다.

"그 일 이후…, 그러니까 난 갈 데가 없었어. 그래서 교회를 찾아갔어. 새 교회 말이야. 다니던 교회에서는 쫓겨나다시피 했으니까. 그런데 거기서 일라이자를 만난 거야."

남자의 이름이 나오자, 그녀의 얼굴은 순식간에 환해졌다.

"우린 사귄 지 거의 3년 됐어. 약혼도 했고. 모든 일에는 다 이유가 있는 것 같아. 좀 진부하지?"

그녀가 키득거렸다. 그 말을 듣자 문득 떠올랐다. 그녀는 다정한 소녀였다. 그저 나한테 그런 게 상관없었을 뿐. 다정하고 친절했기 때문에 더 쉽게 먹잇감이 되었다.

"그럴 수도 있겠네. 아무튼 사랑하는 사람을 만났다니 기쁘다. 최근에 네 생각이 났었는데…, 내가 저지른 짓들이…, 물론 네가 지금 행복하다고 해서 내가 저지른 잘못이 용서되진 않겠지만. 테사를 알기 전까지는 생각도 못했…."

말을 하다가 입을 닫았다. 그녀의 입가에 미소가 슬쩍 번졌다.

"테사?"

"음…, 그러니까…."

나는 말을 더듬었다.

"누군데? 네 와이프?"

나탈리의 말은 정곡을 찔렀다. 그녀는 재빨리 내 손을 탐색하듯 보았다. 반지를 확인하려는 듯.

"아냐, 내 여자친구였어."

"아, 그러니까 요즘엔 여자도 사귀는구나?"

반쯤은 놀리는 듯한 말투였다. 하지만 분명히 나의 고통을 눈치챈 듯했다.

"아니…. 음, 걔만 사귀었어."

"근데 지금은 여자친구가 아니야?"

"응."

손으로 입술 피어싱을 만지작거렸다.

"안됐네. 다 잘되길 바랄게, 내가 그런 것처럼."

"고마워. 그리고 축하해, 약혼도…, 아기도."

어색하게 인사를 건넸다.

"고마워! 여름에 결혼하려고."

"그렇게 빨리?"

"약혼한 지 벌써 2년이나 됐거든."

그녀가 밝게 웃는다.

"와우."

"그게 좀 빨랐지. 만난 지 얼마 안 되었을 때니까."

나탈리가 덧붙였다.

"근데, 너, 너무 어린 거 아냐?"

말이 떨어지자마자 아차, 싶었지만 이미 뱉고 말았다. 하지만 그녀는 웃고만 있었다.

"나도 이제 만 21세야. 더 기다릴 필요도 없고. 얼마나 행운이니? 이 나이에 평생을 함께 하고픈 사람을 찾았다는 게. 허송세월을 보내지 않아도 되잖아. 내가 원하던 사람이 바로 내 앞에 있는데. 그 사람도 그러길 바란대서 너무 감격스러웠어. 그보다 더 큰 사랑 표현은 없잖아."

그녀의 말에서 나는 테사의 목소리를 들었다.

"그런 것 같네."

"아, 저기 그 사람이 왔어! 나 가볼게. 너무 추운데다 임신까지 했잖니? 이건 잘 어울리는 조합은 아니잖아."

그녀는 웃으며 내려놓았던 쇼핑백을 들었다. 그리고 편안해 보이는 면바지에 스웨터 조끼를 입은 남자에게 눈인사를 건넸다. 남자는 환한 미소로 답했다. 침울하기만 한 이곳을 한꺼번에 밝혀줄 만한 미소였다.

7일째는 너무 길었다. 매일이 엿같이 너무 너무 길었다. 나탈리와 그녀가 베푼 용서에 대한 생각이 떠나질 않았다. 우연 치고는 타이밍이 절묘했다. 내 몰골은 처참해 보였을 거고, 그녀도 그걸 알아챘을 거다. 그녀는 행복해 보였고, 사랑에 푹 빠져 있었다. 임신한 것도 만족스러운 듯 했다. 생각했던 것만큼 내가 그녀의 삶을 망쳐버린 건 아니었나 보다. 이 모든 걸 신께 감사 드린다.

하루 종일 침대에서 뒹굴었다. 빌어먹을 블라인드도 걸을 수가 없었다. 엄마와 마이크는 종일 외출 중이었다. 나만 홀로 비참함과 외로움에 몸부림쳐야 했다. 하루하루가 더 나빠진다. 그녀는 뭘 하고 있을까,

누구와 함께 있을까. 혹시 나처럼 울고 있을까? 외롭진 않을까? 나를 찾으러 아파트에 온 건 아닐까? 왜 다시 전화하지 않을까?

책에서 읽었던 것과는 차원이 다른 고통이었다. 막연히 떠올리던 고통과도 느낌이 달랐다. 육체적 고통이 아니다. 영혼의 통증처럼 저 깊은 곳 어딘가에서 밀려오는, 그런 고통이다. 나를 갈갈이 찢어내는 것 같은 고통이다. 살아남을 수 없을 것 같았다.

테사에게 내가 상처를 주었을 때, 그녀도 이런 느낌이었겠지. 부서질 듯 가녀린 그녀의 몸이 이런 고통을 어떻게 견뎠을지 상상할 수도 없었다. 분명한 건, 그녀는 보기보다 강하다는 사실이다. 그녀는 어떻게든 나를 딛고 일어설 것이다. 언젠가 테사의 엄마가 말했었다. 내가 그녀를 진정으로 아낀다면, 그녀에게서 떨어져야 한다고. 결국 어떻게든 나는 그녀에게 상처를 주게 될 거라고.

테사 엄마 말이 맞았다. 나는 그때 테사에게서 떨어졌어야 했다. 그녀가 기숙사 방으로 걸어들어오던 그 첫날부터, 나는 그녀에게서 멀어졌어야 했다. 그녀에게 또 다시 상처를 주느니 죽는 게 낫다고 스스로에게 다짐했었는데…. 또 이렇게 되고 말았다. 이게 바로 죽는 거다. 아니, 죽는 것보다 더 나쁘다. 더 아프다.

8일째 되던 날, 하루 종일 술을 마셨다. 멈출 수가 없었다. 한 병 한 병 마실 때마다 그녀의 얼굴이 머릿속에서 지워지기를 빌었다. 하지만 지워지지 않았다. 지울 수 없었다.

'정신 똑바로 차려, 하딘. 그래야 해. 난 그럴 거야.'

"하딘…."

테사의 목소리에 등골이 오싹해졌다. 그녀가 나를 부른다.

테사가 엄마의 소파에 앉아 웃고 있었다. 다리 위에는 책 한 권이 놓여 있다.

"이리와, 제발."

흐느낌에 가까운 목소리다. 그때 문이 벌컥 열리고 한 무리의 사내들이 집 안으로 들어왔다.

'안 돼!'

"여자가 있다."

키 작은 사내가 징그럽게 말했다. 밤마다 꿈 속에서 나를 괴롭히던 남자다.

"하딘…."

테사가 울기 시작했다.

"그 여자한테서 떨어져."

내가 소리쳤지만 그들은 그녀에게 바짝 다가갔다. 내 얘기는 들리지도 않는 것 같았다.

그녀의 잠옷은 갈기갈기 찢어졌고, 바닥에 내동댕이쳐졌다. 주름투성이의 더러운 손들이 그녀를 더듬었다. 그녀는 내 이름을 부르며 몸부림치고 흐느꼈다.

"제발…, 하딘, 살려줘."

그녀는 나를 보고 있었지만, 나는 그대로 얼어붙어 움직일 수가 없었다. 꼼짝할 수도, 도와줄 방법도 없었다. 가만히 보고 있는 수밖에 없었다. 사내들이 그녀를 때리며 범하는 장면을. 그녀는 피를 흘리며 바닥에 조용히 누워 있을 뿐이었다.

엄마는 나를 깨우지 않았다. 아무도 나를 깨우지 않았다.

끝내야 했다. 모든 걸, 스스로. 퍼뜩 잠에서 깨었다.

현실은 악몽보다 훨씬 더 나빴다.

9일째다.

"크리스찬 반스가 시애틀로 이사 간단 소식 들었니?"

앞에 놓인 그릇에 시리얼을 붓는데, 엄마가 말했다.

"들었어요."

"진짜 대단하구나. 시애틀에 지사를 낸다니."

"그런가 보죠."

"일요일에 디너 파티를 한대. 너도 올 거라고 생각하던데."

"엄마가 그걸 어떻게 아세요?"

"크리스찬이 얘기했으니까. 우리 종종 대화한단다."

엄마는 시선을 돌리며 커피잔을 채웠다.

"왜요?"

"그럴 만한 사이니까. 얼른 먹어라."

엄마는 어린애처럼 나를 나무랐다. 하지만 맞받아칠 기운도 없었다.

"거기 가고 싶지 않아요."

겨우 한 숟갈 뜨면서 말했다.

"그럼 한동안은 크리스찬을 못 볼 거야."

"요새는 잘 만나지도 않아요."

엄마는 뭔가 더 할 말이 있는 것처럼 보였지만 아무 말도 하지 않았다.

"두통약 있어요?"

엄마는 고개를 끄덕이더니 약을 찾으러 나갔다.

엿 같은 디너파티 따위, 가고 싶지 않다. 크리스찬과 킴벌리가 시애틀로 가는 걸 축하한다고? 시애틀 소리를 꺼내는 인간들 전부 지겨워 죽겠다. 게다가 테사도 거기 있을 거다. 그녀를 만날 거란 생각만 해도 숨이 막힌다.

나는 의자에 널브러졌다. 그녀에게서 떨어져야 한다. 그렇게 해야 한다. 영국에 며칠만, 아니면 몇 주만 더 있으면, 우리는 자연스럽게 헤어지게 될 것이다. 테사는 나탈리의 약혼자 같은, 제짝을 찾게 되겠지. 누구든 나보다 나은 사람을 찾게 될 거다.

"그래도 난 네가 가야 한다고 생각해."

엄마가 다짐하듯 말했다. 두통약을 삼켰지만, 어쩐지 두통이 사라질 것 같지 않았다.

"못 가요⋯, 가고 싶어도. 아침 일찍 떠나야 하는데 난 아직 떠날 준비가 안 됐어요."

"두고 온 것들을 마주할 준비가 안 됐다는 말 같구나."

더 이상 견딜 수가 없었다. 머리를 두 손에 파묻었다. 두통으로 머리가 깨질 것 같았다. 그냥 내버려둘 테다. 제발 두통이 나를 죽여줬으면 좋겠다.

"하딘⋯."

엄마의 목소리는 차분하고 편안했다. 엄마가 나를 살며시 안아주었다. 엄마 품에서 나는 새처럼 떨고 있었다.

27 · 테사

카렌과 랜던은 공항으로 떠났다. 순간 외로움이 엄습해왔다. 외로움을 떨쳐버려야 한다. 나는 혼자서도 괜찮을 거다. 아래층 부엌으로 내려갔다. 뱃속에서 꼬르륵 소리가 멈추질 않았다. 배가 고프다.

켄 씨가 부엌 탁자에 기대서 하늘색 설탕으로 코팅한 컵케이크 포장을 벗기고 있었다.

"테사, 어서 와라."

컵케이크를 베어 물며, 켄 씨가 미소를 건넸다.

"하나 집어."

할머니는 늘 말씀하셨다. 컵케이크는 소울 푸드라고. 내게 뭔가 필요한 게 있다면, 그건 내 영혼이 원하는 거라고.

"감사합니다."

하나 집어 설탕 시럽을 핥았다.

"나 말고 카렌한테 감사하렴."

"네, 그럴게요."

컵케이크는 놀랍도록 맛있었다. 9일 동안 거의 먹은 게 없는 탓일 거다. 아니면 컵케이크가 정말 내 영혼이 필요로 한 것일지도 모르겠다. 어쨌든 2분도 안 걸려, 컵케이크 하나를 해치웠다.

마음이 조금 편안해졌다. 심장이 뛸 때마다 느껴지는 고통은 여전했지만, 더 이상 나를 압도하지도, 나락으로 끌어당기지도 않았다.

켄 씨가 먼저 말을 걸었다.

"점점 나아질 게다. 너도 사랑을 나눌 수 있는 다른 사람을 만나게 될 거고."

갑자기 화제를 바꾸는 바람에 가슴이 철렁 내려앉았다. 하지만 뒷걸음질 치고 싶지 않았다. 앞으로 나아가고 싶었다.

"하딘 엄마에게 내가 정말 잘못한 게 많단다. 그때는 며칠씩 집에도 안 들어갔고, 거짓말도 많이 했지. 만취할 때까지 술도 마셨다. 크리스찬이 없었더라면, 트리시와 하딘이 어떻게 지냈을지…."

그 말에, 하딘의 악몽의 근원이 된 날이 떠올랐다. 그러면서 다시금 켄 씨에게 분노가 일었다. 그 얘길 처음 들었을 때, 그의 뺨을 후려치고 싶다고 생각했던 기억이 생생했다. 자기 아내와 아들에게 그런 상처를 주다니. 내재된 분노가 꿈틀거렸다. 나는 주먹을 꽉 쥐었다.

"다시 그때로 돌아갈 순 없겠지. 아무리 바란다고 해도 말이다. 나는 트리시한테 좋은 남편이 아니었어. 그녀는 내게 과분한 여자였다. 다른 사람들도 마찬가지란다. 이제 트리시에게는 마이크가 있어. 그 사람이 트리시에게 맞는 사람이지. 그녀는 이제 정당한 대접을 받게 될 거야. 사람은 누구에게나 맞는 짝이 있단다. 네게도 너만의 마이크가 있을 거다. 난 그렇게 믿는다."

켄 씨는 아빠 같은 눈빛으로 나를 쳐다보았다.

"내 아들도, 바라건대, 나중에라도 자기만의 카렌을 찾게 됐으면 좋겠다. 좀 더 성숙해져서, 사람들과 세상에 대한 적대감이 사라졌을 때 말이다."

나는 시선을 돌렸다. '자기만의 카렌'이라는 말이 어쩐지 거슬렸다. 하딘이 다른 여자와 함께하는 모습은 상상하기도 싫었다. 그러기엔 너무 이르다. 하지만 그를 위해서라면 그래야 할 것이다. 남은 인생 동안 그가 홀로 지내길 바라진 않는다. 켄 씨가 카렌을 사랑하는 것처럼, 하딘도 사랑할 수 있는 누군가를 만났으면 좋겠다. 그가 나를 사랑했던 것보다 더 사랑할 수 있는 누군가를 만날 수 있었으면 좋겠다.

"저도 그랬으면 좋겠어요."

"하딘에게 연락이 없다니, 나도 마음이 안 좋구나."

켄 씨의 목소리는 차분했다.

"괜찮아요…. 며칠 전부터 기다리지 않기로 했어요."

"어쨌든…."

그는 한숨을 폭 내쉬었다.

"난 서재로 올라가봐야겠다. 전화할 데가 좀 있어서."

다행이었다. 대화가 더 깊어지기 전에 켄 씨가 적당히 끝내 주었다. 하딘 얘기는 더 이상 하고 싶지 않았다.

제드의 아파트 앞에 차를 세웠다. 제드는 담배를 귀 뒤에 꽂고 밖에서 기다리고 있었다.

"너, 담배 피워?"

나는 콧등을 찡그렸다.

그는 의아하다는 표정으로 내 차에 올라탔다.

"가끔. 너도 봤잖아. 지난번에 클럽하우스에서 내가 담배 피우던 거."

제드가 귀에 꽂았던 담배를 빼며 웃었다.

"비어 퐁 게임 하고 나서, 하딘이 우리 보고 소리 질렀던 그날 밤? 어렴풋이 기억이 나는 것 같아."

그에게 미소를 건넸다.

"그래도 내 차에서 담배 피울 생각은 아니지?"

"그러려고 했는데. 네가 싫다면⋯."

"완전 싫어. 꼭 피우고 싶다면 할 수 없지만, 차 안에서는 절대 안 돼."

그는 차창을 반쯤 열더니, 담배를 밖으로 버렸다.

"그럼, 안 피울래."

제드가 웃으며 머리를 뒤로 쓸어 넘겼다. 머리를 쓸어 넘기다니, 하딘을 생각나게 하는 건 싫다. 하지만 인정할 건 인정해야만 했다. 단정하게 뒤로 넘긴 헤어스타일, 짙은 색깔 선글라스, 그리고 가죽 재킷, 거기다 담배까지. 그는 정말 스타일리시해 보였다.

28 · 하딘

"하딘."

엄마는 내 오래된 침실로 들어오며 작은 도자기 컵을 건넸다. 나는 침대에서 일어나 앉았다.

"뭐예요?"

목소리가 푹 잠겨 있었다.

"꿀 넣은 따뜻한 우유란다."

나는 홀짝, 한 모금 마셨다.

"기억나니? 어릴 때, 네가 아프면 엄마가 이거 만들어줬었잖아."

"네."

"그 아인 널 용서할게다, 하딘."

엄마가 말했지만, 나는 눈을 감았다. 마침내 흐느낌을 멈추고, 무감각한 상태가 되었다. 그게 다였다. 마비된 것처럼 무각해졌다.

"안 그럴 것 같아요…."

"그럴 거다. 너를 바라보던 그 아이의 모습이 아직도 생생하단다. 그 아이는 훨씬 더 심각한 일도 용서해주었잖니?"

엄마가 헝클어진 머리를 이마 위로 쓸어 넘겨주었다. 손길을 뿌리치지 않았다.

"이번에는 달라요. 우리가 몇 달 동안 쌓았던 걸 내가 전부 무너뜨렸어요."

"그 아이는 널 사랑한단다."

"더 이상은 아닐 걸요. 견딜 수가 없어요. 나는 걔가 원하는 사람이 될 수 없어요. 항상 모든 걸 망쳐버리기만 해요. 그게 나란 인간이에요. 앞으로도 그럴 거예요. 죄다 망치기만 하는 그런 놈 말이에요."

"그렇지 않을 거야. 엄만 알아. 네가 바로 그 아이가 원하는 사람이란 걸."

손에 든 컵이 가늘게 떨렸다. 컵을 떨어뜨릴 뻔했다.

"위로하려고 애쓰는 거 알아요, 근데, 제발…, 이제 그만하세요, 엄마."

"그럼, 어떡할 건데? 그 아이가 떠나게 놔두고, 결국 헤어지려고?"

침대 옆 테이블에 컵을 내려놓았다. 한숨이 나왔다.

"아뇨, 헤어지기 싫어요. 근데 테사를 위해서 그래야 해요. 그 애가 멀어지게 놔둘 수밖에 없어요. 내가 더 상처를 주기 전에."

그녀도 결국 나탈리처럼 되도록 둘 수밖에 없다. 나를 떠나 행복하도록…, 내게서 벗어나야 행복할 수 있다.

"알았다, 하딘. 무슨 말을 더 해야 할지 모르겠구나. 사과하도록 설득해보려고 했는데."

엄마는 매몰차게 말했다.

"내버려두세요, 제발."

나는 애원했다.

"그래. 하지만 이 믿음 하나만은 가지고 있으마. 네가 옳은 결정을 해서, 그 아이와 마주 설 수 있기를 말이다."

엄마가 방을 나섰다. 닫힌 문으로 컵과 접시를 집어던졌다. 그릇들이 산산조각 났다.

29 · 테사

우리는 이름도 없는 조그만 가게에서 점심을 먹었다. 그리고 제드의 집으로 향했다. 캠퍼스를 지나며, 나는 용기를 내었다. 지금껏 묻고 싶었던 걸 마침내 물었다.

"네가 내기에서 이겼다면, 어떻게 됐을까?"

그는 깜짝 놀라는 것 같았다. 잠시 손만 쳐다보고 있더니 금세 정신을 차렸다.

"잘 모르겠어. 수없이 생각해보긴 했지만."

그의 캐러멜 색 눈과 마주쳤다.

"무슨 생각?"

머리를 귀 뒤로 넘기며 그의 답을 기다렸다.

"글쎄…, 너한테 말했을 거야. 너무 멀리 가기 전에 말야. 늘 너한테 얘기해주고 싶었거든. 너희 둘을 볼 때마다."

그는 침을 꿀꺽 삼켰다.

"그것만은 알아줘."

"알았어."

속삭이는 듯한 목소리였다. 그가 말을 이어 나갔다.

"이런 생각을 했어. 무슨 일이 벌어지기 전에 내가 너한테 말했더라면 네가 날 용서했을 텐데. 그럼 우리는 어쩌면 제대로 된 데이트를 했을지도 모르지. 영화 보러 가거나, 뭐 그런 거. 정말 즐거웠을 거야. 넌 항상 웃었을 거고, 난 그런 너를 절대 이용하지 않았을 거야. 이런 생각도 했어. 결국엔 네가 나한테 빠져들었을 거라고. 그 녀석한테 그랬던 것처럼. 우리가 같이했더라면…. 난 다른 여자들 옆에는 어슬렁거리지 않았을 거야. 매 순간 너와 함께 보내고 싶었으니까. 널 웃게 만들면서. 네 웃음은 달라. 정말 재미있을 때랑, 예의상 가짜로 웃을 때랑."

그가 미소 지었다. 가슴이 쿵쾅거리기 시작했다.

"너한테 감사했어. 거짓말 안 하게 해줘서. 난 한 번도 뒤에서 널 비웃거나, 욕한 적 없어. 내 체면 따위는 신경 쓰지 않았어. 그리고…, 난 우리가 행복할 수 있다고 생각했어. 가끔이 아니라 언제나. 그렇게 생각하고 싶었어…."

나는 그의 재킷 칼라를 붙잡았다. 그리고 입술을 그의 입술로 가져갔다.

30 · 테사

제드의 손이 내 뺨을 감쌌다. 순간 목 뒤에 소름이 돋았다. 그는 내 팔을 잡아당겨 자신에게로 끌어당겼다. 그가 앉아 있는 자리로 옮기다가 무릎을 핸들에 부딪쳤다. 순간 분위기를 망칠 뻔했지만, 제드는 알 아차리지 못한 듯 내 허리를 감싸 안았다. 나는 상기된 얼굴을 그의 가 슴에 기댔다. 그의 심장이 고동치고 있었다. 나는 두 팔로 그의 목을 옭아 매었고, 우리의 입술은 동시에 움직였다.

그의 입술은 낯설었다. 하딘과는 너무 달랐다. 혀의 움직임도 달랐다. 그는 내 혀를 찾아 더듬지 않았다. 그리고 내 아랫입술을 이로 살짝 깨물지도 않았다.

'그만해, 테사. 하딘 생각 좀 그만하라고. 하딘은 지금 딴 여자랑 침대에서 뒹굴고 있을 거야. 그게 몰리일지도 모르지.'

아, 맙소사. 하딘이 몰리와 함께 있다면….

'넌 행복할 수 있어, 언제나! 가끔이 아니라!'

제드의 말이 떠올랐다.

그래, 그 말이 맞다. 진작 하딘을 떠났더라면 훨씬 나았을 거다. 나는 행복할 자격이 있다. 힘든 일은 겪을 만큼 겪었다. 하딘이 벌인 망나니 짓의 뒤치다꺼리도 이만하면 됐다. 그는 나와 얘기조차 하려 하지 않는다. 마음이 약했다면 또 되돌아가려 했을 것이다. 일상을 끊임없이 뒤흔드는 그에게로. 하지만 나는 마음 약한 사람이 아니다. 그를 떨쳐 낼 만큼 충분히 강해져야 한다. 적어도 노력해야 한다.

기분이 좋아졌다. 이 순간만큼은. 지난 9일 동안 한 번도 느끼지 못했던 감정이다. 9일이 그토록 긴 시간인 줄 몰랐다. 오지 않는 사람을 기다리며 참담한 심정으로 하루하루를 보내는 건 너무 괴로웠다. 제드의 품에서 나는 비로소 숨을 쉴 수 있었다. 길고 긴 터널을 빠져나와 빛이 보이는 순간이었다.

제드는 늘 내게 다정했고, 항상 그 자리에 있었다. 바라건대, 하던 대신 빠져들 수 있는 사람이 제드였으면 좋겠다.

"맙소사, 테사…."

제드가 신음했다. 나는 그의 머리카락을 움켜쥐며, 더 열정적으로 키스를 퍼부었다.

"잠깐…."

내 입에 대고 그가 말했다. 나는 천천히 몸을 일으켰다.

"테사, 대체?"

그가 내 눈을 똑바로 쳐다보았다.

"나…, 잘 모르겠어."

내 목소리는 떨렸다. 숨을 헐떡이고 있었다.

"미안…. 내가 너무 감정적이었나 봐. 너무 많은 일을 한꺼번에 겪는 바람에. 그리고 네가 해준 말이 너무…. 아냐, 모르겠어, 그러지 말았어야 했는데."

나는 시선을 피하며, 그의 다리에서 내려와 운전석으로 돌아갔다.

"미안할 건 없는데…. 내가 오해할까 봐 그래. 무슨 의미로 이러는지 알고 싶어."

'나는 무슨 의미로 그랬던 걸까?'

"대답 못할 것 같아, 아직은. 난…."

"대답 못할 거 같다니?"

그의 목소리가 살짝 격앙되었다.

"그냥, 나도 잘 모르겠어…."

"괜찮아. 넌 여전히 그 녀석을 사랑하는 거야."

"겨우 9일 지났어, 제드. 나도 어쩔 수가 없어."

상황을 더 엉망으로 만들고 있다. 말할수록 꼬이는 기분이다.

"알아. 너한테 그 녀석을 사랑해선 안 된다는 얘기를 하는 게 아니야. 그냥 '꿩 대신 닭'이 되고 싶진 않을 뿐이지. 나, 최근에 사귀는 사람이 생겼어. 널 만나고 난 다음부터 아무하고도 데이트하지 않았거든. 그러다가 레베카를 만났어. 그리고 나서 널 집에 데려다주고, 내가 데이트한다고 했을 때 네 반응을 봤어. 그때 생각했지…. 알아, 내가 한심한 인간인 거. 근데, 내가 네 곁을 떠나지 않기를 원한다고 생각하기 시작했어."

나는 조각 같은 그의 얼굴에서 차창으로 시선을 옮겼다.

"넌 꿩 대신 닭 아니야. 그냥 네게 키스하고 싶었어. 무슨 생각으로 그랬는지는 모르겠어. 지난 9일 동안 머릿속이 엉망진창이었거든. 너한테 키스했을 때, 처음으로 하던 생각을 멈출 수 있었어. 놀랍지만 기뻤어. 하딘을 떨쳐낼 수 있을 것 같아서. 널 이런 식으로 이용하는 건 옳지 않다는 거 알아. 너무 혼란스럽고 제정신이 아닌 것 같아. 본의 아니게 네 여자 친구를 배신하게 만들어서 미안해. 일부러 그런 게 아냐. 난 그냥…."

"네가 빨리 헤어나올 거라 기대하진 않아. 그 녀석이 얼마나 네게 깊이 박혀 있는지 알거든."

그는 아무 것도 모른다.

"나한테 하나만 얘기해줘."

제드가 다짐하듯 말했고, 나는 고개를 끄덕였다.

"노력해보겠다고. 너 스스로 행복해지려고 말이야. 그 녀석은 전화한 통도 없잖아. 너한테 온갖 짓을 다 해놓고도, 싸우려고도 하지 않잖아. 나라면 엄청 싸웠을 거야. 아니, 애초부터 널 가게 놔두지 않았겠지."

그가 손을 뻗어 헝클어진 내 머리를 귀 뒤로 넘겨주었다.

"테사, 지금 당장 대답할 필요는 없어. 네가 행복해지려고 노력할 준비가 됐는지 알고 싶을 뿐이야. 지금은 누구와도 사귈 준비가 안 됐다는 거 알아. 하지만 언젠가 그럴 때가 오겠지."

온갖 생각들이 뒤엉켜버렸다. 가슴이 떨리면서도 아팠다. 차 안 공기가 한꺼번에 어딘가로 빨려 들어가버린 듯한 느낌. 그에게 그럴 수 있다고, 그럴 거라고 말하고 싶었다. 하지만 이상하게도 말이 나오지 않았다. 하딘과의 기억이 주마등처럼 스쳐 지나갔다. 알람 소리에 깨어 투덜거리던 얼굴과 잠긴 듯한 목소리로 내 이름을 부르던 기억. 침대에서 못 나가게 나를 끌어안고 있던 기억. 일어나자마자 함께 커피를 마시던 기억. 세상 그 무엇보다도 그를 사랑했던 기억. 그가 달라지길 바랐던 기억. 똑같은 하딘이지만 내가 바라는 부분만 달라지기를 바랐다. 말도 안 되는 모순이다. 누구도 안 되는 걸, 그가 해주길 간절히 바랐다.

그를 사랑하지 않았더라면. 그가 나를 사랑에 빠지게 만들지 않았더라면.

"이해할게. 괜찮아."

제드는 최선을 다해 웃어 보이려 애를 썼다.

"미안해…."

그가 어떻게 생각하든 내 행동은 진심이었다.

제드가 차에서 내렸고, 등을 보이며 문을 닫았다. 나는 또 다시 혼자 남았다.

"빌어먹을!"

소리를 지르며 핸들을 내리쳤다. 다시 하던 생각이 났다.

31 · 하딘

잠에서 깼다. 온몸이 땀으로 뒤범벅이었다. 잊고 있었다. 매일 밤 이런 식으로 잠에서 깨곤 했던 처참한 날들을. 공포와 불면의 밤은 과거에 묻혀버린 줄 알았다. 하지만 다시 그 과거가 엄습해오고 있다.

시계를 보았다. 아침 6시. 자야 한다, 잠이 필요하다. 아무 방해도 받지 않는 숙면이. 그녀가 필요하다, 나는 테스가 필요하다. 눈을 감고 그녀가 곁에 있다고 생각하면 잠이 들 수 있을지도 모른다….

눈을 감고 떠올려보려고 애썼다. 그녀가 내 가슴에 머리를 기대고 있다. 그녀의 머리카락에서 풍기던 바닐라 향기를 기억해내려고 애썼다. 깊이 잠든 그녀의 쌕쌕거리는 숨소리도. 아주 잠깐 그녀를 느낄 수 있었다. 내 가슴에 닿던 그녀의 따뜻한 살갗을…. 미쳐버릴 것만 같다. 제기랄.

내일은 더 나아지겠지, 아니 그래야만 한다. 이제 열흘이 되었다. 그녀를 한 번만 더 볼 수 있다면, 이렇게까지 슬프진 않을 거다. 딱 한 번만. 그녀의 미소를 한 번만 더 볼 수 있다면, 그녀를 보내고 혼자 살아갈 수 있을 것이다. 내일 크리스찬의 파티에 그녀가 갈까? 아마도 가겠지….

멍하니 천장을 바라보았다. 그녀는 내일 어떤 옷을 입을까? 흰색 원피스? 내가 정말 좋아하는 옷이라는 걸 모르지 않을 텐데. 컬을 넣은 머리를 풀까, 아니면 하나로 묶을까? 화장도 할까? 화장할 필요도 없는데.

'이런 젠장.'

몸을 일으켜 침대에서 내려왔다. 다시 잠들 수는 없을 것 같았다. 아래층으로 내려오자, 마이크가 부엌 식탁에 앉아 신문을 읽고 있었다.

"굿 모닝, 하딘."

"안녕하세요."

중얼거리며 커피를 따랐다.

"트리시는 아직 자고 있다. 네가 여기 와서, 네 엄마가 얼마나 행복해하는지 모른다."

"물론 그렇겠죠. 내내 못되게 굴었거든요."

"그래, 그래도 네 엄마는 네가 마음을 열어줬다고 기뻐하더라. 항상 널 걱정했거든…, 테사를 만나기 전까지는. 지난 크리스마스 이후로는 그다지 걱정하지 않더구나."

"이제부터 또 걱정해야겠네요."

한숨이 나왔다. 왜 빌어먹을 아침부터 내게 속내를 털어놓고 난리지?

"내 말에 집중을 좀 해주었으면 좋겠구나."

마이크가 나를 향해 몸을 돌렸다.

"그래요…."

그의 눈을 똑바로 쳐다보았다.

"하딘, 나는 네 엄마를 사랑한다. 네 엄마와 결혼할 생각이다."

커피를 다시 컵에 뱉었다.

"결혼한다고요? 미쳤어요?"

그가 눈살을 찌푸렸다.

"그게 왜 미친 거지?"

"몰라요…. 엄마는 이미 결혼했었잖아요, 당신은 우리 이웃이고. 엄마의 이웃이지만."

"나는 평생 네 엄마와 함께할 생각이다. 네 엄마가 마땅히 받았어야 할 사랑을 주면서 말이야. 네가 동의하지 않는다면, 유감이구나. 그래도 적당한 때가 되면 네게도 알릴 생각이었다. 트리시에게 남은 생을 함께하자고 청혼할 거다, 정식으로."

무슨 말을 해야 할지 모르겠다. 평생을 옆집에 살던 이 사람에게. 한 번도 화내는 걸 본 적이 없던 이 사람에게. 그는 우리 엄마를 사랑한다, 그것만은 확실하다. 하지만 지금 당장 내게는 이해하기 어렵고 낯선 상황이었다.

"알았어요, 그럼…."

"알았다, 그럼."

그가 내 말을 따라 하며, 내 뒤를 쳐다보았다.

엄마가 부엌으로 들어왔다. 가운을 입고, 머리는 헝클어진 채였다.

"이렇게 일찍 어쩐 일이야, 하던? 집으로 돌아가려고?"

"아뇨, 잠이 안 와서요. 그리고 여기가 내 집이에요."

엄마에게 힘주어 말하고, 커피 한 모금을 마셨다. 이곳이 내 집이다.

"흠…."

엄마는 아직 졸린 목소리였다.

다시 빨려 들어가려 한다. 하딘과 함께했던 기억들이 발목을 잡는다. 다시 나를 물 속으로 끌고 들어가려 한다.

차창을 내리고 바깥 공기를 들이마셨다. 제드는 너무 다정하다. 이해심도 많고 모든 상황에 관대하다. 지금껏 나를 위해 발벗고 나서주었지만, 나는 늘 그를 뒷전으로 밀어놓기만 했다. 이 바보짓을 그만둔다면, 그를 받아들일 수 있을 텐데. 하지만 그와 사귀는 건 지금 당장에는 상상조차 할 수가 없다. 시간이 필요하다. 제드가 나 때문에 여자친구와 헤어지는 건 싫다. 나는 그에게 아무 대답도, 아니 대답의 실마리조차 주지 못하기 때문이다.

랜던 집으로 돌아오면서, 그 어느 때보다 더 혼란스러웠다.

하딘과 얘기할 수 있다면, 단 한 번이라도 볼 수 있다면, 결론을 내릴 수 있을 것 같다. 내가 어떤 선택을 하든 상관하지 않겠다는 그의 말을 듣고 싶다. 딱 한 번만 내게 잔인하게 구는 그를 보고 싶다. 그러면 감정을 완전히 정리하고 제드에게 마음을 열 수 있을 것 같다. 나 자신에게 새 인생을 살 기회를 줄 수 있을 것 같다.

마음을 닫아버리기 전에 한 번 더 전화해보기로 했다. 휴대전화를 꺼냈다. 나를 피하기만 했던 그. 이번에도 무시한다면, 끝낼 수 있을 것 같다. 내 전화를 받지 않는다면 우리 관계는 공식적으로 끝나는 거다. 하지만 혹시 하딘이 미안하다고 한다면…, 그래서 우리 사이가 잘 해결된다면…, 아니다. 나는 휴대전화를 다시 옆자리에 내려놓았다. 하딘에게 전화하고 다시 시작하기에 난 이미 너무 멀리 와버렸다. 그리고 또 다시 하딘 때문에 무너지고 싶지도 않았다.

그래도 알아야겠다. 하지만 전화는 곧장 음성사서함으로 넘어갔다.

"하딘⋯."

겨우 입을 뗐다.

"하딘⋯, 나 테사야. 있잖아⋯, 너한테 할 얘기가 있어. 지금 차 안이야. 근데 너무 혼란스러워⋯."

울음이 터졌다.

"왜 연락도 안 해? 날 잡지도 않았잖아. 나는 여기 앉아서 처량하게 울면서 너한테 메시지나 남기고. 우린 어떻게 되는 거야? 왜 이번에는 다른 거야? 넌 왜 나하고 싸우려 하지도 않아? 나도 행복해질 자격쯤은 있잖아, 하딘."

나는 흐느끼며 전화를 끊었다.

도대체 왜 이러는 걸까? 왜 또 마음이 약해져서 그에게 전화를 한 걸까? 난 정말 바보다. 내 메시지를 듣고, 그는 아마 웃어버리겠지? 새로 꼬신 여자와 함께 듣고 있을지도 몰라. 둘이 내 목소리를 들으며 배꼽 빠지게 웃을지도 모른다. 나는 황량한 주차장에 차를 세웠다. 이대로 차를 몰다간 또 사고가 날 것 같았다.

휴대전화를 노려보며 심호흡을 했다. 울음을 멈춰야 했다. 20분이 지나도록 그에게서 전화는커녕 문자메시지 한 통 없었다.

왜 나는 밤 10시에, 아무도 없는 주차장에 덩그러니 앉아서, 울면서 그에게 전화를 하고 있는 걸까? 지난 9일 동안 나는 스스로와 사투를 벌였다. 더 강해져야 한다고 수없이 되뇌며. 그런데도 여기서 또 한번 무너져 내리고 있다. 그냥 이렇게 앉아 있을 순 없었다. 주차장을 빠져나와 제드의 아파트로 차를 몰았다. 하딘은 나 따위를 신경 쓰기엔 너무 바쁠 테지. 하지만 제드는 늘 곁에 있어 주었다. 정직하고 배려심 많고 항상 내 곁에 있어주었던 제드. 제드의 트럭 옆에 차를 세우고, 숨을 깊이 들이마셨다. 우선 나 자신과, 내가 뭘 원하는지 잘 생각해봐야 한다.

제드 집 앞 계단을 달려 올라갔다. 마음은 오히려 차분해져 있었다.

문을 두드렸다. 열리기를 기다리며 왔다갔다 하고 있었다. 너무 늦어서 그가 문을 안 열어주면 어떡하지? 그래도 할 수 없다. 심사숙고했어야 했다. 느닷없이 그에게 달려들어 키스를 퍼붓기 전에 말이다.

벌컥 문이 열렸다. 숨이 멎는 줄 알았다. 제드는 검정색 반바지 차림이었다. 타투가 가득한 상반신이 그대로 노출되어 있었다.

"테사?"

그는 놀라 입을 떡 벌렸다.

"나…, 아직은 잘 모르겠어, 네게 뭘 해줄 수 있을지. 근데 노력은 해보고 싶어."

그는 검은색 머리칼을 손으로 쓸어 넘겼다. 그리고 심호흡을 했다. 거절하려는 거겠지, 그건 알겠다.

"미안. 여기 오는 게 아니었는데….."

또 거절 당하는 건 견딜 수 없다.

돌아서서 두 계단쯤 내려갔을 때였다. 제드가 내 팔을 잡더니 나를 돌려세웠다. 그는 아무 말도 하지 않았다. 그저 내 손을 잡고 계단을 올라 자신의 아파트로 데리고 들어갔다.

그는 고요했다. 우리는 소파에 나란히 앉아만 있었다. 말하지 않아도 이해 받고 있는 느낌이 들었다. 하딘과는 너무도 다른 느낌이다. 아무 말도 하고 싶지 않았고, 제드도 나를 몰아세우지 않았다. 돌발적인 내 행동을 설명할 필요도 없었고, 그도 나를 다그치지 않았다. 내가 한 침대에서 같이 자는 건 불편하다고 말하자, 담요와 베개를 가져와 가만히 소파에 놓아줄 뿐이었다.

다음날 아침, 잠에서 깼다. 목이 너무 아팠다. 제드의 낡은 소파가 편하지는 않았지만, 비교적 잘 잔 것 같았다.

"잘 잤어?"

그가 거실로 나오며 물었다.

"응."

나는 미소를 지어 보였다.

어젯밤 제드의 배려에 감사한다. 소파에서 자도 되냐고 물었을 때 눈살조차 찌푸리지 않고 수락해주었다. 어쩌다 일이 이렇게 됐는지 풀어놓는 내 하소연도 모두 들어주었다. 그는 내게 레베카를 얼마나 좋아하는지 얘기했다. 하지만 이제는 어떻게 해야 할지 모르겠다고도 했다. 지금껏 나를 생각해왔기 때문이라고. 심지어 그녀를 만나고 난 다음에도 말이다. 그 얘기를 듣고는 미안한 마음에 한참을 울었다. 하지만 밤이 깊어 갈수록 눈물은 미소로 바뀌었고, 결국엔 웃게 되었다. 어린 시절, 바보 같은 추억들을 공유하며, 우리는 배가 아플 때까지 웃었다. 그러다 겨우 잠자리에 들었다.

시간은 거의 오후 2시가 다 되어 있었다. 너무 오래 잤나 싶었지만, 아침 7시가 될 때쯤 잠들었으니 어쩔 수 없는 일이었다. 일어나서 덮고 잔 담요를 갰다. 잠에 빠져들면서 담요를 덮어주던 그의 모습을 봤던 게 어렴풋이 기억났다.

그는 활짝 웃으며 소파에 앉았다. 머리카락은 젖었고, 막 샤워를 한 듯 피부는 반짝거렸다.

"이거 어디에 둘까?"

담요를 가리키며 물었다.

"아무 데나. 정리 안 해도 상관없는데."

그가 웃었다.

아파트 옷장이 떠올랐다. 하딘은 물건들을 아무 데나 쑤셔 넣곤 했지…. 괜한 생각에 쓸데없이 심란해지기만 했다.

"오늘 뭐 해?"

내가 물었다.

"아침에 일하고 왔어. 이젠 별일 없어."

"벌써?"

"응, 9시부터 12시까지."

그가 미소를 건넨다.

"뭐, 내 트럭 고치러 간 거긴 하지만."

제드가 기계공으로 일한다는 걸 잊고 있었다. 그러고 보니 제드에 대해 아는 게 거의 없다. 아, 한 가지는 알겠다. 꽤나 체력이 좋다는 거. 겨우 두 시간 자고 일어나 일을 하고 왔다니.

"낮에는 환경공학 천재, 밤에는 기름밥 먹는 아저씨야?"

내가 짓궂게 말하자, 그가 키득거렸다.

"뭐 비슷해. 넌 오늘 뭐 할 건데?"

"글쎄. 내일 인턴십 하는 출판사 사장님네 디너파티가 있어. 옷을 사러 가야 해."

아주 잠깐, 제드에게 같이 가자고 할까 생각했다. 아니, 그건 좀 아니다. 절대로 그러지 않을 거다. 파티에 온 사람들을 불편하게 만들 테니까, 심지어 나까지도.

제드와 나는 서로 어떤 것도 강요하지 않기로 약속했다. 그저 함께 시간을 보내며, 어떻게 흘러가는지 두고 보자고 했다. 그는 얼른 하던에게서 벗어나라 강요하지 않았다. 우리 둘 다 잘 알고 있었다. 내가 다른 사람과 데이트하고 사귀려면 시간이 좀 더 필요하다는 걸. 해결해야 할 문제들이 많았다. 일단 살 곳을 찾는 게 급선무다.

"괜찮으면 내가 같이 가줄까? 아니면 나중에 만나서 영화를 보든지."

그는 살짝 긴장한 것 같았다.

"그래, 둘 중 아무 거나 괜찮아."

나는 웃으며 휴대전화를 확인했다. 부재중 전화는 없었다. 문자메시지도, 음성메시지도 없었다.

우리는 피자를 주문했고, 오후 내내 같이 보냈다. 샤워를 하러 랜던 집으로 돌아갈 때까지. 집에 가는 길에 가까스로 쇼핑몰에 들렀다. 문 닫기 전에 겨우 쇼핑을 마쳤다. 완벽하다 싶은 스퀘어 넥의 빨간색 원피스를 찾아냈다. 길이도 무릎 바로 위. 너무 보수적이지도 헤프게 보이지도 않고, 딱 적당했다.

랜던 집으로 돌아갔다. 부엌 조리대 위에 음식이 담긴 접시가 있었다. 나를 위해 남겨두었다는 카렌의 쪽지도 함께. 카렌과 켄 씨는 영화를 보러 간다고 적혀 있었다.

이 공간에 나 혼자 있다는 게 어쩐지 안심이 되었다. 물론 그들이 있을 때도, 크게 신경 쓰이지는 않았다. 집이 워낙 넓었으니까. 느긋하게 샤워를 하고, 잠옷을 입었다. 잠자리에 누워 억지로 잠을 청했다.

꿈 속에서 초록색과 갈색 눈동자의 남자들을 보았다. 나는 그 사이에서 우왕좌왕 헤매고 있었다.

33 · 테사

하딘과 연락이 끊긴 지 11일째다. 여전히 마음이 편하지는 않았다. 그래도 제드가 곁에 있어서 참 많은 도움이 되었다.

오늘은 크리스찬의 디너파티가 있다. 시간이 다가올수록 두려움은 커져갔다. 그곳에서 만날 익숙한 얼굴들. 분명 하딘이 떠오를 거다. 그리고 지금껏 쌓았던 마음의 벽이 무너질 것만 같았다. 모든 건 아주 작은 틈에서 시작되니까. 더 이상 방패막이도 없다.

집을 나설 시간이다. 심호흡을 하고, 마지막으로 거울 앞에서 내 모습을 점검했다. 머리는 늘 하던 대로 굵은 웨이브를 주어 아래로 늘어뜨렸다. 화장은 평소보다 조금 두껍게 했다. 손목에는 하딘이 선물한 팔찌를 찼다. 안 하는 게 맞지만, 이 팔찌 없이는 벌거벗은 느낌이 들 정도로 이제는 내 몸의 일부가 되었다, 그가 그랬듯이. 새로 산 원피스는 어제보다 훨씬 더 나아 보였다. 다행히 몸무게가 조금 늘었다. 처음 며칠 동안은 거의 먹지 못해서 살이 너무 많이 빠졌었다.

그냥 모든 게 예전처럼 돌아갔으면 좋겠어.

그래서 문앞에 서 있는 널 다시 보고 싶어.

노래 가사가 절묘하다. 클러치백을 집어 들었다. 이어폰을 빼서 백 안에 넣었다.

카렌과 켄 씨가 기다리는 아래층으로 내려갔다. 잘 차려입은 커플이 나를 기다리고 있었다. 카렌은 파란색과 흰색 패턴이 있는 긴 드레스를, 켄 씨는 타이를 맨 슈트를 입고 있었다.

"와, 너무 아름다우세요."

내 말을 듣고 카렌의 볼이 살짝 달아올랐다.

"고맙다, 테사. 너도 정말 예쁘구나."

카렌의 얼굴에서는 빛이 났다. 이 집을 떠나게 되면, 다정한 카렌과 켄 씨가 많이 보고 싶을 거다.

"이번 주에 하루, 온실 작업 같이 할까 하는데, 어떠니?"

차로 걸어가며 카렌이 물었다. 우리 두 사람의 하이힐 소리가 요란하게 났다.

"저도 좋아요."

차 뒷좌석에 오르며 대답했다.

"오늘 파티는 정말 재미있을 거야. 한동안 이런 파티 못 했거든."

카렌은 켄 씨의 손을 잡고 그녀의 다리 위에 올려놓았다. 두 사람의 애정 표현이 거북하진 않았다. 오히려 잘 어울리는 커플은 보기에 참 좋다는 생각이 들었다.

"랜던은 오늘밤 늦게나 뉴욕에서 올 거야. 내가 새벽 2시에 데리러 가기로 했어."

카렌이 설레는 목소리로 말했다.

"저도 랜던이 얼른 돌아왔으면 좋겠어요."

진심이었다. 나의 베스트 프렌드가 너무나 그리웠다. 그의 현명한 말과 따뜻한 미소가 필요하다.

크리스찬의 집은 상상했던 딱 그대로였다. 세련되고 현대적인 스타일로, 안이 훤히 들여다 보이는 구조였다. 인테리어의 세심한 부분 하나까지도 모두 주제에 부합되게 꾸며놓았다. 놀라웠다. 마치 한 번도 사람 손에 닿은 적 없고, 아무도 살지 않는 박물관 같은 느낌이었다.

현관에서 킴벌리가 우리를 맞아주었다. 반갑게 인사를 나누는 동안 켄 씨와 크리스찬이 악수를 했다.

"지사 설립을 축하하네."

안으로 들어가서 집 뒤쪽에 펼쳐져 있는 풍경을 보고는 숨이 멎는 줄 알았다. 이제야 이해가 되었다. 이 집을 왜 유리로 지었는지. 집은 거대한 호수 위에 지어진 것이었다. 바깥으로 보이는 호수는 끝간 데 없이 넓었고, 그 위로 해가 지고 있었다. 해 그림자가 호수 위에 파노라마처럼 펼쳐졌다. 그 광경을 바라보고 있자니 눈이 멀 것 같았다. 집은 약간 경사가 있는 언덕 위에 있었다. 그래서 꼭 물 위에 떠 있는 것 같은 착각을 불러일으켰다.

"다들 이쪽으로 오세요."

킴벌리는 우리를 식당으로 안내했다. 역시나 식당도 집처럼 완벽했다. 이 집은 내 스타일은 아니다. 나는 앤티크 스타일을 좋아한다. 그래도 크리스찬의 집은 엄청 공을 들인 티가 났다. 두 줄로 길게 늘어진 테이블이 식당을 채웠다. 각각의 테이블에는 다채로운 꽃 장식과 물에 띄운 양초가 놓여 있었다. 꽃 모양으로 접은 냅킨에는 실버링이 꽂혀 있었다. 아름답고 우아했다. 마치 잡지의 한 페이지에서 튀어나온 것처럼 보였다. 킴벌리는 이 파티에 모든 걸 쏟아부은 모양이다.

트레버는 창문 가장 가까운 쪽에 앉아 있었다. 얼굴을 알 만한 회사 사람들 몇 명과 함께였다. 마케팅 부서의 크리스탈과 곧 결혼할 신랑도 있었다. 그들 옆에는 스미스가 얼굴을 파묻고 게임에 열중해 있었다.

"오늘 예쁘네요."

트레버가 나에게 미소 지으며, 자리에서 일어나 켄 씨와 카렌에게 인사를 했다.

"고마워요. 잘 지냈어요?"

그는 눈동자 색깔과 똑같은 파란색 타이를 맸다. 덕분에 얼굴이 환해 보였다.

"그럼요, 이사 준비하고 있어요!"

"그럴 줄 알았어요!"

명랑하게 대답했지만, 속으론 다른 생각을 하고 있었다.

'나도 시애틀로 갈 수 있으면 좋겠다….'

"트레버, 만나서 반갑네."

켄 씨와 트레버가 악수를 했다. 뭔가 원피스 자락을 잡아당기는 느낌이 들어 아래를 내려다 보았다.

"어머, 스미스! 잘 지냈어?"

나는 반짝이는 초록색 눈동자의 귀여운 소년에게 인사를 건넸다.

"그럼요."

아이는 어깨를 으쓱했다. 그러더니 조용한 목소리로 물었다.

"누나의 하던 형은 어딨어요?"

무슨 말을 해야 할지 몰랐다. 스미스가 '누나의 하딘'이라고 말하자 가슴이 철렁 내려앉았다. 단단히 쌓은 마음의 벽에 금이 가기 시작했다. 온 지 겨우 10분만에.

"하딘 형은, 음···, 지금 여기 없어."

"언제 와요?"

"미안. 형은 안 올 거 같아."

"아."

"근데, 형이 너한테 인사 전해주랬어."

형편없는 거짓말이었다. 하딘을 아는 사람이라면 누구든 뻔히 알 거다. 나는 아이의 머리를 쓸어 넘겼다. 하딘은 이제 어린아이한테도 거짓말을 하게 만드는구나. 멋지다.

"알겠어요. 나는 누나의 하딘 형이 좋아요."

스미스는 슬쩍 웃으며 자기 자리로 돌아갔다.

'나도 그래.'

아이에게 말해주고 싶었다.

'그런데 그는 이제 나의 하딘이 아니란다.'

15분 만에 스무 명이 넘는 사람들이 도착했다. 크리스찬이 엄청 비싸 보이는 오디오를 켰다. 은은한 피아노 선율이 집 안에 울려 퍼졌다. 빳빳하게 깃을 세운 셔츠를 입은 젊은 남자들이 전채 요리가 담긴 쟁반을 들고 식당으로 들어왔다. 작은 조각으로 자른 토마토와 소스를 올린 빵을 먹었다.

"시애틀 사무실은 정말 어마어마해요. 여러분도 꼭 봤으면 좋겠네요."

크리스찬이 말했다.

"바로 물 앞에 있어요. 규모가 지금 사무실의 두 배쯤 되죠. 사업을 확장하게 되다니, 나도 믿어지지가 않습니다."

웨이터가 화이트 와인 한 잔을 건네주었다. 어떻게든 사람들의 대화에 흥미를 보이는 척하려고 애썼다. 사실, 흥미는 있었다. 정신이 딴 데 팔려 있을 뿐. 하딘의 이름과 시애틀 얘기를 듣고 나니 그 생각만 났다. 물 위에 있는 유리벽을 멍하니 바라보았다. 하딘과 내가 흥분에 휩싸여 새 아파트로 이사하는 걸 상상했다. 새 도시, 새 집, 새로운 사람들을 만나는 모습을. 거기서라면 새로운 친구들을 사귀고, 새 삶을 꾸릴 수 있겠지. 하딘은 다시 반스 출판사에서 일하고, 자기가 나보다 얼마나 돈을 더 버는지 밤낮으로 뻐기면서. 그리고 서로 케이블 TV 요금을 내겠다며 싸우겠지.

"테사?"

초점 없는 눈으로 멍하니 공상에 빠져 있었나 보다. 트레버의 목소리에 화들짝 정신이 들었다.

"아, 미안해요…."

정신을 차리고 보니 우리 둘밖에 없었다. 그가 이야기를 시작하는 건지, 끝내는 건지, 아니, 그가 말하고 있었다는 것조차 몰랐다.

"내 아파트는 새 사옥이랑 가깝고, 시내에 있어요. 꼭 와서 전망을 한번 봐요."

그가 웃었다.

"시애틀 스카이라인은 정말 아름답거든요. 특히 밤에는 더욱."

나는 미소를 지으며 고개를 끄덕였다. 그래, 꼭 가볼 거다.

'빌어먹을, 지금 뭐 하는 거야?'

계속 서성거리고 있다. 애초부터 엿 같은 생각이었다. 보도 위 돌멩이 하나를 걷어찼다. 대체 무슨 일이 일어나기를 기대했던 걸까…. 테사가 내 품으로 달려와 내가 저지른 모든 짓거리를 용서하겠다고 말하길 기대했던가? 아니면 내가 칼리와 잔 게 아니라는 걸 그녀가 갑자기 믿는다고 말해주길 기대한 건가?

크리스찬의 으리으리한 저택을 올려다보았다. 테사는 아마 없을 것이다. 초대도 받지 않고 불쑥 나타나면 진짜 병신같이 보일 텐데. 사실 어느 쪽이든 난 이미 멍청한 놈으로 보일 거다. 여길 떠야 한다.

게다가 이놈의 셔츠는 더럽게 간지럽다. 이런 옷을 차려입는 건 정말 싫다. 겨우 검정색 버튼업 셔츠를 입었을 뿐이지만, 그래도 싫다.

아빠의 차가 보였다. 그쪽으로 걸어가 안을 들여다 보았다. 뒷좌석에 낯익은 흉측한 백이 있었다. 저건 테사가 어딜 가든 꼭 들고 다니는 거다. 그렇다면 그녀는 저 집 안에 있다. 그녀를 만날 생각을 하자 빈속이 요동쳤다. 나는 지금 그녀의 코앞까지 와 있다.

'대체 무슨 말을 하지?'

모르겠다. 구구절절 설명을 해야 하나? 영국으로 도망친 뒤 내가 얼마나 지옥 같은 시간을 보냈는지. 아니면 얼마나 그녀가 필요했는지. 나는 지금 무엇보다 그녀가 필요하다. 하지만 나는 정말 몹쓸 놈이다. 믿을 수가 없다. 내 인생에서 가장 중요한 단 하나의 사람을 망쳐버리다니. 그녀는 내 전부다. 항상 그럴 거다. 이 얘기는 꼭 해줘야 하는데.

일단 안으로 들어가서 그녀를 데리고 나오는 거다. 그럼 같이 얘기할 수 있겠지. 너무 떨린다. 빌어먹을, 너무 떨리고 긴장되어 죽을 것 같다. 그리고 토할 것만 같다. 뭐라도 뱃속으로 들어온다면, 분명 그대로 넘어올 거다. 내 꼴이 엉망진창이라는 거 잘 안다. 그녀도 나 같을까? 궁금해졌다. 그녀는 그럴 리 없겠지. 그래도 조금이라도 힘들었을까?

결국 대문 앞에 섰다. 하지만 바로 돌아서고 말았다. 사람들이 잔뜩 모인 데서 서성거리는 건 정말 싫다. 이 앞에만 15대가 넘는 비싼 차들이 늘어서 있었다. 모두 나를 쳐다보겠지. 그리고 나는 구제불능 멍청이로 보이겠지. 어쩔 수 없다, 그게 바로 나다.

몸이 먼저 도망쳐버리기 전에, 재빨리 벨을 눌렀다. 이건 테사를 위한 거다. 모두 그녀를 위한 거다. 수도 없이 나 자신에게 되뇌었다. 킴벌리가 문을 열며 놀란 미소를 지었다.

"하딘? 여기 올 줄 몰랐는데."

킴벌리는 최선을 다해 친절하게 대하는 중인 것 같았다. 하지만 표정에 분명 분노가 담겨 있었다. 그렇겠지, 그녀는 테사 편이니까.

"네…, 저도요."

내 대답을 들은 그녀의 표정에 새로운 감정이 스며든다. 동정이다. 내 행색을 본 그녀의 눈빛에 동정과 연민이 번졌다. 내 꼴이 생각보다 더 심한 모양이다. 그렇겠지, 비행기에서 내리자마자 곧장 이곳으로 왔으니까.

"어서 들어와요. 밖이 너무 추워요."

크리스찬의 집을 보고 잠깐 어안이 벙벙했다. 이건 뭐, 말도 안 되는 미술 작품 같았다. 아무도 살지 않는 모델하우스. 세련돼 보일지는 몰라도 나는 싫다. 나는 현대미술보다 고전적인 것들이 더 좋다.

"막 식사하려던 참이었어요."

킴벌리를 따라 온통 유리벽으로 둘러싸인 식당으로 들어갔다. 바로 그때, 그녀가 눈에 들어왔다.

심장이 그대로 멈춰버렸다. 숨이 막힐 듯 가슴이 죄어왔다. 그녀는 누군가의 이야기를 열심히 듣고 있었다. 간간이 웃으며, 이마로 흘러 내린 머리카락을 뒤로 쓸어 넘겼다. 그녀의 뒤로 해가 지고 있었다. 반 사된 햇빛이 그녀를 더 빛나게 했다. 움직일 수가 없었다.

테사의 웃음소리가 들렸다. 열흘 만에 처음으로 숨을 쉴 수 있었다. 너무나 보고 싶었다. 그녀는 눈이 부시도록 아름다웠다. 언제나 그렇 긴 했지만. 빨간색 원피스와 피부에 비친 햇빛, 얼굴에 스민 미소까 지…. 근데 어떻게 저렇게 미소를 지으며 웃을 수 있을까? 울고 있어야 하는 거 아닌가? 아니면 적어도 볼품 없는 몰골이어야 하는 거잖아. 그 녀가 또 키득거렸다. 비로소 그녀가 누구와 얘기하고 있는지 눈에 들 어왔다. 대체 어떤 인간이 나를 완전히 잊게 만든 거야?

'제기랄, 트레버.'

저 자식이 죽도록 싫다. 당장이라도 달려가 저 자식을 유리 창문에 집어던질 수도 있다. 아무도 나를 말릴 수 없다. 왜 저 엿 같은 자식은 항상 그녀 주위에서 얼쩡거리는 거지? 재수 없는 자식. 저놈을 죽여버 릴지도 모르겠다.

진정해야 한다. 저 자식한테 달려든다면, 테사가 다시는 나를 보려 하지 않을 것이다. 눈을 감고 잠시 숨을 골랐다. 내가 차분해지면, 그녀 가 내 얘기를 들어줄 거고, 그러면 우리는 집으로 돌아갈 수 있다. 집에 가면 그녀에게 용서를 구해야지. 그녀는 여전히 나를 사랑한다고 말할 거야. 우리는 사랑을 나누고, 그러면 모든 게 다 잘 풀릴 거다.

그녀에게서 눈을 떼지 않았다. 그녀는 명랑한 표정으로 이야기를 시작했다. 와인 잔을 들고 있지 않은 손은 이야기를 하는 내내 움직였다. 그녀는 환하게 웃고 있었다. 손목에서 내가 준 팔찌가 찰랑거렸다. 가슴이 두방망이질 쳤다. 그녀가 팔찌를 하고 있다. 아직 그 팔찌를 버리지 않았다. 이건 좋은 징조다. 반드시 좋은 징조여야 한다.

트레버 자식이 그녀를 뚫어져라 쳐다보고 있었다. 사랑스러워 어쩔 줄 모르는 표정. 피가 거꾸로 솟는 것 같았다. 애정에 굶주린 강아지 같은 놈에게 테사가 먹이를 주고 있었다.

'벌써 다른 남자로 갈아탄 건가? 설마 저 자식…'

그렇다면 정말 상처가 될 것 같다. 그래도 그녀를 비난할 순 없었다. 그녀의 전화를 죄다 안 받았으니. 아직 새 전화기를 살 생각조차 하지 않고 있었다. 그녀는 분명 내가 자신한테 신경도 쓰지 않는다고, 이미 마음 정리를 끝냈다고 생각했을 거다.

갑자기 영국의 한적한 골목길을 헤매던 순간이 떠올랐다. 나탈리의 부른 배와, 그런 그녀를 바라보던 약혼자 일라이자의 사랑스러운 미소. 트레버 자식은 테사를 딱 그 표정으로 보고 있었다. 트레버는 테사의 일라이자다. 테사가 마땅한 대접을 받을 수 있는 새로운 '기회'인 것이다.

커다란 망치로 한 대 얻어맞은 기분이었다. 이게 현실이다. 나는 여기를 떠나야 한다. 어서 이곳을 빠져나가 그녀가 행복해지도록 내버려둬야 한다.

이제야 이해가 되었다. 왜 그날, 난데 없이 나탈리를 만나게 됐는지.

엄청난 상처를 준 여자를 우연히 만난 것은 우연이 아니었다. 똑같은 실수를 테사에게 하지 말라는 계시 같은 거였다.

'여기서 나가야 해. 그녀가 나를 보기 전에.'

바로 그 순간, 그녀는 고개를 돌렸고 우리는 눈이 마주쳤다. 그녀 얼굴에서 미소가 순식간에 사라졌다. 손에 들고 있던 와인 잔이 바닥에 떨어져 산산조각 났다.

모두 그녀를 돌아보았다. 하지만 그녀의 시선은 나에게 꽂혀 있었다. 나는 그녀의 시선을 피해, 그녀를 바라보고 있는 트레버를 쳐다보았다. 그는 혼란스러워 보였지만 금세라도 그녀를 위해 몸을 날릴 준비가 된 듯했다.

테사는 몇 차례 눈을 깜빡거리다가 바닥을 내려다보았다.

"정말 죄송해요."

이제야 깨달은 듯 했다. 그리고 얼른 몸을 숙여 깨진 유리 조각을 모으려 했다.

"괜찮아요! 타월을 가져올게요."

킴벌리가 황급히 나갔다.

빌어먹을, 이곳에서 나가야 한다. 나는 몸을 돌려 뛰쳐나가려 했다. 그러다 조그만 사람한테 걸려 넘어질 뻔했다. 내려다보니 스미스가 서 있었다. 아이는 나를 무표정하게 쳐다보았다.

"형, 안 오는 줄 알았는데."

나는 아이의 머리를 쓰다듬었다.

"막 나가려던 참이야."

"왜요?"

"여기 있으면 안 되니까."

아이에게 말하며 힐끗 어깨 너머를 쳐다보았다. 트레버가 킴벌리에게서 작은 빗자루를 건네받았다. 그는 테사가 유리 파편 줍는 걸 돕고 있었다. 뭔가 의미심장한 상황이었다. 녀석이 그녀가 깨진 조각 모으는 걸 도와주고 있다. 빌어먹게 절묘한 은유다.

"나도 여기 있기 싫은데."

스미스가 투덜거렸다. 나는 고개를 돌려 아이를 쳐다보았다.

"여기 같이 있으면 안 돼?"

아이는 천진난만하게 물었다. 간절함마저 엿보였다.

나는 테사와 아이를 번갈아 쳐다보았다. 이 작은 녀석이 전혀 짜증스럽지가 않았다. 하긴 그런 감정을 느낄 에너지조차도 없었다. 갑자기 내 어깨에 누군가 손을 얹었다.

"아이 부탁이니 들어줘야지."

크리스찬이 어깨를 잡은 손에 살짝 힘을 주었다.

"최소한 저녁은 먹고 가게. 킴이 파티 준비에 공을 많이 들였거든."

그는 다정하게 미소를 지으며 덧붙였다.

나는 그의 여자친구를 넘겨다봤다. 심플한 검정색 드레스를 입고 바닥을 타월로 닦고 있었다. 테사가 저지른 거다, 바로 나 때문에. 테사는 그 옆에서 계속 사과의 말을 해대고 있었다.

"알겠어요."

나는 크리스찬에게 고개를 끄덕였다.

오늘 저녁을 버틸 수 있다면, 무슨 일이든 버틸 수 있을 것이다. 테사가 나 없이도 즐거워하는 모습은, 내게 고통이다. 하지만 그런 고통쯤은 꿀꺽 삼켜버릴 테다. 그녀는 나를 보기 전까지는 지극히 평온해 보였다. 나를 본 지금은, 아름다운 얼굴에 슬픔의 그림자가 짙게 드리워졌다.

나는 의연하게 행동할 것이다. 죽일 듯이 바라보는 눈빛에도 아무렇지 않은 듯 행동할 거다. 내가 그녀에게 관심조차 보이지 않는다는 걸 알면, 그녀가 맘 편히 마음을 정리할 수 있을 것이다. 그리고 결국 합당한 대접을 해줄 사람에게 가겠지.

킴벌리가 바닥 정리를 마치자, 기다렸다는 듯 웨이터 한 명이 작은 디너벨을 울렸다.

"자, 쇼는 끝났어요. 이제 먹을 시간이에요!"

킴벌리가 웃으며 말했다. 그녀는 양 팔을 벌려 사람들을 테이블로 이끌었다. 나는 크리스찬을 따라 테이블로 가, 아무 자리나 골라 앉았다. 절대 테사와 그녀의 동행을 의식하지 않았다. 아빠와 카렌이 내게 다가왔다.

"널 여기서 볼 줄은 몰랐다, 하딘."

아빠가 말했다. 카렌이 내 옆자리에 앉았다. 나는 한숨을 내쉬었다.

"다들 그 소리를 하는군요."

테사를 찾으려 두리번거리지도 않았다.

"테사하고는 얘기해봤니?"

카렌이 들릴락 말락 한 소리로 물었다.

"아니요."

나는 소용돌이 문양이 그려진 테이블보만 뚫어지게 쳐다봤다. 웨이터가 음식을 가져다주길 잠자코 기다렸다. 엿 같은 닭고기가 큰 접시에 줄줄이 담겨 나왔다. 음식이 담긴 보울들이 테이블에 열을 맞춰 늘어섰다. 어쩔 수 없이, 나는 고개를 들어 그녀를 찾아내고야 말았다. 놀랍게도 그녀는 거의 바로 맞은편에 앉아 있었다. 옆에는 물론 빌어먹을 트레버가 앉았다.

테사는 반쯤 넋이 나가서 아스파라거스를 몇 개나 자기 접시로 옮기고 있었다. 테사는 아스파라거스를 안 좋아하는데. 너무 예의 바른 나머지, 준비한 음식을 거절 못 하는 거다. 그녀가 눈을 감고 아스파라거스를 입에 넣는 걸 보았다. 무심결에 한입 베어 먹고, 구역질 나는 걸 최선을 다해 참고 있었다. 그 모습에 웃음이 터질 뻔했다. 그녀는 얼른 물을 마시고, 냅킨으로 얌전히 입을 닦았다.

내가 쳐다보고 있다는 걸 그녀가 눈치챘다. 나는 얼른 시선을 옮겼다. 그녀의 푸른빛 도는 회색 눈동자에서 고통이 스치는 걸 보았다. 내가 남겨준 고통이다. 그녀에게서 내가 떨어져 나가야만 사라질 그 고통.

차마 내뱉지 못한 많은 말들이 테사와 나 사이를 둥둥 떠다니고 있었다. 그녀는 곧 음식 접시로 주의를 옮겼다.

호화로운 식사를 하는 동안 나는 다시 고개를 들지 않았다. 음식은 겨우 몇 조각 먹었을 뿐이다. 트레버는 테사에게 시애틀로 이사 가는 얘기를 계속 하고 있었다. 나는 시선을 피하며 딴청을 피우고 있었다. 생전 처음으로 내가 다른 사람이 됐으면 좋겠다는 생각을 했다. 트레버가 될 수만 있다면 뭐든지 줄 거다. 그녀를 행복하게 해줄 수만 있다면, 다시는 그녀에게 상처주지 않을 수만 있다면.

식사하는 내내, 테사는 트레버의 대답에 짧게 대답했다. 오히려 카렌이 랜던과 뉴욕에 있는 여자친구 얘기를 꺼내자 안심하는 눈치였다.

포크로 유리잔을 두드리는 소리가 식당에 울려 퍼졌다. 크리스찬이 자리에서 일어났다.

"잠시 주목해주세요."

그는 유리잔을 한 번 더 두드렸다. 그러고는 씨익 웃으며 말을 이어 나갔다.

"깨지기 전에 그만 두드려야겠네요."

그는 웃으며 테사를 쳐다보았다. 테사의 두 뺨이 붉게 달아올랐다. 나는 두 손을 허벅지 위에 올리고 세게 눌렀다. 의자를 박차고 일어나 크리스찬에게 주먹을 날리면 안 되니까. 테사에게 그런 방식으로 창피를 주다니. 장난이라는 건 알지만, 어쨌든 비겁하다.

"초대에 응해 주셔서 대단히 감사합니다. 이 자리에 여러분을 모시게 되어 정말 영광이고, 제게는 큰 의미입니다. 이곳에 계신 여러분이 일궈낸 성과가 무척이나 자랑스럽습니다. 여러분이 없었다면 지사를 내는 건 불가능했을 것입니다. 여러분은 제가 꿈꿔왔던 최고의 팀입니다. 또 모르죠. 내년에는 우리가 로스앤젤레스나 뉴욕에 지사를 또 내게 될지. 그럼 제가 또 이런 헛소리를 할 수 있겠죠."

그는 자기 농담이 만족스러운지 고개를 끄덕였다. 자신감에 찬 얼굴은 환하게 빛났다.

"너무 앞서가지 마세요."

킴벌리가 나서며 그의 엉덩이를 찰싹 때렸다.

"여러분, 특히나 킴벌리. 나는 당신 없이 아무 데도 갈 수 없소."

그의 말투가 갑자기 달라졌다. 방 안 분위기는 순식간에 바뀌었다. 크리스찬은 킴벌리의 손을 잡더니 그녀 앞으로 자리를 옮겨 섰다.

"로즈가 세상을 떠난 다음, 나는 완전히 암흑 속에서 살고 있었소. 흐리멍덩한 정신으로 세월을 보냈고, 다시는 행복해질 수 없을 거라 생각했지. 또 다른 누군가를 사랑할 수 있을 거란 생각은 하지 못했어. 스미스와 나, 단둘 뿐이라는 걸 받아들여야만 했소. 그러던 어느 날, 이 금발의 여인이 내 사무실로 들이닥쳤지. 단 10분 인터뷰했을 뿐인데, 게다가 당신의 흰색 블라우스에는 흉측한 커피 얼룩이 있었는데도, 나는 단숨에 알아봤지. 난 당신의 영혼과 에너지에 사로잡히고 말았어."

그는 킴벌리를 향해 몸을 돌렸다.

"당신은 내 곁에 아무도 없을 때, 내게 새 삶을 주었소. 누구도 로즈를 대신할 순 없었어. 당신도 그걸 알았지. 당신은 그러려고 애쓰지도 않았어. 로즈와의 추억을 인정하고, 나를 내 삶으로 돌아오게 도와줬어. 오직 내가 바란 건, 당신을 조금이라도 더 일찍 만났더라면 하는 거였소. 그랬더라면 그렇게 긴 시간을 비참한 시간 속에서 허덕이지 않았을 테니까."

그는 싱긋 웃으며, 그 순간의 감정을 끌어올리려 애를 썼다. 하지만 실패하고 말았다.

"당신을 사랑하오, 킴벌리. 내 남은 삶은 당신이 준 걸 갚으며 살고 싶소."

그는 킴벌리 앞에 무릎을 꿇었다.

'신개념 농담이야? 내가 아는 사람들은 갑자기 죄다 결혼하기로 한 거야? 아님, 나 엿 먹이려고 일부러 이러는 거야?'

"오늘 이 자리는 사실, 지사 설립 축하 파티가 아니라 약혼식이오."

그가 웃으며 깜짝 의도를 드러냈다.

"뭐가 됐든, 당신이 예스만 해준다면."

킴벌리가 비명을 지르며 눈물을 터뜨렸다. 나는 그들에게서 눈을 떼먼 데를 바라보았다. 킴벌리는 소리를 지르며 호들갑스럽게 청혼을 수락했다.

테사를 쳐다보지 않을 수 없었다. 그녀는 박수를 치며, 흘러내린 눈물을 닦았다. 그녀가 킴벌리에게 웃어 보이려 애를 쓰고 있다는 걸 알았다. 이 깜짝 쇼에, 행복한 눈물인 척하면서. 하지만 실은 그런 척하고 있을 뿐이다. 그녀는 무너져 내리고 있었다. 오늘 들은 모든 말은 그녀가 듣고 싶었던 바로 그 말일 테니. 나로부터 말이다.

35 · 테사

크리스찬이 킴벌리를 일으켜 세워 사랑을 담은 포옹을 했다. 그 장면을 보고 있으니 가슴 한쪽이 아파왔다. 킴벌리를 생각하면 정말 잘된 일이다. 진심으로 기쁘다. 하지만 그토록 바라던 걸 다른 사람들이 연출하는 걸 바라만 보는 게 가슴 아팠다. 그들을 축하하는 마음과는 별개다. 단 한 순간도 킴벌리의 행복을 질투하거나 시기한 적 없었다. 다만 크리스찬이 그녀의 두 볼에 입을 맞추고, 손에 다이아몬드 반지를 끼워주는 걸 보고 있는 게 힘들 뿐이다.

조용히 자리에서 일어났다. 아무도 내가 없어진 걸 눈치채지 못하길. 거실로 나오자, 눈물이 후드득 떨어졌다. 이럴 줄 알았다. 이렇게 무너져 내릴 줄 알았다. 하딘이 없었다면 이 정도까진 아니었을 텐데. 현실을 받아들이기가 너무나 고통스러웠다. 눈앞에 있는 그를 보고 있는 것조차 말이다.

그는 나를 조롱하러 여기 온 것 같았다. 그게 아니라면 내게 말 한마디 하지 않을 이유가 없었다. 납득이 되지 않았다. 지난 열흘 동안 나를 피하기만 하더니 불쑥 이곳에 나타났다. 내가 있을 걸 뻔히 알면서. 여기 오는 게 아니었다. 적어도, 내가 운전해서 왔어야 했다. 그러면 당장이라도 가버릴 수 있을 텐데. 제드를 불러야 하나….

제드가 8시에 데리러 오기로 했다. 시계를 보니 벌써 7시 반이나 되었다. 제드가 데리러 온 걸 하딘이 본다면…. 그는 진짜로 제드를 죽일지도 모른다. 아니, 안 그럴지도 모른다. 전혀 신경 쓰지 않을 수도 있다.

화장실로 들어가 문을 닫았다. 전등 스위치를 한참 찾았다. 터치 스크린이다. 이 집은 빌어먹을, 죄다 첨단 시설이다.

와인 잔을 떨어뜨리고, 나는 쥐구멍에라도 숨고 싶었다. 하딘은 그런 나한테 무관심해 보였다. 내가 있든 말든 신경도 쓰지 않는 것 같았다. 그는 힘들기나 했을까? 나처럼 침대에 파묻혀 며칠을 울며 지냈을까? 알 길은 없지만, 그에게서 아파했을 거라고 생각되는 모습은 찾아볼 수가 없었다.

'숨 쉬어, 테사. 가슴에 꽂힌 비수는 무시해버려.'

눈물을 훔치고, 거울에 비친 내 모습을 보았다. 화장은 번지지 않았다. 다행이다. 머리도 아직은 완벽하다. 두 볼이 상기되었지만, 그게 더 나아 보였다.

화장실 문을 열자, 트레버가 벽에 기대 있었다. 걱정스러운 표정이었다.

"괜찮아요? 갑자기 뛰쳐나가서…."

"바깥 공기 좀 쐬려고요."

말도 안 되는 거짓말이다. 바깥 공기를 쐬려고 화장실로 뛰쳐 들어갔다고? 다행히 트레버는 더 묻지 않았다. 하딘이라면 분명 그랬을 텐데.

"디저트가 나오고 있어요. 혹시 먹고 싶으면…."

그는 나를 에스코트하여 복도 쪽으로 데리고 갔다.

"조금만 먹을래요."

심호흡을 해봤다. 마음을 안정시키는 데 제법 도움이 된다. 어떡해야 하나 계속 생각했다. 좀 있으면 제드와 하딘이 맞닥뜨릴 텐데. 그때였다. 방을 막 지나가는데, 스미스의 목소리가 들렸다.

"형이 그걸 어떻게 알아요?"

아이의 목소리를 작았지만, 말투는 냉정했다.

"형은 뭐든 다 아니까."

하딘의 목소리였다.

'하딘? 스미스와 함께 있다고?'

발걸음을 멈추고 트레버에게 손짓했다.

"트레버, 먼저 가세요. 나는, 음…, 스미스하고 얘기 좀 할게요."

그가 의아한 눈초리로 나를 쳐다봤다.

"그래요…? 그럼, 기다려줄게요."

필요 없는 친절이다.

"아니에요, 괜찮아요."

나는 공손하게 그의 호의를 거절했다. 그는 고개를 까딱하고 먼저 갔다. 나는 그들이 하는 얘기를 몰래 엿듣고 있었다. 스미스가 뭐라고 말했지만 들리지 않았고, 곧 하딘이 대답했다.

"그렇다니까. 형은 다 안다고."

그의 목소리는 그 어느 때보다 차분했다. 나는 문 옆 벽에 귀를 바짝 대고 있었다. 스미스가 또 물었다.

"그럼 그 사람도 죽어요?"

"아니, 참나. 넌 왜 사람들이 다 죽는다고 생각하는 거야?"

"나도 몰라요."

아이가 말했다.

"그건 아니야. 모두 다 죽지는 않는다고."

"그럼 누가 죽는데요?"

"아무도 안 죽어."

"그게 누구예요, 하딘 형?"

스미스가 끈질기게 보챘다.

"아마 나쁜 사람들일 거야. 그리고 나이 든 사람들. 또 아픈 사람들. 아, 가끔은 너무 슬픈 사람들도."

"형의 예쁜 누나처럼요?"

가슴이 철렁했다.

"아니! 그 누나는 아니야. 그 누나는 안 슬퍼."

하딘의 말에 나는 손으로 입을 틀어막았다.

"슬픈 거 같던데."

"아니라고, 그 누나는 아니야. 그 누나는 행복해. 그래서 안 죽을 거야. 킴벌리 아줌마도 안 죽을 거야."

"형이 그걸 어떻게 알아요?"

"말했잖아. 형은 다 안다고."

내 얘기가 나오자 그의 말투가 바뀌었다. 스미스가 비웃는 것 같은 소리가 들렸다.

"아냐, 형은 몰라요."

"이제 좀 괜찮아? 아니면 더 울 거야?"

하딘이 스미스에게 물었다.

"놀리지 말아요."

"미안, 암튼 이제 다 울었지?"

"네."

"좋아."

"좋아요."

"까불지 마라. 그건 버릇없는 거야."

하딘이 엄하게 말했다.

"형이 더 버릇없어요."

"너도 마찬가지야. 근데, 너 정말 일곱 살 맞냐?"

저거야 말로 내가 저 아이한테 늘 하고 싶던 질문이었다. 스미스는 나이에 비해 너무 조숙하다. 많은 일들을 겪어냈으니, 그렇겠지만.

"당연하죠. 우리 같이 놀래요?"

이번엔 스미스가 하딘에게 물었다.

"아니, 싫어."

"왜요?"

"넌 왜 이렇게 질문이 많아? 넌 꼭….."

"테사?"

킴벌리의 목소리에 화들짝 놀랐다. 거의 소리를 지를 뻔했다. 안심시키려는 듯 그녀가 내 어깨에 손을 올렸다.

"미안해요! 근데 스미스 못 봤어요? 좀 아까 나갔는데, 그 많은 사람들 중에 하딘이 따라 나가더라고요."

그녀는 혼란스러워 보였지만 한편으로 감동을 받은 듯했다.

"음, 아니요."

나는 서둘러 복도 쪽으로 갔다. 하딘은 눈치챘을 거다. 너무 창피했다. 분명히 킴벌리가 내 이름 부르는 걸 들었겠지.

식당으로 돌아와, 한 무리의 사람들과 이야기하고 있는 크리스찬에게 다가갔다. 초대해 주어 감사했다는 인사를 전했다. 약혼을 축하한다는 말도 빼먹지 않았다. 조금 있다 킴벌리가 나타났다. 그녀에게 포옹하며 작별 인사를 했다. 카렌과 켄 씨에게도 인사를 했다.

휴대전화를 확인했다. 8시 10분 전이다. 하딘은 스미스와 같이 있겠지. 나와 얘기하고 싶은 생각은 전혀 없어 보였다. 그래, 됐다. 괜찮다. 바라던 바다. 그의 사과 같은 건 이제 필요 없다. 나 없이 비참했다느니 하는 하소연도 필요 없다. 나를 붙잡고 잘해보자는 둥, 잘못했던 걸 전부 바로잡겠다는 둥 하는 헛소리도 필요 없다. 하지도 않겠지만, 암튼 그래 봤자 부질없는 짓이다.

다 필요 없다고 생각하니, 덜 상처 받는 것 같다.

찻길까지 내려오니 얼추 시간이 되었다. 온몸이 얼어붙을 것 같았다. 겉옷을 입고 왔어야 했다. 1월 말인데다가 눈까지 내리기 시작했다. 무슨 생각을 한 건지 모르겠다. 제드가 얼른 오기만을 바랐다.

칼바람이 불어 머리가 마구 헝클어졌다. 몸이 덜덜 떨렸다. 두 팔로 몸을 감싸 안았다.

"테스?"

고개를 들었다. 잠깐 동안, 헛것을 본 게 아닐까 생각했다. 눈 속에서 검은 그림자가 내 앞으로 다가왔다.

"여기서 뭐 해?"

하딘이었다. 그가 더 가까이 다가왔다.

"가려고."

"아⋯."

그가 목덜미를 쓰다듬었다. 그의 버릇이다. 나는 잠자코 있었다.

"잘 지냈어?"

황당한 질문이다. 갑자기 난처해졌다.

"잘 지낸 것 같아?"

고개를 돌려 그를 쳐다보았다. 침착해지려 애를 썼다. 그는 완전히 무덤덤한 표정으로 나를 쳐다보았다.

"그러니까⋯, 내 말은⋯. 괜찮냐고."

'사실대로 말해야 하나, 아님 거짓말을 해야 할까?'

"넌 잘 지냈어?"

대답 대신 하딘에게 되물었다. 이가 딱딱 부딪혔다.

"내가 먼저 물어봤잖아."

이건 내가 머릿속에 그리던 재회 장면이 아니다. 무슨 일이 벌어질지 나도 잘 모르지만, 어쨌든 이건 아니다. 그가 내게 욕설을 퍼붓고, 서로 소리소리 지르며 싸울 거라 생각했다. 눈발 흩날리는 길바닥에 서서, 서로의 안부를 묻게 될 줄은 몰랐다. 나무에 걸린 불빛이 하딘의 등 뒤로 비쳤다. 그가 천사같이 빛나는 것처럼 보였다. 착각이겠지.

"잘 지냈어."

나는 거짓말을 했다. 그가 나를 아래 위로 천천히 훑어보았다. 가슴이 철렁하며 심장이 쿵쾅거렸다.

"그래 보이네."

그의 목소리는 바람처럼 차가웠다.

"넌 어때?"

그가 엉망진창으로 지낸다는 대답을 듣고 싶었다.

"마찬가지야. 잘 지내."

답이 떨어지자마자 내가 물었다.

"왜 나한테 전화 안 했어?"

허를 찌르면 속내가 드러나겠지. 그는 나를 한 번 쳐다보더니 시선을 떨궜다. 양손으로 머리를 쓸어 넘겼다.

"좀⋯ 바빴어."

그의 대답을 듣자 분노가 솟구치며 뼈가 으스러지는 것 같은 통증이 밀려왔다.

"바빴다고?"

"응⋯, 좀⋯."

"와우."

"와우라니?"

"바빴다고? 넌 내가 지난 11일 동안 어떻게 지냈는지 알기나 해? 지옥이었어. 너무 고통스러워서 견딜 수 없을 것 같았다고. 그래도 난 기다렸어, 기다리고 또 기다렸어, 바보같이!"

소리를 지르고 말았다.

"너도 내가 어떻게 지냈는지 모르잖아! 왜 늘 네가 모든 걸 다 안다고 생각하지? 빌어먹을, 넌 아무 것도 모른다고!"

그도 맞받아 소리를 질렀다. 나는 도로 끝까지 걸어갔다. 누가 날 데리러 왔는지 보기라도 한다면 하딘은 이성을 잃고 말 거다. 대체 빌어먹을 제드는 어디 있는 거야? 벌써 8시에서 5분이나 지났다.

"말해봐, 그럼! 나한테 전화하는 것보다 더 중요한 게 뭐였는지!"

흐르는 눈물을 손으로 훔쳤다. 제발, 제발 눈물만은 멈추기를. 만날 이렇게 우는 게 나도 이제 지겹다.

36 · 하딘

테사가 울기 시작했다. 아무렇지도 않은 표정을 짓는 게 더 힘들어졌다. 나도 지옥 속에서 헤맸다고 말하면 어떻게 됐을까? 내가 느낀 이 고통을 어떻게 버텨내야 할지 몰랐다고 얘기하면 어땠을까? 그녀는 내 품으로 달려들어 다 괜찮다고 말했을 거다. 그녀는 스미스와 내가 얘기하는 걸 듣고 있었다. 그녀가 거기 있다는 걸 나도 알았다. 성가신 꼬맹이 녀석이 말한 것처럼, 그녀는 슬펐던 거다. 하지만 어떻게 흘러갈지는 잘 모르겠다. 그녀가 나를 용서한대도, 결국에 나는 또 몹쓸 짓을 저지를 거다. 항상 그런 식이다. 어떡해야 이 짓거리를 멈출 수 있는지 모르겠다.

내가 선택할 수 있는 건 오로지 하나, 그녀에게 나보다 훨씬 더 나은 다른 사람을 만날 기회를 주는 것뿐이다. 그녀도 자기와 비슷한 사람을 원하겠지. 타투도, 피어싱도 없는 제대로 된 사람을. 엿 같은 어린 시절을 보내지도, 가슴 속에 지울 수 없는 분노를 품지도 않은 그런 사람. 눈 내리는 길바닥에서 그녀가 울고 있다. 그걸 보고 있자니 나란 놈은 정말 구제불능이라는 생각이 들었다.

나는 톰, 그녀는 사랑스러운 데이지다. 톰이 철저하게 타락시킨 데이지다. (톰과 데이지는 소설 『위대한 개츠비』에 나오는 두 남녀 주인공이다 - 옮긴이) 그녀는 전철을 밟아선 안 된다. 내 이기심으로 그녀에게 무릎을 꿇고 용서를 구한다면, 그녀는 끝간 데 없는 나락으로 떨어지게 될 거다. 그녀의 순수함은 갈기갈기 찢겨질 거고, 결국엔 나를 증오하게 될 거다. 그녀 자신까지도. 애초에 톰이 데이지를 떠났다면, 데이지는 운명이 정해준 남자와 일생을 보냈을 거다. 그녀가 받아 마땅한 정당한 대우를 해줄 그런 남자와 말이다.

"네가 상관할 바가 아니잖아, 안 그래?"

내 말에 정곡을 찔린 그녀를 바라만 보고 있었다.

그녀는 트레버와 안에 있든가, 노아와 집으로 돌아가야 한다. 나와 함께는 아니다. 나는 미스터 다아시가 아니고, 그녀는 그래야 마땅하다. 나는 바뀌지 않는다. 그녀 없이 살아갈 방도를 찾아야 한다. 마찬가지로 그녀도 나 없이 살아야 한다.

"어떻게 그렇게 말할 수 있어? 그 많은 일을 함께 겪었는데, 어떻게 나를 이렇게 내팽개칠 수 있어? 변명이라도 한마디 해줄 양심도 없는 거니?"

그녀가 울부짖는다. 그때 깜깜한 도로 끝에서 자동차 헤드라이트가 비쳤다. 그녀의 그림자가 바닥에 길게 드리워졌다.

'모두 널 위해 이러는 거야!'

소리쳐 말하고 싶었다. 대신 나는 어깨만 한 번 으쓱해 보였다. 그녀의 입이 떡 벌어졌다. 트럭이 우리 앞으로 다가왔다. 저 트럭은….

"저 자식은 여기 왜 온 거야?"

쉰 목소리가 튀어나왔다.

"나 데리러."

그녀는 결심이 선 듯 냉정하게 말했다. 나는 맥이 탁 풀려 주저앉을 뻔했다.

"왜…, 왜 저 자식이…. 이게 무슨 빌어먹을 상황이야?"

나는 우왕좌왕했다. 그녀를 밀어내며 나를 정리하게 만들었던 건, 그녀에게 잘 맞는 좋은 사람을 만나기를 바라서다. 엿 같은 제드 자식은 아니다. 하필 그 많은 사람들 중에 저 자식이라니.

"너 그럼…, 저 개자식을 만나고 있었던 거야?"

그녀를 무섭게 노려보았다. 내 말이 미친놈처럼 들릴 거다. 상관없었다. 나는 테사를 지나쳐 트럭이 서 있는 데로 성큼성큼 걸어갔다.

"빌어먹을 차에서 당장 내려!"

트럭을 향해 소리쳤다. 제드는 깜짝 놀란 듯 차에서 내렸다. 시동은 그대로 켜둔 채였다. 이 자식은 정말 개새끼다.

"테사, 괜찮아?"

제드 자식이 걱정스러운 듯 테사에게 물었다. 나는 제드의 면상을 노려보았다.

"내 이럴 줄 알았어! 네 녀석이 어슬렁거리며 끼어들 틈을 기다리는 줄 알았다고! 네가 이러고 있는 걸 내가 모를 줄 알았지?"

둘은 서로를 쳐다보았다.

"제드는 그냥 놔둬, 하딘!"

테사가 이 자식 편을 든다. 순간 보이는 게 없었다. 나는 제드의 멱살을 붙잡고 녀석의 턱을 후려갈겼다. 테사가 비명을 질렀다. 몰아치는 눈보라와 내 분노의 소용돌이 속에서 외침은 속삭임이 되어 사라졌다.

제드가 턱을 만지며 비틀거렸다. 그러더니 재빨리 몇 발짝 물러서서 내 앞에 버티고 섰다. 그래, 네 놈이 죽고 싶은 거구나.

"내가 모를 줄 알았지? 경고했잖아, 테사 앞에 얼씬도 하지 말라고!"

한 대 더 칠 기세로 내가 달려들었다. 그러나 이번에는 녀석이 나를 막으며 버텼다. 솟구쳐 오른 분노와 아드레날린이 뒤엉켜 날뛰었다. 이번 주 들어 처음이다. 이 느낌을 잊고 있었다. 혈관을 타고 흐르는 에너지가 나를 더욱 흥분하게 만들었다.

녀석의 복부를 가격했다. 녀석은 넘어져 땅에 쓰러졌다. 순식간에 녀석의 위에 올라탔다. 녀석을 때리고 또 때렸다. 녀석은 몇 대 맞으면서 벗어나려고 안간힘을 썼다. 하지만 나를 뿌리칠 힘은 없었다.

"난 곁에 있어줬지만…, 네 녀석은 그러지도 않았잖아."

그가 화를 부추겼다.

"그만 해! 그만 하라고, 하딘!"

테사는 내 팔을 잡아 끌었다. 반사적으로 나는 그녀를 길바닥에 내동댕이쳤다.

순간적으로 분노가 멈추었다. 그녀를 돌아보았다. 그녀는 바닥에 넘어진 채로 주춤거리며 물러섰다. 그리고 내 공격을 피하려는 듯 두 팔로 얼굴을 가리며 일어섰다.

'내가 지금 무슨 짓을 한 거지?'

"테사한테 가까이 가지 마!"

제드가 등 뒤에서 소리 질렀다. 녀석은 쏜살같이 그녀의 곁으로 갔다. 그녀는 녀석을 보고 있었다. 내게는 눈길조차 주지 않았다.

"테스…, 그럴 의도는 아니었다. 너인 줄 몰랐어, 맹세해! 내가 화나면 눈에 뵈는 게 없다는 거 알잖아…. 정말 미안해. 난…."

그녀는 나를 똑바로 쳐다보았다.

"우리, 그냥 가자. 제발."

차분한 목소리였다. 가슴이 철렁 내려앉았다. 하지만 그건 녀석에게 한 말이었다.

'어떻게 이런 일이…?'

"그래."

제드는 재킷을 벗어 그녀의 어깨에 걸쳐주었다. 트럭의 조수석 문을 열고, 그녀가 타는 걸 도왔다.

"테사…."

다시 한 번 그녀를 불렀다. 그녀는 듣지 못했다. 손에 얼굴을 파묻고 흐느껴 울고 있었다. 그녀의 몸이 가늘게 떨렸다.

나는 제드에게 으름장을 놓았다.

"이거 끝난 거 아냐."

녀석은 고개를 끄덕이더니 운전석 쪽으로 걸어갔다. 그리고 한 번 더 나를 쳐다보았다.

"마찬가지야."

녀석은 능글맞게 웃고는 트럭에 올라탔다.

"너를 그렇게 밀쳐버리다니, 내가 사과할게."

제드가 말했다. 나는 부어오른 제드의 뺨을 따뜻한 수건으로 닦았다. 살갗이 찢어져 피가 멈추지 않았다.

"네 잘못이 아니야. 자꾸만 이런 일에 끼어들게 만들어서 미안해."

한숨이 나왔다. 싱크대로 가서 수건을 담가 놓았다.

제드는 영화 보러 가는 대신 랜던 집에 데려다주겠다고 했다. 하지만 나는 랜던 집으로 돌아가고 싶지 않았다. 하딘이 거기까지 쳐들어와, 난리 굿을 피우게 하고 싶진 않았으니까. 지금쯤 켄 씨와 카렌의 집을 부수고 있을지도 모른다. 맙소사, 그러지 않기를.

"괜찮아. 그 녀석이 무슨 짓을 벌일지는 이미 알고 있었는 걸, 뭐. 그래도 널 다치게 하지 않아서 다행이야. 하긴 더 심한 짓도 했지만."

제드가 한숨을 내쉬었다.

"여기 상처를 꽉 누를 거야. 좀 아플 수도 있어."

그에게 미리 귀띔을 했다. 그는 눈을 꼭 감았다. 수건으로 그의 살갗을 꽉 눌렀다. 상처가 너무 깊다. 흉터가 남을 것 같았다. 안 그랬으면 좋겠는데. 완벽한 제드의 얼굴에 이런 흉터가 생기다니. 나 때문에 이렇게 되는 건 정말 싫었다.

"됐어."

그는 퉁퉁 부은 입술을 하고도 씨익 웃었다.

'난 왜 늘 남의 상처만 닦아주고 있는 걸까?'

"고마워."

그가 또 한 번 미소를 지었다. 나는 피로 얼룩진 수건을 물에 헹궜다.

"걱정 마, 청구서 보낼 거야."

내가 농담을 건넸다.

"근데, 너 정말 괜찮아? 꽤 세게 넘어졌는데."

"조금 아픈데, 괜찮아."

하딘이 때문에 오늘 밤은 엉망이 되어버렸다. 내가 떠났다고 해도, 그는 별로 상처 받지 않을 거라 생각했었다. 하지만 오늘 보니 조금은 영향을 미친 듯했다. 너무 바빠서 나한테 연락을 안 했다고 했지만, 아직 일말의 애정은 남아 있는 모양이다. 그런데도 아무 일 없었던 것처럼 굴다니. 제드를 보고 이성을 잃기 전까지는 그랬다. 같은 상황이라면, 트레버를 봤을 때도 하딘은 화를 냈어야 한다. 그렇다면 크리스찬의 집에서도 싸움판을 벌였어야 하는데, 그때는 아무 상관도 하지 않더니…, 정말 이상하다.

아무리 내가 마음을 상하게 했대도, 하딘이 날 다치게 하지는 않을 거라 믿는다. 하지만 벌써 두 번째다. 처음에는 그의 행동을 금세 용서했다. 크리스마스에 그를 억지로 아빠 집에 데리고 간 건 나였으니까. 그게 싫었을 수도 있으니까. 그런데 오늘은 순전히 그의 잘못이다. 그곳에 나타나서는 안 되는 거였다.

"테사, 혹시 배고파?"

"아니, 파티에서 밥 먹었어."

아직도 쉰 목소리가 났다. 제드의 아파트에 와서 너무 목놓아 울어서 그런 것 같다. 조금 창피했다.

"집엔 먹을 게 없거든. 뭐 먹고 싶으면 주문해줄게. 생각 바뀌면 얘기해."

"고마워."

제드는 믿을 수 없을 만큼 다정하다.

"좀 있으면 룸메이트가 올 거야. 우리를 성가시게 하진 않을 거야. 아마 엄청 취해서 들어올 거거든."

"정말 미안해, 제드."

"사과는 그만 해. 내가 말했잖아. 그때 네 곁에 있을 수 있어서 기쁘다고. 하딘은 엄청 화난 것 같더라."

"나랑 싸우고 있었거든."

소파에 앉았다. 온몸이 쑤셔서 신음이 나왔다.

"참, 말도 안 된다."

교통사고로 생긴 상처랑 멍이 겨우 다 나아가는 참이었다. 그랬는데 이제 하딘 때문에 상처를 입다니. 원피스가 엉망으로 더러워졌다. 구두는 여기저기 까져 있었다. 하딘이 손대는 건 정말, 죄다 망가져버리나 보다.

"잘 때 입을 옷이 있어야겠지?"

제드가 며칠 전 덮었던 담요를 건네며 물었다.

제드 옷을 입을 생각을 하니 조금 불안해졌다. 그건 하딘과 내가 나누던 특별한 비밀 같은 건데. 그거 말고 다른 사람 옷을 입었던 적은 한 번도 없었다.

"몰리가 옷을 여기 놔뒀을 텐데…, 내 룸메이트 방에 말이야. 좀 이상하긴 하겠지만…."

그가 어색한 미소를 지었다.

"그래도 그 옷을 입고 자는 것보단 나을 거야."

몰리는 나보다 훨씬 말랐다. 웃음이 터질 뻔했다.

"걔 옷은 안 맞을 거야. 내가 그걸 입을 수 있을 거라 생각하다니, 고마워."

제드는 내 말이 이해되지 않는 모양이었다. 멍청한 그의 표정이 어쩐지 귀여웠다.

"그럼, 네가 입을 만한 옷을 가져와 볼게."

생각이 뻗어나가기 전에 얼른 고개를 끄덕였다. 입고 싶으면 누구 옷이라도 입을 수 있다. 나는 하딘의 소유물이 아니다. 그는 내게 변명하려는 노력조차 하지 않았다.

제드는 침실로 들어갔다가 금세 돌아왔다. 손에 옷가지가 가득 들려 있었다.

"이것 저것 챙겨와 봤어. 어떤 걸 좋아할지 몰라서."

그의 말투에는 뭔가 다른 느낌이 담겨 있었다. 나와 진심으로 가까워지길 원한다는 느낌. 내가 뭘 좋아하는지 알고 싶은 거구나. 나와 하딘이 그랬듯이.

나는 파란색 티셔츠와 격자무늬의 파자마 바지를 골랐다.

"내가 별로 까다롭진 않아."

그에게 감사의 미소를 보내고, 옷을 갈아입으러 욕실로 들어갔다.

바지라 생각했던 격자무늬 파자마는 알고 보니 박서 팬츠였다. 제드의 박서 팬츠. 오 마이 갓. 원피스를 벗고 큼지막한 티셔츠를 뒤집어 썼다. 박서 팬츠는 일단 접어두기로 했다.

셔츠는 하딘 거보다 조금 작았다. 겨우 허벅지 끝에 닿았고, 하딘의 향기도 나지 않았다. 당연하지, 하딘 옷이 아닌데. 세탁 세제 냄새 끝에 약하게 담배 냄새가 배어 있었다. 어쨌든 냄새는 괜찮았다. 보고 싶은 남자의 향기만큼 좋지는 않았지만.

박서 팬츠를 입고 내려다보았다. 짧지는 않은데 꼭 배기 바지 같았고, 하딘 것보다 조금 작았다. 최대한 빨리 소파로 가서 얼른 담요로 가려야겠다.

제드의 옷을 입고 나니 민망함이 밀려왔다. 그래도 오늘밤 제드가 나 때문에 당한 봉변만큼 민망하진 않겠지. 가엾게도 하딘이 분출한 분노의 증거들이 그의 얼굴 곳곳에 남았다. 하딘과 내가 절대 봉합될 수 없다는 핏빛 증거들. 하딘이 신경 쓰는 건 오로지 자기 자신뿐이다. 제드를 봤을 때 이성을 잃었던 것도 자존심이 상했기 때문이다. 하딘은 나를 원하지 않는다. 그러면서도 내가 다른 사람과 함께 있는 꼴은 못 본다.

원피스를 접어 욕실 바닥에 두었다. 어차피 더러워진 거라 상관없었다. 세탁을 해보겠지만, 원상태로 될지는 잘 모르겠다. 이 옷이 정말 맘에 들었는데. 제법 비싸기도 했다. 아파트를 얻는 데 돈이 많이 필요하다. 한 푼이 아쉬운 상황이다.

잰 걸음으로 나갔다. 제드는 텔레비전 옆에 서 있었다. 그의 눈이 동그래지며, 내 몸을 아래 위로 훑어 보았다.

"나는…, 어…, 뭘 좀 찾고 있었어…, 그러니까 영화를…, 네가 보고 싶은 걸로, 진짜야."

그는 말을 더듬었다. 나는 재빨리 소파에 앉아 담요를 끌어 덮었다. 더듬거리는 말투와 동그래진 눈 때문일까? 그는 평소보다 더 어리고 약해 보였다. 그가 멋쩍은 듯 웃음을 보였다.

"미안. TV를 켜는 중이었어. 네가 볼 수 있게."

"고마워."

나는 미소 지으며, 소파의 한쪽 끝에 앉았다. 그는 무릎을 꿇고 앉아 멍하니 앞을 쳐다보고 있었다.

"혹시 나랑 같이 있는 게 부담스러워서 싫다고 해도, 이해해."

어색한 침묵이 싫어 내가 먼저 말했다. 그는 몸을 돌려 나를 쳐다보았다.

"아냐, 그런 생각 마."

그의 시선이 온통 내게 쏟아졌다.

"내 걱정은 하지 마, 테사. 나는 알아서 할게. 무슨 일이 있어도 네 곁을 떠나지 않을 거야. 혹시 그런다면, 그건 네가 원할 때만이야. 네가 가라고 하기 전까진, 옆에 있을 거야."

"그냥 잘 모르겠어. 하딘을 어떡해야 할지. 걔가 널 또 다치게 하는 건 싫어."

"그 녀석, 꽤 폭력적이야. 어떻게 해야 할지 알 것 같아. 그러니까 내 걱정은 하지 마. 내가 바라는 건 이거야. 오늘 그 녀석이 어떤 놈인지 너도 봤잖아. 그러니까 너도 그 녀석과 거리를 두었으면 해."

그럴 생각을 하니 슬픔이 차올랐다. 그래도 어쩔 수 없다.

"그래야겠어. 하딘은 나한테 신경도 안 쓰는데, 나만 왜 이래야 해?"

"넌 그 녀석한텐 너무 아까워. 항상 그랬지만."

그가 힘주어 말했다. 나는 그의 곁으로 바짝 다가 앉았다. 그가 담요를 들더니, 안으로 들어왔다. 텔레비전을 켰다. 우리 사이가 편해진 것 같아 좋았다. 그는 나를 깔아뭉개는 말은 한마디도 하지 않는다. 내 감정을 일부러 상하게 만들지도 않는다.

"안 피곤해?"

잠시 후, 내가 물었다.

"아니, 넌?"

"조금."

"그럼, 자. 난 내 방으로 갈게."

"나 잠들 때까지 여기 같이 있어줄래?"

부탁에 가까운 말투였다. 그는 나를 물끄러미 쳐다보았다. 안도와
행복의 눈빛이었다.

"물론이지."

38 · 하딘

트렁크를 주먹으로 내리쳤다. 아무리 소리를 질러도 분이 풀리지 않
았다.

어떻게 이런 일이 있을 수 있지? 내 손으로 그녀를 땅바닥에 내동댕
이 치다니. 제드 자식은 트럭에서 내렸을 때 무슨 일이 벌어질지 분명
히 알았을 것이다. 결국 흠씬 두드려 맞을 걸 각오한 거다. 나는 테사를
잘 안다. 그녀는 그런 그가 불쌍했을 거고, 또 얻어맞게 만든 자신을 원
망했을 거다. 그리고 그 자식에게 큰 빚을 졌다고 생각하겠지.

"제기랄!"

나는 더 크게 소리 질렀다.

"뭘 그렇게 소리치고 있는 거야?"

크리스찬이 눈 내리는 길바닥에 불쑥 나타났다.

"아무 것도 아니에요."

평생을 걸고 사랑할 유일한 사람이, 세상에서 가장 경멸하는 사람이랑 떠나버렸다. 크리스찬은 잠시 나를 쳐다보았다.

"무슨 일이 있구나."

"지금 빌어먹을 진실 게임 같은 거 할 기분 아니거든요."

"거참 우연의 일치로군. 나도 그런데. 난 어떤 미친놈이 길에서 소리치고 있나 보려고 나온 거야."

그는 피식 웃었다. 나도 거의 웃을 뻔했다.

"가세요."

"테사가 네 사과를 받아주지 않은 걸로 이해하마."

"내가 사과했다고 누가 그래요? 사과는 뭐 나만 해요?"

"널 아니까. 게다가 네가 남자잖아…."

그는 들고 있던 잔으로 내게 경의를 표하더니, 남은 술을 마셨다.

"우리는 항상 먼저 사과해야 해. 늘 잘못을 저지르거든."

나는 깊은 숨을 토해냈다.

"그래요. 근데 걔가 내 사과를 원치 않아요."

"대부분의 여자들은 남자가 사과하길 바라지."

그녀가 안심된다는 듯 제드를 바라보던 모습이 머릿속에서 떠나질 않았다.

"난 아니에요…, 걔한텐 아니에요."

"알았어, 알았어."

크리스찬이 손사래를 쳤다.

"안으로 들어갈래?"

"아뇨…, 잘 모르겠어요."

머리를 흔들어 눈을 털어냈다.

"네 아버지랑 카렌이 갈 준비를 하던데."

"나하고 상관없거든요."

그가 키득거렸다.

"네 언어는 정말 끝도 없이 나를 놀래키는구나."

나도 그를 향해 빙긋 웃었다.

"지금 내 욕하는 거예요?"

"바로 그거다."

그는 내 어깨에 팔을 둘렀다. 나는 나 자신에게 놀랐다. 안으로 데리고 들어가는 그를 얌전히 따라갔으니 말이다.

39 · 테사

잠이 오지 않았다. 30분마다 깨서 휴대전화를 확인했다. 혹시라도 하딘이 연락을 했을까 봐. 역시나 아무 연락도 없었다. 알람을 다시 확인했다. 내일은 수업이 있다. 그러니까 아침 일찍 제드가 랜던 집에 데려다줘야 한다. 그래야 준비를 하고, 제시간에 학교에 갈 수 있다.

다시 눈을 감고 잠을 청했다. 심란하기 그지 없었다. 꿈 속에서 하딘이 집으로 돌아오라고 내게 애원하던 장면이 기억났다. 꿈이든 아니든 그러고 나니 심란해 죽겠다. 좁은 소파에서 몸을 일으켰다. 애초부터 여기서 혼자 자는 게 아니었다.

제드의 침실 문을 열었다. 가볍게 코고는 소리가 들렸다. 그는 웃통은 벗은 채로 침대에 엎드려 자고 있었다. 양팔은 머리 위로 아무렇게나 올려져 있었다.

제드를 깨울까 말까 한참을 고민하다 그를 흔들어 깨웠다.

"테사?"

그가 일어나 앉았다.

"왜? 무슨 일이야?"

놀란 목소리였다.

"깨워서 미안해…. 저기, 나, 혹시 여기서 자도 돼?"

기어들어가는 목소리로 물었다.

그는 아무 대답 없이 잠깐 나를 쳐다보았다.

"그럼, 당연하지."

그가 몸을 움직여 내가 누울 수 있을 만큼 자리를 내주었다.

시트조차 없는 건 최대한 무시해보려고 애썼다. 제드도 결국엔 학생이니까. 모두가 나처럼 단정하고 깔끔한 건 아니니까. 그가 베개를 밀어주었고, 나는 그의 곁에 누웠다. 우리 사이의 간격은 고작 한 뼘 남짓이었다.

"하고 싶은 얘기라도 있어?"

그가 물었다.

'내가 그런가?'

나 역시도 궁금했다.

"아니, 오늘 밤엔 아니야. 머릿속이 너무 복잡하거든."

"내가 도와줄게 있으면 말해."

어둠 속에서 들리는 그의 목소리는 부드러웠다.

"좀만 더 가까이 가도 돼?"

내 부탁을 그가 흔쾌히 들어줬다. 그와 바싹 붙어 마주보고 있다는 게 조금 긴장되었다. 그는 엄지로 내 뺨을 쓰다듬었다. 따뜻하고 부드러운 터치였다.

"나와 함께 있어줘서 정말 기뻐, 그 자식이 아니라."

제드가 속삭였다.

"나도."

이게 내 진심일까? 아닐까? 나조차도 확신이 서질 않았다.

40 · 하딘

랜던의 태도가 사뭇 달라졌다. 나에게 달려들던 그날부터다. 공항에서 그는 불같이 성을 냈다. 짐 찾는 곳에 서 있던 나를 발견했기 때문이다. 그의 엄마 대신 내가 픽업 나온 걸 그제야 알아차린 거다. 카렌은 내가 랜던을 데리러 가겠다는 걸 허락해줬다. 아마 디너파티에서 돌아와 또 외출하는 건 싫었겠지. 아니면 내가 정말 불쌍해 보였거나. 둘 중 어떤 이유인지는 잘 모르겠다. 어쨌든 다행이다.

이 녀석이 문제다. 랜던은 노골적으로 짜증을 냈다. 자기가 만난 중에 내가 제일 나쁜 새끼라고 투덜거렸다. 처음엔 차도 타지 않으려 해서 애를 먹었다. 나는 20분도 넘게 이 사랑스러운 의붓동생을 설득했다. 한밤중에 50킬로미터를 걸어가는 것보다야 낫지 않겠냐고 사정했다.

한동안 침묵이 흘렀고, 나는 공항에서 하려다 말았던 얘기를 끄집어

냈다.

"어쨌든 내가 어떻게 해야 할지 네 의견을 듣고 싶어. 이러지도 저러지도 못하고 있거든. 빌어먹을 중간에 꽉 끼어서."

"뭐와 뭐 사이에?"

"영국 집으로 돌아갈까 해. 그래야 테사도 자기한테 맞는 삶을 찾을 거고, 나도 견딜 수 있을 거고. 그거랑, 제드네 집에 가서 엿 같은 그 자식을 죽여버릴까 하는 거랑."

"후자하고 테사는 무슨 상관인데?"

그를 쳐다보며 어깨를 으쓱했다.

"그 자식을 죽여버리고, 테사를 데리고 오려고."

"바로 그게 문제야. 넌 테사를 네가 원하는 대로 하려고 하잖아. 네가 보고 싶은 대로만 보고."

"내 말은…."

하지만 랜던 말이 맞는 것 같았다. 내 생각을 고집하려 하진 않을 거다.

"테사가 지금 제드랑 있어. 그러니까, 내 말은, 어떻게 그런 일이 있을 수 있냐는 거야. 아무리 좋게 생각하려 해도 도저히 안 돼."

관자놀이를 문지르며 내가 소리쳤다.

"내가 운전해야 될 것 같은데?"

랜던 이 자식, 정말 짜증난다.

"하딘, 테사는 금요일 밤에도 걔네 집에 있었어. 그리고 토요일도 하루 종일 걔랑 있었고."

순식간에 눈앞이 캄캄해졌다.

"뭐라고? 그럼…, 테사가…, 그 자식이랑 사귀는 거야?"

랜던은 차창에 그림을 그리며 딴청을 피웠다.

"사귀는 건지는 잘 모르겠어…. 근데 토요일에 테사랑 얘기했거든. 그때 그랬어. 네가 그 난리를 치고 난 다음에 자기가 처음 웃었다고."

어이가 없었다. 나는 콧방귀를 뀌며 비웃었다.

"테사는 그 자식을 몰라."

이런 개 같은 일이 일어나다니, 믿을 수가 없다.

"멍청하게 굴지 마. 진짜 아이러니한 건 뭔 줄 알아? 너는 테사가 자기랑 비슷한 사람을 만나길 바라지만, 걔는 결국 너 같은 사람을 만나."

"그 자식은 완전 나랑 달라."

운전에만 집중하려고 애를 썼다. 랜던 앞에서 무너질 순 없다. 아빠 집에 도착할 때까지 나는 잠자코 운전만 했다.

"테사가 많이 울었어?"

집 앞에 차를 세우며 결국 먼저 입을 뗐다. 랜던은 믿을 수 없다는 듯 나를 쳐다보았다.

"당연하지, 일주일 내내 울었어."

그러더니 고개를 절레절레 흔들었다.

"하딘, 넌 네가 테사한테 무슨 짓을 저질렀는지 모를 거다. 넌 신경 쓰지도 않았잖아. 지금도 넌 네 생각만 하고 있어."

"어떻게 그렇게 말하냐? 테사를 위해 일부러 그런 거야. 걔가 날 정리할 수 있게. 난 테사를 사귈 자격이 없어. 네가 나한테 그랬잖아, 기억 안 나?"

"그랬지. 그리고 지금도 그 마음은 변함 없어. 하지만 누굴 사귈 자격이 되는지 아닌지, 그가 누군지는 테사 스스로 결정하는 거야."

랜던은 발끈하더니, 차에서 내렸다.

제이스는 대마초 연기를 훅 뿜어냈다. 그리고 그 연기를 뚫어지게 쳐다보았다.

"나, 요즘은 병신 짓 안 하잖아. 패거리들이랑 어울리지도 않는다고. 트리스탄도 거의 안 오고. 걔는 스테프에 정신이 팔려 있어서."

"흠."

맥주를 한 모금 마시며 그의 아파트를 둘러보았다. 여기 왜 왔는지 모르겠다. 근데 딱히 갈 곳도 없었다. 오늘 밤, 아파트로 돌아가는 건 생지옥이다. 테사가 제드랑 같이 있다니. 아무리 생각해도 믿어지지가 않았다.

'환장할 노릇이군.'

랜던은 끝내 테사한테 전화해주지 않았다. 어떻게든 테사를 아빠 집으로 오게 해달라고 사정했는데도. 나쁜 새끼. 그래도 그의 충실한 우정만큼은 존경한다. 내 편이 아니라서 그렇긴 하지만. 테사가 누구와 함께 있고 싶은지는 테사 스스로 결정하는 거라고? 나는 그녀가 무슨 선택을 했는지 안다. 아니, 안다고 생각했었다. 제드 자식에게 완전히 허를 찔렸다. 테사랑 주말 내내 같이 보내다니.

"넌 대체 무슨 일이야?"

제이스가 대마초 연기를 내 얼굴에 뿜었다.

"아무 것도 아냐."

"이 말은 해야겠다. 내 집에 나타나다니, 넌 진짜 놀라운 놈이야. 우리가 마지막 만난 날 나한테 그런 짓을 하고도 말이야."

"너, 내가 왜 왔는지 알잖아."

"내가?"

빈정거리는 말투였다.

"테사 하고 제드 말이야. 넌 알고 있을 텐데."

"테사? 테사 영하고 제드 에반스?"

그가 능글맞은 웃음을 지었다.

"뭔지 말해봐."

저 면상에서 재수 없는 웃음을 거둬내야 하는데. 잠자코 그를 보고
만 있었다. 녀석이 어깨를 으쓱했다.

"정직하게 말하는데, 난 거기에 대해서 아는 바가 아무 것도 없어."

그러더니 또 한 모금을 깊이 빨았다. 담뱃재가 후드득 그의 다리 위
로 떨어졌다. 녀석은 신경도 쓰지 않는 눈치였다.

"네가 언제 정직한 적이 있었냐?"

나는 맥주를 한 모금 더 마셨다.

"당연히 있지. 근데, 걔들, 잤나?"

녀석이 한쪽 눈썹을 찡긋 들어올렸다. 그 물음에 숨이 턱 막히는 것
같았다.

"빌어먹을, 거기까지 가진 말고. 걔들 둘이 같이 있는 거 본 적 있어?"

나는 천천히 심호흡을 했다.

"전혀. 걔들 얘기는 아는 거 없다고."

제이스는 대마초를 재떨이에 내려놓았다.

"제드 자식, 웬 고등학생 계집애랑 사귀는 줄 알았는데."

나는 방구석에 쌓여 있는 더러운 빨래 더미를 노려보았다.

"나도 그런 줄 알았어."

"그럼, 걔가 제드랑 사귀려고 널 차버린 거냐?"

"비아냥거리지 마. 그럴 기분 아니니까."

"나한테 그거 물어보러 온 거잖아. 비아냥거리는 게 아니라고."

제이스가 비꼬듯 말했다.

"걔들이 금요일에 같이 있었다고 들었는데, 누가 또 거기 있었는지 알고 싶어."

"난 몰라. 그리고 난 아니야. 너네 둘이 동거하는 거 아니었냐?"

녀석이 안경을 벗어 테이블 위에 놓았다.

"맞아."

제이스는 정말 싫다. 그리고 제드 자식도. 테사는 트레버 같은 사람을 선택할 수는 없었던 걸까? 젠장, 그녀의 상대로 트레버가 낫겠다고 생각하게 될 줄은 몰랐다. 어이가 없었다. 제이스의 면상을 테이블에 눌러 박고 싶은 충동을 억지로 눌렀다. 아무런 도움도 안 된다. 술도, 분노도, 그 어떤 것도.

"확실히 아무 것도 모르는 거지? 혹시라도 거짓말이면 내 손에 죽는다."

한 마디 한 마디에 힘을 주어 녀석을 위협했다.

"알았어, 친구. 네가 그 계집애랑 끝나서 얼마나 미쳐 날뛰는지 우리 다 안다고. 그러니까 그만 좀 재수 없게 굴어."

"분명히 경고했다."

그는 어이없는 표정을 지었다. 애초에 왜 이런 녀석이랑 어울리기 시작했던 걸까? 이 녀석은 끔찍이도 엿 같다. 녀석의 엉덩이를 걷어차 주는 걸로 알량한 우정이란 걸 끝냈어야 했다. 제이스는 일어나서 천천히 기지개를 켰다.

"어쨌든, 친구, 난 이제 자야겠어. 새벽 4시잖아. 자고 싶으면 소파에서 쭈그려 자든가."

"됐어."

나는 현관으로 향했다. 밖은 추웠다. 테사가 제드와 같이 있는 걸 안 이상 두 다리 뻗고 잘 수는 없는 노릇이다. 게다가 녀석의 아파트라니. 혹시라도 녀석이 테사를 건드렸을까? 녀석이 주말 내내 테사를? 테사는 나에 대한 화풀이로 녀석과 잔 걸까?

아냐, 나는 그녀를 잘 안다. 아직도 내 손이 팬티 속으로 미끄러져 들어갈 때마다 얼굴이 빨개지는 게 테사다. 그래도 제드가 끈질기게 설득했을지도 모른다. 술을 먹였을 수도 있다. 테사는 알코올에 약하다. 두 잔만 마셔도 거칠어지고, 내 바지를 벗기려고 난리를 친다. 젠장, 녀석이 테사를 취하게 한 다음 건드렸으면….

교차로 중간에서 급하게 유턴을 했다. 경찰이 없기만을 바랐다. 게다가 술 냄새까지 풍기고 있으니까.

'그녀에게서 떨어지겠다는 건 엿 같은 생각이었어.'

나는 몹쓸 놈이다. 그녀에게 못되게 굴었다. 하지만 제드 녀석은 나보다 훨씬 더 형편없는 자식이다. 그 자식보다는 내가 더 그녀를 사랑한다. 아니, 그 어떤 남자들보다 훨씬. 제정신이 아니었나 보다. 그녀를 다시 찾아야 한다. 그 자식이 갖게 둘 순 없다, 그 누구에게도 줄 수 없다. 나 말고는 누구도 안 된다.

이런 제기랄. 왜 파티에서 그녀에게 사과하지 않은 걸까? 그랬어야 했다. 모두의 앞에서 무릎을 꿇고, 용서해 달라고 애원했어야 했다. 그 랬더라면 지금쯤 우리는 함께 있었을 거다. 머리 끝까지 열이 올라 그 녀와 싸우고, 얼떨결에 그녀를 내동댕이치는 게 아니라.

제드는 얼간이다. 감히 테사를 데리러 파티엘 와? 또 다시 화가 치밀 어 올랐다. 도착하기 전까지는 화를 가라앉혀야 한다. 내가 침착하면, 그녀와 대화할 기회가 있을 거다. 그러길 바란다.

제드 집 앞에 도착했을 때는 새벽 4시 30분을 넘긴 시간이었다. 문 앞에 서서 잠시 마음을 가라앉혔다. 마침내 문을 두드리고는 안절부절 못하며 기다렸다.

두드리다 못해 쾅쾅 치려던 순간 문이 열렸다. 제드의 룸메이트인 테 일러가 나왔다. 여기서 파티를 했을 때 몇 차례 얘기해본 적이 있었다.

"스캇? 무슨 일이야?"

그가 잠에 취해 웅얼거렸다.

"제드 어딨어?"

그를 밀치고 들어갔다. 시간 낭비할 새가 없다. 테일러가 눈을 비볐다.

"이봐, 너 지금 새벽 5시인 건 아냐?"

"4시 반이다. 근데 어디…."

그때 소파에 얌전히 접어놓은 담요가 눈에 들어왔다. 가지런히 개놓 은 담요라니. 테사의 표식이다. 근데 소파가 텅 비었다? 그게 무슨 의 미인지 아주 잠깐 생각했다. 대체 어디 있는 거야?

목구멍에서 뜨거운 것이 치밀어 올랐다. 오늘 밤에만 벌써 백 번째 다. 나는 집 안을 이리저리 휘젓고 다녔다. 비몽사몽 중에 황당해 하는 테일러를 남겨두고.

제드의 침실 문을 열었다. 어두웠다. 주머니에서 휴대전화를 꺼내서 플래시를 켰다. 테사의 금발이 베개 위로 아무렇게나 늘어져 있었다. 그리고 제드의 벌거벗은 상반신이 눈에 들어왔다!

'오, 마이, 갓.'

전등 스위치를 찾아 켰다. 테사가 몸을 뒤척였다. 나는 부츠 발로 책상 모서리를 쿵쿵 걷어찼다. 테사가 찡그리며 눈을 감았다가 떴다. 가늘게 눈을 뜨고 어디서 나는 소리인지 찾고 있었다. 무슨 말을 해야 할지 생각해내려 애썼다. 내 눈앞에 펼쳐진 이 광경에 대해서 말이다. 테사와 제드가 한 침대에 있다, 둘이, 같이.

"하딘?"

그녀가 투덜대듯 말하더니 인상을 찌푸렸다. 그녀는 나를 보기 전에 제드를 먼저 쳐다보았다. 충격이다.

"너…, 여기서 뭐해?"

그녀는 눈이 점점 커지더니 벌떡 일어났다.

"아니지, 아니지. 너야 말로 여기서 뭐 하는 거야? 저 자식하고 한 침대에서?"

주먹을 있는 힘껏 꽉 쥐었다. 최대한 소리를 지르지 않으려 애쓰는 중이었다. 그녀가 저 자식과 잤다면, 나는 끝이다. 돌이킬 여지 없이, 테사와는 끝이다.

"여기엔 어떻게 들어온 거야?"

그녀의 표정에는 슬픔이 가득했다.

"테일러가 열어줬어. 넌 저 자식이랑 한 침대에서 뭐해? 어떻게 저 자식 침대에 있을 수가 있어?"

제드가 몸을 뒤척이며 눈을 비볐다. 그러더니 용수철처럼 몸을 일으켰다. 그러더니 내가 버티고 서 있는 데로 눈을 돌렸다.

"지금 내 방에서 뭐 하는 짓이야?"

가만히 있어야 한다. 안 그랬다간 누구 한 놈, 결국엔 병원으로 실려 갈 거다. 그 한 놈은 제드겠지만. 이 상황에서 테사를 데리고 나가려면, 최대한 침착해야 한다.

"데리러 왔어, 테사. 가자."

나는 그녀에게 손을 뻗었다. 그녀는 미간을 찌푸렸다.

"뭐라고?"

내가 싫어하는 테사의 태도가 등장했다.

"네가 뭔데, 내 집에 쳐들어와서 가라 마라야?"

제드가 침대에서 일어나 다가왔다. 녀석은 팬티가 다 보이는 헐렁한 반바지 차림이었다.

더 이상 참을 수가 없었다.

"테사…."

나는 그녀가 침대에서 일어서기만을 기다렸다. 하지만 그녀는 꿈쩍도 하지 않았다.

"난 너랑 아무 데도 안 갈 거야, 하딘."

그녀가 입을 열었다.

"들었지? 안 간대."

제드가 나를 비웃었다.

"지금 당장은 그따위 실랑이하고 싶지 않아. 후회할 짓 하지 않으려고 죽도록 노력하는 중이거든. 그러니까 입 닥치고 있어."

녀석에게 으름장을 놓았다. 그는 아랑곳하지 않고 도발했다.

"여긴 내 집이고, 내 침실이야. 그리고 얘가 너랑 가고 싶지 않대. 그럼 안 가는 게 맞지. 나하고 싸우고 싶으면, 어디 한번 해 봐. 어쨌든 나는 가고 싶지 않다는 애를 보낼 생각은 없으니까."

녀석은 걱정하는 척하는 표정을 지었다. 본 적이 있는 표정이다. 가증스러운 자식.

"그게 계획이지? 나를 약 올려서 꼭지 돌게 만들고 결국 너를 패게 하는 거. 그러면 테사가 널 측은하게 여길 거고, 난 모두가 꺼리는 괴물이 되겠지. 이런 거지 같은 수작에 속지 마, 테사!"

그녀가 여전히 녀석의 침대에 앉아 있는 걸 견딜 수가 없었다. 더 견딜 수 없는 건, 이 자식을 팰 수도 없다는 거였다. 그게 바로 그놈이 원하는 거니까.

테사가 한숨을 쉬었다.

"그냥 가, 하딘."

"테사, 내 말 좀 들어 봐. 저 자식은 네가 생각하는 그런 놈이 아니야. 빌어먹을 순진한 놈이 아니라고."

"그걸 네가 어떻게 알아?"

"그건…, 나도 몰라. 근데 저놈이 널 이용하고 있다는 건 알아. 저 자식은 너랑 섹스하고 싶어서 저러는 거야. 너도 알아야 해."

나는 감정을 억누르며 겨우 말을 마쳤다.

"아니거든."

그녀는 담담하게 말했다. 하지만 점점 화가 나는 것 같았다.

"이봐, 하딘. 그냥 가라. 테사가 싫다잖아. 더 꼴사나워지기 전에, 가."

녀석의 주둥이에서 이 말이 떨어지자마자 온몸이 부들부들 떨리기 시작했다. 너무 화가 나서 더 이상 참을 수 없을 것 같았다.

"경고했을 텐데. 그 입 닥치라고. 테사, 더 꼬이게 만들지 말고, 가자. 우리, 얘기 좀 해."

"지금 한밤중이야. 그리고 너⋯."

나는 그녀의 말을 잘랐다.

"제발, 테사, 부탁이야."

내 말을 들은 테사의 표정이 달라졌다. 무엇 때문인지 도통 알 수 없었다.

"아니, 갑자기 들이닥쳐서 이럴 순 없어! 경찰 부르게 하지 말라고."

제드가 어깨를 으쓱하며 태연하게 말했다.

인내심이 한계에 다다랐다. 나는 녀석에게 한 발짝 다가섰다. 테사가 침대에서 뛰어내려 우리 사이에 섰다.

"하지 마. 더는 안 돼."

그녀가 애원했다. 내 눈을 똑바로 쳐다보고 있었다.

"그럼 나하고 같이 가. 이 자식을 믿으면 안 돼."

제드가 콧방귀를 뀌었다.

"네놈은 믿어도 되고? 네가 다 망쳤잖아. 현실을 직시하라고. 테사는 너보다 훨씬 좋은 남자를 만날 자격이 있어. 네가 얘를 행복할 수 있게 놔두기만 한다면⋯."

"행복할 수 있게 놔두라고? 네놈이랑? 얘랑 사귀고 싶은 것처럼 말한다? 넌 애 팬티 속에 손 넣을 궁리만 하잖아!"

"웃기지 마! 난 애를 걱정하는 거야. 그리고 네놈보다는 훨씬 잘해줄 수 있어!"

녀석이 내 면전에 대고 소리를 질렀다. 테사는 양손을 내 가슴에 대고 나를 막았다. 말도 안 되는 얘기지만, 그녀의 터치는 짜릿했다. 그녀의 손이 내 몸에 닿자 몸이 움찔했다. 그녀의 손길을 너무 오래 느끼지 못했다.

"둘 다 그만 해, 제발! 하딘, 넌 가는 게 좋겠어."

"난 안 갈 거야, 테사. 넌 너무 순진해. 이 자식은 너한테 아무 관심 없어!"

그녀의 면전에서 소리를 질렀지만 그녀는 눈 하나 깜빡이지 않았다.

"그럼 넌? 넌 '너무 바빠서' 나한테 11일이나 연락 한 통 없었잖아! 네가 얼씬도 안 할 때 제드가 곁에 있어줬어."

그녀가 소리 질렀다. 멈추지 않고 계속 소리를 질러댔다. 순간 그녀의 옷이 눈에 들어왔다.

'이럴 순 없어…'

나는 다시 한 번 확인하려고 한 걸음 뒤로 물러섰다.

"너, 빌어먹을, 지금 뭘 입고 있는 거야?"

더듬거리며 내가 말했다. 그녀는 아래를 내려다보았다. 자기 차림새를 잊고 있는 듯했다.

"빌어먹을, 저 자식 옷 아니야?"

소리치는 내 목소리는 갈라져 있었다. 나는 머리를 쥐어뜯었다.

"하딘…."

그녀가 무슨 말인가 하려는 듯했다.

"맞아, 내 거야."

제드가 대신 대답했다.

"너, 저 자식이랑 잔 거야?"

맥이 탁 풀렸다. 눈물이 왈칵 쏟아져 나올 것 같았다. 그녀의 눈이 동그래졌다.

"아니야! 절대 아니야!"

"사실대로 말해봐, 테사! 너, 쟤랑 잤어?"

"대답했잖아!"

그녀도 소리 질렀다. 제드는 뒤에 서서, 멍든 얼굴로 걱정스럽게 쳐다보고 있었다. 더 패줬어야 했는데.

"너, 테사 만졌어? 아, 젠장, 맙소사!"

나는 길길이 날뛰었다. 더 이상 참을 수가 없다. 저 자식이 테사한테 손끝 하나라도 댔다면, 참지 못할 거다. 아니 참을 수 없다. 나는 제드를 노려보았다. 둘 중 누구라도 대답해야 한다.

"얘 몸에 손끝 하나라도 댔다면, 맹세코, 네놈을⋯."

그녀가 다시 우리 사이에 끼어들었다. 눈빛에는 공포가 가득했다.

"당장 꺼져. 아니면 경찰을 부를 거야."

제드가 으름장을 놓았다.

"경찰? 너 지금⋯."

"내가 갈게."

혼란의 틈바구니에서 테사의 목소리는 부드럽기 그지없었다.

"뭐라고?"

제드와 내가 동시에 말했다.

"내가 너랑 가겠다고, 하딘. 안 그러면 너 안 갈 거잖아."

순간적으로 안도감이 밀려왔다. 뭐, 약간이긴 하지만. 왜 갑자기 가겠다고 나선 건지 이유는 상관없다. 그녀가 나랑 가기만 하면 된다.

제드가 거의 애원조로 말했다.

"테사, 갈 필요 없어. 경찰 부르면 돼. 쟤랑 같이 안 가도 된다고. 이게 저 자식이 하는 짓이야. 너랑 네 주변 사람들을 위협해서 널 조정하는 거."

"네 말이 틀린 건 아니야….."

그녀가 한숨을 쉬었다.

"근데, 나 너무 지쳤어. 새벽 5시잖아. 우리, 할 얘기가 있긴 하거든. 그니까 이게 제일 쉬운 방법이야."

"그러지 않아도….."

"테사는 나랑 같이 갈 거야."

나는 잘라 말했다. 테사가 죽일 듯한 눈빛으로 나를 노려보았다.

"제드, 내일 전화할게. 일을 이렇게 만들어서 정말 미안해."

그녀가 놈에게 상냥하게 말했다. 녀석은 고개를 끄덕였다. 결국에 내가 이겼다는 걸 인정한다는 듯이. 녀석은 골을 내며 주둥이를 씰룩거렸다. 아무래도 그녀의 행동이 맘에 들지 않는 거다.

실은, 나도 내심 놀랐다. 그녀가 이렇게 쉽게 나를 따라 나서다니…. 그녀는 누구보다 나를 잘 안다. 그녀의 판단은 옳았다. 그녀가 같이 가지 않는다면 나는 한 발짝도 움직이지 않을 참이었으니까.

"사과하지 않아도 돼. 몸 조심하고. 혹시라도 내가 필요하면 바로 연락해."

흥, 고까울 거다. 한밤중에 쳐들어와서, 테사를 데리고 나가는 내가.

테사는 침실에서 나와 살금살금 복도를 가로질러 욕실로 갔다. 그 동안 아무 말도 하지 않았다.

"테사 옆에 다시는 얼씬거리지 마. 분명히 경고했을 텐데. 아직도 모르겠어?"

침실 문을 나서며 말했다. 제드는 잡아먹을 듯 나를 쳐다보았다. 거실에서 테사가 내 이름을 부르지 않았더라면 녀석의 목을 졸랐을지도 모른다.

"테사를 다치게 하면, 맹세하는데, 너도 가만두지 않을 거야!"

제드는 그녀가 들으라는 듯 큰 소리로 외쳤다. 우리는 현관문을 나와 눈 내리는 거리로 발걸음을 내딛었다.

41 · 하딘

하이힐에 녀석의 옷 같은 반바지라니. 말도 안 되는 조합이다. 그래도 한 가지 짐작 가는 점이 있다. 다른 신발이 없다는 건, 그녀가 오늘 밤 그 집에서 자려고 했던 건 아니라는 거다. 하지만, 어쨌든, 테사는 거기 있었다. 그 자식의 침대에 있던 모습은 상상하기도 싫다. 저 옷을 입은 모습을 보는 것도 참을 수가 없다. 처음으로 그녀를 쳐다보기가 싫었다. 빨간 원피스는 팔에 걸치고 있었다. 분명 추울 텐데.

내 코트를 주려고 했지만, 단칼에 거절당했다. 아빠 집에 갈 때까지 아무 말도 하지 말라고 매몰차게 말했다. 그녀가 내게 화가 났든 말든 상관없다. 어쨌든 나를 따라 나왔으니까. 그것만으로도 안심이 되고 행복했다. 그녀는 내내 뭔가를 중얼거렸다. 그 입에서 나오는 말이라면 욕이라도 달갑게 받을 수 있다.

하지만 나도 화가 났다. 내가 곁에 없다고 바로 제드에게 달려간 그녀에게 화가 났다. 그녀를 밀쳐내려고 노력했던 나 자신에게도 화가 났다.

"너한테 할 말이 많아."

아빠 집 동네에 들어서면서 내가 입을 뗐다. 그녀는 얼음장같이 차가운 눈빛으로 쏘아보며 한 발도 물러서지 않았다.

"지금은 아무 말도 듣고 싶지 않아. 얘기할 기회는 많았잖아. 지난 11일 동안."

"그냥 내 얘기 좀 들어줘."

내가 사정했다.

"왜 지금인데?"

그녀는 차창 밖으로 시선을 돌렸다.

"그러니까…, 왜냐하면, 네가 보고 싶었으니까."

결국 실토하고야 말았다.

"내가 보고 싶었다고? 내가 제드랑 있으니까 질투가 났던 거겠지. 걔가 오늘 밤 나를 데리러 오기 전까진 내가 보고 싶지 않았잖아. 넌 지금 사랑이 아니라 질투에 눈이 먼 거야."

"그렇지 않아. 그건 이거 하고 아무 상관없어."

실은 상관있다. 그래도 나는 정말로 그녀가 보고 싶었다.

"저녁 내내 나한테 아무 말도 안 했잖아. 그러더니 쫓아 나와서, 한다는 말이 뭐? 너무 바빴다고? 그게 보고 싶었던 사람한테 할 말이야?"

그녀가 정곡을 찔렀다.

"거짓말이었어."

"말도 안 돼."

그녀가 눈을 감고 고개를 천천히 저었다. 맙소사, 테사. 오늘 밤 너무 성마르다. 나는 심호흡을 했다. 상황을 악화시킬 말을 하면 안 되니까.

"나, 휴대전화가 없었어. 그리고 영국 집에 갔었어."

그녀가 고개를 홱 돌리더니 나를 쳐다보았다.

"뭐라고?"

"머리 식히러 영국엘 갔었어. 뭘 어째야 할지 모르겠더라고."

애써 변명을 했다. 테사는 오디오 볼륨을 낮추더니, 팔짱을 꼈다.

"내 전화는 받지도 않았잖아."

"알아. 죄다 수신 거부했지. 그건 정말 미안해. 다시 전화하고 싶었는데, 잘 안 되더라고. 그리고 취해서 휴대전화를 부숴버렸어."

"그렇게 하면 내 기분이 좀 나아질 줄 알았어?"

"아니…. 그냥 난 네가 행복했으면 했어, 테사."

그녀는 아무 말도 하지 않았다. 그저 창밖만 물끄러미 보고 있을 뿐이다. 그녀의 손을 잡았지만 그녀는 매몰차게 뿌리쳤다.

"만지지 마."

"테스…."

"하지 말라고, 하딘! 11일 만에 나타나서 아무렇지도 않게 손을 잡아? 악순환의 고리를 뱅뱅 도는 것도 이제 질린다. 겨우 울지 않고 한 시간을 버틸 수 있게 됐는데. 넌 갑자기 튀어나와서 날 다시 나락으로 끌고 가잖아. 처음 만날 때부터 그랬어. 난 이제 질렸어. 네가 정말로 나를 생각한다면, 네 자신에게나 잘 설명해봐."

그녀는 울음이 터지려는 걸 가까스로 참고 있었다.

"지금 설명하려고 애쓰는 거야."

짜증이 점점 솟구쳤다. 아빠 집 앞에 차를 세웠다. 그녀는 차문을 열려고 했지만, 내가 잠가버렸다.

"설마 차 안에 나를 가두려는 거야? 억지로 데리고 오더니! 대체 왜 이러는 거야!"

그녀가 또 소리치기 시작했다.

"가두려는 게 아니야."

이건 진심이다. 굳이 변명을 하자면, 그녀가 너무 고집불통이라 내 말을 들으려고 하지 않아서다. 테사는 잠긴 문을 열고 차에서 내렸다.

"테사! 빌어먹을, 내 말 좀 들어봐!"

나의 외침은 바람 속으로 사라졌다.

"계속 네 말을 들으라고 하지만, 넌 어떤 말도 하지 않잖아!"

"말할 틈도 주지 않고 쉴 새 없이 떠들어댄 건 너야!"

우린 늘 결국엔 소리 지르며 싸우고 만다. 이럴 땐 테사가 분이 풀릴 때까지 소리 지르게 내버려둬야 한다. 그냥 그렇게 할 거다. 안 그랬다가는 후회할 말을 할 것만 같았다. 실은 왜 녀석의 옷을 입고 있는지 따져 묻고 싶었다. 하지만 지금은 화를 가라앉히고 이성을 찾아야 한다.

"미안해. 나한테 딱 2분만 줘, 내 말 자르지 말고. 부탁할게."

테사는 고개를 끄덕였다. 의외의 반응이었다. 그녀는 팔짱을 끼고 내가 말하기만을 기다리고 있었다.

눈이 본격적으로 내리기 시작했다. 몸이 꽁꽁 얼었을 거다. 그래도 당장 말해야 한다. 아니면 마음이 변할지도 모른다.

"그날 밤 아무리 기다려도 네가 돌아오지 않았어. 그래서 난 영국으로 갔어. 너한테 너무 몹쓸 짓을 한 것 같아서, 난 제정신이 아니었어. 그냥 난…."

그녀가 돌아서더니 집을 향해 눈이 쏟아지는 길을 걸어갔다. 망했다. 난 사과하는 건 완전 젬병이다.

"테사, 네 잘못이 아니야. 너한테 거짓말 한 거 정말 미안해!"

그녀가 돌아보기를 바라며 소리 질렀다. 그녀가 돌아봤다.

"이건 단순히 거짓말의 문제가 아니야, 하딘. 그거보다 훨씬 더 복잡하고 많은 게 있어."

"그러니까 얘기를 해줘, 부탁이야."

"문제는 네가 날 합당하게 대해주지 않는다는 거야. 난 절대로 네게 첫 번째는 되지 못할 거야. 넌 항상 네가 첫 번째니까. 네 친구들, 네 파티, 네 미래. 난 아무 것도 결론 내린 게 없어. 근데 넌 내가 바보 같은 생각을 하게 만들어. 내가 무슨 결혼에 목숨 건 사람처럼 말하면서, 내 얘기는 듣지도 않았잖아. 결혼 얘기가 아니야. 넌 내가 뭘 원하고, 어떤 미래를 꿈꾸는지 생각조차 하지 않잖아. 맞아, 난 언젠가 결혼할 거야, 하지만 당장은 아니야. 그래도 난 안정감이 필요해. 이제 내가 너를 더 좋아하는 것처럼, 막 대하는 것 좀 그만 해. 아, 그것도 잊지 말아야지. 네가 술에 취해서 다른 여자랑 밤을 같이 보냈다는 거 말이야."

테사는 숨도 쉬지 않고 속사포처럼 말을 토해냈다. 나는 그녀 앞으로 몇 걸음 다가갔다. 그녀 말이 다 맞다. 나도 안다. 그저 그래서 내가 뭘 어떻게 해야 할지 모를 뿐이다.

"알아, 근데 영국에 우리 둘이 같이 있었다면, 넌…."

나는 우물쭈물 말을 얼버무렸다.

"내가 어땠을 것 같은데, 하딘?"

그녀의 이가 딱딱 부딪혔다. 추위로 코는 빨개져 있었다.

나는 잠자코 주먹에 말라붙은 피딱지를 떼었다. 어떻게 말해야 할지 정말 모르겠다. 어떻게 해야 내 감정을 솔직히 표현할 수 있을까. 세상에서 제일 이기적인 나쁜 놈처럼 들리지 않게 말이다.

"넌 날 떠날 수 없었을 거야….”

속내를 털어놓고야 말았다. 그녀의 무시무시한 대답을 기다렸다. 내 예상은 빗나갔다. 대신 그녀는 울음을 터뜨렸다.

"내가 뭘 더 할 수 있을지 모르겠어, 하딘. 얼마나 너를 사랑하는지 어떻게 더 보여줄 수 있을까. 난 네가 상처 줬을 때마다 네게 다시 돌아왔어. 너와 함께하려고 이사도 왔고, 네가 말도 안 되는 짓을 했을 때도 용서해줬어. 너 때문에 엄마와의 관계도 끊어버렸어. 그런데도 넌 여전히 자신이 없어.”

그녀가 눈물을 훔쳤다.

"나, 자신 없지 않아."

"봤어? 이래서 우리가 안 된다는 거야. 넌 항상 네 자존심만 내세우잖아.”

"내가 언제 내 자존심만 내세웠다고 그래!”

나는 참지 못하고 고함을 질렀다.

"하지만 지금은 정말 자존심이 너무 상해. 제드 침대에 있는 널 봤잖아.”

"너 정말, 계속 이럴 거야?"

"빌어먹을, 그래! 너야 말로 꼭….'

흠칫 하던 말을 멈췄다. 무슨 말이 튀어나올지 아는 듯, 그녀의 기세가 한풀 꺾였다. 그녀의 잘못이 아니라는 건 잘 안다. 그 자식이 온갖 사탕발림으로 꼬셨을 거다. 그 자식은 그러고도 남는다. 아무리 그렇대도 테사가 그 자식과 함께 있었다는 게 여전히 마음 상한다.

"계속해 봐, 하던. 내가 뭐?"

아, 나를 세상에서 제일 열 받게 하는 여자. 나는 겨우 화를 달래고 있었다. 그녀는 혀를 끌끌 찼다.

"그래, 이쯤 하면 됐지? 난 안으로 들어간다. 너무 추워. 그리고 한 시간 후에 일어나서 학교 갈 준비해야 해."

집으로 향해 가는 그녀를 뒤따라갔다. 핸드백을 아빠 차에 두고 내렸다는 걸 기억이나 할까? 아빠 차는 눈앞에 있지만, 잠겼다. 잠시 문을 바라보다가 그녀가 중얼거렸다. 혼잣말인 것 같다.

"랜던한테 전화해야겠네. 열쇠가 없어."

"우리 집에 가면 되잖아."

"별로 좋은 생각이 아니라는 거 알지?"

"우린 어쨌든 이 문제를 해결하고 가야잖아."

나는 머리를 움켜쥐었다.

"둘이 같이."

내가 딱 잘라 말했다.

"둘이 같이라고?"

테사는 반쯤 비웃는 것 같았다.

"그래, 둘이 같이. 테사, 정말 많이 보고 싶었어. 너 없이 지옥의 시간을 보냈단 말이야…. 너도 내가 보고 싶었던 거라면 좋겠어."

"나한테 진작 연락했어야지. 정말 지친다. 우린 너무 많이 싸웠어."

"그래도 우린 이겨낼 수 있어. 넌 나한테 너무 과분해, 나도 잘 알아. 그러니까 제발, 테사, 뭐든지 할게. 이렇게는 단 하루도 견딜 수 없을 것 같아."

42 · 테사

하딘의 입에서 또 저 말이 나왔다. 가슴 한쪽이 아파왔다. 그는 이런 짓 하는 데 선수다.

"늘 말 뿐이지, 하나도 달라지지 않잖아."

"네 말이 맞아."

그는 내 눈을 똑바로 쳐다보았다.

"인정해. 처음 며칠 동안은 너무나 화가 났어. 그래서 네 근처에 얼씬 도 하기 싫었어. 네가 과민반응 했잖아. 근데 그러고 나서 깨닫기 시작 했어. 이러다 일이 더 커질 거라는 걸. 너무 겁이 났어. 내가 너에게 잘 못한 거 알아. 근데 난 다른 사람을 어떻게 사랑해야 하는지 모르겠어, 테스. 진짜 죽을 힘을 다해 바뀌려고 노력하는 중이야. 그래, 전엔 최선 을 다하지 않았어. 하지만 이제부터는 그럴 거야. 진심이야, 맹세해."

그를 바라보았다. 이런 소리는 질리도록 들었다.

"이 말, 전에도 했던 거 알지?"

"알아, 근데 이번엔 진심이야. 나탈리를 만나고 난 다음에, 내가…."

'나탈리?'

가슴이 철렁했다.

"나탈리를 만났다고?"

그 여자가 아직도 하딘을 사랑하나? 아님 증오하나? 하딘이 그 여자의 인생을 송두리째 망쳐버렸잖아!

"영국에 갔을 때 우연히 만났어. 임신했더라고."

'오, 맙소사.'

"정말 그 사건 이후 처음 만난 거야, 테사."

그가 말했다. 내 생각을 읽은 모양이다.

"약혼했더라, 행복해 보였고. 내가 저지른 모든 걸 용서한대. 결혼하게 돼서 너무 행복하다고. 그보다 더 행복할 순 없겠지. 그때 눈이 번쩍 뜨였어."

그는 또 한 걸음 다가왔다. 추위에 팔다리가 마비된 것 같았다. 그리고 하딘에게 분노가 일었다. 아니, 분노 그 이상이었다. 나는 격분했고, 마음이 상했다. 그는 끊임없이 이랬다 저랬다 하고 있다. 질려버린다. 이제 와서 내 앞에서 결혼 얘기를 하다니. 어떻게 받아들여야 할지 모르겠다. 이 남자와 같이 나오는 게 아니었다. 내 마음은 일찌감치 정해졌는데. 마지막으로 할 일이 있다면, 하딘과 완전히 정리하는 거다.

"지금 뭐라고 했어?"

"이제 깨달았다고. 널 만난 내가 얼마나 행운아인지. 너한테 온갖 짓을 다했는데도 내 곁에 네가 있다는 게."

"그걸 일찍 깨달았어야지. 항상 난 널 더 사랑했어. 네가 날 사랑하는 것보다…."

"그렇지 않아! 내가 더 많이 사랑해. 나도 지옥을 견뎠어, 테사. 너무 아팠다고, 네가 없어서. 먹지도 못하고 몰골은 처참해졌어. 내가 널 밀어낸 건, 널 위해 나를 정리하게 하려던 거였어."

그의 변명은 구차했다.

"말도 안 되는 소리 하지 마."

얼굴에 붙은 축축한 머리카락을 떼어냈다.

"내가 네 삶에서 떨어져나가면, 나 없이 행복해질 거라 생각했어. 너만의 일라이자와…."

"일라이자는 또 누군데?"

'대체 무슨 소리를 하고 있는 거야?'

"아, 나탈리의 약혼자야. 걔는 내가 사라지자 결국 사랑하는 사람을 만났고, 결혼까지 하게 됐어. 너도 그럴 수 있을 거라고 생각했어."

"그러니까 그 사람이 너는 아니란 거잖아…?"

잠시 동안 그는 아무 말도 못했다. 혼란스러워 보였던 그의 표정에 광기가 어렸다. 그는 두 손으로 머리카락을 쥐어뜯었다. 지난 한 시간 동안 열 번쯤 한 행동이다. 집 뒤편에서 어슴푸레한 빛이 번지며 면동이 트고 있었다. 집 안 사람들이 죄다 깨기 전에 들어가야 한다. 하이힐에 반바지 차림으로 그들 앞을 왔다 갔다 하는 건 너무 창피한 일이다.

"그건 아닌 것 같아."

나는 한숨을 쉬었다. 이 남자와 헤어지면서 더 이상의 눈물은 안 된다. 적어도 혼자 있을 때까지는.

하딘은 완전히 넋이 나간 표정으로 내 앞에 서 있었다. 나는 랜던에게 전화를 걸어, 문을 열어달라고 부탁했다. 하딘은 그저 나를 제드의 아파트에서 끌어내리려고 쳐들어왔던 거다. 내가 듣고 싶었던 말을 할 완벽한 기회가 주어졌지만 그는 아무 말 없이 서 있기만 했다.

"어서 와. 춥다."

랜던이 현관문을 열어주었다. 랜던한테 지금 당장 내 문제를 털어놓고 싶진 않았다. 그는 몇 시간 전에 뉴욕에서 돌아왔다. 피곤한 그를 붙잡고 이기적으로 굴긴 싫었다. 그는 의자에 있던 담요를 내 어깨에 걸쳐주었다.

"부모님 깨시기 전에 얼른 위층으로 올라가자."

멍하니 고개를 끄덕였다.

몸과 정신이 눈보라와 하딘으로 인해 마비된 것 같다. 위층으로 올라가며 힐끗 시계를 보았다. 6시 10분 전이다. 10분 후면 샤워하러 들어가야 한다. 정말 긴 하루였다. 랜던은 내가 지내는 방문을 열고, 불을 켜주었다. 나는 침대 모서리에 걸터앉았다.

"괜찮아? 몸이 꽁꽁 언 것 같아."

랜던의 물음에 고개만 끄덕였다. 왜 이렇게 입고 있는지 묻지 않은 것만으로도 감사하다.

"뉴욕은 어땠어?"

물어보긴 했지만, 내가 들어도 무덤덤하고 관심 없는 듯 들렸다. 내 베스트 프렌드의 인생에 대해 물론 지대한 관심을 가지고 있다. 하지만 지금은 아무런 힘도 남아 있지 않았다. 랜던이 나를 슬쩍 쳐다보았다.

"정말 지금 얘기하고 싶은 거야?"

"당연하지."

나는 억지로 웃음을 지어 보였다.

하딘과 벌이는 실랑이엔 익숙해져 있었다. 여전히 아프긴 하지만 언젠가 겪을 일이라는 걸 알았다. 늘 그랬으니까. 믿기 힘든 건 따로 있었다. 하딘이 나와 떨어지려고 영국으로 갔다는 거다. 밖에서 그렇게 오래 얘기하는 게 아니었다. 그가 뭐라든 얼른 들어와버렸어야 했는데. 변명 따위는 듣는 게 아니었다. 그가 지껄인 말 때문에 오히려 더 혼란스러워졌다. 아주 잠깐, 그가 미래를 나와 함께하고 싶다고 얘기할 줄 알았다. 하지만 그 얘기를 해야 할 타이밍에, 그는 결국 아무 말도 하지 않았고, 또 다시 내가 등 돌리게 만들었다.

자기를 떠날 수 없게, 나를 데리고 영국에 가버리고 싶었다니. 그걸 실토했을 때 매몰차게 돌아섰어야 했다. 나는 그를 너무나 잘 안다. 그는 자신이 사랑 받을 가치가 있는 존재라는 걸 믿지 않는다. 그건 정상적인 생각이 아니다. 모든 걸 포기하고, 나를 자기 곁에 묶어두고 싶어서 영국에 데리고 가려고 했다니. 단지 내가 그를 떠날 수도 있다는 이유로, 내 의사와 상관없이, 영국에 가는 건 말도 안 된다.

그는 풀어야 할 문제들이 너무 많다. 나도 마찬가지다. 나는 그를 사랑한다. 하지만 나는 나를 더 사랑해야 한다.

"정말 좋았어. 완전 맘에 들더라. 다코타의 아파트는 진짜 멋지고, 룸메이트도 참 착해."

랜던이 포문을 열었다. 복잡하지 않은 연인 관계란, 정말이지 너무 좋구나. 온통 그 생각 뿐이었다. 노아와 몇 시간이고 함께 영화를 보던 기억이 문득 떠올랐다. 그때는 전혀 복잡할 게 없었다. 아마 그래서 우리 관계가 지속될 수 없었겠지만. 내가 하딘을 너무 많이 사랑해서겠지. 우리 사이에 열정이 넘쳐서 우리는 사사건건 부딪치는 거다.

랜던이 시시콜콜 얘기하는 걸 듣고 알았다. 그도 뉴욕에 가고 싶은 거다.

"그래서 너도 가려고?"

"응, 그렇게 될 것 같아. 이번 학기가 끝나야겠지만. 여하튼 다코타와 가까이 있고 싶어."

"정말 잘됐다, 진심!"

"근데 너하고 하딘은, 마음이 안 좋다…."

"그러지 마. 우린 끝났어. 나도 너 따라서 뉴욕에나 갈까 보다."

나는 멋쩍게 웃었다. 그의 얼굴이 환해지면서 따뜻한 미소가 떠올랐다. 내가 사랑해 마지않는 그 미소. 항상 이 말을 달고 살았다. 난 항상 하딘과 끝냈다고 얘기했다. 그러면서 또 그에게 돌아갔다. 끊을 수 없는 악순환의 고리. 이번만큼은 확실히 해야겠다.

"화요일에 크리스찬한테 시애틀 지사에 가고 싶다고 말할 거야."

"정말?"

"응."

그는 고개를 끄덕였다.

"옷 갈아입으러 갈게. 준비되면 아래층에서 보자."

"정말 많이 보고 싶었어."

나는 그를 힘껏 안아주었다. 뺨으로 눈물이 흘러내렸다. 그가 나를 더 세게 끌어안았다.

"미안해, 너무 심란해. 하딘이 내 인생에 뛰어들었을 때부터 쭉."

그에게서 떨어지며 나는 울음을 터뜨렸다. 랜던은 인상을 찌푸렸지만, 아무 말 없이 문을 향했다. 옷가지들을 챙겨 들고, 그를 따라 욕실로 갔다.

"테사."

욕실 문 앞에 다다르자 그가 연민 가득한 눈빛으로 나를 바라보며 말을 꺼냈다.

"네가 원하는 방식으로 널 사랑할 수 없다고 해서, 하딘이 온 힘을 다해 널 사랑하지 않는 건 아니야."

이건 또 무슨 말인가? 그의 말을 곱씹으며 물을 틀었다. 하딘은 나를 사랑한다. 그건 나도 안다. 하지만 그는 잘못에 잘못을 거듭하고 있다. 나는 그걸 참고 견디고 있었다. 그것 또한 잘못된 방식이다. 하딘이 온 힘을 다해 나를 사랑하고 있다고? 제드의 셔츠를 막 벗는데, 노크 소리가 들렸다.

"잠시만, 랜던."

밖에다 얘기하고, 셔츠를 집어 상체를 가렸다.

문을 열었다. 랜던이 아니었다. 하딘이었다. 그의 뺨은 온통 눈물 자국으로 얼룩졌고, 두 눈에는 핏발이 가득했다.

"하딘?"

그의 손이 내 목을 감쌌다. 그가 나를 바싹 끌어당겼다. 저항할 새도 없이 그의 입술이 내 입술을 덮쳤다.

43 · 하딘

그녀를 끌어안고 주저하며 입술을 더듬었다. 그녀의 허리를 감은 손에 힘을 주면서 더 세게 키스했다. 순수하게 감정적인 키스였다. 내 입

303

술에 닿은 그녀 입술의 느낌만으로도 안도감이 들었다.

이 순간이 오래 가진 않겠지. 곧 나를 밀쳐낼 테니까. 혀의 작은 움직임, 들릴락 말락 한 그녀의 신음 소리 하나하나에 집중했다.

그녀가 두 팔로 내 허리를 감싸 안았다. 지난 11일 동안의 고통이 눈 녹듯 사라지는 것 같았다. 그 어느 때보다 확실한 깨달음이 밀려왔다. 우리는 아무리 죽일 듯이 싸우더라도, 반드시 서로에게 돌아갈 방법을 찾아낸다는 걸. 언제나.

그녀가 집으로 들어간 뒤, 차 안에 멍하니 앉아 있었다. 그러다 결국 빌어먹을 오기가 생겨 그녀를 쫓아 들어왔다. 그녀를 너무 많이 떠나보냈지만, 이렇게 보낼 순 없었다. 이게 마지막일 순 없다. 나는 제정신이 아니었다. 랜던이 내 앞에서 문을 닫아버리자, 눈물이 쏟아졌다. 그녀를 따라 들어가야 한다. 그리고 제대로 다퉈야 한다. 다른 사람이 그녀를 가로채기 전에.

나도 그녀가 바라는 사람이 될 수 있다는 걸 보여줄 거다. 완벽하진 않을지라도 내가 그녀를 얼마나 사랑하는지 알게 해줄 거다. 그리고 다시는 그렇게 쉽게 내 곁에서 멀어지게 하지 않을 거다.

"하딘⋯."

그녀가 나를 뒤로 밀며 입술을 떼었다.

"테사, 제발."

그녀에게 애원했다. 아직 끝내고 싶지 않았다.

"이런다고 모든 게 괜찮아질 거라 기대한다면 오산이야. 이번엔 아니야."

그녀가 속삭였다. 나는 그녀 앞에 무릎을 꿇었다.

"내가 왜 또 널 그냥 가게 했는지 모르겠어. 정말 미안해."

부디 그녀가 내 말의 의도를 알아주길 바랐다. 두 팔로 그녀의 다리를 붙잡았다. 그녀는 두 손으로 내 머리를 부드럽게 쓰다듬었다.

"내가 다 망쳤어. 널 제대로 대해주지 않았다는 것도 알아. 널 너무 사랑해서 그랬어. 감당하기 힘들었어. 무슨 말을 해야 할지 몰라서 생각나는 대로 지껄였어. 그게 어떻게 들릴지 생각도 안 하고. 그래, 항상 너한테 상처만 주었어. 내가 다 되돌려놓을게. 절대 다시는 무너뜨리지 않을게. 미안해, 정말. 정신과 상담이든 뭐든 받을게…."

나는 그녀의 다리를 붙들고 목놓아 울었다. 그러다 그 거슬리는 반바지를 끌어내렸다.

"뭐 하는…."

그녀가 나를 제지했다.

"제발, 이 바지 좀 벗어. 네가 이거 입고 있는 걸 참을 수가 없어…. 손끝 하나 대지 않을게. 그냥 이 옷만 벗어줘."

그녀는 다시 내 머리를 쓰다듬었다. 나는 가만히 반바지를 벗겨냈다.

그녀가 내 턱을 잡고 고개를 들게 했다. 그리고 손가락으로 내 뺨을 쓰다듬으며, 뺨으로 흘러내린 눈물을 닦아주었다. 얼굴에는 혼란스러움이 가득했다. 그리고 나를 탐구하듯 뚫어지게 바라보았다.

"널 도무지 이해할 수가 없어."

그녀는 엄지로 내 뺨의 눈물 자국을 닦았다.

"나도 그래."

내가 순순히 동의하자, 그녀가 눈살을 찌푸렸다.

결국 이 지경에까지 이르렀다. 그녀 앞에서 무릎을 꿇고, 마지막 기회를 구걸하는 상황. 지금껏 주어진 그 많은 기회들을 모두 날려버리고 최악의 상황까지 온 것이다. 욕실은 수증기로 가득 찼다. 그녀의 머리카락은 젖어 얼굴에 붙고, 살갗에는 물방울이 맺히기 시작했다. 맙소사, 너무 아름답다.

"이렇게 계속 갈팡질팡할 순 없어, 하딘. 그건 우리 둘 모두에게 좋지 않아."

"더 이상은 안 그럴 거야. 이 상황도 헤쳐나갈 수 있어. 더 엉망이었던 때도 있었잖아. 이제 널 얼마나 빨리 잃어버릴 수 있는지 알 것 같아. 내가 널 너무 당연하게 생각했어. 이제 알겠어. 마지막이야. 한 번만 기회를 줘."

나는 두 손으로 그녀의 얼굴을 붙잡았다.

"그렇게 간단한 게 아니야."

그녀의 아랫입술이 파르르 떨렸다. 나는 눈물을 멈추려 애쓰고 있었다.

"그렇겠지."

"이렇게 힘들어서도 안 돼."

그녀는 나를 따라 울음을 터뜨렸다.

"맞아. 우리한테 쉬운 건 없을 거야. 그래도 항상 이렇게 힘들지만은 않을 거야. 우리, 서로의 언어로 말하는 법을 배워야 해. 우리가 미래에 대한 대화를 했더라면, 이렇게까지 엉망진창이 되진 않았을 거야."

"난 노력했어, 근데 넌 아니었잖아."

"나도 알아."

한숨이 나왔다.

"그게 내가 배워야 할 부분이지. 난 네가 없으면 정말 형편없는 놈이 돼버려, 테사. 난 아무 것도 아니라고. 먹을 수도, 잘 수도, 심지어 숨조차 쉴 수가 없어. 내내 울면서 지냈어. 알잖아, 나 원래 안 우는 놈인 거. 네가 필요해…."

내 목소리는 갈라지고 잠겨 있었다. 완전히 정신 나간 놈 같았다.

"일어나, 하딘."

그녀가 내 팔을 잡고, 일으켜 세웠다. 나는 그녀 정면에 똑바로 섰다. 숨소리가 고르지 않았다. 제대로 숨을 쉬기가 어려웠다. 수증기가 욕실 안에 가득 찼다.

내 고백을 받아들인 듯 그녀가 나를 빤히 쳐다보았다. 내가 울지 않았더라면 그녀는 내 말을 믿지 않았을 거다. 그녀의 머릿속에 어떤 생각이 오가는지 알 수 있었다. 이런 눈빛은 전에도 본 적이 있었다.

"할 수 있을지 잘 모르겠어. 우리 계속 이랬으니까. 이제 자신이 없어졌어."

그녀의 시선이 바닥으로 떨어졌다.

"미안해, 하딘."

"그러지 말고, 날 좀 봐."

나는 애원하며 그녀의 얼굴을 들어 내 눈을 보게 했다. 하지만 그녀는 시선을 피했다.

"나, 씻고 나가야 해. 늦을 것 같아."

눈물 한 방울이 그녀의 눈에서 툭 떨어졌다. 나는 가만히 고개를 끄덕였다. 그녀를 지옥으로 끌어들인 건 나다. 정신이 바로 박힌 사람이라면 그런 나를 어떻게 또 다시 받아들이겠는가. 비열한 내기에 거짓말, 더러운 과거까지, 끊임없이 모든 걸 망쳐버리고 있는데. 그런데도 그녀는 다른 사람들과 달랐다. 아무 조건 없이 나를 사랑했고, 나를 사랑하는 데 모든 걸 쏟아부었다. 심지어 내게 등을 돌린 지금도 그녀가 나를 사랑한다는 걸, 나는 안다.

"그냥 생각만 한 번 해봐, 응?"

그녀에게 생각할 여유는 줄 거다. 그렇다고 포기하지는 않는다. 그녀가 절대적으로 필요하다.

"테사, 그럴 거지?"

재차 물었지만 그녀는 답이 없었다.

"알았어."

테사가 결국엔 우물거리듯 속삭였다. 순간 심장이 쿵쿵 뛰었다.

"꼭 보여줄게. 내가 널 얼마나 사랑하는지. 그러니까 미리 포기하지 말아줘, 응?"

그녀는 아랫입술을 지그시 물고만 있었다. 욕실을 나가기 전, 그녀를 다시 한 번 쳐다보았다. 그녀는 알 수 없는 눈빛으로 나를 보고 있었다. 한 번 더 입술에 키스하고 싶었다. 나를 감싸 안는 그녀를 또 한 번 느끼고 싶었다. 하지만 그녀의 뺨에 살짝 입을 맞추고, 발길을 돌렸다.

"알았어."

그녀가 다시 한 번 말하며 티셔츠를 벗었다. 매끈한 살결이 드러났다. 몇 년 만에 처음 본 것처럼 눈을 뗄 수가 없었다. 그녀를 두고 욕실을 나오는 건 초인적인 자제력이 필요했다.

문을 닫고 한참을 문에 기대 있었다. 눈을 감고 흐르는 눈물을 멈추려 애를 썼다.

'빌어먹을…'

그래도 생각을 해보겠다는 다짐은 받아냈다. 나와 함께한다는 생각만으로도 고통스러운 모양이었다. 그리고 몹시 불안해 보였다. 문 열리는 소리에 눈을 떴다. 흰색 폴로 셔츠에 면바지를 입은 랜던이 복도로 걸어왔다.

"하딘."

랜던은 아는 척을 하며 큰 가방을 어깨에 둘러멨다.

"안녕."

"테사는 괜찮아?"

"괜찮아지길 바라야지."

"테사는 생각보다 강해."

"나도 알아."

나는 대답하며 셔츠로 눈물을 닦았다.

"나, 정말로 테사를 사랑해."

"나도 알아."

그의 말에 깜짝 놀라 다시 쳐다보았다.

"어떻게 하면 그걸 테사가 알아줄까?"

그의 눈에 순간 고통이 스쳐 지나갔다.

"네가 테사를 위해 달라졌다는 걸 증명해 보여야지. 함부로 대해서도 안 되고, 자기만의 공간도 주고."

"그게 생각만큼 쉽지가 않아."

랜던에게 또 이런 소리를 하고 있다니, 기가 막힌다.

"그래도 해야지. 아니면 또 싸우게 될 거야. 사랑하는 사람을 위해 혼신의 노력을 기울이고 있다는 걸 보여줘. 걔가 원하는 건 그게 전부야. 테사는 네가 노력하길 원해."

"혼신의 노력?"

나는 절대 그녀를 숨막히게 하지는 않았다. 아니다, 그랬을지도 모른다. 근데 그건 어쩔 수 없다. 난 미적지근한 건 딱 질색이니까. 그녀를 완전히 밀어내거나, 너무 가까이 두려고 했다. 이 두 가지 극단적인 감정 사이에서 어떻게 균형을 잡아야 할지 모르겠다.

"당연하지."

비꼬지 말라는 듯한 말투였다. 지금은 랜던의 도움이 절실하다. 오해를 살 만한 태도는 떨쳐버리기로 했다.

"구체적으로 말해봐. 예를 들면?"

"글쎄, 테사한테 데이트 신청 같은 걸 해보든지. 너네 제대로 된 데이트는 해봤어?"

"당연하지."

나는 재빨리 대답했다. 랜던은 미심쩍은 표정을 지었다. 순간 나조차 헷갈렸다.

"언제?"

"음…, 그러니까…."

딱히 기억나는 게 없었다.

"제길, 안 했었나 봐."

결국에 실토하고야 말았다. 트레버는 테사와 데이트를 했을 거다. 제드 녀석도? 만약 그랬다면 그 녀석을….

"그래, 그럼 데이트 신청을 해봐. 오늘은 말고. 아직은 좀 이르거든."

"그건 또 무슨 소린데?"

"여유를 가져. 그럼, 테사도 따라오게 될 거야. 안 그러면 너를 더 심하게 밀쳐내게 될 거라고. 지금까지보다 훨씬 더 심하게."

"얼마나 기다려?"

"적어도 며칠쯤. 처음 사귀기 시작하는 연인들처럼 해봐. 아니면 테사가 먼저 데이트하자는 소리가 나오게 애써 보든가. 다시 너와 사랑에 빠지도록 만들어보란 말이야."

"네 말은, 이제 테사가 날 사랑하지 않으니까 새로 시작해야 한다는 거냐?"

나도 모르게 기분 나쁜 말투로 말했다.

"맙소사. 제발 그 비관적인 태도 좀 버려."

"난 비관적이지 않아."

발끈해서 소리쳤다. 지금이야말로 가장 낙관적으로 생각해야 할 때다.

"랜던, 넌 정말 나쁜 자식이야."

"그렇지? 연애 상담까지 해주는 나쁜 자식."

랜던은 미소를 머금고 뻐기듯 말했다.

"내 주위에서 제대로 연애를 하는 친구가 너밖에 없기 때문이야. 어쩌다 보니 테사를 제일 잘 알기도 하고. 물론, 나 빼고."

그의 미소가 점점 더 번졌다.

"너 지금, 나를 친구라고 불렀다."

"뭐? 안 그랬어."

"그랬거든."

랜던은 기쁜 듯했다.

"그런 의미의 친구가 아니라, 내 말은…. 에이, 나도 모르겠다."

"그렇겠지."

그가 키득거렸다. 그때 욕실에서 물 소리가 그쳤다.

확실히 이 녀석은 나쁘진 않다. 그래도 앞으로 절대 친구란 소리는 안 할 거다.

"테사한테 오늘 학교까지 태워다주겠다고 할까?"

그를 따라 아래층으로 내려갔다. 그는 고개를 돌려 나를 쳐다보았다.

"혼신의 노력이란 의미를 잘못 이해하고 있는 거냐?"

"네놈이 언제 그 입을 닥칠지 알았으면 참 좋겠다만."

"너도 그랬으면 참 좋겠다만…. 아니다, 뭘 해도 널 좋아하지는 않아."

분명 장난치고 있는 거다. 사실, 이 녀석이 날 좋아한다고 생각했던 적은 없었다. 오히려 싫어한다고 생각했다. 테사에게 온갖 몹쓸 짓은 다 저질렀으니, 날 좋아할 리가 없다. 하지만 지금 녀석은 나의 유일한 조력자이다. 엉망이 된 이 혼란 속에서 말이다.

팔로 그를 슬쩍 밀었다. 그가 피식 웃었다. 나도 녀석을 따라 웃었다. 하지만 계단 아래 있던 아빠를 발견하고 이내 웃음을 거뒀다. 아빠는 우리를 마치 동물원 원숭이 보듯 신기하게 쳐다보고 있었다.

"하딘, 여긴 어쩐 일이냐?"

아빠는 손에 든 머그잔을 기울여 커피를 한 모금 마셨다. 나는 어깨를 으쓱해 보였다.

"테사를 집에 데리고 왔어요…."

'여기가 이제 테사의 집이 된 건가?'

"그래?"

아빠는 사실 확인을 원하는 듯 랜던을 쳐다보았다. 순간 발끈했다.

"아무 일도 없었어요. 그리고 어디든 내가 원하는 데로 테사를 데리고 갈 거예요. 그러니까 그 보호자 놀음 좀 그만하세요. 그리고 누가 진짜 아빠 자식인지 잊지 마시고요."

계단을 내려오며 랜던은 나를 쳐다보았다. 우리 셋 모두 부엌으로 들어갔다. 나도 머그잔에 커피를 따랐다. 랜던이 여전히 나를 빤히 보고 있다는 걸 느꼈다. 아빠는 과일 바구니에서 사과를 하나 집어 들었다. 그리고 고리타분한 연설을 늘어놓기 시작했다.

"하딘, 테사는 지난 몇 달간 우리 가족의 일원이었다. 그리고 이곳이 그 아이가 편히 머물 수 있는 유일한 곳이야. 네가…."

카렌이 부엌으로 들어오자 아빠가 말꼬리를 흐렸다.

"제가 뭘요?"

"네가 형편없는 상황을 만들 때마다 말이다."

"뭘 안다고 그러세요?"

"전부 다 알 필요는 없을 것 같구나. 그 아이는 네가 만난 사람 중에 가장 지혜로운 아이야. 내가 아는 건 그것뿐이다. 그리고 넌 내가 네 엄마에게 했던 잘못을 똑같이 저지르고 있더구나."

'지금 그게 진심이야?'

"난 아빠랑 달라요! 난 그 애를 사랑하고, 그 애를 위해서라면 뭐든지 할 거예요! 그 애는 내 전부라고요. 두 분 하고는 완전 달라요!"

머그잔은 탕, 소리 나게 내려놓았다. 커피가 탁자에 흘러넘쳤다.

"하딘…."

등 뒤에서 테사의 목소리가 들렸다.

'이런 제길.'

"켄, 하딘을 좀 그냥 놔둬요. 얘도 지금 최선을 다하는 중이잖아요."

놀랍게도 카렌이 내 편을 들어주었다. 아빠의 표정은 금세 부드러워졌다. 아빠는 카렌에게 시선을 돌렸다가 다시 나를 쳐다보았다.

"미안하다, 하딘. 네가 좀 걱정스러웠다."

아빠는 한숨을 쉬었다. 카렌은 아빠의 등을 다정하게 쓰다듬었다.

나는 테사를 쳐다보았다. 테사는 청바지에 WCU 맨투맨 셔츠를 입고 있었다. 물기가 남아 있는 머리에 화장기 없는 모습은 순수하고 아름다웠다. 테사가 부엌에 나타나지 않았더라면, 또 다시 아빠에게 막말을 했을 거다. 아빠가 얼마나 나쁜 인간인지에 대해. 그리고 내 일에 상관하지 말라고 소리쳤을 거다.

나는 키친 타월로 더럽게 비싼 그들의 탁자에 내가 흘린 커피를 닦아냈다.

"준비 다 됐어?"

랜던이 테사에게 물었다. 그녀가 고개를 끄덕였다. 시선은 아직 내게 고정한 채였다.

정말로 그녀를 데려다주고 싶었다. 하지만 나는 집에 가서 눈을 좀 붙이거나 샤워를 해야 한다. 아니면 침대에 누워 천장을 쳐다보거나, 집 청소를 하거나…. 빌어먹을, 아무튼 여기서 아빠하고 계속 떠드는 거 말고 다른 걸 해야 한다.

마침내 그녀가 내게서 눈을 뗐다. 그리고 집을 나갔다. 현관문 닫히는 소리가 들렸다. 나는 깊은 한숨을 토해냈다. 나도 아빠와 카렌을 두고 집을 나왔다. 등 뒤에서 두 사람이 내 얘기를 하는 소리가 들렸다. 물론 그러시겠지.

44 · 테사

그랬어야 했다. 하딘에게 가버리라 말했어야 했다. 그러나 그럴 수 없었다. 그는 감정을 거의 드러내지 않는 사람이다. 그런데 오늘 내 앞에서 무릎을 꿇었다. 이미 산산조각 난 마음이 가루가 되는 것 같았다. 한 번 더 노력해보자는 그에게 생각해보겠다고 얘기는 했다. 하지만 이 상황의 결말이 어떻게 될지는 정말 모르겠다.

혼란스럽다. 그 어느 때보다. 그에게 일말의 여지도 주지 않은 내가 짜증스러웠다. 그런데 한편으론, 너무 멀리 가버리기 전에 상황을 보류시킨 내가 기특하기도 했다. 이 시점에서 나는 나 자신에 대해 생각해봐야 한다. 이번에는 그가 아닌 나를 위한 결정을 해야 한다.

랜던과 학교에 가는 길에, 휴대전화가 울렸다. 제드였다.

테사, 괜찮아?

답을 보내기 전에 심호흡을 했다.

괜찮아. 랜던이랑 학교 가는 길이야. 어젯밤 일은 미안해.
하딘이 거기까지 오게 한 건 내 잘못이야.

"이제 어떻게 할 거야?"

랜던이 물었다.

"모르겠어. 그래도 크리스찬에게 시애틀 얘기는 할 거야."

제드한테 답이 왔다.

그건 하딘 잘못이야. 네가 괜찮다니 다행이다.

우리 오늘 점심 먹기로 한 거지?

우리의 계획은 까맣게 잊고 있었다. 점심 때 환경연구동에서 만나기로 했는데. 제드는 내게 어두운 곳에서 피는 꽃들을 보여주기로 했었다.

그와의 약속은 지키고 싶었다. 이 모든 걸 겪고도 그는 내게 너무 잘해준다. 그런데도 난 오늘 아침, 하딘과 키스를 했다. 어떻게 해야 할지 모르겠다. 어젯밤엔 제드의 집에서 자고, 오늘 아침엔 하딘과 키스를 하다니.

'테사, 대체 너 왜 이러는 거니?'

난 양다리나 걸치는 그런 여자는 되고 싶지 않다. 노아와 사귈 때, 하딘과 있었던 일에 대해 아직까지도 죄책감이 남아 있다. 변명을 하자면, 그때 하딘은 폭풍처럼 내 삶으로 들이닥쳤다. 거부할 수 없는 그에게 이끌렸고, 그는 한순간에 나를 무너뜨렸다. 그리고 나를 다시 일으켰다가 또 다시 무너뜨렸다.

제드와는 모든 게 완전히 달랐다. 하딘은 11일이나 연락을 안 했고, 나는 그 이유조차 몰랐다. 내가 싫어져서 버린 거라 짐작만 했을 뿐. 그러는 동안 제드가 내 곁에 있어줬다. 처음부터 그는 한결같이 다정했다. 그는 하딘과의 내기를 끝내려고 애썼지만, 하딘은 그러지 않았다. 제드는 역겨운 게임을 그만두자고 몇 번이나 말했지만 하딘은 아랑곳하지 않았고, 결과적으로 나를 기만했다. 그건 그가 해명해야 한다.

하딘과 제드 사이에는 적대감이 있었다. 처음 만났을 때부터 그랬다. 왜 그런지 확실히는 모르겠다. 아마 내기 때문이 아니었을까, 최근 들어서야 짐작하기 시작했다. 하딘은 제드가 내 팬티 속에 손 넣을 생각만 한다고 말하지만, 솔직히 그런 말을 하는 하딘이 조금 위선적이다. 제드는 지금껏 단 한 번도 나와 자려는 시도조차 한 적이 없다. 심지어 그의 아파트에서 내가 키스를 했을 때도 그랬다. 내가 하고 싶지 않은 걸 밀어붙인 적은 한 번도 없었다.

그 시절 생각을 떠올리는 건 너무 싫다. 나는 너무나 미련했고, 그들은 그런 나를 갖고 놀았다. 하지만 제드의 갈색 눈동자 뒤에는 아직도 다정함이 담겨 있다. 반면 하딘의 초록색 눈동자에 담겨 있는 건 오로지 분노뿐이다.

그래, 12시에 갈게.

제드에게 답을 보냈다.

45 · 테사

내 기분이 어떤지 나도 잘 모르겠다. 행복하지도, 그렇다고 비참하지도 않았다. 그저 죽도록 혼란스럽기만 했다. 그리고 벌써 하딘이 보고 싶었다. 연민이겠지. 나도 안다. 어쩔 수가 없다. 너무 오래 그와 떨어져 있었다. 머릿속에서 그의 존재가 거의 사라져가는 중이었다. 하지만 그는 단 한 번의 키스로 내 혈관 속에 다시 자신의 숨결을 불어넣었다. 감각의 파편 하나하나가 모두 남아 숨쉬고 있다.

교차로에서 신호등이 바뀌기를 기다리고 있었다. 이렇게 입고 오길 정말 잘했다. 날씨가 제법 추웠다.

"이제 NYU에 연락할 때가 된 것 같아."

랜던이 불쑥 이야기를 꺼냈다.

"와우, NYU! 넌 거기서도 잘할 거야. 정말 굉장하다."

"고마워. 여름 학기 신청하려는데 거절 당할까 봐 조금 긴장돼. 이번 여름을 빈둥거리고 싶진 않은데."

"어느 학기를 신청한대도 당연히 합격이지! 완벽에 가까운 성적인데."

내가 말하고도 웃음이 터졌다.

"게다가 새아버지가 대학 총장님이시잖아."

"네가 가서 그 얘기 좀 꼭 해주라."

그도 덩달아 농담을 던졌다. 우리는 수업이 끝나면 주차장에서 만나기로 하고 헤어졌다.

거대한 환경연구동 건물에 도착했다. 이중으로 되어 있는 육중한 문을 여는데, 뱃속에서 전쟁이 난 듯 요동을 쳤다. 제드는 로비에 있는 큰 나무 앞 벤치에 앉아 있었다. 내가 들어오는 걸 보자, 순식간에 얼굴에 미소가 번졌다. 그는 자리에서 일어나 나를 맞아주었다. 흰색 셔츠와 청바지 차림이었다. 얇은 셔츠 아래로 타투 문양이 훤히 비쳐 보였다.

"테사!"

"안녕."

"피자 시켰어. 금세 올 거야."

우리는 함께 벤치에 앉아 오늘 있었던 일들을 얘기했다.

피자가 오자, 제드는 나를 어떤 방으로 데리고 갔다. 식물들이 가득 차 있는 온실 같았다. 한 번도 본 적 없는 다른 종류의 꽃들이 줄줄이 늘어서 작은 방을 가득 채우고 있었다. 제드는 작은 테이블 쪽으로 가서 자리에 앉았다.

"냄새가 너무 좋은데."

그의 맞은편에 앉으며 내가 말했다.

"이 꽃들?"

"아니, 이 피자. 아, 꽃들도 그렇고."

멋쩍은 웃음이 나왔다. 배가 너무 고팠다. 아침도 굶은 데다 잠을 못 자고 내내 깨어 있었기 때문이다.

그는 피자 한 조각을 냅킨에 올려 내게 건넸다. 자기 몫으로 또 하나를 집더니 절반으로 접었다. 저건 아빠가 피자를 먹던 방식인데. 크게 한입 베어 물고 그가 물었다.

"어젯밤엔 어떻게 됐어…? 아니, 오늘 새벽이구나."

그를 똑바로 쳐다보는 게 불편해졌다. 꽃 향기 때문인지 어린 시절이 떠올랐다. 술 취한 아빠가 엄마에게 소리를 지르며 주정을 부릴 때, 그걸 피해 온실에 숨어 있곤 했다. 나는 제드의 시선을 피하며 입에 있던 피자를 우물거렸다.

"처음엔 완전 재앙 수준이었어, 늘 그랬지만."

"처음엔?"

그가 입술을 핥으며 고개를 갸웃거렸다.

"항상 그랬던 것처럼 엄청 싸웠거든. 이젠 좀 나아진 것 같기도 하고."

하딘이 완전히 무너지면서 내 앞에 무릎을 꿇었단 얘기를 제드한테 할 순 없었다. 하딘과 나만 아는, 지극히 개인적인 일이었으니까.

"그게 무슨 소리야?"

"하딘이 사과를 했어."

제드가 마땅찮은 눈초리로 나를 쳐다보았다. 그 눈길이 너무 싫었다.

"그래서, 거기에 넘어간 거야?"

"아냐, 아직 받아들일 준비가 안 됐다고 얘기했어. 생각해보겠다고."

나는 어깨를 으쓱해 보였다.

"정말 생각해볼 건 아니지?"

그의 목소리에는 실망감이 묻어 있었다.

"또 그 불길 속으로 뛰어들진 않을 거야. 아파트로 다시 돌아가긴 싫어."

제드는 들고 있던 피자를 내려놓았다.

"개한테 네 시간을 1분도 주지 마, 테사. 널 떼어내려고 그 자식이 또 무슨 짓을 할지 몰라."

제드는 내 눈을 똑바로 쳐다보았다. 대답을 종용하는 것 같았다.

"그런 건 아니야. 내 인생에서 하딘은 단칼에 잘라낼 만큼 그렇게 간단하지 않아. 하지만 개하고 데이트 같은 건 하지 않을 거라고 얘기했잖아. 그래도 우린 너무 많은 일들을 함께 겪었어. 개도 나 없이 힘든 시간을 보냈고."

제드가 어이없다는 표정을 지었다.

"아, 제이스랑 술 먹고 약 하는 게 걔가 힘든 시간을 보내는 방식이구나."

그의 말에 가슴이 철렁했다.

"하딘은 제이스랑 어울리지 않았어. 영국에 가 있었다고."

정말로 영국에 있던 거겠지? 아닌가?

"어젯밤에 제이스 집에 있었어. 우리 집에 들이닥치기 직전까지 말이야."

"그랬대?"

하고 많은 사람 중에 하딘이 제이스랑 어울릴 줄은 꿈에도 몰랐다.

"좀 뒤가 구리잖아. 내가 네 곁에 있는 걸 죽도록 싫어하면서, 그 모든 일의 원흉인 제이스 녀석이랑 어울리다니 말이야."

"그러게…, 근데 그 일엔 너도 연루되어 있었잖아."

"그런 말이 아니잖아. 난 걔들이 사람들 앞에서 널 농락할 때 아무 짓도 안 했어. 제이스하고 몰리가 전부 다 꾸몄고, 하딘도 그걸 알고 있었어. 그래서 제이스를 한 방 먹였던 거고. 그리고 너도 알지만, 난 매번 네게 말하고 싶었어. 나에겐 내기보다 그게 항상 더 중요했다고. 하지만 녀석은 아니었어. 우리한테 시트를 보여준 게 그 증거잖아."

순간 입맛이 떨어졌다. 그리고 이내 메스꺼워졌다.

"그 얘기는 더 이상 하고 싶지 않아."

제드가 고개를 끄덕이더니 정중하게 한 손을 들었다.

"미안해, 그 얘기를 다시 끄집어내서. 내가 바라는 건 네가 걔한테 주는 기회의 절반이라도 나한테도 줬으면 하는 거야. 내가 하딘이라면 절대로 제이스와 어울리는 짓 따위는 하지 않을 거야. 게다가 제이스는 아무 여자나 데리고….”

“알았어.”

그의 말을 끊었다. 제이스와 다른 여자들 얘기를 듣고 있는 건 정말 고역이었다.

“기분 상했다면 미안해, 정말. 난 그냥 이해가 안 돼. 넌 걔한테 너무 과분한데도, 몇 번이나 다시 기회를 주잖아. 아무튼 네가 싫다면 다신 이 얘기 꺼내지 않을게.”

그는 한 손을 가만히 내 손 위에 얹었다.

“괜찮아.”

겨우 대답했다. 길바닥에서 나와 그렇게 싸워 놓고 제이스와 어울리다니. 기가 막힐 노릇이다. 생각지도 못했던 일이다. 제드는 일어나 문 쪽으로 걸어갔다.

“이리 와봐. 보여줄 게 있어.”

나는 그를 따라갔다.

“여기 잠깐만 있어봐.”

방 한가운데에 다다르자, 그가 말했다.

불이 꺼졌다. 칠흑 같은 어둠이 내릴 줄 알았는데, 예상이 빗나갔다. 형광 초록, 핑크, 오렌지, 빨강 등의 색깔이 눈을 사로잡았다. 각각의 줄기에서 핀 꽃들이 다른 색깔로 빛나고 있었다. 밝기가 저마다 달라서 어떤 것들은 더 밝게 빛났다.

“와….”

“멋지지?”

“응.”

나는 꽃길로 천천히 걸어갔다. 눈을 떼지 않은 채.

"우린 이런 걸 만들어. 종자를 개량해서 이렇게 빛나게 만들기도 하고."

갑자기 그가 내 뒤로 왔다.

"이것 좀 봐."

그가 내 손을 잡고, 빛나는 핑크색 꽃잎을 톡 건드렸다. 다른 꽃들만큼 밝게 빛나진 않았었는데, 내 손끝이 닿자 금세 생기가 돌았다. 화들짝 놀라며 손을 떼었다. 뒤에서 그가 키득거렸다.

"어떻게 이런 게 가능하지?"

경이로움을 담은 목소리로 말했다. 나는 꽃을 좋아한다. 특히나 백합.

"과학과 접목하면 뭐든 가능해."

꽃의 불빛이 그의 얼굴에 비쳤고, 그는 옅게 웃고 있었다.

"너무 샌님 같은 발언인데?"

내가 짓궂게 말하자, 그가 웃음을 터뜨렸다.

"나를 샌님이라고 부를 자격이 없을 텐데."

그가 맞받아쳤고, 나도 따라 웃었다.

"그 말은 맞네."

꽃을 한 번 더 만졌다. 역시나 손끝이 스치자 밝게 빛이 났다.

"정말 끝내준다."

"네가 좋아할 줄 알았어. 이 기술을 나무에도 적용하고 있어. 문제는 나무들이 꽃보다 자라는 데 시간이 훨씬 오래 걸린다는 거지. 그래도 나무는 또 훨씬 오래 사니까. 꽃은 너무 연약하잖아. 조금이라도 신경을 덜 쓰면 금세 시들어버리지."

그의 말투는 부드러웠다. 어느새 나는 꽃과 나 자신을 비교하고 있었다. 하딘과의 상황도 다를 바 없다는 느낌이 들었다.

"나무가 꽃만큼만 예쁘면 상관없지."

내가 콕 집어 말했다. 제드가 내 앞에 와서 섰다.

"나무도 그렇게 될 거야. 누군가 그렇게 만들어준다면. 우리가 평범한 꽃들을 이렇게 바꾸는 것처럼 말이야. 나무한테도 똑같이 해주면 돼. 제대로 된 관심을 가지고 돌봐준다면 나무도 이 꽃들처럼 빛날 수 있어. 게다가 꽃보다 훨씬 강하고."

그가 내 뺨으로 손을 가져왔다. 나는 잠자코 있었다.

"너도 제대로 된 관심을 받을 자격이 있어. 너를 반짝거리게 만들어주는 사람과 함께해야 해. 네 빛을 다 태워버리는 사람이 아니라."

제드는 말을 마치고 내게 키스하려고 몸을 기울였다. 나는 뒷걸음질하며 꽃 한 송이를 툭 쳤다. 다행히 중심을 잡았고, 꽃도 쓰러지지 않았다.

"미안, 못하겠어."

"뭘 못하겠다는 거야?"

그의 목소리가 살짝 높아졌다.

"네가 얼마나 행복해질 수 있는지, 알려줄 사람이 내가 됐으면 좋겠어."

"아니…, 너한테 키스 못하겠다는 거야, 지금 당장은. 너희 둘 사이에서 우왕좌왕할 순 없잖아. 어젯밤엔 네 침대에 있다가, 오늘 아침엔 하딘과 키스하고, 또 지금…."

"하딘한테 키스했다고?"

그가 씩씩거렸다. 방이 캄캄해서 다행이다.

"아니, 걔가 나한테 키스한 거지만 나도 밀어내기 전까진 받아쳤거든."

쓸데없이 설명이 길어졌다.

"너무 혼란스러워. 그래서 이제 누구하고도 키스하지 않기로 했어. 내가 뭘 하는지 정확히 알기 전까지는. 그건 옳지 않잖아."

제드는 아무 말이 없었다.

"미안해. 본의 아니게 너한테 기댔던 것 같아."

"괜찮아."

제드가 잘라 말했다.

"괜찮지 않아. 이 혼란의 도가니로 널 끌어들이는 게 아니었어. 내가 제대로 생각할 수 있을 때까지."

"네 잘못이 아니야. 내가 네 주위를 어슬렁거렸지. 네 근처에 머물게 만 해준다면 상관없어. 난 우리가 잘될 수 있을 거라 생각해. 네가 그걸 알게 될 때까지 항상 네 곁에서 기다릴 거야."

말을 끝내자 그는 불을 켰다. 어떻게 이 남자는 늘 이렇게 이해심이 많을까?

"네가 날 미워한다고 해도 널 비난하진 않을 거야."

가방을 메며, 내가 말했다.

"절대로 널 미워하지 않아."

그의 말에 나는 미소를 지었다.

"이거 보여줘서 고마워. 정말 대단했어."

"와줘서 고마워. 강의실까지 데려다줄게."

그도 웃으며 말했다.

로커룸에 도착해서 매트를 챙겼다. 요가 수업에 겨우 5분 일찍 도착했다. 늘 앉던 앞자리는 키 큰 갈색 머리 여자가 차지하고 있었다. 문에서 가장 가까운 뒷줄에 앉았다.

제드한테 말할 작정이었다. 하딘한테 느꼈던 것과 같은 감정을 너에게는 가질 수가 없었다고. 키스했던 건 정말 미안하지만, 친구 이상은 될 수 없을 것 같다고. 근데 그는 너무 맞는 말만 해댔다. 어젯밤에 하딘이 제이스와 함께 있었다는 얘기를 들었을 땐, 정말이지 허를 찔린 기분이었다.

나는 항상 앞으로 뭘 해야 할지 알고 있다고 생각했다. 제드를 만나기 전까지는. 그의 달달한 목소리와 눈빛에 담긴 다정함이 나를 설레게 만들었다. 그리고 머릿속을 뒤죽박죽 헤집어놓았다.

랜던 집에 돌아가면 하딘에게 전화를 해야겠다. 제드와 점심을 먹었다는 얘기를 하고, 왜 제이스 집을 갔는지 물어봐야겠다. 하딘은 지금쯤 뭘 하고 있을까? 오늘 수업은 들어간 걸까?

요가 수업이 복잡한 머리를 정리해주었다. 수업을 마치니 기분이 훨씬 나아졌다. 요가 매트를 말아 정리하고 강의실을 나섰다. 로커룸에 도착했을 때, 누군가 내 이름을 불렀다. 뒤를 돌아보자 하딘이 어슬렁거리며 다가왔다. 머리를 쓸어 넘기며.

"저기…, 할 말이 있어서…."

기어들어가는 목소리였다. 혹시 이 남자, 긴장한 건가?

"여긴 좀 그렇잖아…."

체육관 한복판에서 우리의 온갖 문제를 끄집어내고 싶진 않았다.

"아니, 그런 얘긴 아니야."

분명 긴장하고 있는 거다. 뭔가 좋지 않은 징조다. 절대 긴장하는 남자가 아니니까.

"궁금해서, 아니 모르겠다…. 신경 쓰지 마."

그가 얼굴을 붉히며 뒤돌아 걸어갔다. 대체 뭐라는 거야. 한숨을 쉬며 로커룸으로 들어가려는 찰나였다.

"테사, 나랑 놀러갈래?"

그가 냅다 소리쳤다. 말 그대로 비명에 가까운 소리였다. 나는 놀라 뒤를 돌아보았다.

"뭐라고?"

"데이트 같은 거… 말이야. 나랑 데이트할래? 물론 네가 원한다면. 근데 재밌을 거 같지 않아? 내가…."

그가 말꼬리를 흐렸다. 두 뺨이 새빨갛게 물들어 있었다. 그를 더 이상 창피하게 만들어선 안 될 것 같았다.

"그럴게."

내 대답을 듣고 그가 나를 쳐다보았다.

"정말?"

그의 얼굴에 금세 미소가 떠올랐다. 긴장감이 담긴 미소.

"응."

무슨 일이 벌어질지 짐작조차 되지 않았다. 그는 정식으로 데이트 신청한 적이 없었다. 그나마 데이트 비슷한 걸 한 번 하긴 했다. 강에 갔다가 저녁 먹었던 날. 근데 그건 전부 거짓이었고, 진짜 데이트는 아니었다. 게임에서 이기기 위해, 내 몸을 가지기 위한 거짓 술수였다.

"언제가 좋을까? 지금 당장? 아니면 내일? 아니면 일주일쯤 후에?"

이렇게 긴장한 모습은 본 기억이 없다. 너무 사랑스럽다. 나는 웃지 않으려고 애를 썼다.

"내일."

"그래, 좋아."

그가 미소 지으며 아랫입술을 깨물었다. 어색한 공기가 흘렀다. 제법 괜찮은 분위기다.

"오케이…."

가슴이 떨렸다. 그와 처음 만나던 그때처럼.

"오케이."

그는 내 말을 똑같이 따라 했다. 그리고 황급히 돌아서서 가려다, 말아 놓은 매트에 걸려 넘어질 뻔했다. 나는 로커룸으로 들어왔다. 참았던 웃음이 터져 나왔다.

46 · 하딘

"어쩐 일이야?"

랜던이 깜짝 놀라며 짜증을 냈다. 아빠 서재로 갑자기 들이닥쳤기 때문이다.

"너하고 얘기하려고."

"무슨 얘길?"

나는 책상 뒤 커다란 가죽 의자에 앉았다.

"테사. 너랑 무슨 얘길 하겠냐?"

"네가 데이트 신청했다고 하더라."

"테사가 뭐라 그랬는데?"

"테사가 한 얘기를 너한테 해주진 않을 거야."

팩스에 종이를 밀어 넣으며, 그가 말했다.

"근데, 뭐 하냐?"

"NYU에 성적 증명서 보내는 거야. 다음 학기엔 그리로 갈 거거든."

'다음 학기?'

"왜 그렇게 서두르는데?"

"여기서 시간 낭비하기 싫어. 다코타하고 함께 지내고 싶어."

"테사도 알아?"

그녀에게 상처가 될 게 분명하다. 랜던은 테사의 유일한 진짜 친구다. 그래서 그가 간다는 게 썩 내키지 않았다.

"당연하지. 제일 먼저 얘기해줬는데."

"어쨌든, 이 데이트인가 뭔가는 네가 좀 도와줘야겠어."

랜던이 씨익 웃었다.

"멋진데."

"그러니까. 도와줄 거야, 말 거야?"

"도와줄게."

그가 어깨를 으쓱했다.

"테사는 어디 있어?"

아까 그녀가 묵는 방을 지나쳐왔다. 노크해보고 싶었지만 지금 그녀에게 숨쉴 틈을 주려고 최선을 다해 노력 중이다. 집 앞에 그녀의 차가 없었더라면, 꼭지가 돌았을지도 모르겠다. 적어도 그녀가 이 집에 있다는 건 안다. 글쎄, 그러길 바랐다.

"모르겠는데? 제드랑 같이 있는 것도 같고."

랜던의 말에 가슴이 철렁해 발끈했다.

"농담이야! 농담! 우리 엄마랑 온실에 있을걸."

랜던이 장난스럽게 웃었다. 일단 안심이다.

"재미없어, 재수 없는 놈."

내가 쏘아붙이자, 그가 키득거렸다.

랜던은 몇 가지 조언을 해주었다. 얘기를 끝내고 현관문까지 배웅하겠다고 나서는데 내가 물었다.

"테사는 반스 출판사에 직접 운전하고 다니는 거야?"

"응, 근데 며칠 결근했지. 그 사고 때문에…."

테사의 방 앞을 지나오며 목소리를 낮췄다. 그녀에게 내가 얼마나 상처를 준 건지 되새기기 싫다, 지금 당장은.

"안에 있나?"

"모르겠어. 아마 있겠지."

문 손잡이를 돌렸다. 약하게 삐걱거리며 문이 열렸다. 랜던이 나를 쏘아보았다. 못 본 척하며 안을 빼꼼 들여다 보았다.

테사는 교재와 종이들을 늘어놓고 침대에 누워 있었다. 여전히 청바지와 맨투맨 티셔츠를 입은 채였다. 공부하다가 잠이 든 모양이었다.

"염탐꾼 노릇 다했어?"

랜던이 내 귀에 대고 속삭였다. 전등 스위치를 내리고, 문을 닫아주었다.

"염탐이 아니지, 사랑이라고."

"근데 너, 테사한테 숨쉴 틈을 주라는 말 제대로 이해 못한 것 같다."

"어쩔 수 없어. 우린 함께 있는 데 너무 익숙해졌거든. 지난 2주 동안 지옥을 경험했어. 테사와 떨어져 있는 건 너무 힘들어."

우린 아무 말 없이 아래층으로 내려왔다. 내 얘기가 너무 절박하게 들리면 안 되는데. 뭐 또 그렇대도, 랜던이니까, 진짜 별 상관없다.

테사가 없는 아파트로 돌아가는 건 죽도록 싫었다. 로건에게 전화해서 클럽하우스에 들러볼까, 아주 잠깐 생각했다. 하지만 마음 깊은 곳에서 그건 좋은 생각이 아니라는 소리가 들렸다. 다시는 어떤 문제도 만들고 싶지 않았다. 그들과는 항상 그랬으니까. 그냥 텅 빈 아파트로 돌아가기 싫을 뿐이다. 하지만 별 수 없다. 죽도록 피곤했다. 백만 년은 못 잔 것 같은 느낌이었다.

집으로 돌아와 침대에 누웠다. 그녀가 내 허리에 팔을 두르고, 내 가슴에 머리를 기대고 있다고 상상했다. 이런 식으로 사는 건 정말 싫다. 그녀를 다시 안을 수 없다면, 내 곁에 누운 그녀의 따뜻함을 다시 느낄 수 없다면…. 뭔가를 해야 한다. 뭔가 다른 걸 해야 한다. 나도 해낼 수 있다는 걸 보여줄 뭔가를 말이다.

나는 달라질 수 있다. 그래야 한다, 그럴 거다.

47 · 테사

샤워를 하고 머리 손질을 마치니 벌써 6시였다. 하늘은 이미 캄캄해진 지 오래고, 랜던은 방문을 두드렸지만 대답이 없었다. 집 앞에 차도 없다. 요즘엔 차고에 주차하는 것 같던데, 집 안 어딘가에 있으려나.

뭘 입어야 할지 모르겠다. 어디로 가는지 모르니까. 하염없이 창밖만 바라보며 하딘의 차가 나타나길 초조하게 기다렸다. 헤드라이트 불빛이 집 앞 도로에 길게 비쳤다. 가슴이 두근거리기 시작했다.

하딘이 차에서 내렸다. 디너파티에서 입었던 검정색 셔츠 차림이었다. 어느새 초조함이 사라져버렸다. 혹시 파티룩인가? 오 마이 갓, 맞다. 반짝이는 검정 구두까지 맞춰 신었다.

'와우! 하딘이 스스로 저렇게 차려입었단 말이야?'

어쩐지 내 행색이 초라하게 느껴졌다. 하지만 그마저도 그의 눈길 한 번에 스르르 녹아 없어지는 것 같았다. 오늘의 데이트를 위해 그는 정말 최선을 다한 것처럼 보였다. 미치도록 잘생겼다. 그러고 보니 머리도 말끔히 뒤로 넘겨 뭔가를 발라 고정시킨 것 같았다. 걸어오는데도 머리카락 한 올 흐트러짐이 없었다. 그가 얼굴을 붉히며 말했다.

"안녕, 테사?"

"안녕."

그에게서 눈을 뗄 수가 없었다. 그런데….

"너, 피어싱은 다 어디 갔어?"

눈썹과 입술에 있던 피어싱이 사라졌다.

"빼버렸어."

그가 어깨를 으쓱했다.

"왜?"

"그냥…, 이게 더 낫지 않아?"

그가 내 눈을 똑바로 쳐다보았다.

"아니! 예전 모습이 훨씬 좋아, 지금도 좋지만. 피어싱 다시 해."

"다시 하고 싶지 않아."

그가 조수석 쪽으로 다가와 차 문을 열어주었다.

"하딘…, 나 때문에 뺀 게 아니길 바라. 지금의 모습을 내가 더 좋아한다고 생각한 거라면, 그건 아니야. 네 외모가 어떻든 난 널 사랑해. 그러니까 제발 피어싱 다시 해."

내 말을 들은 그의 눈빛이 반짝였다. 하딘은 시선을 돌리며 차에 올라탔다. 내가 얼마나 화가 났는지와는 별개로, 하딘이 나 때문에 겉모습을 바꾸는 건 싫었다. 주렁주렁 매단 귀걸이와 피어싱을 처음에는 부정적으로 생각했다. 하지만 점점 좋아하게 되었다. 그것들도 그의 일부였으니까.

"그런 거 아니야. 솔직히 한동안 빼볼까 생각 중이었어. 죽을 때까지 할 생각이었지만, 좀 짜증날 때도 있었거든. 게다가 이런 몰골인 나를 어떤 멀쩡한 회사에서 채용해주겠어?"

그가 안전벨트를 채우며 나를 바라보았다.

"취직은 될 거야. 지금은 21세기라고."

"피어싱 안 한 내 모습도 좀 마음에 들어. 더 이상 그것들 뒤에 숨지 않으려고."

그의 새로운 모습을 나는 빤히 쳐다보고 있었다. 너무나 아름다웠다. 늘 그랬지만. 조각 같은 얼굴에 거추장스러운 게 없어지니 더 괜찮아 보이는 것도 같았다.

"어느 쪽이든 넌 완벽해, 하딘. 네가 어떻게 보여야 한다고 생각하지 않았으면 좋겠어. 나와 상관없이."

이건 진심이다. 그가 수줍게 미소를 지으며 나를 쳐다보았다. 잊고 있던 그 미소였다.

"그런데 우리 어디 가는 거야?"

"진짜 멋진 곳에서 저녁 먹을 거야."

그의 목소리가 살짝 떨렸다. 긴장하는 하딘이라니, 이 모습, 좋아하게 될 것 같다.

"내가 아는 데야?"

"모르겠어…, 어쩌면?"

가는 내내 차 안은 조용했다. 나는 더 프레이의 노래를 따라 흥얼거렸다. 하딘은 이제 이들의 노래를 완전 좋아하게 됐나 보다. 하딘은 정면만 뚫어지게 바라보았다. 운전 중 간간이 손바닥을 자기 허벅지에 문질렀다. 긴장했다는 증거다.

레스토랑에 도착했다. 엄청 멋지고 비싸 보이는 레스토랑이었다. 주차장에 있는 차들은 죄다 우리 엄마 집보다도 비쌀 것 같았다.

"차 문은 내가 열어주려고 했는데."

내리려고 문을 여는데, 그가 말했다.

"다시 닫으면 되지. 네가 열어줘."

"당연하지, 테레사."

그가 싱긋 웃었다. 뱃속이 간질거리는 느낌이 들었다. 진짜 내 이름을 듣는 건 오랜만이었다. 예전에는 그렇게 부르면 미치도록 화가 났었다. 하지만 실은 어느새 빠져들고 있었다. 그가 내 성질을 돋우려고 그 이름을 부를 때마다, 사실 '테스'라 불러줄 때만큼 좋았다.

"우리 '테레사'로 돌아온 거구나, 맞지?"

나도 그에게 미소를 지어 보였다.

차에서 내려 그의 팔을 붙잡았다. 레스토랑으로 향하는 발걸음마다 그의 자신감은 점점 충전되고 있었다.

48 · 하딘

"여기 말고 좋아하는 다른 데 있어?"

차로 돌아오면서 테사에게 물었다. 예약 담당자가 내 이름이 예약자 명단이 없다고 했다. 그 말을 듣는 순간 침착하려고 애썼다. 오늘 저녁은 망치면 안 되니까. 멍청한 놈. 두 손으로 핸들을 움켜쥐었다. 진정하자. 화를 가라앉혀야 한다. 나는 테사를 쳐다보고 슬쩍 웃었다. 그녀는 입술을 깨물며 시선을 돌렸다.

'기분 상했나? 화났겠지.'

"진짜 이상하다. 분명 예약했는데."

나도 모르게 목소리가 불안정하고 괴상하게 높은 톤으로 나왔다.

"혹시 가고 싶은 데 있어? 아무래도 우리, '플랜 B'로 갈아타야 할 것 같아."

제발 생각 나라, 테사를 데리고 갈 좋은 곳. 우리를 들여보내 줄 좋은 식당이여.

"아니, 딱히 없어. 그냥 아무 데서나 먹자."

그녀가 웃는다. 이 상황을 대수롭지 않게 여기는 것 같아 다행이었다. 이런 식으로 코앞에서 물을 먹다니, 굴욕이다.

"좋아, 그럼…, 맥도널드?"

짓궂게 말했다. 그녀의 웃음소리를 듣고 싶었다.

"이런 차림으로 맥도널드에 가면 좀 우스꽝스러워 보이지 않겠어?"

"그렇겠지?"

어디로 가야 할지 도무지 생각이 나질 않는다. 차선책을 마련해놓았어야 하는데. 벌써부터 우리의 데이트는 산으로 가고 있다. 아직 시작도 안 했는데.

신호에 걸려 차를 세웠다. 주변을 두리번거려 보았다. 길 옆 주차장에 한 무리의 사람들이 북적이고 있었다.

"저긴 뭐 하는 데지?"

테사가 물었다.

"모르겠어. 스케이트장이나 뭐 그런 거 같은데."

"스케이트장?"

흥분한 듯 그녀의 목소리가 높아졌다.

'오 노….'

"우리, 저기 갈래?"

그녀가 말했다. 망했다.

"스케이트 타러 가자고?"

나는 무슨 말인지 모르겠다는 듯 순진한 척 되물었다.

'제발 아니라고 해줘. 제발.'

"응!"

그녀가 소리를 질렀다.

"난…, 아니…."

지금껏 한 번도 스케이트 따위는 타본 적이 없었다. 타보려고 했던 적도 없다. 그래도 테사가 하고 싶다는데, 한번 해본다고 죽진 않겠지…. 죽을 수도 있겠지만, 어쨌든 해야겠지….

"그럼…, 그러자."

그녀는 분명 놀란 듯했다. 내가 오케이할 줄은 생각도 못한 모양이다. 젠장, 나도 그렇다.

"잠깐…, 옷은 어떡하지? 청바지 입고 올 걸 그랬네. 아, 재밌을 것 같은데."

실망해서 김빠진 목소리다.

"옷은 사면 되잖아? 내 옷은 트렁크에 있고."

첫 데이트에 스케이트를 타겠다고 이 난리라니, 어이가 없었다.

"좋아!"

그녀의 표정이 금세 환해졌다.

"트렁크에 옷을 잔뜩 싣고 다니는 것도 제법 쓸 데가 있구나! 근데, 넌 왜 옷을 거기 넣고 다니는 거야? 그 얘긴 한 번도 안 해줬잖아."

"그냥 습관이야. 이 여자 저 여자하고 어울렸을 때…, 그러니까, 예전에 그랬을 때 말이야. 아침엔 다른 옷으로 갈아입어야 하잖아. 그래서 트렁크에 넣어 다니게 됐어. 꽤 편리하거든."

그녀는 입술을 살짝 오므렸다. 그런 과거 얘긴 하는 게 아니었는데…. 아무리 테사를 만나기 전 얘기라도. 그게 아무 의미 없다는 걸 알아줬으면 좋겠다. 아무 감정도 없이 그랬다는 걸. 그녀는 완전히 다르다. 그녀를 만지는 것처럼 다른 여자들을 만지지도, 다른 여자들의 몸을 샅샅이 탐구하지도 않았다는 걸. 그들의 거친 숨결을 느끼지도, 내 호흡을 맞추려고 하지도 않았다는 걸. 그들과 섹스하면서 사랑한다는 말을 듣지도 하지도 하지 않았다는 걸. 섹스한 뒤에는 내 몸을 건드리지도 못하게 했다. 섹스 후 한 침대에서 잤다면, 그건 너무 취했기 때문이다. 어느 것 하나도 테사와 같지 않았다. 테사가 이걸 안다면, 그 여자들이 신경 쓰이지 않을 텐데. 하지만 내가 그녀라면, 난… 테사가 다른 놈이랑 섹스했다는 생각만으로도 구역질이 날 것 같다.

"하딘?"

그녀가 가만히 내 이름을 불렀다. 퍼뜩 정신이 돌아왔다.

"응?"

"내 말 들었어?"

"아니…, 미안. 뭐라고 했는데?"

"너, 방금 쇼핑몰 지나쳤어."

"아, 젠장! 미안, 차 돌릴게."

그 다음 주차장으로 들어가 차를 돌렸다. 테사는 이 쇼핑몰에 열광하지만 나는 이해가 안 간다. 여긴 꼭 런던에 있는 중저가 의류 매장 같다. 그저 좀 더 비쌀 뿐. 촌스러운 빨간색 폴로셔츠에 면바지를 입은 직원들이 짜증스럽다. 그런데도 그녀는 여길 좋아한다.

"이 매장은 품질도 좋고, 입을 만한 게 진짜 많아."

그녀가 틀렸다는 건 아니다. 여하튼 이런 대형 아울렛에 올 때마다 내가 외국인이라는 게 실감 났다.

"얼른 들어가서 몇 가지 골라 올게."

주차를 하는데 테사가 말했다.

"같이 가자."

그녀와 함께 가고 싶었다. 하지만 억지로 밀어붙일 순 없다. 적어도 오늘 밤은.

"정말? 너만 좋다면…."

"난 좋아."

그녀의 말이 끝나기도 전에 냉큼 대답했다.

10분만에 바구니가 가득 찼다. 그녀는 맨투맨 티셔츠에 스판 바지를 잔뜩 골랐다. 테사는 그 바지가 레깅스라고 우겼다. 나한테는 다 비슷해 보인다. 그걸 입고 있는 모습이 자꾸만 떠올라 지우려 애를 썼다. 장갑, 목도리, 모자까지 담았다. 우리가 무슨 남극에라도 가는 줄 아나 보다. 하긴 바깥 날씨가 꽤 춥긴 하다.

"너도 장갑은 껴야 할 거야. 얼음판은 진짜로 차갑거든. 넘어지면 손이 꽁꽁 얼어."

그녀가 또 한 번 강조했다.

"난 안 넘어져. 아무튼 장갑은 살게, 네가 그러라고 하니까."

그녀는 검정색 장갑 한 켤레를 바구니에 집어넣었다.

"모자도 쓸래?"

"트렁크에 비니 있어."

"아, 그렇구나."

그러더니 바구니에서 목도리를 빼, 다시 걸어놓았다.

"목도리는 안 사?"

"이 정도면 될 것 같아."

잔뜩 담긴 물건들을 가리키며, 그녀가 말했다.

"내 말이 그거야."

놀리듯 말했지만, 그녀는 아랑곳하지 않고 양말 코너로 갔다. 빌어먹을, 이러다 날밤 새우겠다.

마침내, 테사가 선언했다.

"다 된 것 같아."

계산대에서, 늘 그랬던 것처럼 서로 물건 값을 내겠다고 실랑이를 했다. 하지만 오늘만큼은 어림도 없다. 내가 데이트 신청을 한 거니까, 당연히 계산도 내가 해야 한다. 테사는 눈만 한 번 흘기고는 지갑을 다시 집어넣었다.

'혹시 가진 돈이 다 떨어졌나? 전과 다르네. 물어봐야 하나?'

젠장, 너무 많은 생각들이 뒤섞였다.

쇼핑을 마치고 스케이트장으로 돌아왔다. 테사는 당장이라도 차에서 뛰어내릴 기세였다. 하지만 우선 옷부터 갈아입어야 한다. 내가 옷을 갈아입는 동안 테사는 내내 고개를 돌리고 창밖을 보고 있었다.

"다 됐어. 어디 화장실이라도 찾아볼까? 너 옷 갈아입게."

그녀는 어깨만 으쓱해 보일 뿐이었다.

"나도 차 안에서 갈아입으려고."

"안 돼. 여긴 사람이 너무 많아. 혹시 누가 보면 어떡해?"

나는 주차장 주변을 두리번거렸다. 텅 비어 있었다. 그래도 혹시….

"하던, 괜찮아."

그녀의 말투에는 짜증이 약간 섞여 있었다. 어젯밤 아빠 서재 책상에 있던 악력기를 집어오는 건데 그랬다. 인내심을 요하는 순간들의 연속이다.

"너만 괜찮다면."

나는 볼멘소리를 했다. 그녀는 새 옷의 태그를 전부 떼어냈다.

"내리기 전에, 나 지퍼 내리는 것 좀 도와줘."

그녀가 등 뒤로 머리를 들어올렸다. 손을 뻗어 지퍼를 잡았다. 수도 없이 그녀 옷의 지퍼를 내렸지만, 몸에 손댈 수 없는 건 처음이었다. 테사는 원피스를 팔 아래로 끌어내렸다.

"고마워. 이제 나가서 기다려."

"뭐? 그건….."

"하딘!"

"빨리 갈아입어."

차에서 나와 문을 쾅 닫았다. 너무 퉁명스럽게 말했나? 살짝 문을 열고 다시 머리를 들이밀었다.

"부탁이야, 테사."

얼른 덧붙이고 문을 닫았다. 차 안에서 그녀의 웃음소리가 들렸다.

잠시 뒤 그녀가 차에서 내렸다. 보라색 비니를 쓰고 그 아래로 빠져 나온 머리를 손으로 빗어 내리고 있었다. 내게 다가오는 모습이 정말 귀여웠다. 테사는 아름답고 섹시하지만, 헐렁한 맨투맨 티셔츠에 비니, 장갑까지 낀 모습은, 뭐랄까, 평소보다 훨씬 더 순순해 보였다.

"여기, 네 장갑."

"아, 까먹고 갔으면 좋았는데."

내가 장난치듯 말하자, 그녀가 팔꿈치로 나를 툭 쳤다. 이럴 수가, 너무 귀엽다. 하고 싶은 말이 정말 많았다. 그래도 오늘만큼은 말 실수를 해서 분위기를 망쳐버리지 말아야 한다.

"그런 큼지막한 맨투맨 티셔츠를 입고 싶으면, 내 거 입어. 그럼 적어도 20달러는 아낄 수 있어."

내 말이 끝나자마자 그녀는 내 손을 얼른 놓았다.

"미안, 테사."

창피했는지 두 볼이 빨갛게 물들었다. 테사의 손을 다시 잡고 싶었지만 한발 늦었다. 키 작은 여자가 우리를 맞았다.

"스케이트화 사이즈는 어떻게 되세요?"

굵은 목소리로 여자가 물었다. 테사가 우리 사이즈를 말했다. 여자는 스케이트화 두 켤레를 들고 돌아왔다. 심장이 쪼그라드는 것 같았다. 이제 빠져나갈 구멍이란 없다. 테사를 따라 벤치에 앉아 신발을 벗었다. 내가 채 한 짝을 신기도 전에 그녀는 양쪽을 다 신고 일어섰다. 제발, 그녀가 금세 지겨워져서 얼른 돌아가자고 하길.

"하딘, 괜찮겠어?"

다른 쪽 스케이트화를 신고 끈을 묶었다.

"그럼. 신발은 어디에 두지?"

"제가 가져갈게요."

키 작은 여자가 불쑥 나타났다. 우리는 신발을 건네주었다.

"준비됐어?"

테사의 물음에 나는 자리에서 일어섰다. 그런데 일어서자마자 휘청거리며 레일 바를 잡았다.

'대체 어쩌려고 이러냐?'

테사는 겨우 웃음을 참고 있었다.

"얼음 위에선 움직이기가 좀 더 쉬울 거야."

'제발 그래야 할 텐데.'

예상은 빗나갔다. 더 쉬운 건 아무 것도 없었다. 5분 동안 세 번이나 넘어졌다. 테사는 그때마다 깔깔거리며 웃어댔다. 장갑을 안 꼈으면 손이 진작에 꽁꽁 얼어버렸을 것이다.

테사가 웃으며 다가왔다. 손을 내밀어 내가 일어나는 걸 도와줬다.

"하딘, 불과 30분 전에 절대 안 넘어진다고 말했던 거 기억나?"

"넌 스케이팅 선수라도 되는 거야?"

그녀의 손을 잡고 일어서며 말했다. 이 순간만큼은 세상에서 스케이트가 제일 싫었다. 그래도 그녀의 실력만큼은 놀라움을 뛰어넘는 수준이었다.

"한동안 못 탔는걸. 전엔 친구 조시랑 자주 타러 다녔어."

"조시? 옛날 친구 얘기는 한 번도 못 들은 것 같은데?"

"친구가 많지는 않았어. 자라면서 대부분은 노아랑 보냈으니까. 조시는 고등학교 3학년 되기 전에 이사 갔어."

"아."

그녀에게 왜 친구가 별로 없는지 잘 모르겠다. 약간 강박적이고 새침해서? 소설에만 푹 빠져 있어서? 하지만 그녀는 착하다. 모두에게, 가끔은 지나치리만큼. 나한테만 빼고. 물론 내게 변함없는 관심을 보여주긴 하지만. 어쨌든 난 그런 그녀를 사랑한다.

30분이 지났지만, 우리는 함께 스케이트장을 한 바퀴도 돌지 못했다. 훌륭한 내 발 재간 덕분이다.

"배고파."

결국 그녀가 말했다. 둘러보니 음식 가판대가 눈에 들어왔다.

"우리, 그거 해보자. 네가 넘어지면서 나를 잡아당겨. 그럼 같이 넘어지는 거야. 그리고 네가 내 위에 쓰러져서 서로의 눈을 지긋이 바라보는 거야. 영화의 한 장면처럼."

"이건 영화가 아니거든."

그녀는 혼자 출구 쪽으로 향했다. 같이 타면서 손 한 번 잡아주면 좋을 텐데. 그러면 넘어지지 않고 버틸 수 있을 텐데. 행복해 보이는 커플들이 지나가며 나를 비웃는 것 같았다. 그들은 손을 잡고 내 주위를 빙빙 돌았다.

스케이트장에서 나오자마자, 스케이트화를 냅다 벗어던졌다. 아까 그 키 작은 여자를 찾아, 내 신발을 갖다 달라고 했다.

"하딘, 정말 운동에 소질이 있던데?"

오늘만 벌써 천 번째다. 또 나를 놀려댔다.

"하, 하, 하."

나는 그녀에게 살짝 눈을 흘겼다. 아직도 발목이 욱신거렸다.

우리는 음식 가판대로 갔다. 테사는 보라색 맨투맨 티셔츠에 슈가파우더를 잔뜩 흘리며 펀넬케이크(반죽을 깔대기를 통해 떨어뜨려 튀긴 페이스트리로, 설탕과 메이플 시럽을 곁들여 먹는다 - 옮긴이)를 먹었다.

"다른 데 갈 수도 있는데. 펀넬케이크는 멋진 저녁 식사가 아니잖아."

"괜찮아. 너무 배가 고팠거든."

그녀는 벌써 자기 몫을 다 먹고, 내 것도 반이나 먹었다.

나를 쳐다보고 있는 그녀에게 시선을 고정했다. 내 얼굴을 관찰하는 듯, 심각한 표정이었다.

"왜 그렇게 빤히 봐?"

참다 못해 묻자, 그녀는 슬그머니 시선을 돌렸다.

"미안…. 피어싱이 없어서 그런지 낯설어서."

우물거리며 말하더니, 다시 나를 쳐다보았다.

"다를 것도 없어."

무의식 중에 나는 손을 입가로 가져갔다.

"근데 좀 이상해. 피어싱 있는 걸 보는 데 익숙해졌나 봐."

'하, 그럼 피어싱을 다시 해야 하나?'

그녀만을 위해서 피어싱을 뺀 건 아니었다. 하지만 그녀한테 한 말은 진심이었다. 피어싱 뒤에 내 속마음을 감추고 싶지 않았다. 그깟 조그만 금속 링 따위를 사람들을 막는 도구로 이용하고 싶지 않았다. 피어싱은 은연중에 사람들이 내게 쉽게 범접하지 못하게 해주었다. 나는 이제 과거를 떠나보내고, 인생의 새로운 장을 열고 싶다. 곁에 있는 사람들을 밀쳐내고 싶지 않았다. 특히나 테사는 더욱. 그녀를 내 곁으로 더 가까이 끌어당기고 싶었다.

피어싱은 십대 시절에 한 거다. 몰래 술을 마시며 흥청거리던 시절, 우연히 들어간 피어싱 숍 주인장은 술 냄새를 풍겨댔다. 피어싱을 하고 한 번도 후회한 적은 없었다. 그냥 그렇게 됐을 뿐이다.

타투는 좀 달랐다. 나는 내 타투를 좋아한다. 앞으로도 그럴 거다. 차마 입 밖으로 내지 못하는 내 생각들을 몸으로 표현하고 싶었다. 사실 그 중 어떤 건 아무 의미도 없지만. 그래도 다 제법 괜찮아 보인다. 그러니 어떻게 할까 신경 쓰지 않는다.

"네가 달라지는 거 싫어."

나는 그녀를 쳐다보았다.

"외형적으로 말이야. 그냥 네가 나한테 조금만 더 잘 해주고, 이래라 저래라 하지 않길 원해. 네 개성까지 바꾸는 건 싫어. 날 위해 조금만 노력해줬으면 하고 바랄 뿐이야. 내가 어떤 사람이랑 어울릴지 네 마음대로 판단하지는 마. 그런 모습으로 변하려고 하지도 말고. 그건 내 생각이 아니라, 네 생각일 뿐이야."

그녀의 말 한 마디 한 마디가 심장에 날아와 박혔다. 그리고 내 심장을 있는 힘껏 열어젖혔다.

"그래, 그럴게."

난 달라지려 애쓰는 중이다. 그녀를 위해서. 하지만 그런 식은 아니다. 이건 나와 그녀 모두를 위한 거다.

"피어싱을 뺀 건 앞으로 한 발짝 내딛은 것뿐이야. 더 나은 사람이 되려는 노력이고. 피어싱은 자꾸만 예전에 안 좋았던 기억을 떠올리게 하거든. 이제는 거기서 벗어나고 싶어."

"아."

속삭임에 가까운 대답이다.

"이제 이 모습도 좋아졌지?"

"응, 아주 많이."

"그런데도 피어싱을 다시 해야 할까?"

내 물음에 그녀는 고개를 가로저었다. 아까보다 마음이 훨씬 편안해졌다. 이게 나의 테사다. 더 이상 긴장하지 않아도 된다.

"네가 하고 싶을 때만 해."

"그땐 다시 할 수 있지. 우리가…."

나는 말을 하다 말았다.

"우리가 뭐?"

그녀가 고개를 갸웃거렸다.

"내 말, 다 듣고 싶지 않을걸."

"아냐, 듣고 싶어! 뭐라고 말하려고 했는데?"

"좋아, 네가 듣겠다고 한 거다. 피어싱을 해야 네가 더 흥분된다면, 너와 섹스할 땐 언제든 다시 할 수 있다고."

"하딘!"

그녀의 뜨악한 표정에 나는 웃음을 터뜨렸다. 그녀는 두리번거리며 내 얘기를 들은 사람이 없는지 확인했다. 그러고는 얼굴이 빨개지도록 깔깔댔다.

"그래서 말하다 말았잖아. 나 오늘은 변태 발언 하나도 안 했거든. 그니까 하나 정도는 해도 돼."

"맞네."

그녀는 미소를 지으며, 레모네이드를 한 모금 마셨다.

그녀에게 묻고 싶었다. 그 대답 속에 나와 다시 섹스를 하겠다는 의미가 담겼다는 걸 알고 있는지 말이다. 하지만 지금은 적당한 때가 아닌 것 같았다. 단지 그녀의 몸을 느끼고 싶은 게 아니라, 순수하게 그녀 자체가 너무 많이 그리운 거니까. 오늘은 꽤 사이 좋은 커플 같다. 순전히 내가 한 번도 못되게 굴지 않았기 때문이란 걸 안다. 별로 힘들지 않았다, 정말로. 엉뚱한 소리를 하기 전에 한 번만 더 생각하면 된다.

"내일이 네 생일이잖아, 하딘. 계획 있어?"

잠시의 침묵이 흐른 뒤, 그녀가 물었다.

"글쎄, 음…, 로건이랑 네이트가 파티를 할 거래. 난 가지 않으려고 했거든. 근데 스테프 말이, 애들도 다 온대고, 파티 준비에 돈을 왕창 썼대. 그래서 잠깐 들를까 했었어. 근데, 너 나랑 뭐 하고 싶은 거 있어?

그럼 안 갈 거야."

"아냐, 괜찮아. 아주 재미있을 거 같네."

"너도 갈래?"

그녀의 대답은 뻔했다.

"테사, 우리 얘기는 아무도 몰라. 제드만 빼고."

제드 녀석이 왜 내 사생활을 알게 됐는지는 신경 쓰고 싶지도 않다.

"난 안 갈래."

미소를 짓고 있지만, 테사는 내 눈을 피했다.

"나도 안 가도 돼."

그녀가 내 생일을 함께 보내고 싶다면, 로건이나 네이트 녀석이 해주는 파티 따위는 상관없다.

"아냐, 정말 괜찮아. 난 내일 할 일도 많아."

그녀가 딴 데를 쳐다보며 말했다.

49 · 테사

"밤엔 뭐 할 거야?"

하딘이 켄 씨 집 앞에 차를 세웠다.

"공부 좀 하다가 잘 거야. 힘든 저녁이었어."

그를 향해 웃어 보였다.

"나도 숙면이 그리워."

하딘은 인상을 쓰면서 운전대를 손으로 문질렀다.

"너…, 지금까지…."

더듬으며 말을 꺼냈다.

"응, 한밤도 제대로 못 잤지."

그의 대답에 마음이 아팠다.

"아, 그랬구나…."

매일 밤 악몽에 시달렸을 그를 생각하니 너무 싫었다. 나만이 그의 악몽을 잠재울 수 있는 존재라는 사실도 너무나 싫었다.

"나, 괜찮아."

하딘이 대답했지만, 눈 밑에 짙게 드리운 다크서클까지 감출 순 없었다.

'안으로 들어가자 할까?'

아니다, 그건 끔찍한 생각이다. 이것저것 생각해봐야 할 게 많다. 앞으로 한 걸음 더 나아가기 위해서는. 그런데 하딘과 함께 밤을 보낸다니, 안될 말이다. 자기 아빠 집 앞에 나를 내려주고 돌아가야 하는 모순적인 상황. 이래서 나만의 공간이 필요한 거다.

"들어올래? 와서 잠깐 자고 가. 아직 늦지 않았잖아."

결국 내가 졌다. 그는 고개를 번쩍 들었다.

"그래도 괜찮아?"

얼른 고개를 끄덕였다. 머뭇거렸다간 온갖 생각이 덮쳐올 거다.

"그럼…, 잠만 자는 거야."

웃으며 한 번 더 다짐했고, 그는 고개를 끄덕였다.

"알아, 테스."

"이러려던 건 아닌데…."

애써 변명을 했다.

"나도 알아."

그의 말투는 단호했다.

뭐라 꼬집어 말할 수 없는 거리감 같은 게 생겼다. 불편했지만 한동안은 필요하겠지. 그의 이마로 흘러내린 머리카락 한 올을 넘겨주고 싶었다. 손을 뻗으려다 멈칫했다. 우리에겐 일정 거리가 필요하다. 하딘이 그런 것처럼. 그를 데리고 들어가는 건 혼란을 가중시킬 것이다. 그래도 그를 편히 재워주고 싶었다.

그는 한참 나를 가만히 쳐다보았다. 그러더니 고개를 가로저었다.

"안 그러는 게 낫겠어. 해야 할 일도 있고…."

"그래. 난 괜찮아, 진심이야."

황급히 그의 말을 끊고 차에서 내렸다. 부끄러움은 늘 나의 몫이다. 이러지 말았어야 했다. 거리를 두어야 했는데, 결국은 또 다시 거절만 당하고 말았다.

현관문 앞까지 왔을 때 차에 옷을 두고 온 게 생각났다. 뒤를 돌아보니 이미 하딘은 떠난 뒤였다.

화장을 지우고 잠자리에 들 준비를 했다. 오늘 데이트를 반복해 떠올려봤다. 하딘은 정말… 다정했다. 옷차림도 말쑥했고, 싸움을 걸지도 않았으며, 누구에게도 욕설을 내뱉지 않았다. 엄청난 발전이다. 그가 얼음판에서 넘어지던 장면이 떠올랐다. 나는 모자란 사람처럼 키득거렸다. 하딘은 엄청 짜증을 냈다. 하지만 어쩌겠는가, 넘어지는 모습이 너무 웃긴걸. 하딘은 키가 크고 마른 편이다. 길고 가는 두 다리가 스케이트화를 신으니 휘청거렸다. 확실히 내가 본 중에 가장 재미있는 장면이었다.

하딘이 피어싱을 뺀 건 어떻게 받아들여야 할지 잘 모르겠다. 자기가 원해서 뺀 거라고 몇 번이나 되풀이해 말했다. 나 때문이 아니라고. 하지만 그의 친구들이 보면 뭐라 할지….

생일 파티 얘기 때문에 기분이 좀 별로였다. 하딘이 생일에 뭘 할 작정이었는지는 짐작하지 못했다. 하지만 파티라니.

'그래, 내가 바보지. 스물한 번째 생일인데 뭘 하겠어.'

그와 함께 보내고 싶었다. 하지만 클럽하우스에 갈 때마다 꼭 안 좋은 일이 생긴다. 악순환을 반복하고 싶지는 않았다. 특히나 이렇게 살얼음판을 걷는 상황에서는 더욱. 술을 마시고 사태를 악화시키는 건 피해야 한다. 하딘에게 생일 선물도 사주고 싶었다. 선물 고르는 데에는 재주가 없지만 열심히 생각해봐야겠다.

랜던 방에 들렀다. 노크를 했지만 대답이 없었다. 문을 열어보니 이미 잠들어 있었다.

'그냥 자야겠다.'

내 방문을 열고는 소스라치게 놀랐다. 침대에 무언가 형체를 가진 그림자가 있었기 때문이다. 너무 놀라 세면 가방을 떨어뜨렸다. 그러고 나서야 그림자가 하딘인 걸 알았다. 마음이 가라앉았다. 내가 물끄러미 바라보자, 그는 어색한 듯 다리를 꼬았다.

"음, 아까 그냥 가버려서 미안해. 사실 너랑 같이 있고 싶었어."

하딘은 머리를 쓸어 넘겼다.

"괜찮아."

나는 침대 맞은편에 앉았다. 그가 한숨을 내쉬었다.

"나, 여기 있어도 돼? 오늘 저녁, 같이 보내서 정말 좋았어. 근데 너무 피곤해…."

잠깐 동안 이 상황에 대해 생각해보았다. 나도 그가 함께 있길 원한다. 내 침대에서 그와 함께 머물며 편안했던 순간들이 너무나 그리웠다. 하지만 하딘은 아까 할 일이 있다고 그러지 않았나?

"일은 어떡하고?"

"나중에 해도 돼."

그는 난처한 표정을 지었다. 그의 곁으로 다가갔다. 여전히 그는 나를 잡아끄는 매력이 있다. 조금도 떨어질 수 없을 만큼. 내가 바라보자 그는 미소를 지었다. 얼른 눈을 돌려 바닥을 쳐다보았다. 몸이 말을 듣지 않는다. 내 손이 자연스럽게 그의 손을 감싸 쥐었고, 그에게 몸을 기댔다. 그는 차가웠고, 숨소리는 거칠었다.

'네가 너무 그리웠어.'

소리를 내어 말하고 싶었다.

'네 곁에 있고 싶었어.'

고백하고 싶었다.

그는 내 손을 부드럽게 꼭 쥐었고, 나는 그의 어깨에 머리를 기댔다. 그가 한 팔로 내 허리를 감싸 더 가까이 당겨 안았다.

"오늘 저녁은 정말 좋았어."

그에게 말했다.

"나도 좋았어, 테사."

그가 내 이름을 부르는 걸 들으니 더 가까이 있고 싶어졌다. 고개를 들어 그를 바라보았다. 그의 시선이 내 입술에 머물고 있었다. 본능적으로 머리를 기울여 그의 입술에 내 입술을 가져갔다. 서로의 입술이 닿을락 말락 하던 찰라, 내가 입술을 밀어붙였다. 그는 팔꿈치를 구부려 자신에게 나를 기대게 했고, 나는 그의 허벅지 위에 올라 앉았다. 허리 아래로 그의 손이 느껴졌다. 내 몸을 꼭 붙잡아 당기고 있었다.

"네가 너무 보고 싶었어."

그의 혀가 내 혀를 스치듯 건드렸다. 금속 피어싱의 서늘한 느낌이 그리웠다. 내 몸은 그를 원하며 한껏 달아오르고 있었다. 다른 모든 건 아무래도 상관없었다.

"나도 너무 보고 싶었어."

그의 머리카락을 움켜쥐며 더 깊게 키스했다. 한 손으로 그의 셔츠 아래 탄탄한 근육을 쓰다듬었다. 갑자기 그가 나를 제지했다. 나는 여전히 그의 다리 위에 앉아 있었다. 그는 싱긋 웃으며 말했다.

"우리, 19금 선은 넘지 않는 게 좋겠어."

그의 두 볼은 빨갛게 달아올랐고, 내 얼굴에 대고 거친 숨을 몰아쉬었다. 나는 그 의견에 반대하며, 그의 터치가 필요하다 말하고 싶었다. 하지만 그가 맞는 것 같다. 한숨을 쉬며 그의 다리에서 내려왔다. 그리고 침대 한쪽 끝으로 멀찍이 가서 누웠다.

"미안해, 테스. 그런 뜻은 아니야…."

목소리는 점점 기어들어가고 있었다.

"아냐, 네 말이 맞아. 진짜 괜찮아. 좀 자자."

그를 향해 웃었지만, 그의 손길이 닿은 내 몸은 쉽게 진정되지 않았다. 그는 맞은편에 누워, 우리 사이에 베개를 놓고 몸을 모로 세웠다. 예전의 우리 모습이 떠올랐다. 그는 이내 잠에 빠져들었다. 평화롭게 코고는 소리가 방 안을 가득 채웠다. 한밤중에 눈을 떠보니 하딘은 가고 없었다. 베개 위에는 메모가 놓여 있었다.

테사, 다시 한 번 고마워.
해야 할 일이 있어서 먼저 가.

다음날 아침, 일어나자마자 하딘에게 메시지를 보냈다. 누구보다 먼저 생일 축하 인사를 하고 싶었다. 옷을 입으며 답을 기다렸다. 그와 밤을 보냈으면 했다. 하지만 날이 밝고 나니, 오히려 안심이 되었다. 첫번째 데이트를 하고 난 다음 날의 어색한 상황을 피할 수 있었으니까.

한숨을 쉬며 휴대전화를 가방에 집어넣었다. 랜던에게 물어봐야겠다. 하딘에게 생일 선물로 뭘 줘야 할지.

50 · 하딘

"지겨워 죽겠어, 이 자식."

네이트는 주차장 끝 담벼락 위에 올라 앉으며 말했다.

"당연하잖아."

나는 잘라 말하고 로건의 담배 연기를 피해 네이트 옆에 앉았다.

"재수 없게 굴지 좀 마. 우리가 몇 달 전부터 준비한 거잖아."

로건이 한마디 했다. 앉아서 다리를 흔들며, 아주 잠깐 로건을 담벼락에서 밀어버릴까 생각했다. 이 녀석들까지 계속 트집을 잡는다.

"갈 거야, 간다고."

"테스도 데리고 올 거야?"

네이트가 물었다.

"아니, 바빠."

"바쁘다고? 네 생일인데? 넌 걔 때문에 피어싱도 뺐잖아. 그럼 모습을 나타내셔야지."

로건이 딱 부러지게 말했다.

"걔가 올 때마다 끝이 별로 안 좋았잖아. 그리고 마지막으로 말하는데, 걔 때문에 피어싱 뺀 거 아니다."

나는 담벼락의 갈라진 틈으로 시선을 옮겼다.

"걔가 한 번 더 몰리를 묵사발 내줘야 하는데. 진짜 끝내줬잖아."

네이트가 키득거렸다.

"진짜 웃겼지. 걘 술 취하면 좀 재밌더라."

로건도 네이트를 따라 웃었다.

"너희 둘 다, 그만하고 입 좀 닥쳐줄래? 걘 안 와."

"알았어, 진정하라고."

네이트가 웃으며 말했다.

나를 위한 파티 같은 건 집어치웠으면 좋겠다. 생일은 테사와 보내고 싶었다. 진심으로 이제 생일 같은 건 신경 안 쓴다. 파티를 열든 말든 그녀는 별 상관 안 한다. 그냥 내 친구들과 어울리고 싶지 않은 거겠지. 그녀에게 뭐라 할 순 없다.

"근데 제드하고 무슨 일 있냐?"

강의실로 향하며 네이트가 물었다.

"그 자식이 테사 주위에서 떨어질 생각을 안 하잖아. 그런데 왜?"

"나도 궁금했어. 저번에 테사가 환경 어쩌고 하는 건물로 들어가는 걸 봤거든. 좀 이상하다 생각했지…."

"언제?"

"이틀 전인가. 월요일에."

이 녀석 제법 진지하다.

'제기랄, 테사. 제드한테서 떨어지라고 한 말은 어디로 들은 거야?'

"제드가 와도 상관없는 거지? 벌써 애들한테 다 얘기해놨거든. 누굴 초대했네 마네 하는 소리 듣기 싫어서."

그래도 네이트가 우리 중엔 제일 착한 녀석이다.

"상관 안 해. 어쨌든 테사랑 섹스하는 건 그 자식이 아니라, 나니까."

거들먹거리는 내 말에 네이트가 웃었다. 무슨 일이 있었는지는 그 녀석만 알고 있다.

로건, 네이트와는 체육관 건물 앞에서 헤어졌다. 테사 생각을 하니 긴장이 되었다. 머리는 어떻게 했을까? 내가 사랑해 마지 않는 그 팬츠를 입었나? 궁금했다. 이런 멍청한 생각을 하면서 마음이 설레다니. 나더러 여자 헤어스타일이나 상상하는 놈이라고 했다면 아마 턱을 부숴놨을 거다. 불과 몇 달 전만 해도 말이다. 그런데 지금, 나는 테사가 머리를 틀어 올려 목선이 훤히 드러나 보이길 바라는 놈이 됐다. 그래야 그녀의 얼굴을 잘 볼 수 있으니까.

이 클럽하우스에 또 오게 될 줄이야. 믿을 수가 없다. 여기 살았던 게 몇 년 전인 것 같은 기분이 든다. 이곳이 눈곱만큼도 그립지 않았다. 하지만 아파트에서 혼자 덩그러니 지내는 것도 썩 좋진 않다.

올해는 말도 안 되게 정신이 없었다. 벌써 21살이 되었다니. 게다가 내년이면 졸업이다. 엄마는 전화를 붙들고 내내 울기만 했다. 언제 이렇게 훌쩍 커버렸냐며. 결국엔 억지로 전화를 끊었다. 엄마의 눈물 바람이 끝날 것 같지가 않았다. 변명을 하자면, 그래도 제법 예의 바르게 했다. 휴대전화 배터리가 다 된 척했으니까.

기숙사는 사람들로 미어터졌다. 길까지 차가 죽 늘어서 있었다. 도대체 어떤 놈들이 내 생일이라고 꾸역꾸역 여길 온 거지? 전적으로 나를 위한 파티가 아니란 건 안다. 그건 그냥 이 거창한 파티를 열려는 구실이다. 테사가 있었으면 좋겠다고 생각할 즈음, 몰리의 흉물스러운 핑크색 머리가 눈에 띄었다. 테사가 안 온 게 천만 다행이었다.

"생일자님이 이제 오시네."

몰리는 실실 웃으며 내 앞을 지나 기숙사로 들어갔다.

"스캇!"

트리스탄이 부엌에서 나를 불렀다. 벌써 술에 취한 목소리다.

"테사는?"

스테프가 물었다.

친구들이 둥글게 모여 서 있었다. 다들 나를 빤히 쳐다보고 있었다. 숨을 곳을 찾고 싶었다. 테사가 내게 다시 돌아오길 애걸복걸 하는 중이라는 걸 말할 순 없다.

"잠깐…, 너 피어싱은 어디 갔어?"

스테프가 내 턱을 잡고 내 얼굴을 이리저리 돌려 보았다.

"꺼져."

나는 스테프를 밀쳐냈다.

"젠장! 너도 저딴 애들 중 하나가 됐잖아."

몰리가 건너편에 있는 말쑥한 샌님 무리를 가리키며 말했다.

"그건 아니지."

몰리를 무섭게 노려보았다. 그녀는 깔깔거리며 말했다.

"맞거든! 걔가 너한테 피어싱 빼라고 한 거지?"

"내가 빼고 싶어서 뺀 거야. 네 알 바 아니니 상관 마."

내가 일갈하자, 몰리는 입을 삐죽였다.

"맘대로 지껄이든가."

몰리가 가버렸다. 휴, 다행이다.

"쟤는 그냥 무시해. 근데 테사도 오는 거지?"

스테프의 물음에 나는 고개를 가로저었다.

"그렇구나, 보고 싶은데! 같이 어울렸으면 좋겠다."

스테프는 빨간 컵에 든 술을 한 모금 마셨다.

"나도 그래."

컵에 물을 채우며 숨죽여 말했다.

밤이 깊어갈수록 음악 소리와 소음은 더 커졌다. 채 8시도 되기 전 사람들이 죄다 취해버렸다. 술을 마실까 말까, 아직도 고민 중이다. 술 끊고 제법 오래 버티고 있었다. 술 마시고 아빠 집에 쳐들어가 카렌의 살림살이를 부수며 난동을 부리기 전까지는 술 마시지 않고도 이 거지 같은 파티들을 잘 버텼었다. 대학 생활 초기에는 매일 술타령에, 여자를 갈아치우지 않은 날이 없었지만. 그건 내 인생의 오점이다. 그나마 다행인 건 테사로 인해 그 짓거리를 끝냈다는 거다.

트리스탄 옆, 소파 자리를 겨우 하나 차지했다. 테사 생각은 잠시 접어두기로 했다. 친구들이 또 멍청한 술자리 게임을 할 모양이니까.

51 · 테사

뭐해?

하딘에게 메시지가 왔다. 나비가 퍼덕이는 것처럼 아랫배가 간질거렸다. 나도 참 어처구니가 없다.

파티는 어때?

답 메시지를 보내고는, 팝콘 한 주먹을 입에 털어넣었다. 2시간 동안 내리 전자책 화면만 뚫어지게 봤다. 좀 쉬어야겠다.

시시해. 그쪽으로 갈까?

그의 답이었다. 침대에서 펄쩍 뛰어내렸다. 그에게 줄 적당한 선물을 찾느라 몇 시간을 보냈다. 일찌감치 준비해놓으니 마음의 여유가 생겼다. 생일파티가 끝날 때까지 기다려줄 수도 있었다. 측은해 보인 대도 상관없다. 하지만 그가 친구들보다 나와 시간을 보내길 원한다면, 받아줄 거다. 그는 진심으로 노력하고 있고, 그건 인정해줘야 한다. 그렇더라도 얘기는 좀 해봐야 할 것 같다. 앞으로 나와 함께 하길 진심으로 원하는 건지, 그게 나한테 얼마나 영향을 주게 될지 말이다. 하지만 그것도 내일까지 기다릴 수 있었다.

좋아. 오는 데 얼마나 걸릴까?

답을 보내고 얼른 옷장에서 파란색 민소매 셔츠를 꺼냈다. 하딘이 마음에 들어 했던 옷이다. 그리고 청바지를 입었다. 방에서 원피스를 차려 입고 있으면 바보 같아 보일 테니까. 그가 뭘 입었을지 궁금했다. 머리는 어제처럼 뒤로 넘겼을까? 나 없는 파티가 지루해서 날 만나러 오고 싶었을까? 하딘은 진짜로 변하고 있다. 그런 그를 너무나 사랑한다.
그런데 난 왜 이렇게 변덕스러운 걸까. 나도 잘 모르겠다.

30분.

부리나케 욕실로 가 이를 닦았다. 그와 키스하지 말아야 할 텐데. 해도 될까? 그래도 생일인데…, 키스 한 번쯤이야 나쁘진 않을 것 같다. 좀 더 솔직해 보자. 지금까지 들인 노력을 봐서라도 그는 충분히 키스 받을 만하다. 키스 한 번 했다고 내가 들인 노력이 무너지지는 않을 테니까.
화장을 고치고 빗질을 했다. 머리는 깔끔하게 하나로 묶었다. 하딘이 어디서 뭘 했든 지금은 화내지 않을 거다. 나에 대한 자책도 내일로 미룰 거다. 지금껏 그는 생일을 거창하게 챙기지 않았다. 하지만 이번 생일은 달랐으면 했다. 자기 생일이 중요한 날이라는 걸 그도 알았으면 싶었다.

선물을 급히 포장했다. 준비한 포장지는 음표 무늬였다. 선물을 싸 놓고 보니 근사한 책 표지 같아 보였다. 자꾸만 긴장이 됐다. 그러지 말아야 하는데.

오케이, 좀 이따 봐.

선물에 붙은 태그에 그의 이름을 휘갈겨 적었다. 그리고 아래층으로 내려갔다.

카렌이 옛날 노래에 맞춰 혼자 춤을 추고 있었다. 뒤를 돌아 나와 눈이 마주치자 얼굴을 붉혔다. 웃음이 나왔다.

"어머, 거기 있는 줄 몰랐네."

"저도 이 노래 좋아해요. 아빠가 항상 틀어놓으셨거든요."

카렌이 미소를 지었다.

"아버지 취향이 고급스러우셨구나."

"네, 그러셨어요."

억지로 웃으며 아빠와의 그럴 듯한 추억을 돌이켜보았다. 해가 지고 아빠가 처음으로 엄마의 눈에 멍 자국을 남겼던 그날 전 언젠가로.

"오늘 저녁엔 뭘 할 거니? 랜던은 도서관 간다고 나갔어."

"혹시 케이크 만드는 거 도와주실 수 있으세요? 오늘 하던 생일이거든요. 30분쯤 후에 이리로 올 거예요."

미소가 저절로 나왔다.

"물론이지. 기본 케이크는 금세 만들 수 있어. 아니 2단짜리 원형 케이크를 만들자. 하딘은 초콜릿하고 바닐라 중에 뭘 더 좋아할까?"

"초콜릿 케이크에 초콜릿을 씌울까 봐요."

종종 그를 모르겠다는 느낌이 들 때가 있다. 그래도 내가 나를 아는 것보다는 그를 더 잘 아는 것 같긴 하다.

"좋아, 팬 좀 꺼내줄래?"

30분이 지나고, 케이크가 식기를 기다리고 있었다. 하딘이 도착하기 전에 초콜릿 장식을 해야 할 텐데. 카렌은 찬장을 뒤져 양초들을 꺼냈다. 찾은 건 '1'자와 '3'자뿐이었다. 그래도 하딘은 재밌다고 생각할 것 같았다. 거실로 나가 창밖을 내다보았다. 길은 아직 텅 비어 있었다. 조금 늦을 모양이다. 겨우 45분 지났을 뿐이니까.

"켄은 한 시간쯤 후에 집에 올 거야. 교직원들하고 저녁식사 약속이 있거든. 난 속이 안 좋다고 했어. 못됐지? 그런 식사 자리는 정말 불편하거든."

카렌과 함께 키득거리며 케이크 모서리부터 초콜릿을 펴 발랐다.

"나쁘다고 할 순 없을 것 같아요."

나는 케이크 위에 숫자들을 올려놓았다.

숫자 31이 되게 놓고 나서, 13이라고 우기기로 했다. 카렌과 나는 양초를 보고 깔깔 웃었다. 양초 아래에 하딘의 이름을 쓰려고 끙끙거렸다.

"음, 그런대로…, 괜찮아 보이네."

그녀가 거짓말로 위로했다. 내가 봐도 형편없는 솜씨다.

"마음이 중요한 거죠…."

"그 아인 좋아할 거야."

카렌은 끝까지 격려를 해주고 위층으로 올라갔다. 하딘이 오면 편하게 만나라는 배려다.

문자메시지를 보낸 지 1시간이 지나가고 있다. 부엌에 앉아 그가 나타나기만을 기다렸다. 전화를 해볼까 싶었다. 하지만 만약 오지 못한다면 그가 먼저 내게 전화해야 한다.

그는 올 거다. 먼저 오겠다고 한 건 그였다. 그러니, 올 거다.

52 · 하딘

세 번째다. 네이트가 술을 또 권한다.

"왜 이래, 하딘. 딱 한 잔이야. 생일이잖아, 친구. 이제 떳떳하게 마셔도 돼!"

결국 마음이 약해졌다. 어쨌든 마셔야 여기서 원만하게 빠져나갈 수 있을 테니까.

"좋아, 한 잔만. 딱 거기까지만이야."

그가 트리스탄이 들고 있던 술병을 낚아챘다.

"그럼! 한 잔은 마셔야지."

네이트를 노려보며 그가 건넨 술을 꿀꺽 마셨다.

"이제 됐지, 그만! 이제 나 좀 내버려둬."

그가 알겠다는 듯 고개를 끄덕였다. 물 한 잔을 마시러 부엌으로 들어갔다. 그때 제드가, 하필 그 많은 사람들 중에 제드 자식이 내 앞을 가로막았다.

"이거."

그가 내 휴대전화를 건네주었다.

"소파에 떨어뜨렸더라."

그는 다시 거실로 돌아갔다.

53 · 테사

두 시간이 지났다. 케이크를 부엌 탁자에 두고 위층으로 올라왔다. 화장을 지우고, 잠옷으로 갈아입었다. 결국 이거다. 그에게 기회를 줄 때마다 이런 일이 생긴다. 현실이 내 뺨을 세차게 때렸다.

정말로 그가 올 줄 알았다. 이렇게 바보 같을 수가…. 그를 위해 케이크를 만들다니…. 맙소사, 나는 너무 멍청하다.

눈물이 터지기 전에 헤드폰을 챙겼다. 음악 소리가 귓가에 울려 퍼졌다. 침대에 누워 나락에 떨어지지 않으려 최선을 다했다. 어젯밤, 그는 너무도 달랐다. 좋은 쪽으로 말이다. 하지만 나는 저질스럽고 무례한 그의 말투가 그리웠다. 항상 혐오하는 척했지만, 나도 모르게 즐기고 있었던 것이다.

랜던이 집에 들어오는 소리가 들렸다. 다행히 내 방에 들르지 않고 간 모양이다. 나는 아직도 희망의 끈을 놓지 못하고 있었다. 이런 내가 우스꽝스럽게 보이겠지. 내게 한 번도 그렇게 말한 적은 없었지만, 분명 그랬을 거다.

침대 옆 탁자 스탠드를 켜고, 음악 볼륨을 낮췄다. 한 달 전이라면, 당장 차를 몰고 클럽하우스로 쳐들어 갔겠지. 그리고 왜 나를 바람맞혔냐고 무섭게 따졌을 것이다. 하지만 이제는 아니다. 그런 걸로 싸울 필요는 없다. 더 이상은.

귓전에서 휴대전화가 울리는 바람에 잠에서 깼다. 헤드폰으로 벨 소리가 들리는 바람에 펄쩍 뛸 듯 놀랐다. 하딘이다. 자정이 다 되어 가고 있었다.

'받지 마, 테사.'

겨우 그의 전화를 거절하고, 휴대전화 전원을 꺼버렸다. 알람 시계를 맞춰놓고 다시 눈을 감았다.

당연히 그는 술에 취했겠지. 나를 바람맞히고 실컷 놀고 나서야 전화했다. 이럴 줄 알았어야 했다.

54 · 하딘

테사가 전화를 받지 않는다. 정말 열 받는다. 아직 내 생일이 15분이나 남았는데, 내 전화를 안 받아? 좀 더 일찍 전화했으면 좋았겠지만, 그래도 했잖아. 그녀는 몇 시간 전에 보낸 메시지에 답도 하지 않았다. 어제는 우리가 꽤 괜찮은 시간을 보냈다고 생각했다. 심지어 그녀는 내 무릎 위에 앉아 옷을 벗기려고까지 했다. 거절하기는 죽도록 힘들었다. 하지만 거기서 더 갔으면 무슨 일이 벌어졌을지 뻔하다. 지금은 그녀를 그렇게 대하고 싶지 않다. 아무리 내 본능이 미쳐 날뛰어도 말이다.

"나, 가야겠어."

로건에게 말했다. 로건은 안고 있던 빼빼 마른 갈색 머리 여자를 놓아주었다. 제법 마음에 드나 보다.

"안 돼, 지금은 못 가. 아, 온다!"

그가 한쪽을 가리켰다.

뒤를 돌아보았다. 트렌치 코트를 입은 여자 둘이 걸어오고 있었다.

'말도 안 돼.'

거실에 몰려 있던 인파들이 손뼉을 치며 환호성을 질렀다.

"스트리퍼들은 사양이야."

"왜 그래! 근데 쟤들이 스트리퍼인 줄은 어떻게 알았냐?"

로건이 물었다.

"웃기는 트렌치 코트에 하이힐을 신었잖아!"

진짜 이건, 말도 안 되는 짓이다.

"그러지 말고, 맨. 테사는 신경 안 쓸 거야!"

로건이 한마디 더 했다.

"그게 중요한 게 아냐."

그렇다 하더라도 안 된다. 그게 중요한 건 아니지만, 그게 제일 크다.

"이 남자가 생일자이신가?"

여자 중에 하나가 말했다.

여자의 빨간색 립스틱만 봐도 벌써 머리가 지끈거렸다.

"아니, 아니. 나 아니에요."

나는 거짓말을 하며 문 쪽으로 도망쳤다.

"이리 와, 하딘!"

뒤에서 부르는 소리들이 들렸다.

망할! 싫다! 나는 돌아보지 않을 거다. 내가 스트리퍼들에 둘러싸인 건 테사가 알기라도 하는 날엔 끝장이다. 그녀가 내게 소리지르는 게 들리는 듯했다.

'전화 좀 받아, 테사.'

한 번 더 전화를 해보았다. 네이트가 나를 또 불러댄다. 저 안으로는 다시는 들어가지 않을 거다. 생일 파티에 이 정도 있어 줬으면 됐다.

더 일찍 전화하지 않았다고 테사는 단단히 화가 난 거다. 하지만 나는 정말 모르겠다. 언제 전화를 해야 하고, 언제 하지 말아야 할지. 그녀를 밀어붙이고 싶지는 않았다. 그렇지만 계속 혼자 두고 싶지도 않았다. 선을 지키는 건 너무 어렵다. 빌어먹을, 중심을 못 잡겠다.

휴대전화를 한 번 더 확인했다. '뭐해?'라고 보냈던 게 마지막 메시지였다. 혼자 아파트로 가야 하는 내 신세처럼 처량맞아 보였다.

'엿 같은 생일. 겁나게 축하한다, 하딘.'

55 · 테사

낯선 알람 소리에 잠에서 깼다. 그제야 기억이 났다. 어젯밤에 하딘 때문에 전화기를 꺼놨다. 잇달아 기억이 났다. 부엌에 앉아 일분 일초 새털 같은 떨림으로 하딘을 기다렸던 일이. 결국 그는 나타나지 않았다.

세수를 하고, 반스 출판사까지 장거리 운전을 준비했다. 아파트가 그리운 단 한 가지 이유는 바로 짧은 통근 거리였다. 그리고 하딘. 또 벽을 가득 채운 책장. 작지만 완벽한 부엌. 그 스탠드도. 그리고 하딘.

아래층으로 내려오니, 부엌에 카렌이 있었다. 케이크에 있는 13 숫자 양초가 눈에 들어왔다. 삐뚤빼뚤 써놓은 하딘의 이름도. 밤새 덩그러니 놓여 있던 케이크는 우리 관계의 끝을 보여주는 것 같았다.

"올 수 없었던가 봐요."

카렌을 쳐다보지도 못하고 내가 말했다.

"그래, 그럴 것 같았어."

유리잔을 닦으며, 그녀는 나를 불쌍하게 쳐다보았다.

카렌은 완벽한 주부다. 요리도 항상 직접 하고, 집 안을 반짝거리게 만든다. 하지만 그것 이상으로 그녀는 다정하고 남편과 가족을 사랑한다. 심지어 버르장머리 없는 의붓아들까지도.

"전 괜찮아요."

머그잔 가득 커피를 부었다.

"늘 괜찮지 않아도 된단다, 테사."

"그래도 괜찮다고 하는 게 더 편해요."

그녀가 내 말에 고개를 끄덕였다.

"편하진 않을 거 같은데."

웃음이 나왔다. 이런 말 장난은 하딘이 항상 내게 했던 거다.

"그건 그렇고. 다음 주에 바닷가로 여행 가려고 하는데, 시간 되면 같이 갈래?"

카렌이 좋은 점 중에 하나는, 절대 밀어붙이듯이 얘기하지 않는다는 거다.

"바닷가요? 아직 2월인데요?"

"요트가 한 척 있거든. 따뜻해지기 전에 타보고 싶어서. 고래도 보고. 정말 멋질 거야. 같이 가자꾸나, 테사."

배는 한 번도 타본 적이 없다. 생각만으로도 무서웠지만, 고래를 보는 건 재미있을 것 같았다.

"네, 좋아요."

"진짜 재미있을 거야."

카렌은 장담하며 거실로 나갔다.

반스 출판사에 도착한 뒤 휴대전화를 다시 켰다. 화날 때 휴대전화부터 끄는 버릇을 고쳐야 할 텐데. 다음 번엔 하딘의 전화를 무시할 수 있겠지. 혹시라도 엄마한테 무슨 일이 생겼는데, 연락을 못 받는다면…, 상상만으로도 끔찍했다.

엘리베이터에서 내리자 크리스찬과 킴벌리가 보였다. 둘은 복도에서 다정하게 기대 서 있었다. 크리스찬이 킴벌리의 귀를 쓰다듬자 그녀는 깔깔거리며 웃었다. 그가 다정히 그녀의 귀 뒷머리를 쓸어내리며 환하게 웃었다. 크리스찬은 애정 어린 키스를 했고, 둘은 서로를 바라보며 미소를 지었다.

서둘러 사무실로 들어와 엄마에게 전화를 걸었다. 엄마는 받지 않았다. 새로 읽기 시작한 원고는 다섯 페이지 만에 짜증이 일었다. 몇 페이지를 더 들쳐 보니 확실히 알겠다. 한숨이 나온다. 이런 구태의연하고 뻔한 스토리는 질린다. 남녀가 만나 서로 사랑하게 되고, 둘 사이에 문제가 생기지만, 결국 결혼하고 아이를 낳고, 그리고 끝난다. 더 읽지도 않고 쓰레기통에 던져넣었다. 너무 경솔했나 싶기도 했지만, 저런 원고에 시간 낭비하고 싶지 않았다.

현실적인 스토리를 원한다. 실제 같은 갈등이 생기고, 한 번 이상의 다툼을 겪고, 심지어 예상치 못한 이별까지 한다. 이게 진짜 사람 얘기다. 사람들은 서로 상처를 주고받다가 또 서로에게 돌아온다. 물론 나도 그렇다. 이제야 그걸 깨닫고 있다.

크리스찬이 내 사무실을 지나쳐 갔다. 나는 심호흡을 하고, 일어나 그를 따라갔다. 옷 매무새를 가다듬고, 시애틀 얘기를 어떻게 꺼낼까 생각을 정리했다. 하딘이 내가 선택한 기회를 망치지 않기만을 바랄 뿐이다.

"반스 씨."

사무실 문을 가볍게 두드렸다.

"테사? 들어와요."

그는 미소를 지으며 나를 맞아주었다.

"방해해서 죄송합니다. 혹시 잠시 말씀 나눌 수 있을까요?"

그는 들어와 앉으라는 손짓을 했다.

"시애틀 건으로 궁금한 게 있어서요. 혹시 저도 그쪽으로 이동할 기회가 있을까요? 너무 늦었다고 하셔도 이해해요. 하지만 진심으로 가고 싶거든요. 트레버가 얘기해줬어요. 생각해봤는데, 저한테도 정말 좋은 기회가 될 것 같아요. 혹시⋯."

크리스찬이 손을 들어 내 말을 막았다.

"진심으로 가고 싶어요?"

그가 미소를 지으며 물었다.

"시애틀은 여기와는 많이 다를 텐데."

초록색 눈동자에서 부드러운 눈빛이 쏟아졌다. 그를 설득하지 못했다는 느낌이 들었다.

"네, 진심으로 가고 싶어요⋯."

정말 그랬다. 솔직하게 정말 가고 싶었다. 그런가?

"그럼 하딘은? 같이 가는 건가요?"

그가 넥타이를 느슨하게 풀며 물었다.

하딘은 안 가겠다고 했다는 걸 얘기해야 할까? 내 미래에서 그의 위치는 너무나 불확실하다. 게다가 하딘은 고집불통에다 편집증까지 있다. 이것도 전부 얘기해야 할까?

"아직 얘기 중이에요."

반스 씨는 내 눈을 쳐다보았다.

"미스 영, 당신을 시애틀에 함께 데려가고 싶어요."

잠깐 말을 끊었다가 다시 이어나갔다.

"하딘도 마찬가지예요. 우리 회사로 돌아온다면 함께 갈 수 있지요."

크리스찬은 말을 해놓고 껄껄 웃었다.

"그 친구가 입만 좀 닥쳐주고 있을 수 있다면."

"정말요?"

"물론이지요. 얼른 얘기를 마쳐보세요."

그는 넥타이를 느슨하게 맸다가 풀어서 책상 위에 놓았다.

"감사합니다! 진심으로 감사 드려요."

이건 정말이었다.

"언제쯤 갈 준비가 될 것 같아요? 킴이랑 트레버, 나는 2주 후에 갈 거예요. 당신은 준비되는 대로 합류하면 돼요. 학교도 옮겨야겠네요. 우리 가능한 한 오래 함께 일해봐요."

"저도 2주 정도면 될 것 같아요."

나는 생각해보기도 전에 대답부터 했다.

"좋아요, 아주 좋아요. 킴이 정말 좋아하겠네요."

그가 미소를 지었다. 그의 시선이 책상에 놓인 킴벌리와 스미스의 사진으로 옮겨갔다.

"다시 한 번 감사 드립니다."

사무실을 나서기 전, 한 번 더 인사를 했다. 시애틀. 2주 뒤. 2주만 버티면 나는 시애틀로 간다. 준비는 끝났다. 그런가?

당연히 준비됐다. 이 순간을 몇 년 동안이나 기다려왔다. 이렇게나 빨리 실현되리라 예상은 못했지만.

56 · 테사

제드의 아파트 앞에서 그를 기다렸다. 집으로 오는 중이라 했으니 오래 걸리진 않겠지. 그와 얘기해봐야 한다. 시간을 때우려고 커피를 사왔다. 몇 분 더 기다리자 트럭이 엄청난 소리를 내며 멈춰 섰다. 트럭에서 내린 그는 블랙진에 빨간색 티셔츠를 입고 있었다. 너무 멋져 보였다. 순간적으로 여기 온 이유를 깜빡 잊어버렸다.

"테사!"

그가 활짝 웃었다. 우리는 커피와 음료수를 들고 집으로 들어갔다.

"제드, 하고 싶은 말이 있어. 근데 네 얘기 먼저 듣고 싶어."

내가 말을 꺼냈다. 그는 손깍지를 껴서 머리를 받치고 소파에 등을 기대 앉았다.

"파티 얘기?"

"너도 갔었어?"

내 얘기는 일단 접어두기로 했다. 나는 소파 맞은편 의자에 앉았다.

"응, 잠깐. 근데 스트리퍼들이 오는 바람에 나와버렸어."

제드는 뒷목을 문질렀다. 갑자기 숨이 막혔다.

"스트리퍼?"

잡고 있던 컵을 얼른 탁자에 내려놨다. 손이 떨려 뜨거운 커피를 쏟을 것 같았다.

"응, 사람들이 전부 취해서 스트리퍼를 불렀더라고. 그런 건 내 취향이 아니라서, 난 바로 나왔어."

그가 어깨를 으쓱했다. 나는 하딘을 위해 케이크를 굽고, 그의 생일을 어떻게 보낼까 계획하고 있었다. 근데 하딘은 스트리퍼들이랑 흥청망청하고 있었다고?

"뭐 또 다른 일은 없었어?"

주제를 바꿔서 또 한 번 물었다. 스트리퍼 생각을 떨쳐버릴 수가 없었다. 어떻게 하딘은 그런 식으로 나를 바람맞힐 수가 있지?

"별로. 만날 하던 파티랑 비슷했어. 하딘하고 얘기는 해봤어?"

제드는 음료수 캔을 뚫어지게 쳐다보며, 손으로 꾹꾹 누르고 있었다.

"아니, 나…."

하딘이 나를 바람맞혔다는 걸 내 입으로 말하고 싶진 않았다.

"넌 무슨 얘기를 하고 싶었는데?"

제드가 되물었다.

"하딘이 어제 집에 들르겠다고 해놓고, 오지 않았어."

"거 참 야비하네."

그가 고개를 절레절레 흔들었다.

"그러게, 가장 최악이 뭔 줄 알아? 그 전날 정말 즐겁게 데이트를 했거든. 그래서 이제 하딘이 나를 제일 우선으로 여기기 시작했다고 생각했다는 거야."

제드의 눈에는 동정심이 가득 담겨 있었다.

"그러더니 널 제쳐두고, 파티를 선택했군."

"그러게…."

뭐라고 딱히 더 할 말이 없었다.

"이건 걔가 어떤 인간인지 보여주는 거야. 녀석은 절대 변하지 않아."

'제드 말이 옳은 걸까?'

"난 그냥 스스로 이 얘길 나한테 해주길 바랐어. 아니면 오기 싫다고 얘기하든가. 그랬다면 몇 시간이나 앉아서 기다리지도 않았을 거야."

나는 테이블 모서리에 벗겨진 나무만 쥐어뜯고 있었다.

"더 이상 걔랑 얘기할 것도 없어. 네가 그만한 가치가 있다고 생각했다면, 녀석도 나타났겠지. 널 기다리게 하는 게 아니라."

"맞아. 근데 우리 관계에서 가장 큰 문제는 이거야. 우리는 이런 일들에 대해 솔직하게 얘기하지 않아. 그리고 성급하게 혼자 결론 내고, 소리소리 지르면서 하나가 떠나버린다는 거야."

제드가 나를 도와주려고 애쓰는 건 안다. 그래도 하딘이 나한테 변명이라도 하길 바랐다. 얼굴을 맞대고, 스트리퍼들과 어울리는 게 왜 나를 만나는 것보다 더 중요했는지, 그 이유를 듣고 싶었다.

"너희, 이제 아무 관계 아닌 줄 알았는데?"

"아니…, 그러니까, 맞아. 근데…, 뭐라고 설명해야 할지 모르겠어."

정신이 너무나 피폐해졌다. 가끔은 제드의 존재가 나를 더 혼란스럽게 만든다.

"네 선택이지, 뭐. 난 네가 더 이상 그 녀석한테 시간 낭비하지 않길 바랄 뿐이야."

그가 한숨을 쉬더니 소파에서 일어섰다.

"응."

속삭이듯 대답하고 휴대전화를 다시 봤다. 행여 하딘에게서 연락이 왔을까 봐. 역시나 없다.

"배 안 고파?"

제드가 부엌으로 들어가며 물었다. 빈 캔을 쓰레기통에 던져넣는 소리가 들렸다.

57 · 하딘

이 아파트, 더럽게도 썰렁하다.

그녀 없이 혼자 앉아 있는 건 죽도록 싫다. 내 다리 위에 다리를 얹고 공부하던 그녀가 미치게 그립다. 일하는 척하면서 슬쩍슬쩍 훔쳐봤던 그녀의 옆모습도, 내 팔을 펜으로 쿡쿡 찌르고 덮쳐서 빼앗으면 짜증내던 모습도 그립다.

"빌어먹을."

혼잣말을 하며 블라인드를 내렸다. 나는 아무 잘못도 안 했다, 오늘도, 어제도, 아니 지난 2주 동안.

어젯밤 그녀가 내 전화며 메시지를 죄다 씹었다. 아직도 화가 난다. 그런데도 그 모든 걸 차치하고, 너무 보고 싶다. 테사는 지금쯤 아빠 집에 있겠지. 가서 그녀와 얘기를 좀 해봐야겠다. 전화해봐야 안 받을 게 뻔하고, 그랬다간 더 불안해질 거다. 그러니 일단 그냥 들러보자.

그래, 테사에게도 자신만의 공간을 줘야겠지. 하지만 이건 진짜, 엿 같다. 나한텐 먹히지 않는다. 그녀에게도 먹히지 않았으면 좋겠다.

아빠 집 앞에 도착했다. 7시가 다 되었는데도 테사의 차가 없다.

'빌어먹을.'

가게에 갔거나 랜던이랑 도서관에 갔을 것이다. 하지만 내 짐작은 틀린 것으로 판명됐다. 랜던이 교재를 다리 위에 올려놓고 소파에 앉아 있는 게 보였기 때문이다.

"테사는?"

거실에 들어가자 마자 물었다. 옆에 앉으려다 서 있기로 했다. 랜던과 나란히 앉다니 어색하기 그지없다.

"몰라, 오늘 한 번도 못 만났어."

책에서 눈을 떼지도 않고 그가 대답했다.

"걔랑 아무 얘기 안 했어?"

"응."

"왜?"

"왜냐고? 내가 테사 뒤를 캐고 다녀야 하는 건 아니잖아."

랜던이 비실비실 웃었다.

"닥쳐."

"진짜 어디 있는지 몰라."

"그럼, 여기서 기다릴게…."

부엌으로 가 탁자 앞에 앉았다. 저 녀석 곁에 앉아 공부하는 모습을 지켜보고 있을 필요는 없으니까. 아무리 저 녀석을 조금 좋아하게 됐더라도 말이다.

테이블 위에 13이라는 양초가 꽂힌 초콜릿 덩어리가 놓여 있었다.

'13이라니, 누구 생일 케이크야?'

"여기 있는 이 거지 같은 케이크 누구 거냐?"

소리쳐 물었다. 뭔가 글자가 써 있긴 한데 누구 이름인지 도통 알 수가 없었다. 하얀색으로 쓰인 게 이름이 맞다면 말이다.

"그 거지 같은 케이크는 네 거란다, 하딘."

카렌이 대답했다. 뒤를 돌아보자 카렌이 나를 향해 빈정대는 듯한 미소를 짓고 있었다. 그녀가 들어온 것조차 모르고 있었다.

"내 거요? 13이라고 써 있는데요."

"내가 갖고 있는 초가 그것밖에 없었거든. 테사는 좋아서 어쩔 줄 모르던데."

그녀의 말투 속에 뭔지 모를 가시가 돋쳐 있었다. 혹시 나한테 화가 난 건가?

"테사가요? 무슨 소리예요?"

"그 애가 어젯밤에 너 주려고 그 케이크를 만들었어. 네가 오길 기다리면서."

그녀는 다시 하던 일에 집중했다.

"나 여기 안 왔는데요."

"안 온 건 알지. 근데 그 애가 많이 기다렸단다."

우스꽝스러운 케이크를 보고 있자니, 내가 완전 나쁜 놈이 된 것 같았다. 오라고 하지도 않고, 왜 테사는 케이크를 만들었을까? 절대 이해할 수 없을 거다. 케이크를 자꾸 보고 있자니, 점점 더 괜찮아 보였다. 보기 좋다고 하긴 어렵지만, 어젠 더 괜찮아 보였을 거다. 밤새 여기 놔두는 바람에 이 모양이 됐겠지.

테사가 엉뚱한 숫자 양초를 케이크에 올리면서 웃음 짓는 모습이 그려졌다. 케이크 반죽을 만드는 모습도, 내 이름을 쓰면서 콧잔등을 찡그리는 모습도 눈에 선했다. 그녀는 내게 줄 케이크를 만들고 나를 기다렸는데, 나는 파티에 갔다. 이보다 더 나쁜 놈일 수 있을까?

"테사는 지금 어디 있어요?"

카렌에게 물었다.

"나도 모르겠네. 저녁 먹으러 들어올지도 잘 모르겠고."

"나, 여기 있어도 돼요? 저녁 밥, 주시나요?"

"물론이지, 하딘. 그런 건 물어보지 않아도 된단다."

카렌은 나를 돌아보며 미소를 지었다. 그녀의 미소에는 성격이 그대로 담겨 있다. 분명 내가 나쁜 놈이라 생각하면서도 생글생글 웃으며 내게 저녁을 먹으라 한다.

식사 시간이 되자 나는 점점 더 미칠 것 같아졌다. 자리에 앉아 안절부절못하며, 1초에 한 번씩 창밖을 내다보고 있었다. 받을 때까지 계속 전화를 해볼까. 정말 미치겠다. 아빠는 랜던과 곧 개막할 야구 시즌 애기를 하고 있다. 바라건대, 둘 다 제발 입 좀 닥쳐줬으면 좋겠다.

'빌어먹을, 대체 어디 있는 거야?'

결국 메시지를 보내려고 휴대전화를 꺼냈다. 그때 현관문 열리는 소리가 들렸다. 나는 벌떡 일어섰다. 모두가 나를 쳐다보고 있다는 것마저 깨닫지 못했다.

"뭐야, 테사?"

부리나케 거실로 나갔다. 테사가 손에 책을 잔뜩 들고 휘청거리며 들어오고 있었다. 안도감이 밀려왔다. 나를 보자마자 그녀는 들고 있던 책을 바닥에 떨어뜨렸다. 얼른 달려가 책 줍는 걸 도와줬다.

"고마워."

내 손에서 책을 받아 들고, 그녀는 계단을 오르기 시작했다.

"어디 가?"

황급히 물었다.

"이것들 좀 갖다놓으려고…."

대답만 하고는 그녀는 바로 돌아섰다. 평소 같았으면 욕이 튀어나왔겠지만, 이번만큼은 알아내고 싶었다. 그녀가 소리도 지르지 않다니, 도대체 뭐가 어떻게 잘못된 건지.

"테사, 저녁 먹을 거야?"

뒤꽁무니에 대고 물었다.

"응."

뒤도 돌아보지 않고, 그녀가 짧게 대꾸했다. 이를 꽉 물고, 다시 식당으로 돌아갔다.

"금세 내려온대요."

카렌이 웃는 걸 분명히 본 것 같은데, 다시 보니 웃음기가 싹 가셔 있었다.

몇 분이 꼭 몇 시간 같았다. 테사가 내려와 내 옆자리에 앉았다. 내 옆에 앉았다는 건, 좋은 징조겠지. 하지만 불과 몇 분 후, 좋은 징조가 아니라는 걸 알았다. 그녀는 내게 말 한마디도 붙이지 않았다. 접시에 놓인 음식만 깨작거리고 있었다.

"드디어 NYU에 보낼 서류 작업을 끝냈어요. 아직도 믿어지지 않지만요."

랜던이 말하자, 카렌이 자랑스러운 미소를 지었다.

"가족 할인도 받지 않을 모양이구나."

아빠가 농담을 던졌지만, 웃는 건 아빠의 와이프 뿐이었다. 테사와 랜던은 둘 다 예의 바른 아첨꾼답게 억지로 웃는 척했다. 다 보인다. 아빠가 다시 스포츠 얘기로 화제를 돌렸다. 나는 테사에게 겨우 말문을 열었다.

"케이크 봤어…, 난 몰랐어…."

테사가 속삭였다.

"아니. 지금은 아냐, 부탁이야."

테사는 인상을 쓰며 다른 사람들을 가리켰다.

"그럼, 저녁 먹고?"

다시 묻자 그녀가 고개를 끄덕였다. 테사가 먹지도 않고 깨작거리는 걸 보고 있자니, 미칠 것만 같았다. 감자를 하나 가득 떠서 그녀의 입에 넣어주고 싶었다. 이게 바로 우리의 문제다. 억지로 떠먹이려는 생각이나 하고 있다니. 식당 안은 아빠의 썰렁한 농담과 수다로 가득 찼다. 우리를 모두 지루해 죽게 만들려는 모양이었다. 아빠를 최대한 무시하고 저녁식사를 마쳤다.

"정말 맛있었어, 허니."

아빠는 카렌을 추켜세웠다. 아빠는 테사를 쳐다보더니 다시 카렌을 쳐다보았다.

"정리 다 마치면, 당신하고 랜던하고 아이스크림 가게에 가볼까 하는데. 한동안 못 갔잖아…."

카렌은 좋아하는 척하며 고개를 끄덕였다. 랜던이 벌떡 일어나 카렌을 도왔다.

"우리, 얘기 좀 할까?"

테사가 자리에서 일어섰다. 예상 밖의 말에 나는 깜짝 놀랐다.

"물론."

우리는 위층, 그녀의 방으로 들어갔다. 방문을 닫고 나면 그녀가 소리를 지를지, 아니면 울어버릴지 도통 감이 잡히지 않았다.

"케이크 봤어…."

먼저 말을 꺼내기로 했다.

"그랬어?"

무덤덤한 말투였다. 그녀는 침대 모서리에 걸터앉았다.

"응…, 넌 참…, 착해."

"그래…."

"너한테 같이 시간 보낼지 물어보지도 않고 파티에 가서 미안해."

그녀는 잠시 눈을 감고 깊은 숨을 쉬었다. 그리고 다시 눈을 떴다.

"그래."

목소리가 단조로웠다. 그녀는 무표정하게 창밖만 보고 있었다. 갑자기 으스스한 기분이 들었다. 누군가 꼭 그녀의 영혼을 빨아먹은 것 같았다. 누군가 그랬겠지. 바로 나다.

"정말 미안해. 네가 나 보고 싶어하는지 몰랐어. 네가 바쁘다고 그랬잖아."

"어떻게 그렇게 생각할 수가 있어? 나는 내내 너만 기다렸는데. 30분 후에 오겠다고 해놓고 2시간이 되도록 안 왔잖아."

그녀는 여전히 아무 감정도 없이 말했다. 모골이 송연했다.

"무슨 얘길 하는 거야?"

"30분 걸린다며. 그래 놓고 안 왔잖아."

차라리 소리를 질렀으면 좋겠다.

"내가? 여기 오겠다고 한 적 없는데. 그 전날 파티에 오겠냐고 물었는데 네가 싫다고 했잖아. 그리고 어젯밤엔 문자에 전화까지 했는데, 네가 받지 않았고."

"와우. 정말 제대로 취했었구나, 너."

느릿느릿한 말투였다. 나는 그녀의 앞에 가서 섰다. 내가 바로 앞에 있는데도, 그녀는 나를 쳐다보지 않았다. 그저 허공만 쳐다볼 뿐이다. 진짜로 심란했다. 그녀가 불같이 화내거나, 깐깐하게 굴거나, 우는 것까지는 익숙해졌다. 하지만 이건 아니다.

"무슨 소리야? 너한테 전화했잖아."

"그래, 했지. 12시에."

"내가 너만큼 정확하지 않은 건 맞는데, 지금 너무 헷갈려."

그녀의 말을 도무지 이해할 수가 없었다.

"왜 마음이 바뀐 건데? 왜 안 오고 싶어졌는데?"

"내가 여기 와야 하는지 몰랐어. 너한테 '뭐해?' 하고 문자 보냈는데, 답도 없었잖아."

"아니, 보냈어. 그리고 너도 보냈잖아. 파티가 재미없다고, 이리로 와도 괜찮겠냐고."

"아니, 난 안 보냈어."

어젯밤에 얘가 취했던 건가?

"아니, 네가 보냈거든."

그녀가 휴대전화를 쓱 내밀었다. 그녀에게서 휴대전화를 받아 쥐었다.

시시해. 그쪽으로 갈까?

좋아. 오는 데 얼마나 걸릴까?

30분.

'이게 무슨 엿 같은 상황이야?'

"이거 내가 보낸 거 아니야. 나, 아니라고."

어젯밤을 떠올려보려고 애를 썼다. 그녀는 아무 말도 하지 않고 손톱만 뜯고 있었다.

"네가 날 기다리고 있다는 걸 알았더라면, 당장 여기로 왔을 거야."

"네가 보낸 게 아니라고? 아주 딱 잡아떼는구나. 증거가 있는데도."

그녀는 웃을 듯 말듯 했다. 내게 소리라도 질러줬으면. 그녀가 소리를 치면 적어도 애정이 있다는 걸 알 수 있을 텐데.

"내가 보낸 게 아니라니까!"

결국 내가 소리를 질렀다. 그녀는 여전히 차분했다.

"그럼, 누가 보냈는데?"

"나도 모르지…, 젠장! 누가 보냈는지…, 제드? 그 빌어먹을 자식이 그런 거라고. 제드 자식이."

그 자식이 내 핸드폰을 건네줬다. 소파에 떨어져 있었다며. 그 자식이 테사에게 메시지를 보낸 게 틀림없다. 나인 척하면서 몰래 이간질을 한 거다.

"제드? 이걸 제드한테 뒤집어씌우려는 거야?"

"그래! 바로 그 말이야. 그 자식이 내가 앉았던 소파에 있다가, 나한테 두고 갔다며 휴대전화를 건네줬어. 그 자식이 그런 게 분명해."

잠깐 그녀의 눈동자가 흔들렸다. 내 말을 믿는 줄 알았는데, 그녀가 머리를 세차게 흔들었다.

"난 모르겠어…."

혼잣말인가? 그런 것 같기도 하다.

"너한테 온다고 해놓고, 나타나지 않을 리가 없잖아. 테스, 나 노력하는 중이야, 기를 쓰고 노력하고 있다고. 나도 달라질 수 있다는 걸 너한테 보여주려고. 더 이상 그런 식으로 널 바람맞히진 않아. 파티는 엿같이 지루했어. 너 없이 나 혼자 얼마나 비참했는데…."

"아, 그러셨구나."

언성이 높아지며 그녀가 침대에서 일어섰다.

'이제 시작이군.'

"그렇게 비참해서 스트리퍼까지 부르셨나?"

그녀가 소리를 질렀다.

'제기랄.'

"그래! 그 여자들이 온 다음에 바로 나왔어! 잠깐…, 스트리퍼 얘기는 어떻게 안 거야?"

"그게 지금 중요해?"

테사는 소리를 질러댔다.

"그래! 중요하다. 그 놈이지? 제드가 말했지! 그 자식 머릿속에는 네가 날 떠나게 만들 방법만 가득 차 있다고!"

그녀를 향해 소리 질렀다. 그 자식이 이딴 짓을 꾸밀 줄 알았다. 이렇게 비열할 줄은 몰랐지만. 진짜 미친 모양이다.

'감히 우리 관계를 또 망치려고 들어?'

"걔가 그런 거 아니야!"

내 분노에 찬물을 끼얹으며, 그녀가 소리쳤다.

'이런 젠장.'

"좋아. 그럼 그 소중한 제드 자식한테 전화해서 물어보자고."

그녀의 휴대전화를 쥐고 녀석의 이름을 찾았다. 빌어먹을 휴대전화를 벽에다 집어던지고 싶었다.

"전화하지 마."

테사가 외쳤지만 들은 척도 하지 않았다.

녀석은 전화를 받지 않았다, 물론.

"그 자식이 너한테 또 뭐라고 지껄였는데?"

나는 독이 오를 대로 올랐다.

"아무 말도 안 했어."

이건 거짓말이다.

"넌 거짓말 진짜 못해, 테사. 그 자식이 뭐라고 지껄였어?"

테사는 팔짱을 끼고 나를 노려보았다. 나는 그녀가 대답하기만을 기다렸다.

"내가 걔네 집에 갔던 날, 네가 제이스랑 어울렸다고 했어."

화가 머리 끝까지 치밀었다.

"누가 진짜 제이스랑 어울렸는지 알고 싶어? 개자식, 제드라고. 걔네

들은 늘 붙어 다녔어. 내가 거기 간 건, 너랑 그 자식 사이를 물어보려는 거였어. 난데 없이 네가 그 자식이랑 살림이라도 차린 줄 알았단 말이야."

"살림을 차린다고? 난 누구하고도 살림 따위 차리지 않았어! 걔네 집에 몇 번 드나든 건, 걔가 보여준 우정이 좋았고, 항상 나한테 잘해줬기 때문이야! 너랑 다르게!"

테사가 내 앞으로 한 발짝 다가왔다. 처음엔 그녀가 소리라도 질렀으면 했지만, 이제는 그 소리를 멈출 것 같지 않았다. 하지만 아무래도 상관없다는 듯 멍하니 앉아 있는 것보다는 이게 훨씬 낫다.

"그 자식은 네가 생각하는 것처럼 다정하지 않아, 테사. 어떻게 그걸 모를 수가 있어! 그 자식은 너한테 접근하려고 온갖 감언이설로 꼬드기고 있는 거야. 너하고 자고 싶어서, 그게 다야. 거기에 넘어가지 마, 그리고 그 자식을⋯."

말을 하려다 멈칫 했다. 제드 자식 얘기가 맞긴 하지만, 아닌 부분도 있다.

"마지막 말은 진심이 아니야."

화를 누그러뜨리려 애를 썼다.

"물론, 진심이 아니었겠지."

그녀는 어이없다는 표정을 지었다.

우리가 제드 때문에 싸우다니. 기가 막혔다. 그 자식한테서 떨어지라고 몇 번이나 얘기했는데. 이 고집불통 여자는, 내 말 따위는 귓등으로도 안 듣는다. 그래도 그 자식과 동거하려던 건 아니라니 다행인 건가. 몇 번 같이 있긴 했지만⋯.

"그래서, 그 자식 집에는 몇 번이나 갔는데?"

"이미 알잖아."

시간이 지날수록 그녀는 더 화가 나는 모양이다. 나도 그랬다.

"우리 제발, 좀 진정하고 얘기할 수 없을까? 나 완전 뚜껑 열릴 거 같거든. 그럼 좋을 거 없잖아."

나는 요점을 명확히 하고 싶어 두 손을 꽉 잡았다.

"나도 노력 중이야, 그런데 네가…."

"제발 2초만 입 닥치고 내 말 좀 들어줘!"

머리를 쓸어 넘기며 나는 고함을 질렀다. 놀랍게도 그녀는 내 예상과 완전 반대였다. 침대 쪽으로 가더니 조용히 입을 닫고 자리에 앉았다.

무슨 얘기를 어디서부터 해야 할지 감이 잡히지 않았다. 그녀가 진짜로 내 얘기를 들어줄 거라 생각하지 않았으니까. 그녀 바로 앞으로 가 섰다. 나를 올려다보는 그녀의 표정을 도통 읽을 수가 없었다. 말을 꺼내기 전에 잠시 서성거렸다.

"고마워."

안도와 좌절의 한숨이 나왔다.

"좋아…, 뭔가 단단히 꼬인 것 같은데. 넌 내가 오겠다고 해놓고 바람맞힌 걸로 생각하지만, 내가 그런 게 아니라는 걸 알아야 해."

"내가 그래야 해?"

그녀가 내 말을 막았다. 하긴 어떻게 바로 내 말을 믿겠는가. 그동안 내가 저지른 짓들이 있는데.

"어이없겠지만, 그래도 좀 들어봐."

그녀는 황당한 표정이었다.

"파티는 정말 거지 같았어. 그리고 네가 가지 말라고 했으면, 난 안 갔을 거야. 나 술도 안 마셨어. 음, 사실 딱 한 잔 마셨어. 그게 다야. 다른 여자들하고 말도 섞지 않았고, 몰리랑 한두 마디 했을 뿐이야. 스트리퍼들이 오는 바람에 기분이 완전 잡쳐버렸어. 내가 왜 그런 스트리퍼들이랑 뭔 짓을 하고 싶겠어? 나한텐 네가 있는데."

그녀의 눈빛이 아주 약간 부드러워졌다. 잡아먹을 듯 노려보던 눈초리도 누그러졌다. 이제 시작이다.

"나는 다시 널 찾으려고 노력하는 중이야. 다른 사람은 필요 없어. 더 중요한 건, 네가 다른 사람을 원하는 것도 싫다는 거야. 왜 네가 자꾸 제드한테 쪼르르 달려가는지 모르겠어. 나도 알아. 걔가 너한테 잘해주고, 어쩌고 저쩌고 하는 거. 그래도 그 자식, 정말 나쁜 새끼야."

"걔는 한 번도 그런 생각이 들게 한 적 없었어, 하딘."

그녀가 제드를 두둔했다.

"그 자식이 내 휴대전화로 나인 척하면서 너한테 메시지를 보냈다고. 그리고 너한테 일부러 스트리퍼 얘기를 한 거야."

"걔가 나한테 메시지를 보낸 게 맞는지, 너도 확실한 건 모르잖아. 그리고 스트리퍼에 대해 알게 돼서 난 사실 기뻐."

"내가 전화했을 때 받았더라면, 다 얘기했을 거야. 뭐가 어떻게 된 건지 나는 전혀 몰랐다고. 네가 나 주려고 케이크를 만들고, 날 기다리고 있다는 것도 몰랐어. 내가 우리 관계를 회복하려고 기를 쓰고 있다는 걸 너한테 보여주는 것만으로도 힘들어 죽겠어. 근데 그 자식이 우리 사이에 끼어들어서 날 의심하게 만들잖아."

테사는 계속 잠자코 있었다.

"우리가 여기서 또 어디로 가겠어, 테사? 나, 알고 싶어. 이렇게 갈팡질팡하는 건 정말 죽겠단 말이야. 그리고 너한테 거리나 공간 따위, 더이상 못 주겠어."

그녀 앞에 무릎을 꿇었다. 그녀는 내 눈을 똑바로 쳐다보았다. 나는 그녀가 무슨 말이든 하기만을 기다렸다.

58 · 테사

어떻게 해야 할지, 하딘에게 뭐라고 말해야 할지 모르겠다.

메시지에 대해 그가 거짓말 하는 것 같진 않았다. 하지만 한편으로 제드가 나한테 그런 짓을 했을 거 같지도 않았다. 제드에게 하딘에 대한 얘기를 죄다 털어놨다. 그는 너무 친절했고 이해심이 넘쳤다. 그럼에도 지금 내 앞에 있는 사람은 하딘이다. 하딘의 목소리는 낮고 느릿느릿했지만, 힘이 있었다.

"대답해줄래?"

"잘 모르겠어. 갈팡질팡하는 건 나도 지겨워. 너무 소모적이고, 더 이상은 싫어. 나도 못하겠어."

그에게 솔직히 털어놓았다.

"정말 난 아무 짓도 안 했어. 어제까지 우리 좋았잖아. 그리고 이건 내 잘못이 아니야. 늘 내가 잘못했지만, 이번만은 아니야. 내 생일, 너하고 같이 못 보내서 미안해. 그랬어야 했는데, 정말 미안해."

하딘은 손바닥을 허벅지에 대고 내 앞에 무릎을 꿇고 앉아 있었다.

전처럼 애원하는 건 아니었지만, 대답을 기다리면서.

메시지를 보낸 게 그가 아니라면, 그리고 그걸 내가 믿으면, 이건 그저 전부 오해일 뿐이다.

"그럼 이건 언제 끝나? 나도 할 만큼 한 거 같은데. 너랑 같이 정말 재미있는 시간을 보냈어. 근데 그러고 왔는데도 넌 아침까지 같이 있어주지도 않았잖아."

하던이 그런 식으로 가버렸다는 게 내심 서운했던 거다. 스스로 괜찮다고 위로했지만 괜찮지 않았던 거다.

"네 옆에 딱 붙어서 어슬렁거리기 싫었어. 랜던이 조언을 해줬거든. 너한테 틈을 줘야 한다고. 나 그거 진짜 못하는데. 그래도 그렇게 생각했어. 네게 생각할 시간과 물리적 거리를 주면 네가 좀 더 편해지지 않을까 하고."

"하나도 편하지 않았어. 그리고 그건 나한테만 국한된 게 아니라 너도 마찬가지야."

"뭐라고?"

"내 말은, 이건 너한테도 너무 소모적이라는 거야."

"누가 나한테 신경 쓰래? 난 너만 괜찮으면 돼. 그리고 내가 진짜 노력한다는 걸 알아주기만 하면 된다고."

"나, 그러고 있어."

"내가 노력한다는 걸 믿기나 해?"

그가 반문했다.

"그래, 노력하고 있다는 거 알아. 그리고 난 너에게 늘 신경 쓰고 있어."

"그럼 우린 지금 뭘 하고 있는 거야? 우리 이제 괜찮은 거야? 아니면 적어도 괜찮은 방향으로 가고 있는 거야?"

그는 손을 들어 내 볼을 만졌다. 동의를 구하는 듯 나를 쳐다보았고, 나도 저지하지 않았다.

"우린 왜 서로에게 미친 듯이 화를 내는 걸까?"

나는 속삭이듯 말했다. 그가 엄지로 내 아랫입술을 쓰다듬었다.

"나는 아니야. 네가 그랬지."

"네가 나보다 더 화냈어."

그가 더 가까이 다가왔다.

하던에게 화가 났었다. 내게 소리 지른 것도, 어젯밤 내내 기다리게 한 것도. 그가 아무 짓도 안 했는데 말이다. 나는 화가 났던 거다. 우리가 잘 맞는 것처럼 보이지 않는 게. 그리고 모든 걸 차치하고, 그가 보고 싶다는 게. 우리만의 은밀한 친밀함이 그리웠다. 나를 바라보면서 변하던 그의 눈빛이 그리웠다.

내 잘못을 인정해야 한다. 상황을 복잡하게 만든 장본인이 바로 나란 걸 인정해야 한다. 내가 고집불통이란 건 잘 안다. 그건 아무 도움도 되지 않는다. 그가 이렇게 노력 중인데, 그를 두고 최악의 상황만을 가정하는 내게 문제가 있다. 그가 애쓰고 있다는 건 알면서도 말이다. 하지만 우리가 다시 관계를 맺을 준비는 안 된 것 같다. 그렇대도 어제 일로 그에게 화를 낼 이유는 이제 없다.

그를 어떻게 받아들여야 할지 모르겠지만, 당장은 세세한 걸 생각하고 싶지 않다.

"난 아니야."

그가 속삭였다. 그의 입술이 내 입술 바로 앞까지 다가와 있었다.

"맞아."

"쉿…."

그는 극도로 조심스럽게 입술을 내게 갖다 대었다. 두 손으로 내 뺨
을 감싸 쥐었고, 그의 입술은 스치듯 내 입술에 닿았다. 그의 혀가 아랫
입술에 살짝 닿는 순간, 숨이 멎을 것 같았다. 입을 벌려 숨을 들이마시
려 했지만 그럴 수 없었다. 그의 입술만 있을 뿐이었으니까. 나는 그의
셔츠를 움켜쥐고, 그를 일으켜 세웠다. 그는 조금도 움직이지 않고, 천
천히 내게 키스했다. 느릿한 움직임은 나를 더욱 달아오르게 만들었
다. 나도 모르게 침대에서 스르르 미끄러져 그가 있는 바닥으로 내려
왔다.

그는 양팔로 내 허리를 감싸 안았다. 나는 두 팔로 그의 목을 둘렀다.
그의 다리 위에 올라 앉으려 그를 밀었다. 하지만 또 다시 그는 꿈쩍도
하지 않았다.

"왜 그러는데, 하딘?"

"너무 급한 건 싫어."

"그러면 안 돼?"

입술을 핥으며 내가 물었다.

"우리 아직 할 얘기가 많으니까. 아무 것도 해결하지 않고 무작정 침
대로 뛰어들 순 없어."

'뭐?'

"침대 위가 아니라, 바닥이잖아."

내 말이 너무 절박하게 들린다.

"테사…."

그가 가만히 나를 밀어냈다. 졌다. 나는 일어나 침대로 돌아가 앉았다. 그는 눈을 동그랗게 뜨고 나를 쳐다보았다.

"나는 그냥 옳은 일을 하려고 애쓰는 중이야. 너랑 섹스하고 싶어. 믿어줘, 정말이야. 그래도⋯."

"괜찮아. 이 얘긴 그만하자."

이게 최선의 방법이 아닌 것도 같다. 하지만 우리가 꼭 섹스를 할 필요는 없다. 그냥 그와 가까이 있고 싶었다.

"테스."

"그냥 얘기하자. 이해해."

"아니. 넌 이해 못 해, 분명."

하딘은 실망이 가득한 목소리로 말하더니 걸음을 옮겼다.

"이런 상황은 앞으로도 절대 고쳐지지 않아, 안 그래? 우린 늘 이럴 거라고. 이랬다 저랬다, 갈팡질팡하면서. 너는 날 원한다지만, 내가 널 원할 땐 늘 밀어내기만 하잖아."

나는 울지 않으려고 기를 썼다.

"테사⋯. 그렇지 않아."

"그런 것처럼 보여. 넌 대체 내가 어떻게 하길 바라는데? 믿어달라고? 네가 변할 수 있다는 거, 또 그걸 증명하려고 노력한다는 거? 근데, 그럼 뭐?"

"무슨 소리야?"

"그럼 그 다음엔 뭔데?"

"나도 몰라⋯. 우린 아직 그 단계까지 가지도 않았어. 너와 계속 데이트하고 싶어. 울리는 게 아니라 웃게 해주고 싶어. 난 네가 나를 다시 사랑했으면 좋겠단 말이야."

그의 눈동자가 물기를 머금고 반짝였다. 그는 이내 눈을 깜빡거렸다.

"난 진심으로 널 사랑해, 언제나."

그에게 한 번 더 다짐했다.

"근데 그 이상의 뭔가가 있어, 하딘. 사랑으로 모든 걸 다 극복할 순 없어. 소설처럼 말이야. 항상 너무나 많은 갈등이 있고, 그게 사랑을 압도해버리기도 한다고."

"알아. 다들 복잡한 갈등 속에 살지. 그렇다고 늘 그런 건 아닐 거야. 하지만 우린 단 하루도 사이 좋게 지내지 못하잖아. 소리 지르고, 싸우고, 다섯 살짜리 애들처럼 서로 말도 안 하고. 화풀이로 엉뚱한 짓을 하고, 해선 안될 얘기도 해. 그래서 일이 꼬이지. 하등 복잡할 게 없는 상황에서도 말이야. 근데, 어쨌든 그러다 결국 다 해결해내잖아."

우리가 이 시점에서 또 어디로 가게 될지는 모른다. 다만 하딘과 내가 서로에게 벌어진 일들에 대해 정상적으로 대화할 수 있게 됐다는 건 기뻤다. 하지만 마음에 걸리는 게 한 가지 있다. 하딘은 내가 시애틀로 가는 데 동의하지 않을 거라는 사실이다. 그에게 얘기하려 했지만 한편 두려웠다. 그랬다가 혹시나 하딘이 크리스찬에게 쓸데없는 소리를 할 것만 같았다. 그리고 관계를 재정립하려고 노력하는 이 시점에서, 시애틀로 간다는 건 상황은 더 복잡하게 만들 게 분명했다.

사실 내가 여기 있든 두 시간 떨어진 시애틀에 있든, 그건 중요하지 않을 거다. 우리가 관계를 공고히 할 수만 있다면 말이다. 그게 하딘이라 하더라도, 다른 사람이 내 미래를 좌지우지 할 순 없다. 난 그렇게 자라지 않았다. 그에 대한 내 사랑의 깊이와 성인으로서의 내 미래는 별개의 일이다.

무슨 일이 벌어질지는 확실하다. 그는 이성을 잃고 여기서 뛰쳐나가 크리스찬을 찾아갈 것이다. 아니면 제드? 아마 제드일 거다.

"지난 24시간 동안 벌어진 일을 없었던 걸로 해주는 대신, 하나만 약속해줘."

"뭐든지."

그가 칼같이 대답했다.

"걔를 해치지 마."

"제드 말이야?"

목소리에 분노가 묻어 있었다.

"응, 제드."

나는 못 박아 말했다.

"싫어, 빌어먹을! 싫다고. 그건 약속 못 해."

"뭐든 한다며!"

"싫어! 그런 말이라면 꺼내지도 마. 그 자식이 우리 사이를 이간질해서 이 사달이 났어. 그걸 손 놓고 보고만 있으라고? 안 돼, 싫어."

하딘은 이리저리 서성거렸다.

"이게 걔 짓이라는 증거도 없잖아, 하딘. 걔랑 싸워봤자 해결되는 건 아무 것도 없어. 내가 얘기할게."

"안 돼, 테사! 네가 그 자식 근처에 가는 것도 싫다고 분명히 말했어. 두 번은 말하지 않을 거야."

그가 으르렁거렸다.

"내가 누굴 만나든 네가 이래라 저래라 할 순 없어, 하딘."

"무슨 증거가 더 필요한데? 내 휴대전화로 그 자식이 너한테 문자 보낸 걸로는 부족해?"

"그건 개가 아니야! 그런 짓을 할 리가 없잖아."

제드가 그랬을 거라 생각하지 않는다. 대체 무엇 때문에? 어쨌든 제드에게 물어볼 거다. 나한테 그런 짓을 하는 걸 보고만 있을 수는 없으니까.

"넌 정말 내가 본 중에 제일 순진한 인간이구나. 그게 진짜 엿같이 화난다."

"제발 우리 싸움 좀 그만할 수 없을까?"

나는 침대에 기대 앉아, 손으로 머리를 받쳤다.

"그 자식한테서 떨어진다고 약속해."

"걔하고 또 다시 싸우지 않겠다고 약속해."

다시 불을 질렀다.

"내가 그 자식이랑 안 싸우면, 너도 그놈 주변에 얼씬거리지 않을 거야?"

약속하고 싶진 않았지만, 하딘이 그와 싸우는 건 싫었다. 머리가 지끈거렸다.

"그래."

"얼씬거리지 말라는 건, 어떤 접촉도 안 된다는 소리야. 전화도 메시지도, 그 건물에 가는 것도, 그 어느 것도 안 돼."

"내가 거기 간 건 또 어떻게 알았어?"

'혹시 날 본 건가?'

가슴이 콩닥거리기 시작했다. 제드와 내가 반짝거리는 꽃들이 잔뜩 핀 온실에 함께 있었던 걸 하딘이 봤다고 생각하니….

"네이트가 널 봤다고 얘기해줬어."

"아."

"제드 자식에 대해 또 할 말 없어? 이 대화 끝나면, 그 자식에 대한 건 털끝만큼도 듣고 싶지 않으니까."

"없어."

거짓말이다.

"확실해?"

그가 재차 물었다.

말하고 싶지 않았다. 하지만 해야 했다. 내가 솔직하지 않으면서 그에게 정직을 기대할 순 없다. 두 눈을 감아버렸다.

"제드에게 키스했어."

속삭이듯 말했다. 그가 듣지 못하길 바라면서. 그는 책상에 있던 책들을 바닥으로 내동댕이쳤다. 그 소리를 결국 듣고 말았구나.

59 · 테사

눈을 뜨고 하딘을 보았다. 그는 나를 쳐다보지도 않고 있다. 내가 있다는 사실도 잊어버린 듯 했다. 바닥에 떨어진 책들을 노려보면서 두 주먹을 불끈 쥐고 있었다. 정신을 차리게 하려고 다시 말을 꺼냈다.

"내가 걔한테 키스했어, 하딘."

역시 나에게 눈길을 돌리지 않는다. 그는 두 주먹으로 애꿎은 이마만 두드리고 있었다. 절망에 빠진 듯한 몸짓이었다. 설명할 방법을 생각해 내야 한다. 의미 없는 단어들이 머릿속에서 뒤섞이고 있었다.

"… 왜 그랬어?"

그가 더듬거리며 말했다.

"네가 날 잊어버린 거라 생각했어…. 날 더 이상 원하지 않는다고. 근데 걔가 거기 있었어, 그래서…."

내가 들어도 말이 안 되다. 하지만 다른 무슨 말을 할 수 있을까. 그에게 다가가고 싶었지만, 발이 떨어지질 않았다. 침대에 그대로 앉아만 있었다.

"그딴 소리 좀 그만해! 그 자식이 거기 있었다고! 하늘에 대고 맹세하는데, 그 소리 한 번만 더 했다간…!"

"알겠어! 미안해, 정말 미안해. 나, 너무 상처 받고 혼란스러웠어. 걔가 다 얘기해줬거든. 너한테 듣기를 애가 타게 기다렸던 얘기를 전부, 그래서…."

"그 자식이 뭐라 그랬는데?"

제드가 했던 말을 하딘에게 해주고 싶진 않았다.

"하딘…."

나는 베개를 꼭 끌어안았다.

"당장 말해."

"걔가 내기에 이겼으면 무슨 일이 생겼을까 얘기했어. 너 대신 우리가 사귀었더라면 말이야."

"그래서?"

"뭐가?"

"그딴 개소리를 들으니 어땠냐고! 그게 네가 원하는 거야? 나 대신에 그 자식이랑 같이 있고 싶은 거냐고!"

그의 분노는 부글부글 끓고 있었다. 최선을 다해 화를 참고 있었지만, 조만간 끓어 넘칠 것 같았다.

"아냐, 내가 원한 건 그게 아냐."

침대에서 일어나 그에게 조심스레 다가갔다.

"오지 마, 내 근처에 얼씬도 하지 마."

그의 말이 비수가 되어 꽂혔다. 나는 그 자리에 그대로 얼어붙었다.

"그래서 그 자식이랑 또 뭐 했어? 섹스했어? 그 자식 것도 빨아줬어?"

집이 비어 있던 게 천만다행이다. 가족들이 하딘의 막말을 듣지 못했으니 말이다.

"오 마이 갓! 안 그런 거 너도 알잖아. 무슨 생각으로 걔한테 키스한 건지 모르겠어. 그때 잠깐 정신이 나갔었나 봐. 너한테 버림받고 그런 곳에 있어서⋯."

"버림받았다고? 날 떠나버린 건 너였어. 그리고 이제 알겠다. 네가 온 캠퍼스를 휘젓고 다니는 빌어먹을 창녀라는 걸!"

그가 소리를 질러댔다. 울고 싶어졌다. 이건 나를 비난하는 게 아니다. 자기 얘기를 하는 거다. 자신이 얼마나 상처 받고 화가 났는지 말하고 싶은 거다.

"나한테 그딴 식으로 말하지 마."

나는 책상 의자를 꽉 움켜쥐었다.

하딘은 내게 등을 돌렸다. 죄책감에 빠진 나를 외면하려는 거다. 만약 하딘이 그랬다면, 나는 어땠을까. 내가 인생 최악의 시간을 보내고 있는 동안에 말이다. 상상조차 되지 않는다. 예전엔 미처 몰랐다. 내가 그런 짓을 저질렀을 때, 그가 어떤 기분일지. 그저 그도 똑같은 짓을 했으려니 하고 말았다.

그를 더 이상 몰아세우고 싶지 않다. 제어하기에는 그가 너무 열이 올라 있다는 걸 안다. 그리고 그는 지금 스스로를 컨트롤하기 위해 최선을 다하는 중이다.

"혼자 있게 나가줄까?"

기어들어가는 소리로 내가 물었다.

"그래."

그가 아니라고 말하길 바랐다. 하지만 어쩔 수 없었다. 나는 방 밖으로 나왔다. 그는 뒤도 돌아보지 않았다.

복도에 기대어 서 있었다. 어떻게 해야 할지 갈피를 잡을 수가 없었다. 심한 말이라도 그가 내게 소리 지르는 게 차라리 나았을까? 나를 벽에 밀어붙이는 게 나았을까? 왜 그런 짓을 저질렀냐며 대답을 종용하는 게 나았을까? 창밖만 내다보다 방을 나가줄까 물어보는 거 대신에 말이다.

아마도 이게 우리 사이의 문제일 거다. 우리는 드라마 같은 충돌을 갈망하나 보다. 그게 사실이라고 믿고 싶지는 않다. 처음 사귈 때부터 지금까지, 우리는 오랜 길을 함께 걸어왔다. 평화로울 때보다는 다툴 때가 더 많긴 했지만.

내가 읽었던 대부분의 소설은 그랬다. 다툼은 눈깜짝할 새에 지나가고, 사과 한 번이면 모든 문제가 다 해결되고 치유됐다. 나는 바보같이 그걸 믿었다. 소설은 거짓말이다. 그래서 내가 『폭풍의 언덕』과 『오만과 편견』에 마음을 빼앗겼던 모양이다. 두 작품은 모두 각자의 방식으로 믿을 수 없을 만큼 로맨틱하다. 하지만 진실은 항상 눈먼 사랑과 영원한 약속의 이면에서 드러난다.

이게 바로 진실이다. 이게 바로 사람들 누구나 잘못을 저지르는 진짜 세상이다. 남자의 무관심과 분노로 늘 희생양이었던 순진하기 그지없는 여자도 타락할 수 있다. 이 세상 누구도 진정으로 결백한 사람은 없다. 그 누구도 말이다. 스스로 완벽하다고 믿는 사람이 가장 최악의 인간이다.

방 안에서 때려 부수는 소리가 들렸다. 덜컥 겁이 났다. 부수고 또 부수는 소리를 들으며 입을 틀어막고 있었다. 그가 아빠 집을 죄다 부수기 전에 말려야 했다. 하지만 솔직히 무서웠다. 날 다치게 할까 봐 무서운 건 아니다. 내가 무서운 건 그가 쏟아내는 말들이다. 그렇다고 가만히 있을 순 없다. 어떻게든 말려야 한다.

"젠장!"

그가 소리를 질렀고, 나는 방으로 들어갔다. 가족들이 나간 건 정말 다행이다. 그러나 한편으론 나를 도와줄 누군가가 있었으면 했다.

하딘의 손에는 나무 막대기가 들려 있었다. 의자 다리다. 그제야 하딘의 발치에 있던 박살 난 의자가 눈에 들어왔다. 그는 나무 막대기를 던져버렸다. 나를 쳐다보는 초록색 눈동자는 분노로 이글거렸다.

"나가 달란 소리 못 알아들었어?"

한 번 더 심호흡을 하고, 가시 돋친 그의 말은 못 들은 척했다.

"널 혼자 내버려두지 않을래."

생각만큼 목소리가 분명하게 나오지 않았다.

"아니, 나가는 게 좋을 텐데."

그가 위협적으로 말했다. 나는 그를 향해 몇 걸음 더 나갔다. 채 한 발짝도 안 되는 코앞까지 다가갔다. 그는 뒤로 물러서려 했다. 하지만 벽에 막혔다.

"넌 날 해치지 못해, 하딘."

공허한 협박을 날려버리듯 내가 말했다.

"그건 모를 일이지. 전에도 다치게 했잖아."

"의도한 게 아니잖아. 일부러 그랬다면 넌 너 자신을 견딜 수 없었을 거야. 난 알아."

"넌 아무 것도 몰라!"

그가 소리 질렀다.

"나한테 얘기해줘."

차분히 말했다. 그는 가만히 눈을 감았다가 떴다. 심장이 튀어나올 것만 같았다.

"너한테 할 얘기 없어. 난 널 원하지 않아."

어색한 말투였다.

"아니, 넌 원해."

"아냐, 원하지 않아. 너랑 이런 짓거리도 하기 싫어. 그 자식이 널 가질 테니까."

"난 걔 원하지 않아."

그의 모진 말에도 동요하지 않으려 애를 썼다.

"아닐걸."

"난 너만 원해."

"헛소리 마!"

그는 손바닥으로 벽을 세게 쳤다. 깜짝 놀랐지만, 나는 꼼짝도 하지 않았다.

"꺼져, 테스."

"싫어, 하딘."

"제드한테 가서 그 자식이랑 자든지. 나도 똑같이 해줄 테니까. 두고 봐. 나도 나가서 눈에 띄는 여자랑 죄다 자고 다닐 거야."

눈물이 흘러내렸지만, 그는 아랑곳하지 않았다.

"화나서 그러는 거잖아, 진심이 아니잖아."

방 안 여기저기로 그의 시선이 움직였다. 부술 만한 걸 찾고 있는 거다. 하지만 성한 물건은 거의 없었다. 다행히 부서진 물건들은 대부분 내 거였다. 랜던의 생물학 과제 때문에 집에 가져온 도표 액자, 책으로 가득 차 있던 여행 가방은 내동댕이쳐져 있었다. 책들은 모두 카펫 위에 널부러져 있었다. 서랍장에 들어 있던 옷들도 죄다 뒤집어졌다. 의자는 부서져 바닥에 나뒹굴고.

"꼴 보기 싫어…, 가버려."

여전히 무뚝뚝한 말투였지만, 조금 전보다는 한결 힘이 풀려 있었다.

"정말 미안해, 하딘. 너한테 상처라는 거 알아. 그래서 더 미안해."

나는 그를 올려다보았다. 그가 찬찬히 내 얼굴을 살펴보았다. 그는 엄지로 내 뺨에 얼룩진 눈물을 닦아주었다. 순간 흠칫 놀랐다.

"두려워하지 마."

그가 속삭였다.

"두렵지 않아."

그를 따라 내 목소리도 잠잠해졌다.

"내가 이 상황을 넘길 수 있을지 잘 모르겠어."

하딘이 거친 숨을 몰아쉬었다. 그 생각을 하니 무릎이 휘청거렸다. 이런 일이 생길 수도 있다는 생각은 전혀 못했다. 서로의 사랑을 확인한 이후부터 말이다. 알았어야 했다. 우리 관계를 끝낼 사람이 내가 아니라 하딘이 될 수도 있다는 걸. 새해 파티 날, 모르는 사람한테 했던 키스처럼 아무 의미도 없었다, 이번에도. 그는 화를 냈지만, 그냥 넘어가주리라 생각했었다. 하지만 내심 그가 오래 버티진 못할 거라 생각했다. 게다가 이번엔 상대가 제드다. 나 때문에 둘 사이 우정이 흔들렸다. 둘은 몇 차례나 싸움질을 했다. 그리고 하딘은 내 입에서 제드란 이름만 나와도 이성을 잃는다.

하딘과 다시 사귀는 건 좋은 생각이 아닌 것 같다. 이런 상황에서는 더욱. 우리의 문제는 불투명한 미래였다. 그러다 이 지경까지 이르게 되었다. 원치 않던 눈물이 흔들리는 두 눈에 가득 고였다. 그의 표정에 언짢은 기색이 깊어졌다.

"울지 마."

그가 손을 펴 내 뺨을 어루만졌다.

"미안해."

숨을 내쉬었다. 눈물 한 방울이 입술에 떨어졌다. 혀로 눈물을 핥았다.

"아직도 나 사랑해?"

그에게 물어야만 했다. 사랑한다는 건 안다. 그래도 너무나 간절하게 그 말을 듣고 싶었다.

"당연히 사랑하지. 언제나 그럴 거야."

부드러워진 목소리가 나를 안심시켰다. 이상하리만큼 아름답게 들렸다. 분노에 찬 그의 숨소리는 여전히 거칠고 요란했다. 하지만 그의 목소리는 조용하고 부드러웠다. 성난 파도가 해변을 휩쓸고 난 뒤 흐르는 적막함 같았다.

"네가 진짜로 원하는 걸 넌 언제쯤 알게 될까?"

그에게 물었지만, 대답을 듣는 건 겁이 났다.

그가 한숨을 쉬었다. 이마를 내 이마에 마주 대었다. 그의 숨소리는 점점 잦아들었다.

"모르겠어. 근데 너 없이는 살 수가 없을 것 같아."

"나도."

그에게 가만히 속삭였다.

"나도 너 없이는 못 살아."

"우리가 정신 차릴 거 같진 않아, 안 그래?"

"절대 못 그럴걸."

불과 몇 분 전까지만 해도 벌컥 하던 그였다. 갑자기 차분히 바뀐 그의 말투에 웃음이 나오려 했다.

"노력, 해볼까?"

툭 던지듯 말하고, 그에게 몸을 기댔다. 혹시나 또 나를 제지하면 어쩌지.

"이리 와."

그가 내 팔을 꽉 잡았다. 그리고 나를 가슴께로 끌어당겼다.

천국 같은 느낌이다. 마치 오랜 여행을 끝내고 집에 돌아온 듯한. 그의 티셔츠에 머리를 파묻었다. 익숙한 그의 냄새가 마음을 진정시켜 주었다.

"다시는 그 자식 근처엔 얼씬도 하지 마."

그가 내 머리에 대고 말했다.

"응."

"이런다고 다 받아들인단 뜻은 아니야. 그냥 네가 너무 그리웠어."

"응."

같은 말을 되풀이하며 그에게 더 깊이 파고들었다. 쿵쾅거리는 그의 심장 소리가 가까이 들렸다.

"화난다고 아무하고나 막 키스하면 안 돼. 그건 말도 안 되는 짓이야. 나도 그런 짓 안 할게. 내가 그랬다고 생각해봐. 넌 아마 이성을 잃었을걸."

고개를 들어 그를 올려다보았다. 그는 엄한 표정을 짓고 있었다. 손바닥으로 그의 얇은 셔츠 위를 쓰다듬었다. 그리고 그의 부드러운 머리카락을 움켜쥐었다.

눈초리는 사나웠지만, 그의 입술은 천천히 벌어졌다. 나를 저지하지 않을 셈인 걸 알았다. 머리를 잡아당겨 그의 얼굴을 내 눈높이에 맞췄다. 그의 키가 조금만 더 작았더라면 쉬웠을 텐데. 하딘은 입을 맞추며 숨을 내뱉었다. 내 허리를 더 단단히 감싸 안으며, 손으로 엉덩이와 등을 어루만졌다.

나의 눈물과 그의 거친 숨이 뒤엉키며, 치명적인 사랑과 욕망이 한 덩어리가 되었다. 그를 갈망하는 마음보다 몇 천 배는 그를 사랑한다. 그 둘은 절묘하게 섞이면서 한층 더 격렬해졌다. 그가 입맞춤을 멈추더니, 뜨거운 입술을 내 턱에서 목으로 옮겨 갔다. 나에게 몸을 붙이려고 그가 무릎을 굽혔다. 쇄골 바로 위를 부드럽게 깨물자 나는 서 있기가 힘들어졌다.

나는 뒷걸음질 치며 침대로 향했다. 셔츠를 끌어당겨 그의 저항을 막았다. 하딘은 조금 주저하다가 이내 내 목에 키스를 퍼부었다. 마침내 침대에 이르자, 우리는 멈춰 서서 서로를 쳐다보았다.

말을 꺼내서 이 순간을 망쳐버리는 건 싫었다. 나는 셔츠 아랫단을 잡고 머리 위로 끌어올렸다. 하딘은 또 다시 깊은 숨을 쉬었다. 분노가 아닌 욕망을 뱉어내듯 뜨거운 숨결이었다.

내 셔츠가 바닥에 떨어졌다. 그의 옷을 벗기려 정면으로 마주 섰다. 그는 셔츠를 들어올렸고, 나는 떨리는 손으로 그의 벨트를 더듬어 바지를 끌어내렸다. 참지 못하겠던지, 그가 바지를 벗어던졌다.

침대에 오르자, 그가 따라왔다. 그의 손은 쉴새 없이 내 몸을 쓰다듬었다. 우리의 입술이 포개졌다. 그의 혀가 내 입술 사이로 천천히 밀고 들어왔다. 그는 두 팔로 버티며 몸을 내 몸에 포개었다.

키스만으로도 그의 페니스가 단단해진 걸 느꼈다. 엉덩이를 들어올려 그의 페니스에 몸을 밀착했다. 그는 신음하며, 한 손으로 박서 팬티를 무릎까지 끌어내렸다. 나는 기다렸다는 듯이 그의 페니스를 움켜쥐었다. 그가 내 귀에 대고 쉿소리를 냈다. 페니스를 잡은 손을 천천히 아래위로 움직였다. 몸을 구부려 혀로 그의 페니스 끝을 따라 핥았다. 그에게서 더 큰 신음 소리를 끌어내고 싶었다. 머리를 들어 그를 마주 보았다. 손으로 다시 페니스를 잡았다.

"사랑해."

그에게 상기시켜주었다. 그가 내 목에 대고 신음을 토해냈다. 그리고 브래지어를 거칠게 잡아당겼다. 젖가슴이 그의 앞에 드러났다.

"사랑해."

마침내 그의 입에서 이 말이 터져나왔다.

"너 정말 원해? 지금 우리 관계가…."

그가 장황하게 말했지만, 나는 고개를 끄덕였다.

"제발."

그리고 애원했다. 그의 입술이 내 가슴에 닿았다. 그리고 내 등 뒤에서 후크를 풀고 브래지어를 벗겨냈다. 뜨거운 살갗에 그의 서늘한 손이 닿았다. 그는 혀끝으로 젖꼭지를 간질이며 살짝살짝 깨물었다. 나는 그의 머리카락을 쥐었다. 그가 다른 쪽 가슴으로 입술을 옮기자, 낮은 신음을 토해냈다.

60 · 하딘

갑자기 옷을 벗어던지는 모습만으로도 나는 금세 달아올랐다. 페니스가 부풀어올라 당장이라도 그녀 안으로 들어갈 준비가 되었다. 해결된 건 아무 것도 없었지만, 상관없다. 나는 이게 필요하다. 아니, 우리는 섹스가 죽을 만큼 필요하다.

바지를 벗어던지고 침대에 뛰어들었다. 드디어 그녀와 마주하게 됐다. 몸과 마음, 내 모든 것 하나까지 모두 가져가버린 그녀와. 되돌리고 싶지 않다. 그녀가 이 일로 뭘 어떻게 하든 신경 쓰지 않을 거다. 난 그녀의 것이니까.

그녀의 벗은 몸을 쓰다듬는 것만으로도 충분히 단단해졌다. 앙증맞은 젖꼭지에서 입술을 떼고, 서랍장에서 콘돔을 꺼냈다. 테사는 똑바로 누운 채 다리를 벌렸다.

"널 볼 수 있었으면 좋겠어."

그녀가 어리둥절한 표정을 지었다. 나는 그녀의 팔을 잡아끌어, 내 위로 올라오게 했다. 몸에 닿는 그녀의 느낌이 말도 못하게 좋다. 나에게 맞춰 만든 것처럼.

그녀는 다리를 넓게 벌린 채 엉덩이를 부드럽게 움직였다. 단단해진 페니스를 촉촉한 그녀의 몸에 스치듯 문질렀다. 나는 이미 폭발할 듯 흥분했고, 언제든 들어갈 준비가 되어 있었다. 그녀가 엉덩이를 돌리며 미끄러지듯 스치는 이 느낌은 나를 더욱 미치게 만들었다. 손을 아래로 가져가 엄지로 그녀의 클리토리스를 문질렀다. 그녀가 헉 소리를 내며, 한 손으로 내 목을 휘감았다.

그녀가 천천히 몸을 움직여 내 안으로 들어왔다. 우리는 동시에 신음을 토해냈다. 제기랄, 너무 그리웠다. 한 몸이 된 우리가 너무나 그리웠다.

"네 안에 가득 찬 이 느낌이 너무 좋아."

내가 속삭였다. 환희에 찬 그녀의 눈이 파르르 떨렸다. 그녀의 엉덩이가 원을 그리며 느리게 움직였다. 그 모습을 눈앞에서 보고 있다. 너무 아름답고, 미치도록 섹시했다. 지금껏 이런 여자는 본 적이 없었다. 엉덩이가 움직일 때마다 젖가슴이 흔들렸다. 그녀가 내 위에서 물결치듯 움직이는 모습을 보는 게 너무 좋다.

그녀는 나날이 발전하고 있다. 맨 처음 그녀가 내 위에 올라탔던 기억이 난다. 처음엔 내내 바짝 긴장하고 있었다. 하지만 지금은 완전히 스스로 주도하며 자신을 위해 몸을 움직이고 있다. 이보다 더 좋을 순 없다. 테사가 자기 몸을 점점 더 잘 알아갈 수록 동시에 편안해졌다. 섹스도 좋지만 그게 더 기분 좋다. 자신을 잘 아는 그녀는 죽이게 섹시하다. 그녀도 알아야 한다.

그녀의 움직임에 맞춰 엉덩이를 들어올렸다. 그녀의 눈이 커지며 신음이 터져 나왔다.

"넌 진짜 최고야."

그녀를 자극시킬 말들을 쏟아냈다. 테사의 팔을 잡아 그녀 몸을 가까이 당겼다. 나를 품은 그녀의 몸을 보고 싶었다. 키스를 퍼붓고 싶었다. 어느새 내 입술은 그녀를 더듬었다. 입술을 맞댄 채 쏟아내는 그녀의 흐느낌이 미치도록 좋았다.

"느낌이 어떤지 얘기해줘."

그녀의 엉덩이를 움켜쥐고 페니스를 그녀 안으로 더 깊게 밀어 넣었다.

"좋아…, 너무 좋아, 하딘."

그녀가 흐느꼈다. 두 손을 내 가슴에 대고 몸을 지탱하고 있었다.

"더 빨리…."

몸을 살짝 일으켜 한쪽 젖가슴을 입안 가득 물었다. 그녀가 몸을 비틀었다.

"음…, 음…."

대답 대신 신음을 토해내던 그녀가 움찔하며 동작을 멈추었다. 그녀의 눈을 똑바로 쳐다보았다.

"왜?"

가슴에 기댄 그녀를 안고 몸을 일으켰다. 우리는 여전히 한 몸인 채였다.

"아니…, 느낌이…, 너무 깊어서. 이렇게 하니까 널 훨씬 더 깊게 느낄 수 있어."

테사는 얼굴을 붉혔다. 놀라움이 담긴 목소리는 달콤하고 부드러웠다.

"그래서, 좋아?"

그녀의 머리카락을 귀 뒤로 쓸어 넘겨주었다.

"아, 너무 좋아."

그녀의 눈동자가 어딘가 먼 곳을 향했다. 이 순진한 여자와 수도 없이 섹스를 했지만, 아직도 그녀는 섹스를 너무 모른다. 아, 오럴 섹스는 빼고. 그건 정말 최고니까.

다시 그녀의 엉덩이를 들어 움직이게 했다. 그곳을 찾아야 한다. 불과 몇 초 만에 내 이름을 외치며 절정으로 끌어올릴 그 지점을. 그녀가 엉덩이를 빙빙 돌렸다. 나는 그 모습이 너무 좋다. 그녀의 엉덩이는 완벽, 그 이상이다. 테사의 손톱이 내 가슴을 파고들었다. 그 지점을 찾았다. 그녀는 손을 입에 대고 손바닥으로 터져 나오는 신음을 간신히 막고 있었다. 그녀의 움직임과 속도를 따라 나도 엉덩이를 들어올렸다. 펌핑 속도는 점점 더 빨라지고 있었다.

"절정에 오르게 해줄 거야."

나는 한숨인지 신음인지 모를 소리를 토해냈다. 그녀는 완벽했다. 눈을 질끈 감았고, 움직임은 점점 느려졌다.

"느끼고 있는 거지? 절정에 가까워지고 있는 거지?"

"하딘…."

드디어 내 이름을 내뱉었다. 완벽한 대답이다.

그녀는 허리를 활처럼 구부렸고, 회청색 두 눈은 다시 감겼다. 내 가슴에 댄 손톱이 살을 파고드는 게 느껴졌다. 그녀가 나를 단단히 조여 오는 느낌이 들었다. 젠장, 너무 좋다. 속도를 늦춰 천천히 움직였다. 엉덩이를 밀어붙이자 느리지만 깊숙이 안으로 빨리듯 들어갔다.

그녀는 섹스 중에 내 목소리를 듣는 걸 좋아했다.

"오, 갓."

신음이 터져 나오며 내 절정의 증거가 콘돔을 가득 채웠다. 테사도 입을 막은 손 안에서 비명을 질렀다.

"하딘…."

테사가 머리를 내 가슴에 기대며 거친 숨을 헐떡였다.

"테사…."

나른한 미소를 지으며 그녀가 나를 올려다보았다.

그녀의 헐떡임에 맞춰 숨을 고르며, 내 가슴 위에 흐트러진 그녀의 금발을 쓸어 넘겼다. 그녀에게 화가 풀린 건 아니다, 제드 자식에게도. 그렇지만 나는 테사를 사랑한다. 그리고 반드시 보여줄 거다. 그녀를 위해 내가 달라지고 있다는 걸. 우리가 소통하는 방식도 전에 비하면 수천 배는 더 나아졌다.

아마 적어도 한 번은 그녀가 나를 또 열 받게 만들 것이다. 제드 자식 때문에 말이다. 그 자식은 분명히 알아야 한다. 테사는 내 여자다. 또 그녀에게 손을 댔다간, 그땐 내 손에 죽을 거다.

숨을 고르며 하딘의 가슴에 안겨 있었다. 벌거벗은 가슴을 맞대고 천천히 움직이며, 우리는 후희를 만끽했다. 생각만큼 어색하거나 낯선 느낌이 아니었다. 아니, 전혀 그렇지 않았다. 절박할 만큼 하딘과의 뜨겁고 깊숙한 결합이 그리웠다. 너무 성급하게 사랑을 나눈 게 아닌가 싶긴 했다. 뭐 하나 매듭 지어진 것도 없는데 말이다. 최선의 방법이 아니었을지도 모른다. 하지만 지금, 그는 내 등뼈를 따라 위에서 아래로 손을 움직이고 있다. 그리고 그건 분명히 좋은 느낌이었다.

그의 모습이 머릿속에서 지워지지 않았다. 내 밑에서 헐떡이며 움직이던 그의 몸과 나를 완전히 채우려 엉덩이를 들어올리던 모습. 수없이 그와 잤지만, 단연코 이번이 최고였다. 너무나 강렬했고, 진실했으며, 서로의 욕구를, 아니 갈망을 가득 채워주었다.

방금 전까지만 해도 하딘의 흥분은 최고조에 올라 있었다. 고개를 들어보니 어느새 그의 눈은 감겼고, 입술은 살짝 벌어져 있었다.

"나 쳐다보는 거 다 알아. 나, 오줌 누러 가야 해."

그가 결국 입을 열었다. 나는 키득거렸다.

"가면 되지."

그는 내 엉덩이를 잡고 내 몸을 들어올려 옆에 눕혔다.

하딘이 머리를 쓸어 넘기자 이마가 드러났다. 그가 바닥에 떨어진 옷가지를 챙겼다. 셔츠는 입지도 않고 방을 나갔다. 나도 옷을 입으려다 바닥에 있던 그의 셔츠에 시선이 꽂혔다. 습관처럼 집어 들었지만, 이내 다시 내려놓았다. 억지로 밀어붙이거나 그를 화나게 하긴 싫었다. 지금은 내 옷을 입는 게 나을 것 같았다.

8시가 다 되었다. 헐렁한 운동복 바지에 티셔츠를 걸쳐 입었다. 하딘이 폭발하고 남은 잔해가 방바닥을 뒤덮었다. 물건들을 정리하기 시작했다. 내던져진 옷가지를 정리하는 게 일순위다. 하딘이 방으로 들어왔다. 막 책들이 가득 담긴 여행 가방을 잠그던 중이었다.

"뭐해?"

그는 한 손에 물이 담긴 잔을, 다른 손에는 머핀 하나를 들고 있었다.

"방 정리하려고."

나는 조용히 대답했다. 혹시라도 다시 싸움이 벌어질까 봐, 살짝 긴장하고 있었다. 어떻게 처신해야 할지 조심스러웠다.

"그래…."

물잔과 머핀을 서랍장 위에 올려두고, 그가 다가왔다.

"같이 하자."

그는 부서진 의자를 세웠다. 침묵 속에서 방은 정상적인 상태로 되돌아가고 있었다. 하딘은 옷장 쪽으로 가다가 바닥에 떨어진 베개에 걸려 넘어질 뻔했다. 여행 가방을 가져다 두던 참이었다.

먼저 말을 꺼내야 할지, 무슨 말을 해야 할지 모르겠다. 그는 아직도 화가 풀리지 않았겠지. 그러다 나에게 꽂혀 있는 시선을 느꼈다. 엄청 화가 난 건 아닌 게 분명했다. 그는 옷장에서 작은 가방과 상자를 들고 왔다.

"이건 뭐야?"

'오, 노!'

"아무 것도 아니야."

상자를 뺏으러 서둘러 그에게 다가갔다.

"이거 혹시 내 거야?"

호기심 어린 표정으로 그가 물었다.

62 · 하딘

"아니야."

거짓말이 분명하다. 그녀는 까치발을 들고 내 손에 들려 있는 상자를 잡으려 애를 썼다. 나는 더 높이 들어올렸다.

"여기 내 이름이 있는데."

내가 콕 집어 말하자, 그녀가 고개를 떨궜다. 왜 저렇게 당황하는 거야?

"그러니까…, 너 주려고 전에 이것저것 담아둔 거야. 근데 지금 보니까 너무 바보 같아. 열어보지 마."

"열어볼래."

상자를 들고 침대 모서리에 걸터앉았다. 흉물스러웠어도 그 의자를 부수는 게 아니었다.

그녀는 한숨을 쉬더니 포기한 듯 그대로 있었다. 포장지를 뜯었다. 박스 하나 싸는 데 뭐 이렇게 테이프를 많이 붙인 건지. 하지만 여전히 조금… 흥분된다.

정확히 말하자면, 행복했다. 생일 선물을 언제 마지막으로 받았는지 기억도 안 난다. 엄마에게서조차 받지 못했다. 어렸을 때부터 나는 생일은 무시했다. 정말 나쁜 놈이었다. 엄마가 무슨 선물을 사주든 거들 떠보지도 않았다. 엄마는 결국 내가 16살이 되기 전부터 더 이상 선물을 사지 않게 되었다.

아빠는 매년 고리타분한 카드에 수표를 넣어 보냈다. 그때마다 그걸 태우면서 나 혼자 통쾌해 했다. 심지어 17살 때 보낸 선물에는 오줌을 싸버리기까지 했다.

박스를 열자, 잡다한 물건들이 안에 담겨 있었다. 첫 번째로 나온 건, 낡아 빠진 『폭풍의 언덕』 책이었다. 책을 꺼내 들자, 테사가 다가와 들고 있던 책을 잽싸게 낚아챘다.

"정말 한심하지…, 이건 그냥 무시해버려."

절대로 그녀가 말한 대로 하진 않을 거다.

"왜? 돌려줘."

나는 벌떡 일어섰다. 이미 이 게임에서 질 걸 알았는지, 그녀가 책을 순순히 돌려줬다. 책장을 후르륵 넘겼다. 노란색 형광펜으로 줄을 그은 페이지가 눈에 들어왔다.

"네가 톨스토이에 줄 그으면서 읽었다고 해서…."

그녀의 두 뺨이 빨갛게 달아올랐다.

"음, 그러니까… 나도 뭐 그 비슷한 걸 했어."

그녀가 내 눈을 바라보며 털어놓았다.

"정말?"

나는 거의 전부 줄이 그어진 페이지를 열었다.

"특히 이 책은, 다 안 읽어봐도 괜찮아. 난 정말… 선물 고르는 덴 소질이 없나 봐."

아니다. 너무나 보고 싶었다. 그녀가 가장 좋아하는 소설에서 나를 떠올리게 만든 구절이 뭔지. 이건 내가 받을 수 있는 최고의 선물이다.

전부 간단하고 소박한 것들이었다. 하지만 내게는 우리가 잘될 수 있을 거라는 희망을 주는 선물이다. 우리가 같은 곳을 향해 가고 있다는 사실을 알려주는 선물.

"그렇지 않아."

그녀에게 말하며 침대에 앉았다. 책을 엉덩이 밑에 깔고 앉았다. 또다시 뺏어가면 안 되니까. 그 다음 선물을 보자 쿡쿡 웃음이 터졌다.

"이건 또 뭐에 쓰는 거야?"

가죽 바인더를 꺼내 들었다. 여전히 웃음을 머금은 채였다.

"너 일할 때 쓰는 거 있잖아. 솔기가 다 찢어졌더라. 그건 이제 못 써. 봐, 이건 탭이 있어. 매주, 아니면 과목으로 나눠서 붙일 수 있는 거야. 편한 대로 쓰면 돼."

그녀가 미소를 지었다. 이 선물은 정말 웃긴다. 내가 필기한 노트를 낡아 빠진 바인더에 아무렇게나 쑤셔 넣을 때마다 그녀는 질색을 했다. 몇 번이나 정리해주겠다는 걸 번번이 거절했었다. 그게 그녀를 돌아버리게 만든다는 건 알고 있었지만, 바인더 안에 있는 걸 보여주고 싶지는 않았다.

"고마워."

웃음이 나왔다.

"근데 그건 사실 생일 선물은 아니었어. 한참 전에 사뒀거든. 네가 쓰는 거랑 바꿔놓으려고 했는데, 도대체 기회가 안 생겨서."

그녀가 웃으며 실토했다.

"그럴 줄 알고 잘 감춰놨지. 어떻게 할지 뻔히 아니까."

짓궂게 말했다. 남아 있던 작은 가방을 열었다. 그녀의 선물 고르는 센스에 또 한 번 웃음이 터졌다.

킥복싱? 작은 티켓에서 가장 처음 눈에 띈 단어다.

"일주일 치 킥복싱을 할 수 있는 이용권이야. 체육관은 우리, 아니 네 아파트 근처에 있고."

재치 있는 선물이 자랑스러운 듯, 그녀가 미소를 지었다.

"왜 내가 킥복싱에 관심 있을 거라 생각했어?"

이 선물을 고른 이유는 분명했다. 내 속의 울분을 거기에다 풀라는 거다.

"한 번도 해본 적 없는데."

"재미있을 거야."

"맨손으로 다른 놈들을 패는 것보다 재밌진 않을걸."

내 말에 그녀가 눈살을 찌푸렸다.

"장난이야."

박스 안에는 CD가 남아 있었다. 놀려줄까 말까 생각했다. 온라인에서 쉽게 다운 받을 수 있는데 굳이 CD로 샀으니 말이다. 그녀가 이 CD에 담긴 노래를 따라 흥얼거리는 걸 감상해야지. 더 프레이의 두 번째 앨범이었다.

테사는 이미 가사를 다 알고 있을 것이다. 그리고 내게 가사에 담긴 의미를 설명해주며 즐거워할 거다. 함께 노래를 들으며 드라이브를 한다면 말이다.

"오늘 밤, 같이 있어줄래?"

하딘은 내 표정을 찬찬히 살피며 물었다. 나는 갈망하듯 고개를 끄덕였다.

그가 셔츠를 벗었다. 나는 얼른 셔츠를 낚아채어 품에 안았다. 그 셔츠로 갈아입는 내내 그는 내게서 눈을 떼지 않았다. 우리 둘 다 아무 말도 하지 않았다. 우리 관계는 너무나 복잡하고 혼란스럽다. 항상 그랬다. 하지만 더 특별해졌다. 이 시점에서 누가 우위에 선 건지는 확실치 않다. 그의 생일날, 나를 바람맞힌 것 때문에 내가 화났던 게 시작이었다. 근데 그건 하딘이 한 짓이 아니라는 게 거의 분명해졌다. 그렇다면 나는 며칠 전으로 돌아가는 건가? 그와 다정하게 스케이트장 데이트를 했던 그 날로?

그는 제드한테 키스한 것 때문에 화가 머리끝까지 났다. 그런데 지금은 웃어주고, 놀리듯 농담도 던진다. 어떤 기분인지 정확히 알 수는 없지만, 내가 너무 보고 싶어서, 오해를 푼 게 기뻐서, 그도 화가 누그러진 걸까? 이유는 잘 모르겠지만, 어쨌든 좋다. 시애틀 얘기를 꺼낼 수만 있다면 정말 좋을 텐데. 그가 어떤 반응을 보일까? 그에게 말하고 싶진 않지만, 해야만 한다. 그가 내 결정을 기뻐해줄까? 아닐 것 같다. 사실, 안 그럴 게 뻔하다는 걸 이미 알고 있었다.

"이리 와봐."

나를 가슴에 안고, 그가 침대에 누웠다. 그러더니 리모컨을 찾아 텔레비전을 켰다. 채널 여기 저기를 돌리다가 역사 다큐멘터리 프로그램에 고정시켰다.

"엄마 만났던 건 어땠어?"

잠시 후 내가 물었지만 아무 대꾸가 없었다. 올려다보니 그는 이미 잠에 빠져 있었다.

너무 덥다. 정신이 들었다. 하딘이 내 위에 누워 있었다. 거의 온몸으로 나를 내리누르고 있다. 나는 등을 대고 누운 채였다. 하딘은 내 가슴에 머리를 기대고 팔로 내 허리를 단단히 감고 있었다. 다른 한 팔은 그의 머리 위에 아무렇게나 놓여 있었다. 이렇게 잠들고 깨는 걸 얼마나 그리워했던가. 하딘의 몸에 덮여 땀에 흠뻑 젖은 채로 눈을 뜨는 게 너무나 그리웠다. 힐끗 시계를 보았다. 7시 20분. 10분 후면 알람이 울린다. 하딘을 깨우고 싶지 않았다. 그는 무척 평화로워 보였고, 입가에는 부드러운 미소까지 머금었다. 때때로 인상을 찌푸리기도 했다, 잠들어 있는데도.

깨우지 않고 몸을 일으키려고, 허리에 감긴 팔을 들어올렸다.

"음…."

신음하는 그의 눈꺼풀이 떨렸다. 그는 몸을 뒤틀며 나를 더 세게 끌어 안았다. 똑바로 누워 천장을 보며 잠시 고민했다. 그를 굴려 떼어낼 것이지, 말 것인지.

"몇 시야?"

잠이 덜 깬 목소리로 그가 물었다.

"일곱 시 반 다 됐어."

조용한 목소리로 그에게 대답했다.

"젠장. 우리 오늘 땡땡이칠까?"

"난 안 돼, 넌 그래도 되겠지만."

그의 머리카락을 부드럽게 쓸어 올리며, 두피 마사지를 해주었다.

"아침 먹으러 갈까?"

그가 고개를 돌려 나를 쳐다보았다.

"미안하지만, 난 안되겠어."

대답은 이렇게 했지만, 나도 정말 가고 싶었다. 그가 내 가슴에 턱을
괴었다.

"하딘, 잘 잤어?"

"응, 아주. 이렇게 잘 잔 게 얼마만이더라⋯."

그가 기억을 더듬었다. 기분이 확 좋아졌다.

"잘 잤다니 나도 좋네."

"나, 얘기 좀 해도 될까?"

그는 아직 잠이 덜 깬 것 같아 보였다. 눈가엔 물기가 촉촉했고, 목소
리는 푹 잠겨 있었다.

"그럼."

나는 또 한 번 그에게 두피 마사지를 해주었다.

"영국에 있을 때, 엄마네 집에서 말이야. 꿈을 꿨어⋯, 악몽."

'오 노.'

가슴이 철렁했다. 그의 악몽이 되살아났구나. 그 얘기를 듣는 것만
으로도 마음이 아팠다.

"그런 꿈을 또 꾸었단 말이야⋯?"

"전에 그 꿈이 돌아온 게 아니야, 테스. 더 나빠졌어."

그의 몸이 떨리는 게 느껴졌다. 하지만 감정의 동요가 없는 표정이

었다.

'더 이상 어떻게 나빠질 수가 있지?'

"너였어, 그 놈들이…, 너한테 그랬어."

온몸의 피가 순식간에 얼어붙는 것 같았다.

"아."

힘 없는 내 목소리가 애절하게 들렸다.

"그건 너무…, 너무 옛 같았어. 전보다 훨씬 안 좋아졌어. 이제 겨우 벗어났다고 생각했는데…."

나는 고개를 끄덕이고, 그의 팔을 쓰다듬어주었다.

"그 다음부터 잠을 잘 엄두가 안 났어. 일부러 깨어 있으려고 몸부림을 쳤어. 또 그런 장면을 보는 건 참을 수가 없거든. 비록 꿈이라도 누가 너를 해친다는 생각만으로도 미칠 것만 같았어."

"하딘, 나도 마음이 아파."

내 눈에도 눈물이 가득 고였다. 그의 시선이 온통 나를 향하고 있었다.

"동정하지 마."

눈물이 떨어지기 전에 그가 닦아주었다.

"속상해. 네가 상처 받는 게 싫어."

진심이다. 그를 동정하진 않는다. 이 남자를 생각하니 아프다. 엄마가 폭행과 강간 당하는 악몽을 반복해서 꾸는, 이 부서져버린 남자를. 게다가 그 대상이 나로 바뀌었다니 너무 괴롭다. 이미 고통으로 얼룩진 그의 마음에 더 큰 상처가 될 것이다.

"누구도 널 상처 주게 두지 않을 거야."

그는 내 눈을 똑바로 쳐다보았다.

"알아, 하딘."

"우리가 예전처럼 돌아가지 못한대도 말이야. 누구든, 내가, 죽여버릴 거야."

그의 말투는 단호했지만 부드러웠다. 나는 희미하게 웃어 보였다.

느닷없는 발언이었지만 놀란 기색을 보이고 싶진 않았다. 사랑이 담긴 그만의 감정 표현이란 걸 알기에.

"푹 잤더니 좋네."

한결 밝아진 그의 표정을 보고, 나는 고개를 끄덕여주었다.

"아침은 어디서 먹을까?"

"너, 못 간다며."

"맘이 바뀌었어. 나 배고파."

그와 함께 아침 시간을 보내고 싶어졌다. 그가 마음을 열고 악몽에 대해 털어놓았다. 무슨 얘기를 하든 우리는 늘 다퉜다. 그런 그가 기꺼이 마음을 보여주었다. 그것만으로도 나는 세상을 얻은 것 같았다.

"불쌍한 얘기 한 방에 쉽게 설득된 거야?"

그가 한쪽 눈썹을 찡긋 올렸다.

"그런 식으로 말하지 마."

나는 인상을 찌푸렸다. 그가 몸을 일으켜 침대에서 내려섰다.

"네 말 땜에 마음이 바뀐 게 아니야. 네 생각을 공유해준 게 좋았던 거지. 그리고 자신한테 불쌍하다고 하지 마. 사실 그건 아니잖아."

나도 침대에서 일어섰다. 그는 바지를 꿰어 입었다. 그가 아무 대답이 없자, 다시 한 번 그의 이름을 불렀다.

"하딘, 진심이야. 너 자신을 그렇게 생각하지 마."

"알아."

대화를 끝내려는 듯, 그가 잽싸게 대답했다.

하딘과 나는 완벽과는 거리가 먼, 결점투성이다. 그렇지만 다른 사람들도 모두 그렇다. 특히 나는 더욱 그렇다. 그가 얼른 과거의 오점을 떨쳐낼 수 있었으면 좋겠다. 그러면 미래에 대한 생각도 달라질 것이다.

"하루 종일 나랑 보낼 수 있다는 거야? 아니면 아침만?"

그가 신발을 신으며 물었다.

"그 신발 진짜 맘에 들어. 전부터 얘기하려고 했는데."

검정색 테니스화를 가리키며 말했다.

"음…, 고마워…."

신발끈을 묶고 그가 몸을 일으켰다. 자만심이 너무 큰 사람들이 그렇듯, 그는 칭찬을 받아들이는 데 서툴렀다.

"아직 내 질문에 대답 안 했어."

"아침식사만. 수업을 전부 빼먹을 순 없잖아."

그의 셔츠를 벗고, 내 옷으로 갈아입었다.

"그래."

"머리는 그냥 묶고, 이만 닦아야겠어."

옷을 입고 욕실로 갔다. 막 이를 닦기 시작했을 때, 하딘이 문을 두드렸다.

"들어와."

입에 치약 거품을 잔뜩 물고 웅얼거렸다.

"우리 이러는 거 진짜 오랜만이다."

"뭐, 욕실에서 섹스하는 거?"

내가 말해놓고도 놀랐다.

'뭐야, 왜 이런 소리가 튀어나오는 거니?'

"아아아니…. 우리가 함께 이 닦는 거."

그가 깔깔거리며, 욕실장에서 칫솔을 꺼내 포장을 뜯었다.

"근데, 혹시 네가 섹스를 원하는 거라면…."

하딘이 놀려댔고, 나는 살짝 눈을 흘겼다.

"왜 그런 소릴 한 건지 모르겠어. 머릿속에 제일 처음 떠오른 게 그거였어."

헛웃음이 나왔다. 무슨 멍청한 생각을 한 건지.

"어쨌든, 듣기 좋았어."

그가 칫솔을 입에 물고 말했다.

우리는 함께 아래층으로 내려갔다. 카렌과 랜던은 오트밀 그릇을 앞에 두고 얘기하는 중이었다.

랜던이 다정한 미소를 건넸다. 하딘과 내가 함께 있는 걸 보고도 전혀 놀란 기색이 아니었다. 카렌도 마찬가지였다. 뭔가 있다면, 카렌이 기쁜 것처럼 보인다는 거? 잘 모르겠다. 그녀가 커피잔을 들어 입가의 미소를 감췄다.

"테사는 오늘 내가 학교에 데려다줄게."

하딘이 랜던에게 말했다.

"그래."

"종교학 수업 시간에 보자."

랜던에게 인사를 하는데 하딘이 나를 끌고 나왔다.

"왜 이렇게 서둘러?"

문밖을 나서며 물었다. 우리는 길을 따라 걸었다. 내 어깨에 맨 가방을 그가 낚아채 들었다.

"너희 둘을 내가 잘 알거든. 너네 얘기 시작하면 우린 절대 제시간에 못 가. 거기다 카렌까지 가세해 봐. 얘기 끝나기 전에 난 굶어 죽을 거야."

그가 차문을 열어주고, 운전석에 올라탔다.

"맞네."

슬쩍 웃음이 나왔다.

우리는 팬케이크 가게와 브런치 가게를 두고 20분도 넘게 설전을 벌였다. 결국 팬케이크 가게에 가기로 결정했다. 하딘은 그 가게의 프렌치 토스트가 최고라고 우겨댔다. 나는 먹어보기 전에는 믿을 수 없다며 끝까지 버텼다.

"10~15분 정도 기다리셔야 하는데요."

가게 안으로 들어가자, 파란 스카프를 두른 점원이 말했다.

"네."

내 대답과 동시에 하딘이 말했다.

"왜요?"

"손님이 많아서, 지금은 준비된 테이블이 없습니다."

점원은 친절하게 설명했다. 나는 어이없는 표정을 한 그를 끌고 입구 쪽에 있는 벤치에 앉혔다.

"하딘, 다시 돌아온 걸 보니 반갑네."

내가 짓궂게 말했다.

"무슨 소리야?"

"여전히 까칠하단 뜻이야."

"언젠 안 그랬나?"

"글쎄, 우리가 데이트하던 날에는 안 그랬는데. 어젯밤에도 안 그랬고."

"방에 있는 거 다 부수고 너한테 욕도 막 했잖아."

"농담 좀 해봤어."

"다음엔 좀 더 제대로 해볼게."

그의 얼굴에서 반짝 미소가 스쳤다.

드디어 우리 차례가 됐다. 자리에 앉으니 젊은 남자 점원이 주문을 받으러 왔다. 웨이터 치고는 턱수염이 너무 길었다. 점원이 가고 난 다음 하딘이 투덜거렸다. 음식에서 털 하나라도 나오는 날에는 가만 두지 않겠다고.

"내가 아직 죽지 않았다는 걸 확실히 보여주겠어."

그의 말에 킬킬대며 웃었다. 친절하게 굴려고 애쓰는 그가 정말 대견했다. 하지만 무심한 듯 시크한 그의 모습도 좋아한다. 누가 뭐라 해도 별 신경 쓰지 않는 그가 부러울 때도 있다. 바라건대, 나도 그런 그의 성격을 닮았으면 좋겠다. 하딘은 음식이 나올 때까지 메뉴판을 뒤적거렸다.

"하루 정도 수업 좀 빠지면 안 되는 거야?"

입 안 가득 프렌치 토스트를 집어넣으며 하딘이 물었다.

"글쎄…."

말을 하려다 멈칫 했다.

'다른 학교로 전학 가야 하기 때문에, 출석 점수가 깎이면 안 되거든. 가뜩이나 학기 중에 전학이라 골치가 아픈데 말이야.'

"A학점을 놓치면 안 되니까."

"여긴 대학이야. 아무도 수업 따윈 듣지 않는다고."

하딘에게 이 소리만 백 번쯤 들었다.

"요가 수업도 재미 없어?"

"하나도 재미 없어."

아침식사를 끝냈다. 학교로 돌아가는 중에도 분위기는 여전히 밝고 가벼웠다. 콘솔 박스에 있던 하딘의 휴대전화가 울렸다. 그는 들은 척도 하지 않았다. 대신 받아줄까 잠깐 고민했다. 그래도 될까 싶어 주저하다 말았다. 전화가 세 번째 울리자, 결국 입을 열었다.

"전화 안 받아?"

"음성메시지로 넘어갈 거야. 아마 엄마일 거야."

하딘은 휴대전화를 들어 화면을 슬쩍 보았다.

"봐, 엄마가 음성메시지 남겼잖아. 열어봐줄래?"

호기심이 폭발했다. 그의 손에서 휴대전화를 낚아채듯 가져왔다.

"스피커폰으로 해줘."

"새로운 메시지, 일곱 개가 있습니다."

안내 음성이 들렸다. 그 사이 하딘은 주차장에 차를 세웠다. 첫 번째 메시지가 차 안에 울려 퍼졌다.

"하딘…, 하딘…, 나 테사야. 나…, 있잖아…."

깜작 놀라 통화 종료 버튼을 누르려 했지만, 하딘이 어느새 휴대전화를 들고 있었다.

'맙소사.'

"나, 너한테 할 얘기가 있어. 나 지금 차 안이야. 근데 너무 혼란스러워…."

완전히 이성을 잃은 목소리였다. 나는 차에서 뛰어내리고 싶어졌다.

"부탁인데, 좀 끊어줄래."

애원조로 말했지만, 오히려 그는 내가 못 잡도록 휴대전화를 다른 손에 옮겨 쥐었다.

"이게 뭐야?"

"왜 나한테 연락도 안 해? 날 잡지도 않았잖아. 나만 여기 앉아서 처량하게 울면서 너한테 메시지나 남기고. 우린 어떻게 되는 거야? 왜 이번에는 다른 거야? 넌 왜 나하고 싸우려 하지도 않았어? 나도 행복해질 자격쯤은 있잖아, 하딘."

괴상망측한 내 목소리가 차 안을 가득 메웠다. 나는 옴짝달싹할 수가 없었다. 가만히 앉아 손만 내려다보고 있었다. 너무 창피했다. 음성 메시지를 보냈던 건 새까맣게 잊고 있었다. 그가 듣지 않기를 바랐는데. 특히나 지금은 더욱.

"언제 보낸 거야?"

"너, 영국 갔을 때."

그는 한숨을 쉬더니 전화를 끊었다.

"뭐가 그렇게 혼란스러웠어?"

"이 얘긴 듣고 싶지 않을 거야."

나를 아랫입술을 꽉 깨물었다.

"듣고 싶어."

하딘은 안전벨트를 풀고, 몸을 돌려 나를 똑바로 쳐다보았다. 고개를 들어 그를 바라보았다. 어떻게 얘기를 꺼내야 하나 난감했다.

"그날 밤에 보낸 거야…, 그, 걔랑 키스했던 날 밤에."

"아."

하딘이 고개를 돌렸다. 오늘 아침은 정말 좋았다. 거지 같은 메시지가 다 망쳐버리기 전까지는. 나는 감정의 소용돌이에 또 다시 휘말리게 되었다. 하지만 내 책임만은 아니다.

"키스하기 전이야, 후야?"

"후."

"그 자식이랑은 몇 번이나 키스했는데?"

"한 번."

"어디서?"

"내 차에서."

나는 우는 소리를 냈다.

"그리고? 그 다음엔 뭘 했는데?"

그가 다그쳤다.

"걔네 아파트로 갔어."

내 말이 떨어지자 마자, 그는 운전대에 머리를 박았다.

"나…."

그가 손가락을 세워 내 말을 막았다.

"그 자식 집에서 무슨 일이 있었어?"

하딘은 눈을 질끈 감았다.

"아무 일도 없었어! 한바탕 운 다음에 텔레비전 봤어."

"거짓말하지 마."

"거짓말 아니야. 나는 소파에서 잤어. 방에서 잤던 건, 네가 와서 봤을 때뿐이었어. 키스한 거 말곤 아무 일도 없었어. 그리고 며칠 전에 점심 먹었고. 그때 나한테 키스하려고 했는데, 내가 거절했어."

"그 자식이 너한테 또 키스하려고 했단 말이야?"

'망했다.'

"근데 걔는 너에 대한 내 감정을 이해해줬어. 이 사태를 만든 게 다 나 때문인 거 알아. 걔하고 어울린 건 정말 미안해. 납득할 만한 이유도, 변명의 여지도 없어. 그냥 내가 미안해."

"네가 했던 말 기억하지? 다시는 그 자식 곁엔 얼씬도 하지 않겠다는 거?"

그가 억지로 숨을 골랐다. 그리고 머리를 들었다.

"응."

내가 누굴 친구로 사귈지 왈가왈부하는 건 싫다. 그런데 입장을 바꿔 생각해보니, 달리 할 말이 없었다. 요즘 들어 그런 일이 자주 생기기도 했고.

"앞으로 다시는 이 얘기 하고 싶지 않아, 알겠어? 분명히 얘기하는데, 그 자식 이름도 듣기 싫어."

하딘은 최대한 진정하려 애쓰고 있었다.

"알았어."

나는 가만히 그의 손을 잡았다. 나도 이 얘긴 더 이상 하고 싶지 않았다. 이제 이 건에 대해선 할 수 있는 모든 얘기를 다 했다. 끄집어낼 필요 없는 문제들까지 모두 들춰냈다. 이미 망가진 우리 사이에 말이다. 지금은 차라리 안심이 되었다. 하딘이 자책할 이유는 없었으니까.

"수업 들어가."

냉랭한 그의 말투에 가슴이 철렁했다. 그가 내 손을 뿌리쳤지만, 아무 말도 못했다. 하딘은 인문대학 건물까지 나를 데려다주었다. 랜던이 있나 살펴봤지만, 보이지 않았다. 벌써 강의실에 들어갔겠지.

"고마워."

하딘에게서 가방을 받아 들며 말했다. 그는 어깨를 으쓱했다. 나는 억지 미소를 지어 보이며 돌아섰다.

그는 별안간 내 팔을 붙잡아 돌려세우고, 억지로 내 입술에 입을 맞추었다. 그만의 방식으로 내게 경고하는 거다.

"수업 마치고 보자. 사랑해."

그가 내뱉듯 말했다. 나는 미소를 짓고는 건물 안으로 향했다. 여전히 숨을 헐떡거리는 채로.

64 · 하딘

캠퍼스를 헤매며 음성메시지를 다섯 번째 듣는 중이다. 테사의 목소리는 너무나 참담하고 속상한 듯했다. 묘하게 기분이 좋아졌다. 목소리에 배어 있는 고통과 순수한 슬픔이 고스란히 전달됐다. 미치도록 알고 싶었다. 테사 없는 내가 비참했던 만큼 그녀도 나 없이 비참할까. 그런데 여기 그 증거가 고스란히 담겨 있었다. 그 자식과 키스한 건 그 순간 바로 용서가 됐다. 어쩔 수 없는 일이다. 나는 그녀 없이 살 수 없다. 그리고 우리는 둘 다 잘못을 저질렀다. 그녀만의 잘못은 아니다.

이건, 어찌됐든 그 자식의 잘못이다. 그 자식은 알고 있었다. 우리가 헤어지고, 그녀가 얼마나 상처 받기 쉬운 상태였는지. 그 자식이 알고 있을 줄 알았다. 테사가 울고불고 하는 걸 봤으면서, 그러고 나서 그녀에게 접근해서 키스를 했다. 겨우 나를 떠난 지 일주일 만에.

'대체 그 죽일 놈은 무슨 생각으로 그딴 짓을 한 거야?'

그 자식은 테사의 약점을 이용한 거다. 절대 그냥 놔둘 수 없다. 그 자식은 자기가 눈치껏 잘 처신하고 있는 줄 안다. 하지만 더 이상은 아니다.

"제드 에반스 어딨어?"

나무 옆에 앉아 있는 여자를 붙잡고 물었다. 무작정 환경연구동으로 쳐들어온 참이었다. 도대체 이 무시무시하게 큰 나무는 왜 거지 같은 건물 한가운데 있는 거야?

"식물연구실에 있을 거야. 218호."

여자는 떨리는 목소리로 알려주었다. 218호 명패가 붙은 문을 벌컥 열었다. 테사와의 약속이 그제야 생각났다. 그래도 그날 밤 테사가 얼마나 혼란스러웠는지 듣고 난 지금, 녀석이 열 배는 더 나쁜 놈으로 느껴졌다.

방 안에는 식물들이 가득 차 있었다. 대체 누가 이런 쓸모없는 걸 하루 종일 돌보며 사는 거지?

"너, 여기서 뭐해?"

녀석의 목소리가 들렸다. 소리가 들리는 쪽으로 눈을 돌렸다. 녀석은 커다란 상자인지 뭔지 옆에 서 있었다. 녀석이 걸음을 떼자, 나도 그를 향해 다가갔다.

"허튼 수작 부리지 마. 내가 왜 왔는지 다 알잖아."

녀석이 실실 웃었다.

"아니, 모르겠는데. 식물학에서 독심술은 안 배우거든."

녀석은 빈정거렸다. 우스꽝스러운 고글을 머리에 걸친 채였다.

"네놈이 뻔뻔스럽게 그딴 짓을 해?"

"무슨 짓?"

"테사 말이야."

"그 일이라면 난 잘못한 게 아무 것도 없는데. 너야 말로 테사를 함부로 대했잖아. 그래 놓고, 걔가 나한테 달려왔다고 열 내지 마."

"내 여자, 내 거한테 엿 같은 짓을 저질러놓고 그딴 소리를 해?"

녀석이 뒤로 물러서더니 옆쪽 통로로 걸어갔다.

"테사는 '네 거'가 아니야. 넌 테사를 가지면 안 돼."

녀석이 도발했다. 나는 손에 닿는 식물 상자를 쥐고 철제 울타리 너머 녀석의 면상을 후려쳤다. 우지끈, 부러지는 소리가 들렸다. 뭔 일이든 났을 거다. 녀석이 고개를 쳐들고 소리를 질렀다.

"빌어먹을! 코가 부러진 것 같아!"

닥치는 대로 쏟아버리면서도, 속으로 뜨끔했다. 녀석의 얼굴에서 엄청나게 피가 쏟아지고 있었기 때문이다.

"몇 달 동안 계속 경고했지. 테사 앞에 얼씬도 하지 말라고. 근데 무슨 짓을 한 거야? 테사한테 키스하고, 한 침대에서 자?"

녀석에게 성큼성큼 다가갔다. 녀석은 피가 흐르는 코를 감싸 쥐고 있었다.

"나도 분명히 말했을 텐데. 네가 뭐라고 지껄이든 나는 아무 상관 안 한다고."

녀석이 내 앞으로 다가오며 고함을 질렀다.

"게다가, 젠장, 내 코를 부러뜨려?"

'테사가 날 죽이려고 할 텐데.'

얼른 여기를 떠야 한다. 녀석은 맞아도 싸지만, 테사가 불같이 화를 낼 거다.

"나한테 그러는 걸로 모자라서, 내 여자친구를 계속 갖고 놀았잖아!"

나도 똑같이 고함을 질렀다.

"걔가 무슨 네 여자친구야. 그리고 우린 제대로 시작도 못했다고."

"지금 감히 나를 속이는 거냐?"

녀석에게 한 발짝 더 다가갔다. 녀석이 내게 주먹을 휘둘렀다. 주먹은 정통으로 내 턱을 가격했고, 나는 휘청거리며 뒤로 물러났다. 식물을 담은 박스에 그대로 부딪치면서 박스들이 와장창 바닥으로 떨어졌다. 나는 이내 중심을 잡았다. 녀석은 분노에 찬 주먹을 또 휘둘렀다. 하지만 이번엔 녀석을 막을 수 있었다. 나는 옆으로 비틀거렸다.

"넌 나를 개새끼라고 생각했지?"

녀석이 실실 웃었다. 광기와 피로 범벅이 된 기묘한 웃음이었다. 그러면서 내게 계속 다가왔다.

"완전 죽일 놈 대하듯 했잖아, 아니야?"

녀석이 웃었다. 하얀 바닥에 피가 뚝뚝 떨어졌다.

녀석의 실험실 가운을 움켜쥐었다가 세차게 밀어젖혔다. 우리는 식물들과 뒤엉켜 바닥에 넘어졌다. 나는 녀석에게 올라탔다. 꼼짝도 못하게 만들 참이었다. 녀석이 팔을 들어올리는 게 보였다. 무슨 일이 벌어지겠구나 직감한 순간, 화분이 내 머리통을 후려쳤다.

정신이 아득해졌다. 재빨리 눈을 깜박거렸다. 흐렸던 시야가 제대로 돌아왔다. 녀석보다 내가 힘이 더 세다. 그런데 녀석도 생각했던 것보다 제법 싸움을 잘한다. 그렇다고 녀석이 날 깔아 뭉개게 놔둘 순 없다.

"나 벌써 개랑 잔 건 아냐?"

녀석이 내 목을 졸랐다. 나는 녀석의 머리카락을 움켜쥐고 바닥에 내리쳤다. 녀석이 죽든 말든 아무 상관없었다.

"그럴 리가 없어!"

"우리 했어. 걔는 정말…, 죽여주던데."

녀석의 목소리는 고르지 못했다. 내 손에 얼굴을 붙잡히고도 녀석은 독설을 토해냈다.

주먹으로 녀석의 머리통을 후려쳤다. 녀석은 고통에 찬 비명을 질렀다. 부러진 코를 쥐는 바람에 통증이 가중된 것 같았다. 녀석은 필사적으로 발버둥쳤다. 나를 들어올리려 기를 썼지만 허사였다. 제드가 테사를 만지는 상상만으로도 분노가 폭발했다. 그 어느 때보다 강한 분노의 에너지가 뿜어져 나왔다.

"다시는 테사를 못 건드리게 해주지!"

한 손을 녀석의 목으로 가져갔다.

"혹시라도 빼앗을 수 있을 거라 생각했다면, 오산이야."

녀석의 목을 잡은 손에 힘을 주었다. 피범벅이 된 얼굴이 빨개졌다. 녀석이 말을 하려 애를 썼지만, 헐떡이는 숨소리만 들릴 뿐이었다.

"이게 지금 뭐 하는 짓들이야?"

뒤에서 남자의 외침이 들렸다.

누가 지르는 소리인지 돌아보았다. 제드는 내 목을 조르려 했다. 어림 없는 수작이다. 면상에 한 번 더 주먹을 날렸다. 녀석의 팔이 바닥으로 툭 떨어졌다.

"보안 요원 불러!"

같은 목소리가 또 들렸다. 나는 얼른 제드에게서 떨어졌다. 빌어먹을, 망했다.

"부르지 마요."

나는 비틀거리며 일어섰다.

"대체 이게 무슨 일이야? 당장 나가! 다른 방에서 기다려!"

중년의 남자가 고함을 질렀다. 하지만 나는 꼼짝도 하지 않았다. 교수인 모양이다.

'제기랄.'

"쟤가 들이닥쳐서는 저를 공격했어요."

제드가 대답하더니 울기 시작했다. 말 그대로 꺼이꺼이 울었다. 녀석은 퉁퉁 붓고 비뚤어진 코를 감싸 쥐고 일어섰다. 얼굴은 온통 피투성이였고, 가운에도 피가 튀어 있었다. 으스대던 비웃음도 어느새 자취를 감췄다. 중년 남자는 나를 가리키며 명령했다.

"보안 요원이 올 때까지 벽 쪽에 서 있어! 농담 아니야, 한 발짝도 움직이지 마!"

젠장, 캠퍼스 보안관이 올 거다. 완전히 망했다. 애초에 왜 여길 왔을까? 테사도 나도 녀석에게 얼씬거리지 않기로 약속했는데. 내가 약속을 깨버리고 말았다. 그녀도 자기 약속을 깨려나?

백지 위에 펜을 올렸다. 할머니 얘기를 쓰리라 마음먹은 참이었다. 신실한 기독교인으로서, 할머니는 헌신적인 삶을 사셨다. 검정 글씨 사이로 하딘의 이름이 나타났다 사라지곤 했다.

"미스 영?"

소토 교수님의 다정한 목소리가 들렸다. 첫째 줄에 앉은 학생들은 모두 들었을 거다.

"네?"

고개를 들었다. 내 시선은 이내 켄 씨에게 꽂혔다.

'켄 씨가 왜 온 거지?'

"테사, 나하고 같이 가줬으면 한다."

뒤에서 짜증나는 금발 여자가 야유를 보냈다. 무슨 초등학생도 아닌데, 유치하긴. 여자는 켄 씨가 누군지도 모르는 눈치였다. 총장님도 몰라 보다니, 바보.

"무슨 일이에요?"

랜던이 켄 씨에게 물었다. 나는 얼른 가방을 챙겼다.

"밖에서 얘기하자."

켄 씨의 목소리는 불안정했다.

"저도 갈게요."

랜던이 따라 일어섰다.

소토 교수님이 켄 씨를 쳐다보았다.

"그래도 괜찮으시겠어요?"

"네, 제 아들입니다."

켄 씨가 대답하자, 교수님의 눈이 동그래졌다.

"아, 죄송합니다. 몰랐네요. 그럼 저 학생은 따님이세요?"

"아닙니다."

켄 씨가 짧고 단호하게 대답했다. 켄 씨는 충격에 빠진 것처럼 보였다. 덩달아 나도 겁이 나기 시작했다. 밖으로 나오자 켄 씨는 랜던과 나를 앞장서 걸었다.

"하딘이 체포됐다."

순간 숨이 턱 막혔다.

"하딘이 뭐라고요?"

"체포됐다고. 싸움과 학교 기물 파괴로."

"오 마이 갓."

할 수 있는 말이라곤 이게 다였다.

"언제요? 어떻게요?"

랜던이 폭풍 질문을 해댔다.

"20분쯤 전에. 어떻게든 학내 처벌로 마무리 지으려고 애쓰는 중이다. 근데 하딘이 상황을 어렵게 만드는구나."

켄 씨가 서둘러 길을 가로질렀다. 거의 뛰는 듯한 걸음으로 그를 따라갔다. 머릿속이 혼란스러웠다.

'체포됐다고? 세상에, 누구랑 싸운 거야?'

안 들어도 답은 뻔했다. 대체 왜 하딘은 침착할 수 없는 걸까, 단 한 번이라도. 하딘은 괜찮을까? 감옥에 가게 될까? 진짜 감옥에? 제드는 괜찮을까?

켄 씨의 자동차에 셋이 모두 올라탔다.

"어디로 가요?"

랜던이 물었다.

"캠퍼스 방범대."

"하딘은 괜찮아요?"

내가 물었다.

"뺨을 좀 베었고, 귀도 그렇다고 들었다."

"들으셨다고요? 그럼 아직 걔를 못 만나신 거예요?"

랜던이 반문했다.

"그래. 극도로 흥분해서 난동을 부리고 있다더구나. 일단 테사를 먼저 데리고 가는 게 낫겠다 싶었다."

그가 내 쪽을 향해 고개를 끄덕였다.

"잘 생각하셨어요."

랜던이 맞장구를 쳤고, 나는 잠자코 있었다. 귀하고 얼굴을 베었다고? 아프지 않았으면 좋겠다. 맙소사, 이건 정말 말도 안 된다. 오늘 함께 보내자던 그의 말대로 했어야 했다. 그랬더라면 오늘 이런 일은 벌어지지 않았을 거다.

5분 만에 작은 벽돌 건물 앞에 도착했다. 캠퍼스 방범대. 주차 표지도 없는 곳에 켄 씨는 아무렇게나 차를 세웠다. 아무 데나 세우고 싶은 곳에 차를 세울 수 있는 건 총장의 특권이겠지.

우리 셋은 서둘러 건물 안으로 들어갔다. 하딘은 어디 있는 걸까. 모습 대신 목소리가 먼저 들렸다….

"내가 눈 하나 깜짝할 줄 알아. 겨우 가짜 배지나 차고 다니면서 경찰

행세하는 네놈들한테! 고작 청원 경찰 주제에, 거지 같은 새끼들아!"

그의 목소리를 따라 복도 끝으로 달렸다. 켄 씨와 랜던이 내 뒤를 쫓아오는 소리를 들었다. 하지만 내 신경은 온통 하딘에게만 쏠려 있었다.

사람들 서넛이 모여 있었다. 그리고 하딘이 좁은 유치장 안에서 서성거리는 게 눈에 들어왔다.

'이런 맙소사.'

양팔을 뒤로 수갑을 채워놓은 채였다.

"엿이나 먹어! 네놈들 전부 다!"

하딘은 소리를 지르고 있었다.

"하딘!"

등 뒤에서 하딘 하버지의 고함 소리가 들렸다.

분노에 찬 하딘이 고개를 홱 돌렸다. 내가 서 있는 걸 발견하자 그의 눈이 동그래졌다. 광대뼈 아래가 찢어져 피부가 벌어졌다. 귀에서부터 뒤통수까지도 베었다. 머리카락은 피로 엉망이 된 상태였다.

"어떻게든 이 상황을 수습하려고 애쓰는데, 넌 하나도 도움이 안 되는구나!"

켄 씨는 아들을 향해 호통을 쳤다.

"저 새끼들이 날 무슨 짐승처럼 가뒀잖아요. 말도 안 되는 짓이에요. 누구한테든 전화해서 이 거지 같은 것 좀 풀어달라고요!"

하딘은 수갑을 채운 두 손을 떼어내려고 몸부림을 쳤다.

"그만해."

나는 그에게 인상을 썼다. 금세 그의 태도가 바뀌었다. 조금 진정된 듯했지만, 분노가 누그러진 것 같지는 않았다.

"테사, 여긴 네가 있을 곳이 아니야. 어떤 돌대가리가 얘를 여기 데리고 올 생각을 한 거야?"

하딘은 아빠와 랜던을 향해 소리쳤다.

"하딘, 이제 그만해. 아빠는 널 도우려고 하시는 거야. 너도 좀 진정해."

나는 철창을 사이에 두고 말했다. 현실 같지 않았다. 수갑을 차고, 감옥에 갇힌 그와 얘기를 하다니. 이건 진짜가 아니다. 하지만 이건 현실이다. 폭력을 휘둘렀다면 체포되는 게 당연하다. 그게 캠퍼스든 다른 곳이든.

그가 내 눈을 쳐다보았다. 내가 느끼고 있는 고통을 본 것 같았다. 결국 포기한 듯 부드럽게 고개를 끄덕였다.

"알겠어."

"고맙구나, 테사."

켄 씨가 나에게 말하더니, 아들에게 경고했다.

"잠시 기다려라. 뭘 할 수 있는지 알아보마. 그동안 제발 잠자코 있어. 넌 지금 상황을 더 악화시키고 있잖아. 벌써 일으킨 문제만도 산더미 같은데."

랜던이 나를 쳐다보곤, 하딘한테 시선을 돌렸다. 그리고 켄 씨를 쫓아 좁은 복도를 따라 나갔다.

나는 여기가 바로 싫어졌다. 모든 건 까맣거나 하얗다. 너무 좁았고, 표백제 냄새가 났다.

책상 뒤쪽에 캠퍼스 보안관들이 모여 앉아, 대화에 몰두하고 있었다. 아니면 적어도 그런 척하는 중이었다. 아마도 학교 총장이 자기 아들 문제를 처리하러 왔기 때문일 거다.

"대체 무슨 일이 있었던 거야?"

하딘에게 물었다.

"캠퍼스 보안관한테 체포됐어."

하딘이 발끈 성을 냈다.

"괜찮은 거야?"

손을 뻗어 그의 얼굴을 닦아주고 싶었다.

"나? 괜찮지. 보이는 것만큼 심하진 않아."

찬찬히 그를 살펴보았다. 그 말이 맞는 것 같았다. 상처는 깊지 않았
다. 팔에도 선홍색 핏자국이 길게 나 있었다. 검정색 타투와 뒤섞여 으
스스한 분위기를 자아냈다.

"화났어?"

그의 목소리는 부드러웠다. 보안관들에게 소리 지를 때보다는 천 배
쯤은 나긋한 목소리였다.

"모르겠어."

솔직히 대답했다.

물론 그에게 화났다. 누구와 싸웠는지 뻔히 알고 있었으니까…. 하
지만 한편으론 걱정이 되었다. 도대체 뭣 때문에 그가 이 모든 일을 벌
였는지 알고 싶었다.

"어쩔 수가 없었어."

자기 행동을 정당화하려는 듯 그가 말했다.

"우리 약속했잖아. 기억나지?"

인상을 쓰며 그가 있는 유치장 안을 둘러보았다.

"이건 별 거 아니야. 진짜 감옥도 아닌걸."

"나한텐 진짜 같아."

나는 철창을 톡톡 쳤다. 내 말의 핵심이 명확히 드러나도록.

"사실 유치장도 아니야. 그냥 임시로 가둬놓는 곳이지. 진짜 경찰에게 인계할지 결정하기 전까지."

하딘은 일부러 큰소리로 말했다. 얘기 중이던 경관 두 명이 고개를 들고 쳐다보았다.

"그만 해. 농담 아니야, 하딘. 지금 진짜로 큰일 났어."

내 말에도 그는 어이없다는 표정을 지었다. 이게 바로 하딘의 문제점이다. 자기 행동이 어떤 결과를 가져올지 전혀 감을 못 잡는다는 거다.

66 · 테사

"누가 먼저 시작한 거야?"

평소처럼 성급한 결론을 내리지 않으려 최선을 다했다. 하딘은 나를 바라봤지만, 나는 시선을 피했다.

"너 데려다주고, 그 자식을 찾으러 갔어."

"그냥 두기로 약속했잖아."

"알아."

"알면서 왜 갔는데?"

"그 자식이 너랑 잤다면서 나를 약올렸단 말이야."

하딘은 자포자기한 표정으로 나를 쳐다보았다.

"너, 나한테 거짓말한 거 아니지?"

나는 이성을 잃을 것 같았다.

"그 질문이라면 또 대답하진 않을 거야. 아무 일도 없었다고. 이미 다 얘기했잖아. 넌 그 끔찍한 감옥에 갇히고서도 그딴 질문을 하는 거야?"

정말 절망스러웠다. 하딘은 유치장 안에 있는 철제 의자에 털썩 주저앉았다. 진짜로 화가 난 듯했다.

"왜 걔를 찾아갔어? 네 입으로 듣고 싶어."

"그 자식은 좀 맞아야 정신을 차릴 테니까. 다시는 네 앞에 얼씬거리지 말라고 단단히 일러두려고. 그 자식이 너한테 무슨 여지라도 있는 것처럼 구는 데 질렸어. 다 널 위한 거야!"

나는 팔짱을 끼고 섰다.

"걔를 찾아간 건 나라고. 그리고 다시는 안 그러겠다고 말했잖아, 오늘. 난 우리가 잘 풀어가려고 애쓰는 중인 줄 알았어. 근데 넌 지금 내 면전에서 뻔뻔하게 거짓말을 하고 있어. 그 일 마무리 지으러 간 거 아니잖아. 그렇지?"

"그래, 알았어. 됐어? 그게 지금 대수야? 벌어질 일은 이미 다 벌어졌는데."

성난 어린아이처럼 그가 벌컥 화를 냈다.

"나한테는 중요해, 하딘. 넌 계속 소모적인 문제를 일으키고 있잖아."

"정말 필요한 일이었어, 테스."

"제드는 지금 어디 있어? 걔도 감옥에 있어?"

"여기 감옥 아니야."

"하딘⋯."

"그 자식이 어딨는지 나도 몰라. 관심도 없어. 너도 신경 꺼. 그 자식 옆에는 가지도 마."

"나한테 이래라 저래라 하지 마. 젠장, 나도 완전 열 받는다고!"

"너 나한테 욕한 거야?"

하딘이 재밌다는 듯 빙글빙글 웃었다. 이 남자는 이 상황을 재미있다고 생각하는 걸까? 이건 큰일이지, 재미있는 일이 아니다. 나는 그에게서 등을 돌렸다.

"테사, 돌아와."

뒤를 돌아보았다. 그의 입가에서 웃음기가 순식간에 사라졌다.

"켄 씨한테 가서 일이 어떻게 되어가는지 알아볼게."

"아빠한테 서두르라고 전해줘."

화가 왈칵 솟아올랐다. 자기 아빠가 총장이라고 쉽게 여기서 나올 거라 생각하는 것 같았다. 솔직히 나도 그랬으면 좋겠다. 하지만 이 모든 일들을 너무 쉽게 여기는 하딘이 신경에 거슬렸다.

"넌 뭘 꼬나봐?"

그가 보안관에게 하는 소리가 들렸다. 나는 관자놀이를 문질렀다.

켄 씨와 랜던은 은발에 턱수염이 난 나이든 남자와 함께 서 있었다. 남자는 타이를 맸고 검정색 슈트를 입고 있었다. 외모만으로도 중요한 인물이라는 게 직감적으로 느껴졌다. 랜던이 복도에 서 있는 나를 보고 다가왔다.

"저 분 누구야?"

조용히 그에게 물었다.

"여기 관리자야."

"부총장님, 맞지?"

랜던은 걱정스러운 표정을 지었다.

"응."

"어떻게 되는 거야? 무슨 얘기들 하시는 거야?"

두 사람이 하는 얘기를 엿들으려 했다. 그러나 제대로 알아들을 순 없었다.

"그러니까…, 글쎄요, 상황이 좋아 보이진 않습니다. 제드 학생이 있던 연구실 피해가 너무 크거든요. 피해액만 수천 달러에 달할 겁니다. 게다가 제드 학생 코가 부러지고 뇌진탕을 일으켰습니다. 학생은 병원으로 호송됐습니다."

피가 거꾸로 솟는 것 같았다. 하딘은 제드를 조금 손봐준 게 아니었다. 심각한 부상을 입힌 거다!

"또 하딘이 담당 교수까지 바닥에 패대기쳤습니다. 제드 학생과 같은 과 여학생이 이미 진술서를 썼어요. 하딘이 명확한 목적을 가지고 제드 학생을 찾아온 거라고 말입니다. 지금 현재로선 모든 상황이 불리합니다. 총장님이 하딘을 빼내려 백방으로 노력하시는 건 압니다. 근데 가능할 것 같진 않습니다."

랜던은 한숨을 쉬며 머리를 쓸어 넘겼다.

"한 가지, 나올 방법이 있긴 합니다. 제드 학생이 고소하지 않는 겁니다. 만약 그렇대도 어떻게 될지는 아직 잘 모르겠습니다."

머릿속이 빙빙 도는 것 같았다.

"제적 말씀인데요."

은발 남자가 말하는 소리를 들었다. 켄 씨는 손으로 턱을 문질렀다.

'제적이라고?'

하딘이 학교에서 쫓겨나는 건 안 된다! 오 마이 갓, 완전 엉망진창이다.

"그래도 제 아들입니다."

켄 씨는 조용히 말했다. 슬금슬금 그들에게 가까이 다가갔다.

"그건 저도 압니다. 그렇지만 교수를 폭행하고, 학교 기물을 파손한 건 우리 선에서 덮어 넘길 수 있는 문제가 아닙니다."

남자의 목소리는 단호했다.

'이런 빌어먹을 성질머리 같으니라고.'

"이건 재앙 수준이네."

랜던에게 말하자, 그가 시무룩하게 끄덕였다. 바닥에 주저앉아 울고 싶었다. 아니, 그것보다 하딘이 갇힌 감옥으로 쳐들어가서 얼굴이라도 한 대 후려치고 싶었다. 그 어느 것도 도움되지 않겠지만.

"네가 제드한테 고소하지 말라고 얘기해보는 건 어때?"

랜던이 조심스럽게 말했다.

"내가 걔를 찾아가면 하딘이 완전 돌아버릴 거야."

나는 하딘 얘기를 듣지 않을 거다. 그도 내 얘기 따윈 듣지 않으니까.

"알아. 근데 이 시점에서 딱히 뭘 어떡해야 할지 모르겠다."

"그렇네."

나는 켄 씨를 돌아보았다. 그리고 하딘이 있는 복도 쪽을 보았다. 하딘은 나에겐 일순위다. 그래도 그가 제드한테 한 짓은 너무 끔찍했다. 부디 제드가 무사했으면 좋겠다. 내가 제드를 직접 찾아가 얘기해본다면 제드가 고소를 안 할지도 모른다. 그러면 적어도 한 가지 문제는 해결될 거다.

"제드는 어땠어? 넌 알아?"

랜던에게 물었다.

"두 분 얘기로는, 그랜드뷰 병원에 있는 것 같아."

"알았어, 그럼 일단 거기부터 가봐야겠다."

"네 차 있는 데까지 태워다줄까?"

"아, 오늘 차 안 가지고 왔구나."

랜던이 주머니에서 차 키를 꺼내 건넸다.

"운전 조심하고."

베스트 프렌드에게 미소를 지어 보였다.

"고마워."

랜던이 없었다면 눈앞이 캄캄했을 거다. 하지만 그도 곧 떠난다. 이제 모든 걸 혼자 해내야 한다. 생각만 해도 슬펐지만, 지금은 미뤄두기로 했다. 당장은 랜던이 떠날 거라 생각할 겨를이 없었다.

"난 가서 하딘한테 얘기할게. 상황이 어떻게 진행되고 있는지."

"응, 고마워."

랜던의 목에 팔을 감고 꼭 안아주었다. 현관문을 나서는데 복도 쪽에서 하딘 목소리가 쩌렁쩌렁 울렸다.

"테사! 너, 그 자식한테 절대 가지 마!"

그의 말을 한 귀로 흘려버리고 건물을 나갔다.

"진심이야, 테사! 이리 와!"

밖으로 나가자 차가운 공기에 하딘의 목소리가 쓸려가버렸다. 이 와중에 나한테 이래라 저래라 해? 도대체 하딘은 자기를 뭐라고 생각하는 걸까? 이 난리통을 만들어놓고. 질투심에 눈이 멀어서 자기 성질 하나 주체 못하고. 나는 이 상황을 수습하는 걸 도우려 애쓰는 중이다. 약속을 깨뜨린 걸로 질책 당하지 않는 것만도 운 좋다고 생각해야 한다. 맙소사, 하딘은 완전 구제 불능이다.

그랜드뷰 병원에 도착했다. 간호사 스테이션에 있는 여자는 제드의 정보를 주고 싶지 않은 눈치였다. 제드가 여기 있는지, 나한테 그걸 얘기해도 될지 미심쩍어 했다.

"제 남자친구예요. 꼭 만나야 해요."

염색 머리의 젊은 여자에게 힘주어 말했다. 여자는 소리 내어 껌을 씹으며 손가락으로 머리카락을 배배 꼬았다.

"남자친구라고요? 온몸을 타투로 휘감은 그 사람이?"

여자는 웃음을 터뜨렸다. 분명 내 말을 믿지 않는 거다.

"네. 그 남자 맞아요."

나는 짧고 단호하게 말했다. 위협적으로 들렸다. 내가 그렇게 들리게 말할 수 있다니 놀랍다. 제법 효과가 있었나 보다. 여자는 어깨를 으쓱하며 말했다.

"아래층으로 내려가서 오른쪽으로 꺾으세요. 왼쪽 첫 번째 문이에요."

단호한 말투, 그다지 어렵진 않았다. 더 자주, 더 고압적으로 해봐야겠다.

여자가 말해준 대로 병실 문 앞에 도착했다. 문은 닫혀 있었다. 가볍게 노크를 하고 안으로 들어갔다.

제드는 침대 모서리에 앉아 있었다. 셔츠는 벗은 채로, 청바지와 양말만 신고 있었다. 그리고 얼굴은….

"오 마이 갓!"

나도 모르게 소리가 튀어나왔다. 코가 부러진 것 같았다. 알고는 있었지만 굉장히 심각해 보였다. 얼굴이 퉁퉁 붓고, 두 눈 언저리는 시커멓게 멍이 들었다. 가슴은 온통 붕대로 뒤덮여 있었다. 유일하게 다치지 않은 곳은 쇄골 아래 별 타투 부분뿐이었다.

"괜찮아?"

나는 침대 쪽으로 다가갔다. 내가 여기까지 온 것 때문에 화난 게 아니라면 좋겠다. 결국, 이건 전부 내 잘못이다.

"별로."

제드는 소심하게 대답했다. 한숨을 내쉬더니 눈을 떴다. 침대 옆 자리를 툭툭 쳤고, 나는 옆에 앉았다.

"정말 미안해. 대체 무슨 일이 있었던 거야?"

제드의 갈색 눈동자가 나와 마주쳤다.

"실험실에 있었어. 너한테 보여줬던 거기 말고, 식물 조직 실험실. 근데 걔가 오더니 다짜고짜 소리치기 시작했어. 너한테서 떨어지라면서."

"그래서?"

"테사는 '네 것'이 아니라고. 그랬더니 내 머리를 철제 울타리에 처박았어."

그의 말을 듣고 그의 얼굴을 보면서 나는 기가 죽었다.

"네가 하딘한테 나하고 잤다고 했어?"

이걸 믿어야 할지 말아야 할지 확신이 서지 않았다.

"어, 그랬어. 그렇게 말한 건 정말 미안해. 그래도 네가 이해해줘야 해. 걔가 나를 공격했다고. 그리고 그렇게 얘기해야 녀석도 죽도록 괴로울 거니까. 그런 말을 하다니 나도 나쁜 놈이긴 해. 정말 미안해, 테사."

"하딘이 나한테 약속했었어. 우리 둘 다 네 주변에 얼씬거리지 않기로."

"그럼 걔가 약속을 깬 것 같은데, 안 그래?"

그가 정곡을 찔렀다.

나는 잠시 잠자코 있었다. 머릿속에서 벌어지는 갈등을 진정시키려 애쓰는 중이었다. 제드가 하딘한테 우리가 잤다고 말한 건 화난다. 하지만 제드는 그걸 인정하고 사과를 했다. 두 남자 중에 누구한테 더 화가 난 건지 모르겠다. 그래도 제드에게 화를 내긴 어려웠다. 나 때문에 이렇게 큰 상처를 입고, 여기 앉아 있으니까. 게다가 여전히 나한테 이토록 다정하다.

"나 때문에 이런 일이 벌어진 것 같아. 정말 미안해."

"네 잘못이 아니야, 내 잘못이지. 그리고 하딘 잘못이고. 걔는 너를 그저 자기 소유물로 여겨. 난 그게 열 받아. 걔가 뭐라고 한 줄 알아? 내가 똑바로 알아야 한대. '자기 거'랑 잤다는 걸. 그게 하딘이 너에 대해 말하는 방식이야, 테사."

그의 목소리는 부드럽고 차분했다. 하딘과는 확연히 달랐다.

하딘이 날 소유했다고 생각하는 건 나도 싫다. 게다가 다른 사람한테 그렇게 얘기하는 것도 싫다. 하지만 하딘은 자기 감정을 다룰 줄 모른다. 한 번도 누구와 제대로 된 관계를 맺어본 적이 없으니까.

"자기 영역을 지키려고 그러는 거야."

"지금은 걔 편 들 때가 아닌 것 같은데."

"편 드는 게 아니야. 나도 어떻게 해야 할지 모르겠어. 하딘은 감옥, 아니 캠퍼스 유치장에 있어. 넌 병원에 입원했고. 한꺼번에 일어난 이 일을 감당하기가 너무 버거워. 내가 이런 불평할 처지가 아니라는 건 알아. 근데 나, 이 막장 드라마 같은 상황에 질렸어. 숨 쉴 때마다 새로운 일들이 벌어져. 그게 날 너무 지치게 해."

"걔가 널 지치게 하는 거겠지."

제드가 내 말을 바로잡았다.

나를 지치게 하는 건 하딘뿐만이 아니다. 모든 게 다 그렇다. 이 학교, 나를 배신한 소위 친구란 것들, 하딘, 랜던이 떠나는 것, 우리 엄마, 게다가 제드까지….

"다 내가 자초한 일이야."

"걔 잘못으로 자책하지 마. 걔가 다 벌인 일이잖아. 걔는 자기 말고는 아무도 신경 쓰지 않아. 널 생각했더라면 이렇게는 안 했겠지. 약속했다며. 생일날 너를 바람맞히지도 않았을 거고…, 하루 종일도 말할 수 있어."

제드가 말했다. 언짢은 기색은 조금도 없었다.

"네가 걔 휴대전화로 나한테 문자 보냈어?"

"뭐라고?"

제드는 손바닥을 침대에 대고 내 쪽으로 가까이 왔다.

"이런 젠장."

그가 고통에 찬 신음을 토했다.

"괜찮아? 간호사 불러줄까?"

순식간에 주의가 흐트러졌다.

"아냐, 나갈 준비하는 중이었어. 퇴원 서류 작성해서 온다고 했거든. 근데 무슨 얘기였어? 내가 너한테 문자를 보냈다니?"

"하딘은 그렇게 생각하는 것 같아. 걔 생일날, 네가 걔 휴대전화로 나한테 거짓 문자를 보냈다고."

"거짓말이야. 난 그런 적 없어. 내가 왜?"

"하딘 말로는 네가 나랑 자기 사이를 이간질한다던데?"

제드는 잡아먹을 듯한 눈초리로 나를 노려보았다. 나는 눈을 돌려야만 했다.

"걔가 '자기 거' 지키는 데는 꽤 일가견이 있잖아, 안 그래?"

"그런 거 아니야."

단호하게 말했다. 하딘에게 아무리 화가 났어도, 제드의 얘기가 아무리 혼란스럽게 들려도, 나는 하딘을 옹호하고 싶었다.

"걔 추측일 뿐이잖아. 그것 때문에 넌 날 나쁜 놈이라고 생각할 테고. 난 아닌데! 난 항상 네 곁에 있어줬어. 걔가 널 떠났을 때도. 하딘은 너하고 한 간단한 약속조차도 지키지 못하잖아. 갑자기 쳐들어와서 공격했다고! 교수님까지! 날 죽이겠다고 했어. 진짜 그럴 것 같았어. 서튼 교수님이 들어오시지 않았다면, 아마 날 죽였을 거야. 날 제압할 수 있다는 걸 알거든. 전에도 몇 번 그랬고."

제드는 몸서리를 치며 벌떡 일어섰다. 그는 의자에 걸쳐 있던 초록색 티셔츠를 쥐었다. 팔을 들어 셔츠를 입으려 했다.

"아, 젠장."

그가 셔츠를 바닥에 떨어뜨렸다. 나는 서둘러 다가가 바닥에 떨어진 셔츠를 집었다.

"들 수 있을 만큼 팔을 올려봐."

그는 두 팔을 앞으로 쭉 뻗었다. 그가 옷 입는 걸 도와주었다.

"고마워."

제드가 억지로 웃음을 지어 보였다.

"어디가 제일 아파?"

부어오른 그의 얼굴을 찬찬히 살폈다.

"네 거절."

그가 소심하게 대답했다.

'아이쿠.'

나는 두 손을 내려다 보며 애꿎은 손톱만 뜯었다.

"내 코."

그가 덧붙였다. 어색해진 분위기가 조금 누그러졌다.

"뼈 부러진 거 맞출 때가 제일 아팠어."

"하딘을 고소할 거야?"

드디어 여기 온 진짜 이유를 털어놓았다.

"응."

"그러지 마, 제발 부탁이야."

제드의 눈을 똑바로 쳐다보았다.

"테사, 너까지 이러면 안 돼. 이건 옳지 않아."

"미안해. 그래도 네가 고소하면 하딘은 감옥에 가게 될 거야. 진짜 감옥에."

생각만으로도 패닉 상태에 빠질 것 같았다.

"나는 코가 부러지고, 뇌진탕까지 걸렸어. 내 머리를 바닥에 한 번만 더 내리쳤더라면, 죽었을지도 몰라."

"하딘이 한 짓이 괜찮다는 얘기는 아니야. 이렇게 애원할게. 제발, 제드. 어쨌든 우리는 떠날 거야. 나, 곧 시애틀로 가. 하딘도 가게 될 거고."

제드는 걱정스러운 표정으로 나를 보았다.

"하딘이 너랑 같이 간다고?"

"아니, 그러니까, 그래. 넌 이제 하딘 걱정은 안 해도 돼. 네가 고소만 안 한다면, 다시는 하딘 소식을 듣지 않아도 될 거야."

제드는 퉁퉁 부은 눈으로 나를 한참 쳐다보았다.

"좋아."

그가 한숨을 내쉬었다.

"고소하지 않을게. 근데 하나만 약속해줘. 이 일을 다시 생각해보기로. 이 모든 일을. 생각해봐, 하딘이 없는 네 삶이 얼마나 쉬워질지. 하딘은 아무 이유도 없이 나를 공격했어. 그리고 넌 여기까지 와서 걔가 벌인 일들을 수습하고 있잖아. 늘 그렇듯이."

확실히 짜증나는 말투였다. 하지만 제드를 비난하거나 원망할 순 없다. 나는 그가 내게 품고 있던 감정을 이용하고 있다. 그걸로 하딘을 고소하지 말아 달라고 설득하는 중이다.

"그럴게, 정말 고마워."

그는 고개를 끄덕였다.

"나도 나를 사랑해줄 수 있는 누군가와 사랑에 빠졌더라면 좋았을 텐데."

그가 너무 작은 소리로 말하는 바람에, 거의 듣지 못할 뻔했다.

'사랑?'

제드가 날 사랑한다고? 그가 내게 감정이 있다는 건 알았다. 근데 날 사랑한다고? 하딘과 싸움을 하고, 병원까지 오게 된 건 모두 내 잘못이다. 근데 그게 사랑이었다고? 제드는 여자친구가 있고, 나는 하딘과 오락가락하고 있다. 나는 제드를 쳐다보았다. 이게 전부 진통제 때문에 몽롱해져서 떠든 헛소리였길 기도하며.

67 · 하딘

"집에서 보자, 테사."

랜던이 인사를 건넸다. 테사와 나는 아빠 차에서 내려 내 차 쪽으로 걸어갔다. 랜던을 돌아보며 입 속으로 중얼거렸다.

"엿이나 먹어."

"랜던한테 그러지 마."

테사가 나직이 경고했다. 차에 타고 나서 바로 히터를 켰다. 고마움을 가득 담아 테사를 바라보았다.

"함께 집으로 가줘서 고마워. 하룻밤이지만."

테사는 그저 고개만 끄덕였다. 그러더니 뺨을 차창에 기대었다.

"오늘 일 미안해…."

그녀가 한숨을 쉬며 말했다.

"나, 너무 피곤해."

집에 돌아와 두 시간쯤 지나자, 테사는 금세 잠이 들었다. 내 베개를 끌어안고, 무릎을 웅크린 채였다. 녹초가 됐다지만 테사는 숨이 멎을 만큼 아름다웠다. 잠자리에 들긴 너무 이른 시간이었다. 나는 옷장을 열고 그녀가 준 『오만과 편견』을 꺼내 들었다. 형광펜으로 그은 부분은 생각보다 훨씬 많았다. 그녀 곁에 누워 표시된 부분을 읽기 시작했다. 한 구절이 눈에 들어왔다.

"내가 진심으로 사랑하는 사람은 별로 없어. 생각하는 사람도 거의 없고. 세상을 알면 알수록, 나는 더 많이 환멸을 느껴. 그건 매번 내 믿음을 확인시켜주지. 모든 인간의 특징인 모순성, 그리고 장점이나 감정을 보여주는 것만으로도 자리잡을 수 있는 작은 의존성에 대한 믿음 말이야."

이 구절은 확실히 우리의 예전 모습이다. 그녀의 모습이 떠올랐다. 짜증내고 안절부절 못하면서 비좁은 기숙사 침대에 앉아서 소설책에 줄을 긋고 있는 모습이. 힐끗 그녀를 보았다. 이리 뛰고 저리 뛰던 그녀가 생각나 싱긋 웃음이 났다. 몇 페이지를 넘겨보니, 패턴이 보였다. 그녀는 나를 경멸했다. 그랬다는 건 알고 있었다. 하지만 그때 기억이 다시 떠오르니 기분이 꽤 묘했다.

불행한 선택은 네 앞에 있어, 엘리자베스. 오늘부로 너는 적어도 나와 네 엄마 중 한 사람과는 등지게 될 거다. 네가 콜린스와 결혼하지 않으면, 네 엄마는 널 다시 보지 않겠다지만, 난 네가 결혼하면 다신 보지 않겠다.

테사의 엄마와 노아 얘기로군.

"분노한 사람은 늘 실수하게 마련이지."

이건 사실이 아니다.

"당신을 이해해주는 것을 기쁨으로 삼진 않아."

나는 빌어먹을, 나 자신도 이해하지 못했다. 그리고 여전히 이해하지 못한다, 진심으로.

"그 정도 오만쯤은 쉽게 용서해줄 수 있어. 그가 내 자존심을 건드리지만 않았다면."

테사도 그랬다. 그녀를 사랑한다 고백하고, 그녀에게 고백 받던 그날, 그녀도 그랬다는 걸 나는 안다.

"나는 마땅히 그래야 하는 것보다 더 행복해지는 법을 배워야 해."

그게 말이 쉽지, 테스.

"춤추는 걸 좋아하는 건 확실히 사랑에 빠지는 첫 걸음이야."

그 결혼식. 이건 알겠다. 테사가 나를 향해 보내던 무언의 메시지를 기억한다. 내가 그렇게 발을 밟았는데도 하나도 아프지 않은 척을 하면서 말이다.

"우리는 모두 그가 오만하고 불쾌한 사람이라는 걸 알아. 근데 그건 네가 그를 진심으로 좋아한다면 아무 것도 아니야."

이 말도 적용된다. 랜던이 이 비슷한 말을 테사에게 했었다. 아마 랜던도 전에 이 책을 읽었나 보다.

"이 순간까지, 나는 나 자신조차 몰랐어."

우리 중에 이 말이 더 맞는 게 누구인지, 확신이 서진 않는다.

"난 그렇게 믿어. 어떤 사람에게나 타고난 성격상의 결함이 있어. 특유의 사악한 기질 같은 거 말이야. 그건 아무리 최고의 교육을 받아도 극복할 수 없어."
"그럼 당신의 결함은 모든 사람을 증오하는 기질이군요."
"그리고 당신은… 의도적으로 사람들을 오해하는 기질을 가졌군요."

구구절절 맞는 말이다. 나는 넘겨버렸던 앞 부분을 다시 펼쳐보았다.

"그 여자, 봐줄 만은 하지만 반할 만큼 예쁜 건 아니야. 그리고 나는 다른 남자들이 거들떠보지도 않는 아가씨를 위해 봉사하고 싶은 마음은 조금도 없어."

처음 테사와 이야기를 해봤을 땐, 그녀는 절대 내 타입이 아니었다.

정말 내가 엿 같은 멍청이였다. 테사는 모두가 좋아할 타입이다. 첫눈에 그걸 못 알아보는 멍청이들이라도 말이다. 책장을 넘기며 수도 없이 밑줄 친 문장들을 훑어보았다. 우리와 연관된 문장이었고, 그녀가 나를 어떻게 느끼는지 알 수 있었다. 단언하건대 이건 내 생애 최고의 선물이었다.

"당신은 내게 주문을 걸었어, 내 육신과 영혼에."

내가 좋아하는 구절 중 하나다. 테사한테 썼던 적도 한 번 있다. 우리가 처음 여기로 이사 왔을 때다. 진부한 내 인용에 그녀는 콧잔등을 잔뜩 찌푸렸다. 그러더니 깔깔거리며 브로콜리를 나에게 집어던졌다. 그녀는 늘 나한테 그만 걸 집어던진다.

"그러나 사람들은 스스로 많은 것들을 고쳐 나가요. 지켜봐 줄 새로움이 영원히 있는 거죠."

나는 꾸준히 변해왔다. 그녀를 위해 더 나은 사람이 되고 싶었다. 난 완벽한 놈이 아니다. 젠장, 완벽 근처에도 못 간다. 하지만 언젠가는 그렇게 될 수 있을 거다.

"영원한 행복은 얼마나 오래 유지될 수 있을까? 도덕관을 뛰어넘는 강한 열정으로 서로에게 이끌린 커플에게 말이다."

이 구절은 눈곱만큼도 마음에 들지 않는다. 무슨 생각으로 그녀가 이 구절에 밑줄은 그은 건지 알겠다. 헤어지는 것….

"여자의 상상력이란 너무나 빠르다. 그래서 한순간에 동경에서 사랑으로, 사랑이 결혼으로 바뀌어버린다."

적어도 테사의 마음은 이렇게 널뛰진 않는다.

"가장 깊은 사랑만이 나에게 결혼을 결심하게 만들 수 있어."

테사는 구절의 나머지 부분에는 밑줄을 긋지 않았다.

"그래서 결국 내가 노처녀가 되는 거야."

가장 깊은 사랑만이 결혼을 결심하게 만들 수 있다…. 나한테도 그 말이 먹힐지는 잘 모르겠다. 그녀를 사랑하는 것보다 더 깊은 사랑은 있을 수 없다. 그래도 결혼에 대한 내 생각은 바뀌지 않을 것이다. 사람들은 제대로 된 이유로 결혼하지 않는다. 예나 지금이나 마찬가지다. 과거에는 신분과 돈 때문에 결혼했다. 그리고 지금은 외롭고 비참해지기 싫어서 결혼할 뿐이다. 이 얘기는 기혼자들이라면 누구나 공감할 것이다.

책을 협탁에 두고, 전등을 껐다. 침대에 눕자 내 베개를 뺏어오고 싶었다. 하지만 테사가 너무 꽉 끌어안고 있었고, 나도 그렇게까지 이기적인 놈이 되고 싶진 않았다.

"고집 좀 그만 부리고, 나랑 같이 영국에 가자. 너 없이는 견딜 수가 없어."

잠들어 있는 그녀에게 속삭였다. 엄지로 그녀의 따스한 볼을 쓰다듬었다. 조금이라도 잘 수 있길 고대한다. 곁에 그녀가 있으니, 진정한 잠을 잘 수 있겠지.

68 · 테사

일어나 보니 하딘은 침대에 엎드려 자고 있었다. 한 팔로 얼굴을 감싸고, 다른 팔은 매트리스 모서리에 아무렇게나 걸친 채로. 티셔츠는 땀에 푹 젖어 있었다. 그의 뺨에 입을 맞추고, 서둘러 욕실로 갔다. 샤워를 마치고 돌아오자, 하딘은 깨어 있었다. 나를 기다리는 것 같았다. 팔꿈치로 침대에 비스듬히 기댄 채였다.

"퇴학 당할까 봐 걱정돼."

느닷없는 그의 목소리에 깜짝 놀랐다. 사실 더 놀란 건 그의 고백이었다. 옆으로 가 앉았다. 그는 내 몸에 두른 타월조차 벗기려 들지 않았다.

"나, 바보 같지…."

"아냐, 걱정하는 게 당연하지."

"WCU에 못 다니게 되면 어떡하지?"

"다른 학교로 가면 되지."

"나, 집으로 돌아가고 싶어."

그의 말에 가슴이 철렁했다.

"제발, 그러지 마."

조용한 목소리로 만류했다.

"그래야 해, 테스. 아빠가 총장이 아니면, 등록금 낼 여유 같은 건 없어."

"우리, 다른 방법을 찾아보자."

"아니, 이건 네 문제가 아니야."

"하지만 네가 영국으로 가버리면, 우린 못 만나잖아."

"너도 같이 가야지. 네가 원치 않는다는 거 알아. 그래도 가야 해. 또 다시 널 떠나보낼 수 없어. 제발 같이 가자."

감정이 잔뜩 담긴 그의 말에, 나는 아무 말도 할 수가 없었다.

"하딘, 그렇게 간단한 게 아니야."

"아냐, 간단해. 거기서도 지금이랑 똑같은 직장을 얻을 수 있어. 어쩌면 여기서보다 돈을 더 많이 벌지도 몰라. 그리고 더 좋은 대학에 갈 수도 있고."

"하딘…."

그의 벗은 몸에 시선을 고정시켰다. 그가 한숨을 내쉬었다.

"지금 당장 결정하지 않아도 돼."

바로 짐을 싸서 그를 따라 영국으로 가겠다고 말할 뻔했다. 하지만 그럴 수 없었다. 지금으로선 시애틀 뉴스는 다음으로 미룰 수밖에 없다. 어쩔 수 없이 비겁자가 되어버렸다. 대신 그에게 안겨 두 팔로 나를 감싸주는 그를 만끽할 거다.

그가 나를 안고 침대로 끌고 들어가 오전 내내 뒹굴었다. 오늘만은 그러기로 했다. 하딘을 안심시키는 게 내 일상보다 급선무였으니까.

"드류라고 이 가게 주인인데, 생긴 게 좀 엿 같지만 솜씨는 꽤 좋아."

작은 벽돌 건물 앞에 도착하자 하딘이 미리 귀띔을 해주었다. 문을 열자 종소리가 들렸다. 함께 안으로 들어갔다. 스테프와 트리스탄이 벌써 와 있었다. 스테프는 가죽 의자에 앉아 있었고, 트리스탄은…, 타투 책 같은 걸 보고 있었다.

"왜 이렇게 늦었어!"

스테프가 하딘과 나를 향해 발길질을 했다. 그녀의 발이 나한테 닿기 전에 하딘이 부츠를 붙잡았다.

"벌써 짜증나네."

하딘은 나를 트리스탄 쪽으로 끌고 갔다. 나는 그에게서 손을 빼고, 스테프 옆에 섰다.

"테사는 나랑 있어도 돼."

스테프가 하딘에게 말했지만, 하딘은 언짢은 표정으로 아무 말도 하지 않았다. 하딘은 트리스탄 옆에 섰다. 그리고 검정색 표지의 책자를 손에 쥐었다. 트리스탄이 들고 있는 것과 비슷한 거였다. 몇 페이지를 휘리릭 넘겨 봤다.

"처음 보는 얼굴인데?"

남자는 나를 바라보았다. 그는 스테프의 배를 수건으로 닦는 중이었다.

"처음 왔거든요."

"난 드류라고 해, 여긴 내 가게고."

"반가워요. 저는 테사예요."

"너도 오늘 작업하게?"

남자가 웃었다.

"아니, 앤 안 해요."

하딘이 대신 말했다. 그리고 팔로 내 허리를 감싸 안았다.

"너랑 같이 온 거야, 스캇?"

"네."

하딘은 나를 더 바짝 끌어안았다. 분명 쇼를 하고 있는 거다. 하딘은 드류가 이상하게 생겼다고 했지만, 전혀 그렇지 않았다. 친절하기만 했다.

"멋져, 멋져. 여자친구 생겼다, 이거지?"

드류가 웃었다. 하딘은 긴장이 약간 풀린 것 같았지만, 여전히 팔을 풀지 않았다.

"그럼 뭘 좀 하지 그래, 친구?"

윙 하는 소리가 실내에 가득 찼다. 나는 스테프의 배를 경이로운 얼굴로 쳐다보고 있었다. 타투 건이 스테프의 살갗 위에서 느리게 움직였다. 드류는 번진 잉크를 수건으로 닦아내며 작업을 이어갔다.

"실은 나도 하려고요."

하딘이 드류에게 말했다. 나는 하딘을 올려다보았다. 우리 눈이 마주쳤다.

"정말? 무슨 타투?"

"아직 잘 모르겠어. 등에다 하려고."

하딘의 등은 유일하게 타투가 하나도 없는 부분이다.

"진짜?"

하딘은 턱을 내 머리 위에 올려놓았다.

"작업 얘기가 나와서 말인데, 너 피어싱은 다 어디 간 거냐?"

드류가 검정색 잉크가 가득 담긴 플라스틱 컵에 타투 건을 담그며 물었다.

"빼버렸어요."

하딘이 어깨를 으쓱거렸다.

"계속 말 시켜서 작업 망치게만 해봐. 네가 돈 다 내야 돼."

스테프가 하딘을 쳐다보았다. 나는 싱긋 웃었다.

"내가 내진 않을 거야."

하딘과 드류가 동시에 말했다.

트리스탄이 마침내 우리 쪽으로 왔다. 의자를 가져와 스테프 옆에 앉아서 스테프의 손을 잡았다. 스테프의 살갗에 새로 그린 새 무리를 들여다보았다. 새들의 배치가 꽤나 멋졌다. 드류가 스테프에게 거울을 건넸다.

"완전 맘에 들어!"

스테프는 미소를 지으며 드류에게 거울을 돌려줬다. 그리고 몸을 일으켰다.

"어떤 거 할 거야, 하딘?"

내가 나지막이 물었다.

"네 이름."

충격이었다. 나는 입을 떡 벌리며 그에게서 물러섰다.

"싫어?"

"싫어! 맙소사, 그건…. 몰라, 그건 미친 짓이야."

"미친 짓이라고? 너한테 보여주려는 거지. 내가 너한테 매인 몸이라는 걸. 그렇게만 해두면 반지나 청혼 따위도 필요 없잖아."

그는 너무나 분명하게 말했다. 농담인지 아닌지 분간할 수가 없었다. 어쩌다 우리의 농담이 채 3분도 되지 않아 결혼 얘기로까지 흘러간 걸까? 우리는 같이 있으면 늘 이런 식이다. 그러니 이제부터라도 익숙해져야 할 것 같다.

"준비됐어, 하딘?"

"물론이죠."

하딘이 내게서 떨어져 티셔츠를 벗었다.

"문구는?"

드류가 물었다.

"등 위쪽에 가로질러서. '처음 당신을 만난 그날부터 절대로 헤어지지 않기만을 바랐다.' 이 말을 1인치 높이로 해주세요. 글씨는 재량껏 멋지게."

하딘은 뒤로 돌아 드류에게 등을 내보였다.

'처음 당신을 만난 그날부터 절대로 헤어지지 않기만을 바랐다고…?'

"하딘, 부탁인데 우리 잠깐 얘기할 수 있을까?"

시애틀로 가려는 내 계획을 하딘이 알고 있는 게 분명하다. 그래서 이런 타투로 나를 비웃는 거다. 그가 고른 문구는 완벽했다. 하지만 한편으론 잔인하리만큼 아이러니하다. 그에게 시애틀 얘기 꺼내는 걸 미루고 있는 지금의 상황으로선.

"아니, 난 이걸 하고 싶어."

그는 내 말은 일축했다.

"하딘, 난 정말 아닌 것 같아…."

"별 거 아니야. 처음 하는 것도 아니고."

"난 그냥…."

"입 다물지 않으면, 네 이름이랑 사회보장번호(우리나라 주민등록번호처럼 미국 연방정부가 개인에게 부여하는 9자리 숫자 - 옮긴이)를 아주 크게 써넣을 거야."

하딘은 웃으며 나를 협박했다. 그런데도 나는 그가 뭔가를 눈치챈 것만 같다는 느낌을 지울 수가 없었다. 잠자코 무슨 말을 해야 할지 생각을 정리했다. 지금 당장 실토해야 한다. 타투 건이 그의 살갗에 닿기 전에 말이다. 우물쭈물하다간….

귀에 익은 타투 건의 윙 소리가 들렸다. 검정색 잉크가 하딘의 등에 번지기 시작했다.

"이리 와서 내 손 좀 잡아줘."

하딘이 실실 웃으며 내게 손을 내밀었다.

69 · 하딘

테사가 수줍은 듯 손을 잡았다. 그녀를 내 쪽으로 바짝 끌어당겼다.

"그만 좀 움직여."

드류가 쏘아붙였다.

"미안."

"아파?"

테사가 부드러운 목소리로 물었다. 순수함이 가득한 그녀의 눈빛이 내게 쏟아졌다. 어젯밤, 그녀는 무릎을 꿇었다. 그러고 나서 24시간이 지났다. 그녀는 꼭 상처 받은 어린아이한테 말하는 것처럼 친절하게 말했다.

"완전 빌어먹게 아프지."

거짓말을 했다.

"정말?"

일순간 걱정스런 눈빛이 스쳐 지나갔다. 바늘이 살갗에 잉크를 밀어 넣는 이 느낌이 너무 좋다. 하나도 고통스럽지 않다. 오히려 긴장이 풀린다.

"아냐, 아프지 않아."

드류가 우리 대화를 엿듣고 등 뒤에서 구역질하는 소리를 냈다. 테사가 킥킥거렸다. 나는 드류를 향해 가운뎃손가락을 들어올렸다. 그가 뭐라 생각하든 상관없다. 그도 어떤 여자한테 홀딱 빠져서 몇 달 전에 아기를 낳았다. 그러니 나한테 뭐라 할 자격은 없다.

"네가 이런 걸 새기다니, 여전히 믿을 수가 없어."

테사가 말했다. 드류는 새로 한 타투에 연고를 펴 발랐다.

"이미 해버렸어."

한 번 더 못을 박았다. 테사는 휴대전화 화면을 들여다보고 있었다. 걱정스러운 표정이었다. 이 타투를 테사가 심각하게 받아들이지 않았으면 좋겠다. 그런 의도는 아니었다. 이미 나는 타투투성이고, 이건 유일하게 그녀를 위한 거다. 그녀가 좋아해주길 바랄 뿐이다.

"스테프하고 트리스탄은 어디 갔어?"

창문으로 가게 밖을 내다보았다. 스테프의 요란스러운 머리는 금방 찾을 수 있을 거다.

"옆집에 가서 찾아볼까?"

테사가 말했다. 나는 드류에게 돈을 지불하며 등의 나머지 부분도 하러 오겠다고 약속했다. 하마터면 드류를 후려갈겨 이를 부러뜨릴 뻔했다. 테사에게 손목이나 배에 피어싱을 해주겠다고 하는 바람에 말이다.

"코에 피어싱을 하면 멋져 보일 것 같지?"

테사가 싱긋 웃으며 말했다. 밖으로 나오면서 그녀의 허리에 팔을 둘렀다. 수염이 덥수룩한 남자가 비틀거리며 우리 곁을 지나갔다. 남자의 청바지와 신발은 꼬질꼬질했다. 입고 있는 두꺼운 티셔츠도 얼룩이 져 있었다. 술 냄새가 훅 끼쳤다. 보드카인가 보다.

갑자기 테사가 우뚝 멈춰 섰다. 남자도 멈췄다. 그녀를 내 뒤로 슬며시 잡아끌었다. 이 술 취한 노숙자가 테사에게 한 걸음만 더 다가오면, 가만 두지 않을 생각이었다.

그때 속삭임인지 혼잣말인지 모를 소리가 그녀의 입에서 튀어나왔다.

"아빠?"

그녀의 얼굴에서 핏기가 싹 가셨다.

난 머릿속이 복잡해진 채로 그녀의 얼굴을 쳐다보았다.

〈5권〉으로 이어집니다.

왓패드에서 '안나 토드'를 검색해 보세요!

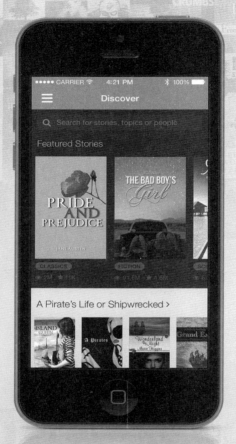

이 책의 저자 안나 토드도 당신처럼 독자였습니다.
이야기를 읽기 위해 왓패드에 가입했다가,
결국 이야기를 쓰게 되었지요.

오늘 왓패드에서 그녀를 만나 보세요
ⅲ imaginator1D

 www.wattpad.com